LA CERISE

Alphonse Boudard est né à Paris le 17 décembre 1925. Apprenti dans une fonderie typographique durant l'Occupation, il rejoint la Résistance en 1943, puis combat avec les commandos de France de la 1re Armée. De 1944 à 1962, il traverse une période ingrate, entre prisons et sanatoriums.

La Métamorphose des cloportes, en 1962, marque son irruption en littérature. C'est le début d'une carrière éclatante, que le Prix Renaudot consacre lorsqu'il couronne, en 1977, *Les Combattants du petit bonheur.* Romancier, mémorialiste, scénariste, auteur dramatique, Alphonse Boudard nous a également donné un ouvrage d'historien : *La Fermeture,* témoignant ainsi de l'ampleur de son registre.

Paru dans Le Livre de Poche :

LE CAFÉ DU PAUVRE.
L'HÔPITAL.
CINOCHE.
LA MÉTAMORPHOSE DES CLOPORTES.
LA MÉTHODE À MIMILE
(en collaboration avec Luc Étienne).
LA FERMETURE.

ALPHONSE BOUDARD

La Cerise

ROMAN

LA TABLE RONDE

A GEORGES LACAZE
pour vingt-cinq ans d'amitié.

« J'abonde dans mon sens. »

Jules RENARD

EN GUISE DE PRÉFACE

ON me demande, ceux qui ont feuilleté mon manuscrit chez Plon ou ailleurs, de vous prévenir, éventuels clients et clientes, que cet ouvrage n'est pas à laisser entre toutes les mains, qu'il est pas correct du tout, qu'il fera rougir la petite Fadette, se palucher le grand Meaulnes, vomir le petit Prince! qu'il indignera même les plus dévergondées romancières de la toute dernière vague artistique. C'te joyeuse paire!... Je me vois pas d'ici enfilant les perles à la mode! Lucidité. Soit, je ne conteste... tous, toutes vous êtes absolument lucides. Je vous admire, et vos chers organes sur deux, trois cents pages. Sucette goût du jour, si j'ose dire. Minette et feuille de rose. Rien contre, qu'on aille pas croire que j'en veux aux élites, que je suis envieux, jalmince ou quoi. Mon bonhomme de chemin, voilà tout. Fourguer ma salade puisque je suis grillé de part et d'autre, que je peux plus mettre une lourde en dedans, que le souffle me manquerait... que dès le lendemain toute la poulaille serait à mon derche. Plon obligatoire pour ma pomme, et pas de gaieté de cœur je vous affirme. Mon usine à moi c'est Plon! Cette plus-value qu'ils se foutent en fouille rue Garancière, nº 8! Les plus bas tapins du Topol ont un pourcentage supérieur. Mais tout ceci ne vous regarde pas... les coulisses, la petite cuistance, les dessous de la mariée...

Vous êtes donc avertis, vous en valez deux. Je me responsabilise à limites. Ce livre est écrit à la fiente, d'une plume dégueulasse qui brave l'honnêteté, les usages courants, la moindre politesse. Ça me vient de la prison, pauvre de moi! de la lenteur des jours... des nuits derrière vos barreaux. Vous passez, vous, devant ces hauts murs d'un cœur léger sans vous rendre compte, l'âme à vos soucis, vos amours. C'est tout naturel, je vous reproche rien. Seulement je pouvais pas, vraiment pas, pour vous faire plaisir, vous bercer, remplir mon stylo à l'eau de rose bénite... vous raconter toutes ces histoires de malfrats et de châtiments, de cordes, de sacs et de chaînes en langage prix Fémina... bouche en cul de rombière à la chlorophylle... délicieux petits fours!... charmante soirée, et la main de mon neveu dans la culotte d'un grand penseur... Poésie, je veux! finesse! exil à Capri! Madame la Duchesse, voyons donc, j'estois en placard, remettez-vous... mille excuses, hommages... veuillez agréer...

Le titre aussi, faut que je vous explique. Beaucoup de gens ignorent que la cerise c'est la guigne, la poisse, la malchance. Une vieille pote à moi, ma chère compagne, mon amoureuse folle que je retrouve à tous les coins de rue de mon parcours. Si elle me colle au train, la salope! me soûle, m'ahurit! Toujours là, fidèle à tous les rendez-vous! Fidèle comme un chien, fidèle à la mort. J'ai beau faire, toucher du bois, me signer, éviter l'échelle par en dessous, j'arrive pas à l'exorciser. Elle me sourit en Code pénal, me roule des patins aux bacilles, me fait des caresses au bistouri, m'envoie pour ma fête des bouquets de flicailles, d'huissiers, des billets doux papier bleu. Même aux brèmes j'ai rarement beau schpile, j'ose plus les toucher, je m'écarte des tripots. Rien à chiquer, je suis pris. C'est ça *la Cerise,* l'existence entre chien et loup, entre deux douleurs, entre deux gendarmes. Pour plus de détails, tournez la page. Soyez sans crainte, je préfère tout de même vous faire marrer, que vous en ayez pour votre pognon. Borniol viendra toujours trop tôt pour les larmes. Chacun son métier.

A. B.

I

QUI VOLE UN ŒUF...

GENTIL adage, mais de nos jours, dans une grande ville comme Paris, on ne peut pas aller jusqu'au bœuf. Marcel Flaireau, mon ami de toujours, l'associé de mes plus belles entreprises, ça le travaillait cette conclusion proverbiale. « Après le bœuf, on s'arrêterait peut-être. » Pour, il aurait fallu s'exiler, partir en province, s'adapter à de nouvelles mœurs. Et puis, les voleurs ruraux ne tiennent pas longtemps la bouse du chemin, ils ont beau voir venir le danger de loin, sur bicyclette avec moustaches et képi, ils se font vite sauter. Quand on sait qu'à Sancerre ou à Carpentras la distribution d'années de taule est plus copieuse qu'à Paris, ça fait réfléchir.

« Un bœuf! Qu'est-ce que tu veux qu'on foute d'un bœuf? On ne peut tout de même pas le ramener par les cornes jusque chez Youpe. Il s'en arracherait les burnes, le malheureux! Déjà qu'il a fait toute une maladie pour les canards de Canaque! Je sais bien que tout lui est bon, qu'il finit par tout absorber pour une bouchée de pain. Mais un bœuf, il faudrait qu'il le tue, le dépèce!... bon sous les Boches. »

Marcel au fond c'est un sage, un raisonnable, malgré les apparences. Il ne se lance pas sur n'importe quel travail. Artiste, il sait choisir ses sujets. Pas abstrait pour un radis! Dans notre profession c'est guère possible. Depuis les toïchorychoï[1] d'Athènes, on s'est un peu perfectionné mais en restant classique, réaliste, dans les limites... les grandes règles immuables.

J'ai donc commencé par l'œuf. Un œuf de Pâques en chocolat. *Aux Délices des Enfants de Chœur,* ainsi s'intitulait la boutique de nos désirs juste face à l'église Saint-Eusèbe. Une femme sèche, yeux à fleur de tête, accueillait nos péchés véniels. J'avais une cape noire de d'Artagnan écolier. Geste preste! J'ai chouravé l'œuf pendant que mon complice tirait au sort les caramels à un sou. Je me suis mis à rougir, à transpirer. Lorsqu'on perd un pucelage quelconque, on est ému, c'est excusable! Je serrais l'œuf dans ma main derrière mon dos. Hâte de sortir! Un fait exprès, l'autre n'en finissait plus de gagner des caramels. « Ma mère m'attend », j'ai dit, et je n'ai pas demandé mon reste. De l'air! J'avais l'impression que la vieille était sur le pas de la porte, à me bigler partir. Je n'osais me retourner. Rue à droite... Ouf! D'une seule bouchée j'ai englouti le corps du délit. Mais il avait fondu un peu, je portais la marque de mon crime sur mes doigts. Je me suis mis à les lécher vigoureusement. Peine perdue! il y avait encore plus de chocolat sur ma langue que sur mes doigts.

M. le juge d'instruction sait bien que j'ai débuté de la sorte. Il a les mêmes yeux que la femme sèche. Je nie. Il ricane : « Voyons, voyons, vous avez encore du chocolat sur vos mains. Vos lèvres sont toutes barbouillées... Voyons, voyons! » Il en sait des choses, M. le juge. Il a un petit code tout rouge dans la tête. « Voyons, voyons! » Après l'œuf, la

1. Cambrioleurs perceurs de murailles (IIIe siècle av. J.-C.).

réglisse en torsade, le chouime-gomme, les soldats de plomb!... La carrière commence quand les aînés y sont encore. On se grise, on accélère le train jusqu'au jour... Eh! oui, il arrive trop tôt, le flic! On se faisait du cinoche, qu'il n'était là que pour la circulation, pour faire traverser les enfants de l'école à onze heures, qu'il faisait partie du paysage avec Roland à Roncevaux, la Vénus au musée du Louvre et Marianne à la mairie. Le voilà qui s'anime, le fumier, qu'il court sus au voleur, devenu *lui-même*, trouvant tout à coup son *moi*. On est « fait »... Quart! Cadènes! Baluchonné trente-six chandelles! *Trente-six carreaux*! C'est l'envers et contre tout de la médaille. Penauds, consternés, entonnons la palinodie. « Je regrette, m'sieur le Président. » – « Voyons, voyons! cet œuf?... Ces œufs?... ce camion d'œufs, beurre et fromages?... Article 379... Egarement passager, dites-vous? Difficile à croire, cher maître... Enorme, pour ainsi dire... Enfin, le tribunal après avoir entendu... gnagnagni, gnagna... dans les cinq années à venir... C'est une chance, ce sursis que nous vous accordons, pour vous permettre de vous reprendre, de retrouver le chemin de l'honneur... »

Long, cinq piges, et les œufs sont tentants. D'ailleurs on n'en est plus aux œufs. Trop de perte! Trop fragile! Plus de restrictions, plus de Boches! Tant qu'à faire, mieux vaut estourbir la poule. Celle aux œufs d'or de préférence. Elle est bien planquée, la charogne! Sous coffre, sous banque, sous flics à mitraillettes et sonneries d'alarme. Ça pose des problèmes autrement compliqués que les fameux robinets qui vident et emplissent le réservoir, juste pour vous faire louper le certif.

Cinq ans! Ils vont prendre encore plus de poids dans la bouche du procureur. Maximum prévu par la loi. Il réclame, exige, se pourlèche de m'envoyer dans mes terres, duc de Clairvaux, marquis de Poissy! « Vous accomplirez ainsi, monsieur le Président, une œuvre nécessaire de salubrité publique. » Texto! Mort aux rats! Coup de fly-tox. Décemment, on n'ose plus regretter. On laisse ce soin au bavacheux qui va s'agiter les manches en impure perte. On rentrera le soir au placard condamné sec, *sapé en homme*, promis à l'admiration de ceux qui tirent trois mois depuis toujours. Voilà. Œuf, bœuf... de la réglisse en torsade aux cinq piges à l'ombre des jeunes tantouses en fleur! Quel raccourci! Stendhalien! Admirable! Admirez! Pâmez-vous vite, la vie est brève!

Et pourtant, ça mériterait quelques détails, longueurs, quelques portraits, croquis et descriptions et développements. Le pourquoi, le comment, les conséquences... Soixante marcotins, ça ne se croque pas comme quelques petits fours au coquetèle d'un soir... A bâtons blancs rompus sur mes os, je me risque. J'ose... A moi, l'Auvergne! Danton! Bernard Palissy! Le général 18 juin qu'osa dire : « Je suis l'éternelle France légitime! » A moi, les potes! Les pâles malfrats des jours sans tabac du mitard!

*

La prison c'est d'abord une odeur. Quelque chose d'invraisemblable pour les olfactifs délicats. Un mélange : rat crevé, pisse de chat, moisissure, merdes diverses, pieds douteux, gaz d'éclairage en fuite, mégots froids et puis la soupe aux choux surie quotidienne. Pour lier l'ensemble, le crésyl désinfectant de l'Administration. Il vous traque, ce parfum indéfinissable, *Soir de Santé, Brise des Rungis*. Faut se débarrasser vite de ses fringues pour le chasser, une fois qu'on a enfin en fouille le petit bulletin de sortie. Le moindre relent d'une senteur pareille vous attire les cloches tapeuses et la flicaille, fait dégueuler les passagers sur la plate-forme de l'autobus. Pendant des mois, des années, il faut se le respirer le doux parfum. On n'arrive jamais à s'y habituer. On ouvre la fenêtre, on passe le nez entre les barreaux, on aspire profondément. La liberté est à vingt mètres. Elle se marre, la garce, avec ses belles mômes, ses autos étincelantes, son bon purin dans nos campagnes et ses dix mille piafs gazouilleurs. On regarde les nuages qui s'étirent, le soleil qui descend lentement au-delà de L'Hay-les-Roses, derrière les grandes bâtisses bêtes à bouffer de l'humain en familles nombreuses. On prend une lampée d'avenir et après, il faut bien s'arracher, se remettre à tourner comme la panthère noire du Zoo, se replonger dans le caca du châtiment.

C'est aussi, je n'oublie pas, la prison, des gueules. Des tas de gueules qui sont rassemblées là en vrac comme dans l'antichambre de l'enfer. Des tronches de malédiction qui viennent de la nuit des temps! Qu'on ne croyait plus que c'était possible, en plein XXe siècle, aux abords de la ville lumière! On s'écarquille... Du cauchemar moyenâgeux! Du coquillard! Du Bosch! De la gargouille! De l'idole asiate! Gueules rasées au couteau de cuisine, gueules de sournois, d'assassins blêmes, d'étrangleurs à la petite semaine. Gueules en lame de scie, en lame de couteau, gueules en lambeaux de quatre coins du monde. Gueules sans yeux, sans dents, sans patrie! Gueules d'ivrognes privés de picton, de tueurs aux aguets, de traqués, de torturés, triturés par le remords d'avoir loupé la rentière! Gueules de bourreaux d'enfants! Gueule hilare du récidiviste incorrigible satisfait, gueule de souteneur sur cravate en soie, gueules de vagabonds, de mendigots ahuris! De fourgues au regard palpeur... Gueules des causes perdues, des entreprises avortées. Faces couturées, tatouées, ratées, ridées, tordues de douleur ou de haine et figées une bonne fois pour toutes dans un rictus atroce! Et ça se bouscule en dentelles, ces tronches à vous couper la chique... Les idiots, les schizophrènes, les pauvres mecs, les petits malins en pointillé, les fellouses vindicatifs, les gitons sectateurs de la grande pissotière divine, les escrocs superbes qui continueront jusqu'au bout de jouer au producteur de cinéma. Les héros de la une pour trois jours, ceux qui ont violé la petite de la concierge, et le cocu pas magnifique qui a mal pris les choses. Ça défile, ça repasse, ça s'agglutine, se colle à la mémoire, reste gravé à l'acide fientique dans votre ciboulot. Ça vous remonte comme un renvoi d'hareng au moment le plus inopportun, alors qu'on se figure, doux naïf, que ça pouvait s'effacer, quand la beauté des folles amours va retirer son dernier voile. La vie est dégueulasse pour toujours. Plus possible de croire aux bontés-beautés qui bercent les heureux caves, aux mots magiques, au babillage des innocents. On est vacciné contre l'illusionnite. De ce côté-là, on risque pas de crever. Le seul.

*

Le baron von Brukaleim – Otto pour les intimes – après deux mois de cellule, il n'en revenait pas encore. Il croyait être dans un vilain rêve. Dès qu'il foutait le pif sur la coursive, il en avait un haut-le-corps! Il se dépêchait de rentrer dans son trou, là au moins il n'y en avait que deux à contempler. Et puis il pouvait s'oublier aux étiquettes. (L'enfilage à cinquante balles le mille. Francs d'avant de Gaulle bien entendu. En comptant la retenue de l'Administration, il faut travailler huit à dix heures sans débander pour gagner son paquet de gauloises.)

Dignité d'abord! Sa devise. Il luttait seul contre tout et contre tous. Contre les odeurs en lavant, briquant, brossant, contre les paresses beloteuses, les masturbations diverses, les conversations sans issue. Il croyait encore à la vertu de la vertu. Ça lui venait de l'enfance, de son éducation princière au Consulat d'Allemagne à Milan. Ah! Grand Dieu, jamais il n'aurait pu prévoir qu'il aboutirait un jour au château des Rungis! Nous autres, on était tous plus ou moins préparés par le ruisseau, la zone, l'école buissonnière, mais lui, le bel Otto, qui portait le smoking comme pas un, qui baisait la main des duchesses, saluait majestueux sous les ovations de la salle après le concerto nº 20 de Wolfgang!... Il arrivait au fond de la tristesse lorsqu'il évoquait ses vingt ans, son premier récital, sa jeune gloire, les promesses d'avenir, et qu'il se voyait là parmi les butors, les plus bas truands, tous les déchets de l'espèce humaine... les sans conscience, sans remords, sans le rond, les sans la moindre politesse qui vous font toujours leurs besoins au moment du déjeuner. A quarante-cinq ans, il découvrait le monde. Un monde, dans un espace de trois mètres sur quatre, avec deux compagnons de hasard en permanence. Comme un fait exprès, le comptable de la division, Saindoux, lui en balançait des carabinés de codétenus! A croire qu'il lui en voulait de sa décence, de sa politesse exquise, de sa tête d'aristocrate viennois! Deux marcotins que ça défilait, les vagabonds, les relégués, les voleurs de poules, les satyres crasseux. Otto von Brukaleim avait beau être stoïque, digne au milieu des étrons comme le commandant sur sa passerelle dans la tempête, il commençait à tituber, faiblir, défaillir... il m'a biglé d'une drôle de façon quand j'ai posé ma malle à quatre nœuds au milieu de la cellule. Qu'est-ce qui lui tombait encore sur l'alpague? Quel chieur de midi? Quel enculeur forcené? Quel sans gêne encore qui allait lui glavioter dans sa galtouse, lui mettre le soir ses fumantes à sécher sous le tarin? Il n'osait pas me dire un mot. J'avais sale mine, faut convenir. On ne ressort pas du mitard comme de l'institut Guerlain. Barbouse de six jours, frusques fripées, du raisiné plein la veste. Et aussi sans doute une jolie lueur assassine dans les yeux. Pas envie de m'expliquer, de faire des salamalecs. Balancé aussi salement que je l'avais été, je pouvais être farouche.

Dans le coin, entre la fenêtre et le lit, il y avait une grosse masse en sommeil sous des couvertures. Un tas qui ne s'était pas remué d'un pouce pour m'accueillir. Un pas curieux. J'apercevais juste quelques poils rouquins sur son polochon gras comme une lavette à vaisselle. Par la suite, Otto m'a expliqué, qu'au début, il recevait les arrivants avec beaucoup plus de courtoisie. Le buste en avant, la main tendue, « baron Otto von Brukaleim » qu'il s'annonçait comme n'importe où, chez les gens civilisés. Bien vite, il avait renoncé à ce minimum de présentations. On lui répondait par des grognements, des méchancetés. Ça lui avait presque valu une réputation de pédéraste et il s'était même trouvé un attardé pour lui répondre : « Je t'emmerde, sale Boche! Vive la Résistance! » Que dire? Se battre comme un chiffonnier? Otto ne s'y hasardait pas. Ça se termine toujours au prétoire et il aurait eu le dessous, il ne tenait pas sur ses quilles, rongé qu'il était par un ulcère de l'estomac, affaibli par des mois de sous-alimentation. Il se résignait, se drapait dans un morceau de couverture rapiécée, et hop! aux étiquettes « tissu Boussac garanti » jusqu'à l'abrutissement total, la fatigue qui l'assommait le soir sur son lit.

Sans en casser une, je me suis mis à déballer mes

hardes, m'installer dans le coin inoccupé sur une paillasse maigrichonne mais somme toute assez sympathique après la pourriture du mitard. J'avais la dent et une envie de fumer terrible. Cette ordure de jeunot de la 172 m'avait tout chouravé, tabac, sucre, une boîte de lait condensé; même mes frusques, chemises, chandail, mouchoirs, chaussettes... tout mon paquetage! Zigué à zéro, lessivé, et j'avais de quoi me faire du mouron avec cette bafouille avalée. Elle constituait une preuve de plus que j'avais bien des choses à cacher à la Justice! Ça ne pouvait être que lui, l'Alex-le-Fondu, qui m'avait donné, puisque j'avais fini ma lettre dans la cellule avant qu'on m'appelle. Cousu de fil blanc! Les gaffes n'avaient pas attendu qu'on soit à la fouille pour me vaguer : à peine arrivé au rez-de-chaussée, à la table de contrôle, j'en avais eu trois sur le paletot. Tout de suite entravé la coupure. Deux coups de pompe pour me dégager, bondir dans l'escalier, prendre assez d'avance pour avaler mon papelard. Après, bien sûr, j'avais reçu une belle avoine, mais quant à dégueuler la pièce à conviction, balpeau! Quinze jours de cachot disciplinaire à la clef et un petit rapport destiné au juge. Tout cela n'arrangeait pas mes affaires : je ne m'étais pas assez méfié encore une fois. D'habitude, avant de partir pour le Palais, on est juste tâté en entrant dans le fourgon cellulaire, voir si on n'a pas quelque chose de trop énorme, une mitraillette! un bazooka! une grenade pour lancer sur le procureur! Là, en pleine division, c'était pas des manières normales. Le temps que je passe me faire raser, la porte de la cellule était restée ouverte, mon Alex au blouson noir avait eu le temps d'aller rencarder le bricard. Seule explication. Opération haute paluche! Tout bénef pour cézig. Saindoux venait de m'apprendre qu'il était sorti en liberté provisoire trois jours après (avec mes fringues et, entre-temps, il avait liquidé ma bectance et mon tabac). On ne pouvait guère trouver plus belle salope! Dans le fond, valait mieux encore que son juge l'ait élargi en échange des services rendus à la sainte Justice. Si je l'avais su dans la cabane, je n'aurais eu de cesse avant qu'on le retrouve en état d'aller poser des énigmes au docteur Paul. De gros ennuis en perspective! Et j'en avais pourtant déjà assez qui me matraquaient de partout...

Otto, je n'ai pas eu à m'en plaindre. Je dois même reconnaître que son éducation lui avait servi à quelque chose, à moins que ce ne soit sa nature profonde d'être compatissant au malheur d'autrui. Il est vrai qu'il était tout à fait chrétien, que c'était pour lui le premier des devoirs d'aimer son prochain à outrance. « Je suis maladroit, disait-il. On s'aperçoit trop de ma charité. Alors les uns se vexent et les autres en profitent pour me dépouiller. » Il a attendu, pour me brancher, que j'aie rangé mes quatre frusques de reste, mes vieux bouquins, mes paperasses, que je sois un peu acclimaté à la cellule.

« Me feriez-vous le plaisir d'accepter une cigarette, monsieur? Je m'excuse, ce sont des cigarettes de tabac gris... J'ai là un petit appareil, un moule très pratique pour les rouler... On dirait de vraies gauloises. »

Un langage pareil surprend aux Rungis, on se demande, c'est vrai, si on a affaire à un escroc ou à une tante. Otto n'était ni l'un ni l'autre. Au bout de la débine, il s'était laissé aller à un geste dingue, réaction de Raskolnikov édulcorée... Bondir sur un paquet de biffetons de dix sacs à un guichet de banque et foncer dans la foule, s'engouffrer dans le métro proche. Coup tellement inattendu qu'il avait failli réussir. On ne l'avait cravaté qu'au moment où il montait dans la rame, à l'instant où les portes se refermaient.

« Dans un sens, il en fut mieux ainsi, concluait-il, cet argent m'aurait brûlé les doigts. Je n'aurais pu, comprenez-vous, que le perdre au jeu ou le distribuer à de plus malheureux que moi. Je sais que cela vous fait sourire. On ne se refait pas. C'est ce que j'ai essayé d'expliquer à mon juge d'instruction. Il n'a pas paru me comprendre. »

Un tout neuf, ce baron, une vraie truffe qui croyait encore que les guignols sont au chaud dans l'île de la Cité pour *comprendre*. Je n'essayais même pas de l'affranchir. Passé l'âge où l'on se figure qu'on peut convaincre quelqu'un. Je ne suis pas le hors-la-loi mordu, mystique de l'anti-société. Indépendant, pour ainsi dire. Artisan, un peu passionné il est vrai, mais assez à part. Je vais m'expliquer petit à petit, ça me dérange de jouer moi aussi à l'auteur du récit vécu. Expérience! C'est cependant toujours du charre... On se laisse prendre par le rythme de son émotion et on finit par débloquer. Je m'en sens malgré tout le droit tout autant que ce jeune homme d'excellente famille *qui aima sa gouvernante hollandaise* et vous en fit un chef-d'œuvre à faire frémir le Prix Nobel lui-même.

Je suis donc à la cellule 208, 2e étage, 2e division, de la grande maison de correction et d'arrêt de Fresnes-les-Rungis. J'ai accepté la cigarette de tabac gris. La première depuis quinze jours. Elle me file un peu le vertige, surtout qu'hier c'était jour sans, au mitard, juste la boule de pain et le bouillon de légumes très léger sur lequel flottent, ô poésie! quelques gracieux moucherons, quelques brindilles qui servirent à la colombe pour sauver la vaillante fourmi. Le troisième larron dort toujours, ronfle même. Il est encore plus gros que je ne l'avais cru tout d'abord. Un tas énorme. Otto me regarde fumer. Gêné. Pas le genre à raconter d'autor ses coïts, ses condamnations diverses, ses maux de rectum et la façon dont il s'y prend pour déjouer toutes les polices européennes. D'ailleurs, il n'en a déjoué aucune, jusqu'à ce malheureux paquet de billets de banque, il s'est toujours conduit comme un parfait gentleman. Ça non plus, le juge ne veut pas le croire. « Depuis deux ans, vous viviez en France sans ressources avouables. » Ils ont une façon de résumer votre vie, les juges, toute lapidaire. Pour Otto, c'était incroyable, insensé, qu'un homme ayant poursuivi de hautes études, venant d'un milieu respectable, puisse se contenter d'une vue des choses aussi sommaire. Il s'étonnait d'un rien, un rien le bouleversait. Je m'en suis aperçu, lorsque le gros tas sous les berlues a lâché une vigoureuse perlouse, un pet sec et sans bavure. Ah! Il a fermé les yeux, rejeté sa chevelure de maestro en arrière. Un soupir triste.

« Ça fait du bien, gars! Bon d'là! »

Une voix du terroir normand que j'ai cru d'abord imitée, tellement elle était réussie. Comme accueil, c'était cordial, sans prétentions, sans chichis. Otto m'a lancé un coup de châsses, voir comment je réagissais, ça devait être pour lui un test. « Dis-moi si les perlouses t'amusent et je te dirai qui tu es. » Je réagissais pas du tout. Blindé, je suis. Il pouvait flouser le lascar dans son coin, il n'arriverait jamais à cogner comme les chiottes du mitard, c'était l'essentiel. On se contente de peu. En tout cas, il ne se montrait pas, mais je n'étais pas pressé, j'allais sans doute avoir le temps de le savourer, ce balleste; mon magistrat instructeur, M. Elbron, ne risquait pas de me signer la provisoire. Maître Lubary ne me l'avait pas caché : « Patientons, que voulez-vous! Nous viendrons à bout de tout cela... » « Nous » patientions donc en fumant à petits coups voluptueux la cigarette du pianiste. Le gros tas s'était remis au roupillon et Otto à ses étiquettes. Ça m'avait l'air d'une cellule sans histoire. Bien sûr, elle était aussi dégueulasse que les autres. Murs becquetés de moisissures, chiottes immondes à gauche de la lourde... quelques rayonnages, boîtes en carton clouées au-dessus de nos têtes pour ranger tout ce qui finit par faire du volume après plusieurs mois de vie troglodyte. Il faut tout garder, tout peut servir un jour ou l'autre; les sacs en papier, les bouts de ficelle, les chiffons, les boîtes de conserves vides! Un mic-mac de brocante inimaginable!

On a fini par se jacter, Otto et moi, les menus propos – le sale hiver, les sales odeurs, le sale turbin si mal rémunéré – bignoleries de cabane ordinaires. De temps en temps, il lançait un regard craintif vers le dormeur du coin, le troisième homme du voyage immobile. Je sentais qu'il aurait voulu m'entretenir de lui, m'expliquer quelques bricoles à son sujet.

« Ainsi, vous sortez du mitard, monsieur? Ça doit être bien dur en cette saison. Je n'y suis jamais allé, fort heureusement, mais je me fais une idée, n'est-ce pas, puisqu'ici vous vous trouvez bien! Je ne redoute pas la solitude, au contraire, mais le manque de tabac, la gamelle tous les deux jours, à la longue, ça doit être terrible. L'inactivité aussi. Si je n'avais pas ce petit travail, voyez-vous, je serais bien malheureux. Notez que je suis capable de m'occuper intellectuellement. C'est un avantage énorme en prison et j'en remercie le Ciel. »

On n'était plus loin de l'évocation de son enfance, de sa jeunesse archidorée, du conservatoire, de son diplôme, des grandes salles de concert encharmées de préludes. Il allait me la raconter à menues confidences, toute sa vie, comment le jeu, le vilain baccara du casino l'avait conduit au bord de l'abîme! Dans l'abîme même, puisqu'il était maintenant ici avec moi et cet individu, là, qui dormait sous les couvertures.

« C'est un Normand, me chuchota-t-il. Vous verrez. Il arrive des colonies. Il dort beaucoup, mange et boit... mène une vie pour ainsi dire végétative! L'alcool lui manque énormément. Dehors, il buvait son litre d'anisette par jour, il en tire une sorte d'orgueil. »

Peut-être qu'il entendait, le végétatif, pigeait la pointe de mépris navrée qui perçait sous les paroles d'Otto, toujours est-il que, juste à ce moment, il a débourré en cascade. Un chapelet de pets phénoménal! Ça ne s'arrêtait plus, les couvrantes palpitaient sous l'ouragan. J'en ai entendu des sacrés champions pétomanes durant mes années de taule, sana, hosto et pendant mes campagnes guerrières! Lui les battait, pulvérisait tous les records du premier coup. Il désintégrait les atomes merdeux! Ça montait en colonne, puis ça se répandait dans la crèche. Otto fonçait ouvrir la fenêtre, hoquetait, titubait, se retenait aux barreaux.

« Ça, c'est la symphonie cinquième de Bite-au-vent, gars! On peut pas dire, mais ça soulage, bon d'là! »

Ses premières paroles, texto! Et de se fendre la prune bruyamment, de se dresser, d'apparaître enfin dans toute sa splendeur. De quoi vous couper le souffle! Un gorille de la plus belle espèce, proportionné aux perlouses. Je m'attendais à un colosse, mais franchement il défiait mes prévisions. A peine s'il pouvait passer par l'encadrement de la porte. Un monstre néanderthalien taillé dans la masse, sans cou, sans nuque, front bas, crâne plat, et avec des petits yeux porcins qui brillaient à l'abri d'une visière osseuse recouverte de sourcils épais comme des moustaches de grognard. Ses véritables moustaches, par contre, étaient plus modestes, ridicules en comparaison... hitlériennes, d'un gris jaunâtre. Il se tenait le bide de rigolade, en berloque sur la paillasse. Pour *l'animalité provocante* il en remontrait à tous les séducteurs Nouvelle Vague. Plus rien à cacher dès le premier regard, ses burnes flasques, sa queue de bourricot ballante et puis ses noix, ses cuisses velues, ses panards à longs doigts crasseux, cagneux, couverts de durillons. Il donnait l'impression d'avoir une forêt de poils roux à l'intérieur de la tête, qui s'échappaient en touffes agressives de son nez, de ses oreilles, de ses arcades sourcilières, de son crâne.

Sitôt qu'il s'est mis en marche, je n'ai plus eu de doute, c'était le fameux maillon de la chaîne entre le singe et l'homme, celui que les savants, les explorateurs recherchent dans les déserts, les cavernes, les jungles tropicales. Il était là devant moi, ce rare. Toutes les caractéristiques du préhominien. Le père Teilhard à ma place eût été en euphorie scientifique, n'aurait eu de repos, de cesse, avant d'avoir pu lui tâter la nuque, voir s'il l'avait bien le fameux bourrelet osseux, le chignon *Pithécanthropus pékinensis.*

Moi, il ne m'emballait pas du tout comme compagnon de cage. J'ai eu d'abord le réflexe de renauder contre son tir d'artillerie. Vite réprimé ce mouvement d'impatience! Rien que ses paluches d'étrangleur vous coupaient toute velléité de révolte. Si je déchaînais ce King-Kong, il nous aurait pris, Otto et moi, chacun sous un bras et nous aurait réduits en bouillie, aplatis, déchiquetés, piétinés, balancés aux gogues par petits morceaux avant qu'on ait pu hasarder un geste de défense. J'étais devenu prudent avec l'âge. Il faut vraiment être fou à lier pour provoquer une guerre éclair à cause de quelques perlouses. Otto était bien de mon avis. Il temporisait, négociait, usait de toutes les ruses diplomatiques, les mille politesses qu'il avait apprises depuis le berceau. Il supportait tout avec une résignation absolument chrétienne. Pourtant, cette plaisanterie, « la symphonie de Bite-au-vent », que l'orang-outang répétait vingt-cinq fois par jour, le révulsait. Il en était malade. Il me l'a avoué par la suite, lorsque l'animal fut parti. « Les gaz encore, n'est-ce pas, ça ne vous dérange que physiquement, mais cette profanation des choses sacrées! C'est tout simplement hideux. On m'a élevé dans le culte de Beethoven, Mozart, Wagner!... comprenez-vous? Alors, je souffrais à chaque fois... Un véritable coup de couteau au cœur. »

Ça ne se mesure pas la souffrance. Pour un mot, un pet, certains trépassent, tandis que d'autres ne conçoivent la douleur qu'à coups de gourdin. Otto, nature d'élite, avait l'âme flagellée du matin au soir. Ça aussi les juges ne peuvent le comprendre, que les mois de prison ne sont pas les mêmes pour tout le monde. Le géant aux perlouses, lui, c'est tout juste s'il avait conscience qu'il était au trou. Il se trouvait un peu à l'étroit évidemment, mais la galtouse ne le rebutait pas, au contraire. Nous, on voyait venir les fayots avec horreur. Lui, s'en faisait remplir une cuvette et ses yeux pétillaient de malice pendant qu'il engloutissait les flagdas charançonnés de l'Administration. Il savait bien, le fumier, qu'Otto tremblait déjà, ne vivait plus que dans la crainte du futur bombardement. De ça, il avait *conscience*. L'âme s'éveille par la méchanceté, chez les enfants, les primitifs, c'est bien connu.

Dès qu'on est à trois dans une cellote, on s'inquiète de savoir ce que les autres ont fait pour aboutir au ballon. C'est assez important dans certains cas. Je cachais quelques bricoles à mon juge, on pouvait me placer au bon endroit. On me dira que c'est un procédé vieux comme le monde; il faut croire qu'à la longue, les plus silencieux finissent par se déboutonner un peu, puisque le truc fait encore partie de l'arsenal d'investigations policières. Curieux quand même, de penser que celui qui a résisté aux tabassages, aux questions viceloques, aux doux chantages, qui a déjoué les mille pièges savants des flics, se laisse parfois aller à raconter son petit secret au premier venu.

King-Kong m'a vite affranchi. Tout juste le temps d'enfiler son froc! C'était encore une victime, mais le contraire de mon pote Abou Soubé, le casseur sénégalais à l'infirmerie, qui voyait, lui, l'origine de tous ses malheurs dans le colonialisme.

« Une honte, gars! Dix ans de travaux forcés, tu te rends compte, pour avoir caressé les côtelettes d'un bougnoule. Si ça continue, c'est eux autres qui viendront ici nous botter le cul! Vingt dieux de bon Dieu! Dix ans! Et c'est des Européens qui m'ont condamné. La Cour d'assises de Libreville. Parfaitement, gars! Tous des Blancs, le juge et tous les autres...

– Vous oubliez de dire que ce nègre est mort... »

Otto intervient insidieusement. Le gorille s'arrête, le fixe... cherche à entraver.

« Ben quoi! Merde! Oui, il est mort c'te saloperie! Je l'ai surpris, je t'ai d'jà dit, en train de me voler dans mon garde-manger! Et c'était pas la première fois! Tous ces fumiers de nègres c'est voleur, feignant, et ça veut se gouverner eux-mêmes, qu'ils disent! Ah! ben gars! Ça va être un joli gâchis au Gabon un coup qu'on n'y sera plus... »

Il fermait sa braguette avec soin, marchait vers la porte lentement. « Un joli gâchis, ouais, pour sûr! » il répétait. Je sentais Otto plein d'arguments, d'objections qui s'étranglaient dans sa gorge. Pour lui, au-dessous de cet homme sans respect pour Beethoven, il ne pouvait pas y avoir plus fruste, plus primitif; le nègre voleur appartenait certainement à une catégorie humaine supérieure. Malgré ses origines fritz, il n'était pas raciste, Otto. Sous Adolf, il s'était planqué en Suède avec son piano. On lui reprochait de fréquenter les virtuoses hébreux et de s'afficher en public avec une petite violoniste au tarin étrange. Bref, des salades qui, à l'époque, auraient pu le métamorphoser en savonnettes *Nacht und Nebel.* Cet abominable homme des tropiques lui rappelait certains de ses compatriotes. « Il suffit de les convaincre qu'ils sont supérieurs et, après, ils deviennent atroces... » Moi, ce qui me choquait au fond, c'était la raison de cet assassinat. Indirectement, je me sentais visé. Il existe un embryon de solidarité entre les voleurs. Je me mettais quelques secondes à la place du boy gabonais en train de succomber sous les caresses de cet honnête orang-outang.

« Homicide!... Y m' font marrer! Tout ça c'est que des mots pour mieux vous mettre en prison! J'y ai juste foutu quéques coups de poing... C'est pas de ma faute s'il est crevé... D'abord, il était tuberculeux, il toussait tout le temps, le salopard, et y voulait pas travailler... La tuberculose, gars, c'est la maladie des feignants! »

Doublement visé. Mieux valait que je ne parle pas de mes pneumos. Otto se permettait encore quelques remarques, cependant.

« Puisque c'était votre domestique, vous auriez dû l'envoyer à l'hôpital. S'il était malade... »

L'autre ne pouvait pas en entendre plus, il s'est mis à se marrer comme si on le chatouillait. Ah! là! là! D'où qu'il sortait ce minable aux grands cheveux, au teint pâle, aux mains de sage-femme! Merde! L'hôpital! Pourquoi pas l'envoyer aussi au concert, le bougnoule, pour qu'il prenne des airs inspirés en écoutant Bite-au-vent!

« Vous autres qu'avez jamais mis le pied en Afrique, vous pouvez pas savoir. C'est bien à cause de vous qu'on perd toutes nos colonies. Parfaitement, gars!... Du jour qu'on a interdit la chicote au Gabon, ç'a été le bordel! La pagaille! La fin de la France! »

Cocu de guerre, il avait abandonné sa ferme normande en rentrant « de prisonnier » en 45 et l'Afrique lui avait parlé. Une vie de nabab à tringler les négresses et botter le cul de leurs époux, de leurs papas. Et puis voilà, le monde évolue à un rythme du diable. Les Gabonais se sont mis eux aussi à rêver d'indépendance, le rêve du siècle, pour les coulourèdes. Marre de prendre des coups de chicote et de figurer dans les films de *Tarzan* avec un caleçon ridicule, toujours serviteurs fidèles, grooms, naïfs, rigolos, prêts à mourir pour le drapeau français. Ils ont trouvé ça vieux jeu tout à coup. On a eu beau leur expliquer que c'était magnifique d'être descendants des Gaulois, qu'il n'y avait rien de plus digne d'envie, qu'on allait leur faire des hôpitaux, et tout de suite! des cathédrales, des lycées... leur envoyer des pinupes blondes, qu'ils feraient partie d'une grande Communauté merveilleuse : ils ne voulaient plus rien entendre ces sauvages! A tout ils répondaient *Indépendance.* Têtus, obsédés, rudimentaires, enfantins! On les a pourtant gâtés ces chéris, choyés, éduqués et voilà la reconnaissance d'avoir soigné leurs véroles, chassé leurs mouches tsé-tsé, leurs malarias, leurs lèpres. A peine hors berceau, ils abandonnent leur vieille maman.

« Si qu'on part, gars, ils vont se rebouffer entre eux! C'est dans leurs coutumes. C'est pour ça qu'y veulent nous voir réembarquer, pour pouvoir se manger les uns les autres. Tu comprends, gars! Hein! Et c'est-y pas une honte que de m'avoir condamné à dix ans de travaux forcés? »

Bien sûr, j'étais indigné. Exactement comme je l'étais lorsque Abou Soubé m'expliquait les horreurs colonialistes, comme je l'étais, à l'infirmerie, lorsque les F.L.N. me parlaient des tortures D.S.T., comme je l'avais été en 48 lorsque les collabos se plaignaient de l'épuration. Pas contrariant, je les laisse tous dégoiser leur bile, aux politiques, idéalistes de tout poil, à ceux qui croient ceci, cela, qui se pognent à l'Avenir mirifique... Déjà assez d'emmerdements sans me mêler d'avoir des opinions sur les grands problèmes. Du luxe tout ça ou de l'attrape-cons. A force d'en écouter des convaincus, de droite ou de gauche, dans mes prisons, tous persuadés que le monde s'arrêtera de tourner si on ne leur permet pas de triompher (et d'envoyer leurs adversaires à leur place dans le trou), on devient sceptique, on connaît toutes les chansonnettes, le *Horst Wessel Lied, Les Enfants de la Patrie, L'Inter,* et celle que braillent à présent les ratons, chaque matin à la promenade. On ne peut pas dire qu'ils soient aussi doués que les boches pour les chœurs. Ils n'ont pas encore leur Beethoven, leur *Neuvième* avec *Hymne à la Joie*... Ça démarre sur l'air de la *Sambre et Meuse,* puis ça part petit à petit en couille... cacophonie dégueulasse qui fait sursauter Otto, lui fait fermer vivement la fenêtre, le rend encore malade pour deux heures. L'autre, c'est pas son sens esthétique qui risque d'être choqué, mais sa fibre patriotique; il trouve qu'on devrait les massacrer, ces crouillats, un par un ou en bloc, au choix. On ferait un référendum-dum pour savoir...

« Dans chaque village, gars, je te ferais marcher un grand four que rien que de le voir fumer au loin, ça te leur ferait passer l'envie de l'indépendance! Pas vrai?

– Bien sûr. »

La brousse ne lui avait pas fait perdre l'accent du terroir, chaque fois qu'il jactait, je restais un instant surpris. Je me demandais si c'était possible, s'il ne se parodiait pas. Que non! Tout à fait incapable de s'autocritiquer cézig. Il se trouvait juste, bon, nécessaire... animal utile à l'agriculture, à l'expansion de l'agriculture française. Le contraire absolu d'Otto, lui, plein de problèmes, cas de conscience, réticences... torturé d'âme. J'avais déjà partagé pas mal de cellules, c'était la première fois que je me trouvais avec des zèbres si opposés. L'Ange et la Bête, l'esprit et la matière, en somme.

L'homme libre, celui qui n'a jamais mis le pied hors de la ligne droite, qui connaît tout, mais par le cinéma, voit une taule pleine de clichetons, de gangsters Gabin, Bogart, Constantine! avec, à la rigueur, quelques Boris Karloff par-ci par-là, étrangleurs sadiques de vieilles dames. En réalité, ils sont plutôt rares, ces modèles, on en voit bien quelques-uns qui s'efforcent de ressembler aux héros de la Série noire, en général ce sont des jobards, des bidons! Les vrais ne ressemblent à rien du tout.

Un étudiant des sciences politiques est venu là quelques jours par inadvertance, chez les droicos, le seul innocent plausible qu'il m'ait été donné de voir. Les yeux lui sortaient de la tête, traversaient le verre épais de ses lunettes d'intellectuel. « J'aurais jamais cru, il bredouillait... Ah! jamais. Quelle expérience! » Il en avait pour le restant de ses jours à raconter à ses amis, dans les livigne-roumes, pendant les longues soirées bourgeoises. Entrevu l'horreur des lieux, senti le fameux parfum, biglé les graffiti, les bites monstrueuses sur les murs de la cellule d'attente au rez-de-chaussée. Pourtant, une quinzaine de placard, c'est tout à fait de la rigolade! à peine le temps d'un petit reportage sans conséquence. Pour bien comprendre, faut se la déguster la sauce durant des mois, des années. Là, ça prend une autre tournure, c'est alors tout à fait sérieux, c'est plus de l'expérience au rabais.

Je commençais à en avoir ma ration. Pas reporter du tout. J'avais des soucis garantis sur facture par les gracieux boys de la XXe Territoriale. Je m'en tapais la biroute, moi, des malheurs d'Otto, de ses souffrances de jeune Werther entretenues par l'hideux colonialiste pétomane. J'aurais préféré être seul pour gamberger mon affaire, préparer ma portion de dialogue avec le commissaire Lopardi. Il avait un drôle d'avantage, ce pédé! Pas à subir, lui, deux lascars vingt-quatre heures sur vingt-quatre. Il pouvait se préparer son petit rapport bien au chaud dans ses pantoufles... pipe, café et le ragoût de bobonne le soir au souper familial. Un Maigret chair et os pour moi tout seul, très décidé à éclaircir des tas de mystères, fouineur, fureteur, déducteur, destructeur acharné de mes plus beaux alibis. Il m'a dégoûté, celui-là, des romans policiers pour le restant aléatoire de mes jours. On a un point de vue particulier sur toutes choses selon qu'on se trouve d'un bord ou l'autre de la barricade. Je me suis toujours trouvé du côté le plus réel de ces belles histoires; dans le box de justice, énergumène sous l'œil sévère de nos magistrats si humains; sur les billards de chirurgie, tout sanguinolant, offert à la cisaille des hommes en blanc; dans les grandes plaines neigeuses d'Alsace, petit point noir parmi tant d'autres dans les jumelles du stratège impérissable. Pendant le roman policier, sûr, je ne pouvais être que l'inconnu, celui qui se fait cerner petit à petit par l'intelligence du limier, sa perspicacité profonde, sa psychologie sans égale.

Elle craquait de toutes parts, ma cambuse! Les sous-fifres à Lopardi me le répétaient. « Tu ferais mieux de passer à table, les hors-d'œuvre sont servis et le patron te prépare un de ces plats de résistance que tu vas t'en lécher drôlement les babines! Avec nous, ça sert à rien de faire la fine gueule, le délicat sans appétit! N'importe comment, l'addition c'est toi qui la casqueras. Nous, on est juste comme qui dirait des invités. »

Ils venaient m'attendre de temps en temps le matin au greffe. On me rasait de frais pour la circonstance. *Alphonse Boudard extrait P.J...* Y avait de la joie en perspective, je serrais les miches le long du chemin dans les couloirs. Leur 403 était devant le perron. Une petite promenade cadènes aux poignets, ils m'offraient ces tantes. Ils me réservaient toujours une surprise à l'arrivée... une trace de chaussure relevée sur les lieux d'un cambriolage... des témoins formels... quelques photos anthropométriques pour me divertir...

« Ta bande! Va pas dire que tu le connais pas, ce Marcel Flaireau! T'étais à l'école avec lui! Et celui-là? Tu vois pas non plus? Non? Ça te dit rien, ces moustaches de Mongol? Vraiment... T'as la mémoire courte! T'es pas amnésique, non, des fois? Tu veux pas te souvenir? T'en as fait pourtant sauter des lourdes avec ce Canaque! Hein? Canaque... un joli sobriquet? Pas courant... Ça ne lui a pas porté chance. T'aurais pu tout de même te fendre d'une couronne pour son enterrement. " A mon associé. " C'est des choses qui se font dans l'industrie, dans le commerce. Tu manques de savoir-vivre et, surtout, t'as pas de mémoire, ça va te faire un tort considérable chez M. Elbron! Un homme tout ce qu'il y a de compréhensif, M. Elbron, mais il aime pas qu'on se moque de lui. C'est naturel. Et puis, dis donc, tes potes à la ratière, ils t'ont pas affranchi?... C'est un juge spécialiste pour les crimes, les affaires d'Assises, M. Elbron. Tu te paluches peut-être encore que ça va se tasser à l'amiable dans une petite correctionnelle pépère! On aime autant te prévenir, que tu soyes pas trop déçu : le commissaire Lopardi, il prépare une belle charrette pour les jurés de la Seine... une jolie brochette de casseurs. Tu seras le plus beau joyau de la collection, la pièce rare! On est en train de te coudre tes galons de capitaine... tu vas reluire! T'auras ton portrait dans tous les canards! On te garantit la grande vedette. Alphonse Boudard de face et de profil. La gloire, mon petit pote! Ta bignole, elle a pas fini d'en parler! Tu l'as surprise. " On n'aurait pas cru " qu'elle nous disait. Seulement, dis donc, une première page dans *Le Parisien* c'est pour la journée, le verdict, lui, tu vas te le farcir sept ou dix piges. Réfléchis. Nous, ce qu'on te cause, c'est plutôt pour ton bien. On n'en a rien à foutre que tu soyes à Clairvaux ou sur la Côte-d'Azur! Ça nous met pas un rond de plus dans la fouille les soirs de sainte-touche! Si t'étais un peu moins têtu, un peu plus intelligent, on arrangerait plutôt ta salade. Le patron nous le disait encore hier. On n'est pas des ingrats, si tu nous aides, donnant-donnant... Y aura mèche pour que t'ailles pas aux durs. Ce qu'on t'avance, on peut le prouver, te citer des noms de mecs qui s'en sont pas trop mal tirés... qui sont rangés, à présent, qu'avaient pourtant des sales dossiers. Toi, tu t'obstines, tu nies des choses qu'on n'aura pas beaucoup de mal à prouver... »

Le sarcastique a fini, s'éponge son crâne chauve. Pas de picotin pour sa machine à écrire. Un modèle antique, monumental, qui fait au tapin un bruit de quincaille épouvantable. Je suis *très exactement sur la sellette*... centre de la pièce... centre d'intérêt... menottes aux pognes, assis sur un petit tabouret.

Autour, ça s'agite la volaille, ça rentre, ça sort. Dossiers, cigarettes, questions brûle-pourpoint. Ça pose le chapeau, retire la gabardine, feuillette quelques paperasses entre le cendrier débordant de clops et les pièces maîtresses de l'enquête : les photos, les clefs, une pince-monseigneur comaco qui vous débriderait la porte d'entrée des Invalides.

Maintenant, c'est le tour d'un gueulard, un jeunot face de Titus. Il me postillonne ses griefs, met bas la veste. En bretelles fines que ça lui donne le genre yankee, agent F.B.I... son rêve en bandes dessinées... Là! il pose son calibre sur la table. Il me raconte ma vie en images... ma carrière, mes exploits. Il me sort tout le paquet. Je vais m'effondrer sous la surprise, m'affaler comme une putain! Des preuves? Il me les apporte saignantes, saisissantes... Qu'on m'a vu avec Canaque, reconnu vingt fois, bordel de merde! Jamais rencontré un con buté comme mézig!... Elbron, lui, appréciera! Et le tribunal, et les jurés, et les agents de la Tentiaire! Ah! Je lasserais l'archange Gabriel! Il regrette le temps des castagnettes. Peut-être que sous les coups j'aurais été plus causant. Il en doute quand même, il a lu mon dossier de 47, mes premières fautes contre la loi. A l'époque, ils s'en donnaient, les bourriques, des joyeuses parties de punching-ball! On arrivait au dépôt la tronche rectifiée, les amis avaient du mal à vous reconnaître. Je me souvenais d'une belle séance de pieds nus à me faire écraser les orteils à coups de talon. Ça creuse un fossé dans les rapports humains, on a plus envie, ensuite, de s'épancher chez ces braves gens protecteurs de l'ordre! Il en serre le poing, le Titus, de ce qu'il pourrait me mettre dans la gueule, s'il ne redoutait pas que j'aille au pet... lui foutre mon maître Lubary au train procédure, s'il osait frapper un pauvre phtisique.

C'est le désastre, ces mœurs de poursuivre l'honnête fonctionnaire au travail! Pour une malheureuse tarte à un vagabond, des salades à plus finir! Il me traite plus bas que les croûtons de pissotière, voir si je vais pas bondir, me laisser aller à un geste, qu'il puisse se défendre légitime! J'ai dû me faire dauffer, il suggère, par Marcel, par Canaque, par les autres qu'il cherche... C'est connu, couru, courant dans les gangs, le chef baisse son froc devant ses hommes un beau soir. Il a trouvé ça seul, Tituslardu. Ça doit prendre avec certains. La moindre allusion qu'on leur ait mis le doigt au prose, ils bondissent, cassent tout dans le burelingue. Il tente, Titus... Tout est bon pour atteindre le but, la devise maison! Insiste que c'en est étrange... Ça me démange de lui demander ses impressions. Si ça fait mal sans vaseline. Je me mords la langue, me la tourne cinq-six fois en bouche. Je parle juste avec mes yeux. Il entrave sans doute... rougit... se trouble... et tire l'échelle. Au suivant.

Un bon gros au visage coloré qui parle d'autre chose. Cigarette! Quel sale temps humide! Il marie, la semaine prochaine, un grand fils à peu près de mon âge, sergent-chef de la Coloniale. J'aurais pu faire, moi aussi, une jolie carrière. Il peut pas me considérer comme n'importe quel malfrat, mes exploits antiteutons, ma blessure glorieuse, ma croix étoilée! Tout ça on en tiendra compte le jour du jugement avant-dernier. La France est reconnaissante. Peut-être que j'ai faim?... que je mangerais bien un petit casse-croûte au jambon avec une Kronenbourg toute fraîche? V'là comme il est, le gros Léon. Un père de famille. Sa méthode est critiquée des jaloux. Elle a cependant porté ses fruits. Il a fait pleurer Gégène-la-brute lui-même! A petits sanglots, il recueille la vérité... Goutte à goutte dans l'éprouvette de Justice! Les autres peuvent hausser les épaules, mépriser, eux ils butent l'homme, salopent l'ouvrage avec leurs brusqueries, leurs manières cassantes, leur genre à effrayer même le caveston sans un poil de vice! Chaque être a une fibre sensible, une vieille mère, un fils clandestin, un coin de ciel pur dans la vidange! Papa Léon tire sur la corde. La fleur du ruisseau, il y croit. Pas mort le mélo Belle-époque! Il essaie la valse lente après les tam-tam bop. Je dois être une nature récalcitrante. Je me tape son demi de bière et cause toujours bouffi-poulet, tu m'intéresses, tu pourrais remplacer Bernard Blier sur l'écran dans les rôles de cocu superbe! Si je pouvais ouvrir les écluses, pleurer comme un veau, je le récompenserais, cet homme. Mais je suis constipé des glandes lacrymales. Il abandonne à son tour au bout d'une plombe, navré, épuisé. Il me relivre aux autres, encore le Titus et un maigre aux yeux globuleux, que c'est le genre froid, méthodique, celui-là, à accumuler les preuves et les preuves, les empreintes, les microphotos, mes contradictions innombrables! Titus m'abrutit d'un côté, me matraque le ciboulot, tandis que le globuleux fignole aux questions viceloques. Duo très au point. Admirable police! Dormez, bonnes gens! Dormez en paix!

J'ai hâte de retrouver l'atmosphère empestée du château fort, mes potes patibulaires, les matons vinasseux, la sérénade F.L.N. J'en suis pourtant qu'au lever de rideau. On attend Lopardi, le clou du gala! Ils voudraient auparavant obtenir un petit quelque chose, un bout d'aveu, qu'ils ne passent pas pour des bons à nib.

« Tu te souviens pas du numéro de sa voiture?... Même un fragment, un petit morceau? T'as peut-être la mémoire des chiffres, et ça, ça ne t'engage pas lerche... »

Ils recherchent le troisième homme à défaut du

second. On est en plein chef-d'œuvre de ciné-club... à la séquence bouleversante :

« 75.

– Quoi 75?...

– 75 à la fin... Ça je me souviens. »

Ils se regardent. Pas possible? Je dépasse les bornes! J'attige! Je chie dans la confiture! J'ai le culot de trente-six ratons!... Ils ne rêvent pas. Non! j'ai dit 75. Sûr! Pas 79... 73? 75, le numéro minéralogique de la Seine?... Répète voir?... Ose! Pas permis de se moquer de la sorte. Ils ont été pourtant gentils, humains, polis, aimables. Ils m'ont tendu la perche... la bouée! Je veux absolument pas comprendre. Je joue au con. Même papa-bouffi va au renaud. Ils en appellent des autres burelingues pour me frimer. Ils leur racontent mon coup de 75. De toutes sortes, maigres, gros, haltérophiles... des bouilles à petit front, esgourdes aplaties sur les rings. Je déborde l'entendement. Je suis un sacrilège! un colombin dans le bénitier! Ils se retiennent de me massacrer. Ça sent le lynchage, la chair à saucisse!... Quart de poil que tous ces poings se propulsent sur ma frêle silhouette. Juste Lopardi rentre à ce moment. Ça s'écarte... le respect dû au supérieur. Il sourit de leur indignation, le super-flic caïd maison. Mains aux poches de son imper des surplus... col relevé... pipe au bec... Il s'assoit sur le bord de la table. Il domine... me domine. J'ose plus lever mes yeux indignes. J'attends, mélomane, le beau morceau du concert. Ça gronde. L'orage dans le lointain, il approche, approche... Il va me foudroyer le Wagner de l'enquête. Trois minutes de suspense pour un couac foireux. Petit marché sordide, que c'était pas la peine de tant de mise en scène. Il me demande un rien, les prénoms, un bistrot fréquenté par ceux qui étaient avec moi dans la boutique Roblot! Qu'au moins je lui donne le numéro de la voiture, en échange il écrasera l'affaire Canaque... Voilà. Pas très neuf. Il me laisse deux heures pour gamberger pendant qu'ils vont au restaurant. Gardes, emmenez cet homme...

Au second acte, Lopardi se taille la plus belle part. A lui le rôle écrasant du monstre sacré. Le moindre geste il l'a calculé, prémédité soigneusement. La façon désinvolte de taper sa bouffarde sur le talon, toc! toc! de sortir sa blague, de rebourrer, d'allumer, de m'envelopper de fumée. Le critique infaillible du *Figaro*, s'il pouvait voir, il en resterait bègue d'admiration, il trouverait plus les adjectifs pour régaler ses lecteurs. Admirable! Excellent! Mots bibine, éculés, usés à la corde, Lopardi mérite beaucoup mieux, il enfonce tous ces poulets d'opérettes.

Décor... toujours le même... La machine modèle 1913, les clops froids, le mur à la chaux, la fiche d'un truand algérien recherché : Ben Ahmed Mohamed Larbi... on ne peut pas être plus anonyme. La fenêtre donne sur une cour grise. J'ai zyeuté tout de suite la perspective de liberté, mais ils m'ont laissé les menottes par prudence, et pour m'emmener dans la cellule du commissariat, traverser juste la rue, à midi, on m'a mis les mains au dos et j'étais escorté d'un gardien à mitraillette! J'aurais tué l'autre, le deux fois Sauveur de la France, ça serait pas plus de précautions. Bon. La table encombrée, les vitres sales, les traînées jaunâtres au plafond. Eclairage très, très discret, économique à outrance! Le ministère les lâche menu. Titus peut rouler les F.B.I., le dernier des naves ne s'y gourre pas, on est bien au pays des Grands principes, du bas de laine et de la Justice en peau de grigou. C'est le gros Léon, officier de police adjoint, qui balaye, tellement il est écœuré de voir la turne aussi cradingue. Quatre ans qu'ils ont fait la demande pour l'aspirateur. Elle est revenue avant-hier : ils ne l'avaient pas rédigée de la bonne façon. A recommencer. Ils l'auront leur Tornado quand tout marchera à l'atome. Je m'égare. Revenons à Lopardi. Gros plan. Comme tronche, il serait possible, presque quelconque avec sa coiffure plate à la Tino Rossi, sa mâchoire sèche, ses yeux un peu trop rapprochés à mon goût... Mais ce qui me frappe chez lui, ce que je ne vais pas quitter du regard : ses mains! Des drôles de paluches qui vous mettent très mal à l'aise. Il va pouvoir bavacher, se faire doux, dur ou mou, moi je bigle ses louches, ses petits doigts courts en saucissons. Ils m'hypnotisent. « Je te parle en homme de cœur. » Pourquoi pas? Tout est possible, seulement ces mains! Elles m'inspirent de drôles de réflexions. J'en avais jamais vues de pareilles! Je me demande ce qu'on peut faire avec des pognes de ce genre? Pas du piano certainement. Otto frémirait de penser que ces doigts-là puissent souiller son Pleyel. Ce n'est pas non plus l'usine qui les a tassés, aplatis de la sorte? Donc, c'est de nature, il est né avec. A la longue, il s'apercevra de mon regard et il ne saura plus où les planquer ses outils d'étrangleur. Y aura comme une sorte de gêne.

« Alors? il demande aux autres.

– Il dit toujours les mêmes choses... 75, et des trucs à faire rire des gamins de dix piges... Des alibis pour Tintin. »

L'art de Lopardi est empirique et consiste surtout à ne pas se décourager, à ne jamais s'avouer vaincu. Il a attendu des mois, des années pour faire marron certains mecs... des vicieux hors ligne qui pourtant se sont retrouvés, ici, dans ce bureau minable, à cette même place. Aussi penauds, les Buonaparte de la pègre, que moi-même, rat de moindre envergure.

« Tôt ou tard, vous y venez tous... A ce jeu-là, on

finit toujours perdant. Même pas besoin de se fatiguer. Vous nous tombez rôtis dans le bec. Maintenant, toi, tu devrais faire preuve d'un peu de bon sens. Depuis ton arrestation tu t'enfonces de plus en plus. Tu as commencé par nous donner une fausse identité, tu savais bien qu'avec tes empreintes au fichier on te redressait vite... Seulement, tu voulais gagner du temps... Du temps pour tes complices! C'est une évidence qui te vaudra pas l'indulgence des juges... des jurés! Car, ne l'oublie pas, j'ai suffisamment de cartes pour t'envoyer devant les Assises. N'importe comment, tes petits potes à la D.S. immatriculée 75, je les sauterai. Tu ne veux pas les balancer parce que t'as peur de porter le chapeau. Je t'ai pourtant promis que ça resterait entre nous, que je te ferai rien signer! Ils n'auraient aucune preuve contre toi. L'essentiel, tu devrais le savoir, ce n'est pas ce qui est vrai, *c'est ce qu'on dit*... Crois-moi, si tu persistes à ne pas m'aider, je te le ferai porter tout de même le bada. Un grand à large bord! Je te prépare une réputation dont tu n'es pas près de te débarrasser. J'en connais plusieurs qui sont au cimetière à présent et qui, crois-moi, ne s'étaient pas mis à table... Par contre, d'autres qui passent pour des *hommes* et qui, eux, m'ont donné un sérieux coup de main... C'est la vie, ça, mon petit pote. Je te croyais apte à comprendre. On m'avait dit que t'étais futé! Total, je m'aperçois que tu te conduis comme une truffe... une vraie patate! C'est toi qui vas casquer, et fais-moi confiance, je m'arrangerai pour que tu te récoltes le maximum! Tu ne veux pas me faciliter le travail, alors je vais te faire voir que je suis aussi mariole que toi. Pour l'affaire de la biscuiterie, t'es foutu! Tu peux battre à Niort... nier comme un con, Flaireau s'est allongé. Tout est contre toi. M. Brouer, le plaignant te reconnaît. Et ces trois journaux dans ta chambre? Hein! Tu t'y intéressais drôlement aux événements le 19 juin dernier? »

Je réponds vite pour une fois. Je l'attendais là, les autres m'avaient parlé de ces journaux dans la voiture, le matin pendant le trajet.

« Je m'intéresse aux reportages des cérémonies du 18 au Mont Valérien. J'ai bien le droit... J'étais dans la Résistance, vous savez bien... le culte du souvenir... »

S'ils sont surpris d'entendre le son de ma voix! Il est vrai que je ne les gâte pas en confidences. Je suis plutôt pour le cinéma muet, j'ai lu quelque part que c'était le plus beau. Le langage des images. Certifié par tous les docteurs ès-Septième Art... Des articles à vous clouer les plus impénitents jacasseux.

« Alors c'est par hasard que t'es tombé sur la photographie de Canaque. »

Ce sourire entendu du Lopardi! le plus borné péquenot le voyant entraverait tout... que je suis le complice, celui qui s'est enfui dans les ténèbres, que *la police cherche activement...* L'ombre, le courant d'air mystérieux, la clef de l'énigme.

« Même pas fait attention... Connais pas, je l'ai déjà dit à vos inspecteurs.

– Et tu ne te rappelles plus de ce que tu faisais cette nuit-là? Je sais, tu vas me répondre que tu ne tiens pas un carnet de ton emploi du temps. C'est dommage, ça te serait bien utile et à nous aussi. D'un autre côté, tu pourrais peut-être nous expliquer ce que tu as été fabriquer à la biscuiterie la semaine avant le cambriolage. Ça, tu ne peux pas le nier. Tu t'es présenté avec tes crayons à bille, tes enveloppes, tes papiers collants... On t'a viré... le comptable. T'es revenu le surlendemain. T'as insisté lourdement. Ça te rapportait pas lerche la représentation, hein? Même pas le minimum vital! Tu vivais pourtant bien, tu te privais pas trop!... Les chiffres parlent. On est en train justement de les éplucher tes dépenses. M. Elbron, ça l'intéresse tes dépenses, ton standing de vie. C'est un sociologue. »

S'il m'offre d'écraser l'affaire de Canaque, c'est qu'il n'a pas suffisamment de preuves. Facile à déduire. Il a beau m'aplatir de témoignages irréfutables, maître Lubary n'aura même pas besoin d'agiter ses belles manches noires, de tendre le doigt vers la Vérité Supérieure pour pulvériser ces vétilles. J'attends d'être devant le juge d'instruction pour allonger mon alibi. Il me faut le temps de me souvenir, c'est plus plausible. Si j'abats mes brèmes d'autor, ce pourri-là trouvera un biais pour me contrer. Préférable de le laisser bander, au dernier moment la belle criera au viol. On imagine pas ce que ça demande de patience et de réflexions une défense solide. Ça fait malheureusement partie du métier. Suffit pas d'aller casser, faut tout prévoir, le pire surtout pour minimiser les dégâts. Je vais vous expliquer dans les pages, les chapitres à venir. On pourra se rendre compte, admirer la science voyoute, le réel talent des artistes.

Une dernière fois, Maigret insiste. Il veut ces inconnus à la D.S. Il y tient. J'ai beau lui répéter qu'ils n'existent pas... que c'est une fiction, invention, une confusion, une lubie de ma bignole, il ne démord.

« Gros... cheveux roux... légère calvitie... moustaches à la Brassens... ça te dit rien? Un blouson en velours côtelé. Enfin, merde! tu peux pas nier son existence! Tu recevais des tas de potes, je veux bien te croire, mais celui-là tu l'as hébergé! Ta concierge le dit... au moins quinze jours, elle l'a vu, il faisait des courses dans le quartier. Le lendemain de ton arrestation il est revenu. Il avait les clefs de ta chambre. Tu ne vas pas me faire croire qu'il s'agit d'une vague relation. Monsieur Albert! On connaît ça, nous, on en cherche tous les jours des monsieur Albert! Il a emporté deux valises. Mme Cartier ta voisine du dessous l'a reconnu, elle n'est pas folle elle aussi. Il était six heures du matin, elle partait à son travail. Tiens, lis sa déposition, je n'invente rien. La D.S. 19 était en station au coin de la rue des Trois-Territoires et de la rue Guynemer. L'autre était au volant. Dommage qu'elle n'ait pas eu l'idée de relever le numéro de la plaque minéralogique.

– C'était certainement une voiture volée. Nous perdons notre temps et notre salive. »

Le gros Léon qui se permet d'interrompre son chef. Ça lui a fait perdre le fil de son exposé. Il me contemple en hochant la tête, le commissaire Lopardi. Il en a marre, il va clore sur quelques menaces et me laisser, pour la routine ou par acquit de conscience, encore deux trois heures avec ses poussins. Jamais, merde! il a vu imbécile aussi borné que mézig. J'adopte un système de défense sans issue. Il viendra devant la Cour d'Assises m'assaisonner sévèrement. Il faut que je me foute bien ça dans le trognon... que chaque soir je m'endorme avec cette idée. Pourtant un mot eût suffi pour qu'on se quitte en excellents termes... Lui qui ne pensait qu'à mon bien, à mon relèvement moral déjà! mon avenir meilleur! On peut dire que je le déçois... que je suis un triste individu absolument irrécupérable.

Voilà. Il rallume sa pipe. Il hausse les épaules. Il sort.

Le maigre aux yeux globuleux me reprend en main dans l'autre bureau, seul à seul. Il a d'autres questions à me poser. Un volumineux dossier sur la table. Il ne manque que la lampe à réflecteur pour m'éblouir. Encore des dates, des déclarations. Il veut que je réponde vite, que je m'embrouille, que je me sorte plus de ce sac de nœuds. Marcel a soi-disant avoué des casses très invraisemblables, et jusqu'à des braquages que ce n'était pas sa spécialité du tout. Il a tort, le globuleux, d'en rajouter, je connais mon Marcel, c'est pas son genre l'appétit insatiable, le je-te-dévore-tout-ce-qu'on-me-présente... Même à la Tour d'Argent, il enfoncerait pas sa fourchette dans l'ortolan sans l'avoir un peu reniflé. Une méfiance maladive qui lui vient d'avoir bouffé tant de charogne dans les rescos, pendant sa jeunesse sous l'Occupation, d'avoir vomi si souvent dans les chiottes des repas pris trop hâtivement. Globuleux n'a dû jamais interroger Marcel, ou alors il n'a pas le minimum de psychologie pour faire le plus minable flic. Il me tend des pièges que c'en est des fleurs. J'ai qu'à dire non, non, non, et non!... que je connais personne, que je suis sourdingue, aveugle, quasiment muet. Je signe que des négations. Peut-être après tout ce qu'il voulait, se débarrasser de moi, bâcler un boulot fastidieux.

Ne pas oublier que le fonctionnaire s'en fout aussi, qu'il fabriquerait tout autant des camemberts, peignerait le président, branlerait la girafe pour le même prix.

Ce globuleux, je lui trouve pourtant un air enculeur de mouches que ça m'étonne de le voir saboter l'enquête. Il range les faffes, recouvre la machine de sa housse. Aimable soudain... gauloise? se dirige vers la porte. Je me lève. Je me suis berluré, c'est pas encore le retour triomphal au placard. Puisqu'on est en tête-à-tête, il va s'épancher. Il me chuchote qu'il peut m'aider sérieusement. Il n'est pas comme certains de ses collègues à vouloir enfoncer le truand. Je lui suis sympathique. Son amitié, il me l'offre franco. Il me demande pas le vrai blaze de M. Albert, aucun aveu. Rien. Mon affaire peu ne lui chaut!... Il s'occupe de choses plus sérieuses. Un nom qu'il avance m'affranchit d'emblée. Je le vois à la promenade le porteur de ce nom. Il cache des secrets bien plus importants que les miens. Ça serait si simple, un changement de cellule, puis ouvrir les yeux, les oreilles. Un précieux service que je rendrais, non seulement à cet ami globuleux si spontané, mais encore à la société tout entière. Là, on me ferait un magnifique bouquet. Le juge bâclerait son instruction, et je passerais en correctionnelle entre deux affaires de vol à l'étal, à la six quatre deux... presque comme pour un flag. Le soir du jugement je sablerais le champ' avec cézig. A ses frais. Il n'a qu'une parole et j'ai une gueule qui lui revient tant, qu'il aimerait sincère devenir mon ami, mon pote à la vie à la mort. Il me laisse même entendre, l'enfoiré, qu'il a des tuyaux increvables, que je pourrais remonter mes boules en deux coups de pince monseigneur. « Jusqu'ici t'as perdu ton temps... » Il m'enfonce son regard froid dans l'âme... Insiste, insiste des yeux. Je devrais lui glavioter à la face si j'étais sublime. Merde! Qu'il puisse penser que je vais me métamorphoser, comme ça, en ordure intégrale, c'est le comble de la débectance! Le grand héros *Série noire* le démolirait recta, malgré les cadènes, les renforts qui rôdent dans le couloir, la corrida finale, les complications multiples! Il se figure que je réfléchis, pèse le contre... les potes du caïd à mes trousses avec des calibres bien garnis.

« Si tu mènes ton travail intelligemment, il ne peut pas y avoir de suites... De toute façon, on est là pour te protéger. »

Il dit ça sans rire; ils ont un humour bien à eux, ces poulagas! Des plaisanteries ésotériques, qu'il faut connaître bien le bâtiment pour apprécier. Je la boucle encore, le laisse supposer ce qu'il veut... que j'ai surtout le trac de me faire étendre. Je lui tranquillise sa belle conscience. « Tant pis », murmure-t-il. Léger rictus derrière la fumée de sa cigarette. Il ne donne plus lerche de mon destin.

Dans le décor du premier acte ils ne me veulent plus, je les ai tous désenchantés. « Taille-toi, salaud! Refoutez-le en cage. On le ramènera quand on pourra! » Je n'ose y croire. Je me demande s'ils ne vont pas trouver encore un échantillon pour me tenter. J'ai eu droit au petit rigolo, au persuasif, au gueulard, au bon père, au grand chef, au combinard, il ne reste plus guère que le travesti *à s'y méprendre* qui m'offrirait sa bagouse, ses lèvres et son cœur pour un simple mot... quelques chiffres... un aveu tendre! Ils doivent bien avoir ça dans leur collection!... Peut-être qu'il est déjà occupé?

II

> « *Veux-tu que je te fasse une infusion?* »
> Marie BESNARD *(Mémoires).*

A NOTRE époque d'atomes libérés le monde change si vite que l'anticipateur le plus extravagant paraît piètre prophète, vaticinant fakir de foire l'année d'après ses prévisions. Même dans le circuit de la Pénitentiaire on constate des innovations qui laissent pantois les vieux de la vieille; ceux qui ont voyagé avant la guerre sur le *Lamartinière,* cassé des briques en Guyane au Maroni, gardé le silence des années sous la schlague des prévôts de quartier à Melun, Poissy, Clairvaux...

Oh! ça n'a pas été sans mal! Il a fallu l'Occupation, la Libé... que les taules se remplissent d'honnêtes citoyens de droite ou de gauche pour donner le branle. Pendant ces années troubles les gaffes sont devenus corruptibles, ils ont un peu perdu la foi. Bref, ça s'est humanisé... une sorte de dégel. La grande période des politiques passée, les choses ont ralenti et c'est avec prudence, circonspection, une timidité de vierge balzacienne que la Tentiaire s'est donnée au dieu Progrès. Elle se défie, la belle, des science-fiction. Les hommes pourront bientôt sortir des fusées spatiales pour construire dans les espaces infinis des bases inter-planétaires, aux Rungis, le directeur se tâtera encore s'il peut ou non autoriser le cirage jaune à la cantine. Les traditions ça se respecte. C'est fait pour. Il dose, le taulier, ne s'emballe pas à lurelure comme un curé de choc.

Entre 1947 et 1957, la gamelle au mitard est devenue presque quotidienne (un jour sur deux) de bi-hebdomadaire qu'elle était. C'est énorme pour les punis, mais ça fait minable dans le tableau « Meilleur des mondes ». On sauve tout de même un peu la face en montrant aux visiteurs étrangers, professeurs danois, pédiatres pakistanais, pédagogues chiliens en vadrouille, la moitié de la première division refaite à neuf pour les mineurs de moins de dix-huit ans. Tout néon et ripolin frais. Et puis, et puis, il y a cette ancienne prison de femmes devenue le Centre de Rénovation et d'Orientation!... Que c'est l'orgueil du ministère, le Trianon des condamnés! Que les caméras téléviseuses eurent bien du mal en un quart d'heure à donner une idée sommaire de tant de beautés aux Duratons ébaubis devant l'écran familial. Un paradis. Il se mérite. Pas fait pour les vagabonds, les chouraveurs de vélo... faut être condamné au moins à trois piges pour y avoir droit. J'irai, Lopardi me l'a promis, la voir un jour la Rénovation et l'Orientation. En attendant je m'appuie de la cabane très classique. A la longue on ne fait plus guère attention à la sordidité des lieux, à cet égout interminable, cette rouille, cette lèpre... Il faut revenir du dehors, de la petite balade chez les poulets, pour être saisi, prendre conscience qu'on est vraiment un minuscule asticot dans cet étron monstrueux. L'hiver surtout quand on rentre le soir, abruti de fatigue; ça vous fait tout de même une drôle d'impression ce hangar éclairé par de faibles lampes jaunâtres... cette espèce de paquebot mort qui sent la pissotière... ce froid! Dès la deuxième division, je peux me croire encore en 48, c'est juste un peu plus cradingue. Stabilité. Le chariot nous apporte une soupe à peine plus épaisse. L'auxiliaire fait partie un peu de la soupe. Il la prolonge par la couleur, l'odeur... Il perd son clop baveux dans le chaudron. Un glaviot de plus, personne s'en apercevra. Le maton ouvre la procession avec sa clef. Clac! De chaque placard sortent trois affamés munis d'assiettes transparentes « Duralex ». Ça c'est du neuf et raisonnable. J'ai connu la vieille galtouse en fer étamé; on voyait moins ce qu'on bouffait, c'était sans doute préférable. Sur un deuxième chariot arrive le plat de résistance... le soir, c'est les éternelles patates plus ou moins gelées qui flottent dans un jus sale. Floc! Chacun une louche copieuse. On en est tout éclaboussé. L'auxi est pressé, maussade, écœuré... Deux mois de contrainte par corps pour trente sacs! Et sa bonne femme qui en profite pour le valouser! Otto a beau se fendre d'amabilités, l'auxi répond toujours par grognements. Le père Malouin ferme la marche... reboucle les lourdes... il a pas trop changé depuis neuf ans... quelques dents en moins dans la gueule, des poches sous les yeux... le pif un peu plus rouge... A jeun, il est possible comme maton, le Malouin, affable même, si on lui parle du pays, de Paimpol et sa falaise, les grands voiliers sur la mer verte. Mais lorsqu'il respire péniblement, qu'il vous souffle un noroît vinasseux dans le blaire, faut se la donner du rapport. Il sort alors son calepin aisé. « Votre numéro de compte?... » Le lendemain au prétoire, la cause tout entendue. Le sous-directeur n'a pas de temps à perdre. « Quatre jours de cellule. » Autrefois, il en aurait sans doute mis huit, ça se remarque le progrès, comme l'amour, à des petits riens. L'inattentif, cet ingrat, comprend trop tard et renaude. « C'est pas juste », qu'il braille, sésame-ouvre-toi des portes du mitard. « Quatre jours de mieux!

répond le sous-maque, au suivant... allons, pressons! »

Parmi les Français de plus de trente-cinq, quarante piges, il en est bien peu qui ne goûtèrent pas de la cabane, pour une cause... une autre. Entre les années 39 et 50, on a trouvé toutes les meilleures raisons du monde pour s'enfermer les uns les autres... Un pif trop crochu, un béret trop penché à droite, une photo dans la cuisine, un bout d'insigne, une parole en l'air, un nom trop biblique ou encore la vente clandestine d'une tête de veau, d'un paquet de tabac... hop! on était bonnard pour le trou... le camp, la centrale, le poteau!... Les Rungis regorgeaient de monde... cinq, six par cellule. Les mœurs se sont relâchées à cause de ce surpeuplement. Les réformes arrivent par de singuliers chemins. Autrefois les fenêtres étaient hermétiquement closes du 1er janvier au 31 décembre... depuis cette époque elles sont ouvertes. Ça n'a l'air de rien, mais c'est un réel progrès.

La salle de Discipline dans les Centrales a disparu. On y faisait tourner en rond les punis, au pas, dans des sabots qui leur meurtrissaient les panards... oune! deux!... oune! deux! Toutes les demi-heures, au coup de sifflet du prévôt, c'était la pause obligatoire de dix minutes sur une borne pointue en forme de pain de sucre (semblable à une bitte, écrit Jean Genet dans *Miracle de la Rose*). Il fallait se tenir le buste bien droit, les mains à plat sur les genoux, ne pas tourner la tête, pas broncher d'un poil! Nouveau coup de sifflet, les damnés se remettaient à tourner... oune! deux! oune! deux! Ça durait dix douze heures, je crois. Au bout de huit jours certains devenaient dingues. Même les Boches ont été surpris de mœurs pareilles au pays de Pasteur et de Racine. Ils venaient juste faire un petit tour au début de l'Occupation, recruter quelques malfrats désireux de se « réhabiliter » dans la Carlingue, la joyeuse Gestapo. C'était en somme, quinze ans à l'avance, le système de la liberté conditionnelle, les prémices de la réforme actuelle. Seulement, ça s'est plutôt mal terminé pour la plupart de ces volontaires. En 1948, ils étaient encore une trentaine aux chaînes au rez-de-chaussée de la première division. De temps en temps on en emmenait deux ou trois faire une dernière petite excursion matinale au fort de Montrouge. « Ce n'est qu'un au revoir, mes frères », les autres leur chantaient. On les entendait, nous, des fenêtres de la Deuxième réservée depuis peu aux droits communs.

Les collabos faisaient tout marcher dans la turne. Ils étaient à tous les postes, auxiliaires précieux de l'Administration. Les gaffes n'en branlaient plus une et il faut reconnaître que ça fonctionnait tout aussi bien. Comme travailleurs et organisateurs, les fascistes n'ont jamais été dépassés. Tout juste s'ils ne se défendaient pas mieux que les escrocs à la Comptabilité générale. Le directeur d'alors, qui devait avoir la carte des trois partis au pouvoir dans la fouille, était forcé d'admettre en catimini, que ces gens-là avaient des capacités indéniables. Pour la moindre chiotte bouchée, on pouvait faire appel à un major de Polytechnique, à un ex-ministre de la Santé Publique, à un ingénieur des Ponts! La cabane était bondée de spécialistes les plus divers, de professionnels extrêmement qualifiés. Rien que sur le plan artistique, s'il avait voulu monter une troupe, le directeur, il aurait fait la pige à n'importe quel grand music-hall avec tous les comiques troupiers, les chanteurs corses de charme, les prestidigitateurs, les acrobates, les hommes-serpents amis de l'Europe Nouvelle à Adolf qui moisissaient dans sa taule. Bref, avec ces détenus-là, il se la coulait douce, il se promenait les mains derrière le dos en père peinard dans sa prison. Les tracas lui sont vite revenus avec la racaille *droicos*. Petit à petit, les maréchalistes ont quitté l'auberge. Une division après l'autre, les voleurs, les vagabonds, les proxénètes, les assassins de tous gabarits ont repris leurs places dans les cellules. Plus du même avec euzigs, on ne peut leur laisser de responsabilités importantes sans les surveiller étroitement. Ils cherchent sans cesse à rouler le gaffe, à s'évader... ils se chamaillent, s'entretuent pour des bagatelles. Pas une sinécure de s'occuper d'une pareille engeance! Il devient, le directeur, une machine à distribuer les punitions... jours de mitard, de pain sec, de suppression de cantine et de courrier.

Avec la guerre d'Algérie s'est radinée une nouvelle vague de *politiques*. Mais ceux-là, alors, à ne pas prendre avec des pincettes! Nullement décidés à soulager le travail de la Tentiaire. Les pires emmerdeurs! Toujours à brailler, revendiquer, se plaindre à la ligue des Droits de l'Homme, à l'O.N.U., à l'archevêque! refuser la gamelle pour le moindre asticot, appeler le corps médical, le ministre, écrire de tous les côtés!

Je suis retombé à l'époque où ils étaient le plus virulents, ces indépendantistes Algériens. Ça arrivait par paniers à salade bondés chaque soir. A peine au greffe, ils commençaient à réclamer, à menacer les porte-clefs, à bordeliser la machinerie administrative déjà bien poussive, compliquée, vétilleuse... Rien que pour les trier, F.L.N. et M.N.A., c'était déjà un turbin d'enfer. Ils ne pensaient qu'à se bousiller, poursuivre leurs règlements de compte obscurs. Après quelques bagarres très sanglantes que les C.R.S. calmèrent à grands coups de crosse de Mas 36, il avait bien fallu les séparer, mettre les messalistes dans une Division, les F.L.N. dans l'autre. Ça compliquait salement le train-train des brigadiers, ils en oubliaient presque de nous *aligner*, de nous casser les couilles pour un oui ou un non. Le détenu de droit commun profite toujours de l'intrusion des politiques dans son fief. Les résistants et les collabos nous avaient ouvert les fenêtres, ceux-là amenèrent le couscous à la cantine. On se contente de peu en cage... quelques cigarettes de plus, c'est le Pérou.

Otto tout neuf dans la maison n'était pas à même d'apprécier ces menus avantages. Son fond fritz était choqué par la crasse, l'anarchie gauloise. Il n'osait pas trop le dire, mais je sentais ça à des riens, des frémissements de paupières, des grimaces minuscules. A vivre en commun dans un espace si réduit, on finit par se connaître, s'entraver aux moindres réactions. Le préhistorique Gabono-Normand s'en est allé avec son paquetage un beau jour vers son destin comme beaucoup d'autres. Un va-et-vient perpétuel aux Rungis! La plaque tournante des prisons de France. Toutes les grosses peines y passent pour leur stage au Centre de Rénovation. Ils attendent ensuite d'être affectés ailleurs... L'attente dure parfois très longtemps. Rien ne presse à la Tentiaire. C'est sans doute l'administration la plus lente, ses clients ne risquent pas de lui échapper.

Tout aise de le voir déhotter, notre champion de perlouses... Pas que pour l'odeur; il nous bectait tout notre espace vital, fallait que je m'aplatisse contre le mur, la nuit, pour ne pas rencontrer ses harpions puisque c'était impossible de coucher côte à côte, qu'Otto n'aurait pas pu aller pisser sans nous piétiner. Des cellules prévues parcimonieusement pour un homme servaient depuis longtemps pour trois. Dès qu'un affreux s'en va, on s'empresse de le remplacer pour éviter les ménages, soi-disant lutter contre la pédérastie. Des idées de la direction qui fait la naïve, semblant de croire qu'un témoin empêche les folles étreintes. En définitive, il les favorise plutôt, ce troisième, on lui fait faire le guet à l'œilleton, des fois qu'un gaffe ait l'idée de revenir sur ses pas pendant la ronde. Ça s'est vu, le coup de surprise! Le viceloque qui fait du zèle.

Je risquais pas de me taper Otto. Je sais supporter les privations. Les anciens pouvaient me rabâcher que j'y arriverais, moi aussi, à l'ersatz sexy comme les copains au bout de quelques années, je ne me voyais pas, même dans l'obscurité, en train de lui sucer la pomme à cet artiste déchu. Dans sa jeunesse, il avait dû être assez mignon. C'était pas, je l'ai dit, le mâle brutal hérissé de poils! Plutôt romantique, le baron, raffiné aux ongles de pieds propres, aux quenottes blanches, aux châsses rêveuses. Mais même au meilleur de sa forme, à vingt piges, il me semble que je l'aurais dédaigné. Je vais vous paraître invraisemblable, attardé, fallacieux! Un détenu qui n'en glisse pas une petite paire de temps en temps à son camarade de cellule, c'est contraire à toutes les idées reçues du siècle, toutes les imagineries nouvelles. Ça ne colle pas avec Kinsey, les travaux des érudits sexologues... avec les Beaux-Arts aussi. Je risque, en avouant une chose pareille, cette tare en quelque sorte, de me faire beaucoup d'ennemis. C'est devenu une institution nationale, la Cale 2... ça mériterait un ministère ou, pour le moins, une reconnaissance d'utilité publique. On y arrivera, j'en suis certain, comme aux voyages dans les planètes, plus vite qu'on le croit... Alors qu'est-ce que je déconne à faire la fine bite, chichiter du chibre devant l'aubaine? Je voudrais pas une danseuse, des fois? une femme de lettres blonde et dodue pour moi tout seul dans ma cellule? Des prétentions hors de propos. Puisque je suis au trou, je pourrais tout de même en profiter pour tâter un peu de plaisirs de Sodome. On sait jamais, que j'y prenne goût, que je m'inscrive à la confrérie, ça me faciliterait sérieux par la suite... m'ouvrirait toutes grandes les lourdes de la gloire comme par enchantement... J'écris inutile, mes sales histoires n'intéresseront pas les élites. Elles vont me dire : « Mais ça manque de profondeur votre ouvrage. La chair, voyons! Les problèmes sexuels qui nous dévorent, nous torturent tous, croyants, athées, fascistes, marxistes, bureaucrates, militaires, ouvriers et paysans!... Vous vous détournez, malhonnête Boudard! Ah! ça serait pourtant instructif le fin fond de votre âme. Quels restes de morale bourgeoise, quels tabous stupides vous ont retenu sur le bord de ces fesses qui s'offraient de toutes parts? » On voudra pas croire quoi que je dise. A notre époque de libération des instincts! Au gnouf! Sans femme! « Vous mentez, Alphonse, n'insistez pas... Voyons, mais dans n'importe quel autobus, tous les hommes (et des hommes libres pour qui la femelle est accessible) n'ont d'yeux, exorbités, hypnotisés, que pour les miches ou la braguette du contrôleur, selon leurs tendances passives ou actives. Est-ce contestable? Oserez-vous! »

Il ne reste, alors, qu'à m'excuser, dire à ces élites que je suis peut-être victime d'une malformation quelconque, d'un petit turbin glandulaire. Promettre, plus tard, de consulter le psychanalyste.

Enfin avec Otto, il n'y avait rien de suspect. Ça le répugnait qu'il disait, les mœurs contre nature. Il me narrait au contraire ses amours éthérées du temps qu'il pianotait les préludes... Les jeunes filles d'excellente famille qu'il courtisait avec des fleurs, des frôlements de doigts, des soupirs sous les étoiles. Je croyais même avant de le connaître que ça n'existait plus que dans les vieux romans, ces façons de courtiser, conter fleurette aux mignonnes, que depuis bien longtemps on tournait plus autour du pot d'une manière si distinguée. Il fallait que je sois au ballon pour l'apprendre. Fou ce qu'on s'instruit. Une véritable université ces Rungis!... Et qu'on ne s'imagine pas qu'on n'y apprend que l'art de débrider les coffres, de tirer les morlingues et de mettre les nanas au tapin. Avec un homme comme Otto, je me parfaisais la culture. Tout en enfilant ses étiquettes, il m'expliquait des petits trucs sur la musique, l'instrumentation de l'orchestre... comment qu'il travaillait le Beethoven « enfermé dans sa surdité »... Que notre geôle sordide c'était de l'Eden-roc en comparaison! Ça le rendait mauvais coucheur ce génie... « Petit défaut bien pardonnable, n'est-ce pas! » J'acquiesçais.

Avec une boîte en carton et des élastiques de différentes grosseurs, il avait fabriqué un petit instrument, sorte de frêle guitare bien difficile à accorder. Quand il avait fini sa tâche d'étiquettes, il se mettait à tendre, détendre les élastiques avec une infinie patience. Ding! ding! C'est qu'il ne se contentait pas de n'importe quel bruit en fait de musique!... la... la... do... mi... délicatesse!... Ça venait doucement. Si... si... fa... ré! Il baissait les paupières... Son fade. Sa volupté secrète... *Psaume* 117... Il attaquait. Ça faisait, cette musique céleste, comme une bouffée d'air pur, un rayon de soleil au fond du cloaque. Je peux pas le nier, c'est des choses en faveur de l'Art. Même le nouveau troisième larron qu'on nous avait parachuté après le King-Kong, une machine à jacter, à débiter des conneries de l'aurore au couchant, il en fermait un peu sa gueule, surpris tout de même par ce miracle. « Tu te défends, mon pote... Joue-nous donc *Si tu vas à Rio...* », il demandait à la fin. Otto, par charité chrétienne, aurait bien voulu lui faire plaisir mais il ne connaissait pas *Si tu vas à Rio.* La musique

Mimi-Pinson l'effarouchait comme moi les commissariats de police. On mesure! A défaut d'aller à Rio, il gratouillait l'*Ave Maria, La Danse Macabre* ou *Le Boléro*... que le bovidé reconnaisse un peu, ne se sente pas trop méprisé, écarté de la communion artistique. Il insistait cependant... « Tu connais pas *Bambino?... Maria-Christine? Le Chanteur de Mexico?*... Merde! Tu connais rien alors!... » Sourire d'Otto... Excuses... Il était tombé bien bas physiquement, moralement aussi... mais il ne pouvait tout de même pas se vautrer dans les pires bassesses esthétiques. Les conneries pour sous-évolués! Il expliquait ça tout enrobé d'euphémisme pour ne pas choquer son frère en Dieu. Il se fatiguait bien pour la merde! Ce nouveau tiers, c'était une fieffée canaille, dès l'abord, je m'en étais gourré. Un blafard boutonneux, yeux en trou de pine, mi-chauve, mi-tout ce qu'on veut. Innocent à part entière évidemment, comme tout le monde ou à peu près dans le pensionnat.

« C'est pas moi qui lui ai pris son pognon à c'te vieille! Tu penses, comme je l'ai dit au juge, moi c'est pas mon genre, puisque jusqu'ici mes six autres condamnations c'était toujours pour abus de confiance. Je suis pas voleur. Pas que je veuille dire du mal des voleurs, non, mais chacun sa spécialité! Et puis, à une aveugle... ses économies, même pas cinquante sacs! Je crains pas de le dire, celui qui a fait le coup c'est un beau dégueulasse. Les flics dès qu'ils ont eu bigophoné au sommier, ils se sont plus grattés... J'étais bon. Dis, c'est fragile comme preuve, juste ma voix? La vioque, elle me reconnaît à la voix qu'elle dit. Merde! Les voix ça se ressemble! Y va bien être obligé de me filer le non-lieu le juge. Hein! C'est fatal... Lepriel qu'il s'appelle, mon juge, tu connais? »

Je le connaissais pas, mais pour lui filer le trac,

j'ai répondu que ce Lepriel avait une terrible réputation, qu'il laissait les mecs dans son cas des années au trou avant de les envoyer devant la correctionnelle avec un papelard à se récolter bessif le maximum. « Ah! J'ai pas de veine!... il s'est lamenté. Merde! tu crois?... c'est que je risque le chapeau, tu comprends? La troisième fois qu'on me fait l'instruction de la Relègue. Le dernier coup, je me suis décroché en Appel... j'ai eu chaud au cul, dis donc! »

Avant 1953 la Relégation était automatique à la quatrième condamnation dans la loi, c'est-à-dire à plus de trois mois et un jour de prison. Pour le non-initié, voici de l'hébreu... Il me faudrait écrire un « Petit Guide du voyageur dans les prisons de France et de Navarre ».

La Relégation à l'origine devait servir à repeupler la Guyane tout en débarrassant la France de ses incorrigibles délinquants. Une grande idée des législateurs XIXe. Naturellement, ça a tourné en eau de boudin, c'était trop beau dans les épures. Pour la pratique fallait compter avec l'administration grand A. Aux P.T.T., aux chemins de fer, dans les bureaux ministériels ou dans l'armée, n'importe qui peut constater que Courteline n'a fait que de la photographie, du pris-sur-le-vif, du naturalisme pur et simple. Les ronds-de-cuir, les adjudants Flic, dans le circuit de la Pénitentiaire poussent en pleine liberté, en terrain gras, sous climat on ne peut plus favorable. C'est du Courteline au carré, à la puissance dix et je béninimise sans aucun doute. Le règlement règne. Pire tyran est inconcevable. On ne sait pas au juste ce qu'il veut, où il va, comment le contenter. Le détenu est un numéro, un esclave sans recours, ballotté sur un océan de contradictions, d'ordres, contre-ordres. Il renonce d'ailleurs très vite à comprendre, subit, s'aplatit, épouse le mouvement de la vague. Sombre folie que de vouloir entraver le pourquoi du comment. Le gratte-papier garde-chiourme, même s'il n'est pas né peau de vache, se métamorphose bourreau rien qu'en appliquant les circulaires, en suivant des directives qui viennent d'un peu partout... d'un bureau qui contrecarre l'autre! d'un fonctionnaire du Second Empire qui prévoyait l'avenir en champs de betteraves dans les jardins du Luxembourg! d'un réformiste intrépide qui veut des repentirs en série!... d'un ministre de droite décidé aux sordides économies! d'un paragraphe retrouvé! d'une faute de dactylographie! de l'interprétation d'un texte par un greffier devenu subitement fou! d'une virgule déplacée par un directeur régional myope! Les grands écrivains morbides qui se pognent à l'absurde sur vélin japonais du marais, sous-Kafka ahuris de cafés-crème, en se triturant à zéro ils sont loin dans leurs fictions de la réalité carcérale. On y est alors dans le chaos! l'incohérence! le déconnage titanesque et ça s'appelle tout bonnement : *Ad-mi-nis-tra-tion!* Nul besoin de s'épuiser la matière grise, de s'inventer des souffrances dans un monde de chaises entassées! Vingt-quatre heures à la prison des Rungis vous absurdissent à vous passer le goût des hardiesses subconscientes pour le restant de vos jours.

La Guyane ne s'est pas repeuplée, on a abandonné l'expérience depuis 1939. Maintenant, les relégués restent dans des camps à s'enculer, se suriner, s'évader et puis revenir. C'est le pire univers possible. On y trouve la plus fine fleur de crapulerie française... la lie de la lie... vraiment les rats les plus perfides de l'égout. L'innocent yeux-en-trou-de-bite, avec sa sordide affaire, sûr que les incorruptibles du Parquet allaient lui cloquer la paume. Il devait avoir une jolie liste de condamnations sur son case avec toutes celles qu'il ne voulait pas nous avouer. De nos jours, la Relégation est devenue facultative. Certains passent le cap des dix onze sapements sans se faire coiffer. Ça dépend un peu de la gueule du prévenu, de l'ambiance, de l'humeur du Président de la correctionnelle. S'il aime mieux les souteneurs que les tireurs, les escrocs polis plutôt que les Arabes qui le tutoient. Seulement, il y a quelques formes de délits tout à fait infectes : l'abus de confiance aux vieillards, aux économiquement faibles, aux estropiés, aux aveugles; le vol de la paye du bas-manœuvre; l'escroquerie aux familles nombreuses sans appartement; l'attentat à la pudeur devant les écoles maternelles, des abominations pires encore!... que le magistrat, même s'il s'est fait éponger la veille par une pin-up merveilleuse, qu'il est radieux disciple de Jean-Jacques, qu'il a fait son petit rot après déjeuner, bref, que c'est le bonheur en coton rose, ne peut malgré tout sanctionner que par le maximum prévu.

« Y peuvent pas me condamner sur le doute! Avec des témoignages bidons! La vioque, elle a quatre-vingt-six piges... Elle a pu se gourer. A c't' âge-là, on peut plaider qu'elle est gâteuse... Hein! c'est juste ce que je dis... tu crois pas? »

Il insiste que je l'encourage... lance une petite idée, un mot, qu'il se raccroche. Je le laisse nager, se débattre, se noyer dans son jus. Même Otto n'ose pas répondre. Moi, c'est pas le moment de me laisser aller aux petits bavardages copains l'air de rien, avec un zèbre aussi douteux. Le droit de me méfier que c'est encore une mouche à merde, un ange envoyé par le juge Elbron, un sondeur spécialiste de la maison Poulaga.

Je me dis... puis, ça m'étonne à la réflexion... Ils doivent bien supposer, mes justiciers, que je me la donne sévère, que je suis devenu prudent comme un loup. Ils sont pas si cons. Je bigle mon suspect à la dérobée. Non, il a trop le physique de l'emploi pour délater efficacement. Il parle, parle... qu'on ne peut plus en placer une. Il devrait la fermer, au contraire, et écouter s'il est là pour.

Lorsque Otto n'a plus d'étiquettes, on lui porte parfois d'autres boulots. Pas mieux casqués, rassurez-vous, il risque pas de s'offrir des orgies de cantine! Il peint des soldats en plastique, colle des enveloppes pour les clichés de radiographies. Des immenses, je les connais : « *Assistance Publique* » en lettres noires, en biais. Encore des souvenirs qui me remontent flache-baque... des odeurs, des renvois d'éther, d'antibiotiques. Ça me rappelle aussi que mes éponges au régime des flagdas à l'eau ne tiendront pas une éternité. Les cent mille bécas vont repartir à l'attaque. Ici on me trouve pourtant apte à subir le mitard, le panier à salade, les longues stations dans les courants d'air à attendre pour n'importe quoi. J'ai tenu le plus possible à l'infirmerie en me plaignant de toutes les façons. C'était trop beau ce grand dépotoir. On y mange à sa faim. « Exeat. » Je suis absolument guéri! Le médecin-chef est formel, ses confrères dehors sont que des alarmistes, des bafouilleux qui entretiennent le malade dans la psychose de la rechute. Et puis, ils ont besoin de places à l'infirmerie, les vagabonds y prennent leur quartier d'hiver. Dès la première chute de neige, « la fleur de soumission », comme ils disent, ils foncent insulter les flics jusque dans le Quart, qu'on les enchriste presto pour deux trois mois, le plus gros de la saison... Comme ils sont tous plus ou moins tubards chroniques, on les empile à l'infirmerie.

Mes bécas à moi, je les connais, ils sont sournois encore plus que le juge d'instruction et les flics. Je les ai contenus à coups de pneumos, rimifon, streptomycine, années de sana, privations de coïts et de vinasse. Mais ils se remettent en branle pour un rien, ces pédés! Susceptibles ils sont! Et acharnés sitôt en guerre! Pour les raisonner, c'est pas du sucre. La méthode Coué les exciterait plutôt qu'autre chose. Ils veulent des biftecks saignants, des légumes frais, fraises à la crème toutes saisons, du champagne frappé très brut et pas n'importe quelle marque! Là, ils se tiennent un peu peinards. Faut surtout pas les tracasser dans les métros, les labeurs harassants, les ambiances d'usine, les meetings de protestation. A la longue, je les ai apprivoisés en leur passant tous leurs caprices. Sans doute pour ça que je suis là, promis au Grand Centre de Rénovation. La vie est difficile... Tout concilier... les exigences du Code pénal, de la conscience intacte avec celles des poumons qui partent en lambeaux, des millions de bécas qui s'accrochent, sitôt virés par la lourde reparaissent par les lucarnes, par le trou des chiottes, le vide-ordures... Pire que les punaises ici! les scénaristes au Fouquet's les fellaghas du djebel! les gonzesses après la braguette à Sacha Distel! Mon destin oscille, hésite, hésite entre la prison et la racine des folles avoines au grand cimetière parisien sur la route d'Orly. A vol d'oiseau c'est pas bien loin... quelques kilomètres à peine. Seulement je suis pas très pressé d'aller voir ce qui se passe là-bas. Retourner poussière... mes burnes! Le plus tard sera le mieux, sans façon. Au placard on vit à moitié, mais on vit encore, on s'anticipe des nuits d'amour, des pastagas d'outre-écrou. On sait un peu ce que c'est qu'« Après ». On voit la lourde! Tous les jours y en a qui la poussent avec le bulletin de sortie. Pas du même au grand cimetière parisien de Thiais. Oh! je sais... Les chrysanthèmes! la foule émue à la Toussaint! le respect dû! les éternels regrets en perles! Ça fait une paye que je me suis détourné de ce chemin. Le mien... prévu sur le monument avec croix de Lorraine, palme posthume, et le Grand qui vient s'incliner, dépose la gerbe. J'ai déserté la gloire. Après mes premières fautes on m'a bien proposé de me racheter dans les rizières, les jungles épaisses, sur les parallèles asiatiques. Je pouvais encore *m'accomplir*! Lâchement je me suis défilé. Pour une fois j'avoue, là, oui, je me mets à table. Lubary pourra raconter à la barre mes exploits guerriers, il comprendra, le Président, qu'un instant ou l'autre, je me suis planqué la merde au cul, que je n'ai pas bondi comme il fallait au-devant des balles, que si je suis là, posant un cas à sa profonde conscience, c'est qu'il y a quelque chose qui cloche dans ma page héroïque... « Depuis quinze ans, en définitive, vous avez vécu d'expédients... » Ainsi définira-t-il ma survie. Mon bavard faudra qu'il bondisse, relève l'erreur immédiatement. « Je ferai remarquer au tribunal que mon client, ayant contracté, à la suite de ses blessures glorieuses, une grave affection pulmonaire, s'est trouvé immobilisé sur une chaise longue pendant des années. » Il sait, maître Lubary, se lancer dans les périodes grandioses. C'est le Bossuet, le Massillon du barreau, un véritable Lacordaire, laïque celui-là et bien obligatoire dans des cas perdus comme le mien. On l'écouterait des jours entiers sans lassitude. Seulement, les magistrats assis, le président et ses assesseurs, ils ont, c'est connu, une surdité périodique. Ça les prend en général au moment des plaidoiries. Ils regardent un instant le cher maître s'agiter, se gonfler le thorax. Ils le trouvent tôt fastidieux, se replongent alors, pif et lunettes dans le dossier... font des comptes... Quatre ans de sana, hosto... Parfait. Sur quinze, reste onze... Déduisons ces dix-huit mois de prison amnistiés, il est vrai, par la loi du... Ah! et puis ces six mois pour commerce de photos pornographiques... Reste tout de même neuf années douteuses. Il biglent furtivement le dévoyé sur son banc. Neuf ans qu'il a parasité la capitale, la banlieue, la France entière! qu'il a roulé simca-sport, ripaillé crapuleusement, s'est régalé la verge en vagineries extravagantes. Ils imaginent aisé les nanas pompeuses après son dard... des blondes! des rousses incendiaires!... des brunes aux yeux bleus!... Ce ciné cochon qu'il s'est offert avec le produit de ses méfaits! Des fantaisies de roi Farouk! Il s'est cru vraiment tout permis! Ça les rend jalminces, eux si besogneux, si tristes de leurs incontinences d'urine, de leurs bourgeoises guindées, de leurs soirées à lire Mauriac dans le grand salon 1900. Ils vont lui faire passer le goût de casser les portes à cet individu qui n'a même pas le visage du remords! Lubary peut transpirer, il chanterait la *Traviata*, ça les intéresserait plus.

*

Sans trop chercher d'excuses, c'est tout de même un peu à cause de mes éponges mitées que j'ai remis ça avec Marcel. Je sortais juste des cures au grand air... piquouses... perfusions... le toutime. Ma claque des hommes en blanc avec leur stéthoscope, leurs paroles doucement réconfortantes! A la longue, ils deviennent casse-burnes. Préférables eux aussi de les voir de loin... sur un écran... dans les pocket-books à 500 000 exemplaires, ces saints du monde moderne.

J'étais encore dans une situation plutôt précaire. Juste la perspective de me faire entretenir par une dame assez distinguée... légère, bien que déjà mûre. Je vous expliquerai plus loin. Bref, ça ne me disait rien de jouer les gigolpinces, c'est alors que Marcel s'est retrouvé sur mon chemin. Un de ces hasards fabriqués par le dieu des voleurs! Il faut dire qu'on s'aimante l'un l'autre. Je pourrais aller au bout de la terre, sur les glaces de l'Antarctique, en plein désert de Gobi, sûr que je retrouverais Marcel, ricaneur, ébouriffé, las d'on ne sait quoi, mais déjà prêt à me proposer une affaire de corde et de sac. Cette fois, il avait du mystère dans le morlingue. Gonflé qu'il était! plein à craquer de Richelieu, Bonaparte, Totor tout neufs... les billets de banque aux effigies à cette belle époque de la IVe. Il les sortait princièrement. « Payez-vous! » Les soucoupes s'entassaient. Je posais pas de questions, je sais qu'il n'aime pas ça l'artiste. Pourtant entre nous, il n'y a pas trop de secrets, mais il préfère amener les choses doucettement, l'air de rien, sur le tapis. Il était devenu gras, le fumier! Il ne se nourrissait plus de sandouiches. Adieu la bohême! Je ne lui avais jamais vu un costard d'aussi bonne coupe sur les arêtes. Bien sûr, il y avait quelques taches sur sa veste, un bouton arraché, le pli du false pas très suivi! Ça il ne peut pas s'empêcher!... Comme ses pieds qu'il néglige. Jamais le temps de les laver. Il se lève dix minutes à peine avant le rencard pour l'apéro du déjeuner. Ses us et habitudes. Une femme autrefois a essayé de le réformer à l'époque qu'il était dans la barbouille. Elle a souffert la malheureuse pour un résultat bien fugace! On ne trouve pas plus célibataire que Marcel. Les gonzesses l'effrayent et il effraye les gonzesses. N'allez pas croire, chers lecteurs, qu'il préfère les terrassiers. Il préfère rien, Marcel... Il ne sait pas au juste. Il vit dans le doute absolu et dans le blanc sec. De ce qui se présente. Le matin il dort. A l'hôtel, la bonniche lui porte son café noir et son *Parisien libéré*. Ce qui l'intéresse, c'est d'abord Popeye, et les faits divers, ensuite un peu la vie de Brigitte, les courses cyclistes... l'Algérie tout en dernier. Il doit s'offrir un tapin, de temps en temps rue de Provence, vite fait entre deux cuites. Simple supposition! Question sentiment, lui il aime la princesse Margaret depuis toujours. Il vous l'avoue au dix, douzième verre. Un amour impossible, on se doute. Ça fait que comme ça il est peinard. Il marmonne : « Ce group captain tu parles d'une truffe!... » Voilà... Un dernier muscadet... « Quelle vie! » il soupire... Pas le type, on voit, à rouler les mécaniques, se tatouer, s'afficher truand dans les rades. Les poulets, il les frime à une borne... blindé ou non. Un sixième sens. S'il ne peut pas les éviter, il ne tente pas la fuite inutile. Il attend le danger avec flegme, cigarette avachie aux lèvres... l'œil morne. Il se laisse emballer sans schproum, s'explique. Un hasard pur qu'il se trouvait là. C'est même lui qui demande ce qui se passe? Il ne sait rien, n'y est pour rien... Il ne s'indigne pas. Petit à petit, il désarme le commissaire, se fait mépriser jusqu'à ce qu'on le relargue comme un malpropre, le pousse à la lourde sans excuses... que les lardus s'engueulent entre eux d'avoir sauté un pareil minus. A la discorde, il les possède. Je l'ai vu s'arracher de pétrins où les plus viceloques malfrats seraient restés accrochés. Ça frise le génie... un génie forcément méconnu et qui s'exerce dans un art scabreux. Le jeu, au fond, le passionne plus que la chandelle qu'il s'empresse de brûler. « Payez-vous! » Il invite. Ourdé à zéro, il ne perd pas les étriers. Il vous parle d'amour. « J'aime une Anglaise... » mais jamais il se laisse aller sur les secrets de son existence... sur l'origine de ses revenus.

Avec moi, c'était pas pareil. On avait déjà bricolé ensemble. Il connaissait mes tendances, mes dispositions... mes relations aussi qui pouvaient lui être utiles. On s'entravait à perfection sur ce plan. J'avais perdu un peu la main au crachatorium. Fallait que je mette les bouchées doubles pour rattraper le temps perdu. Ma petite équipe d'autrefois s'était dispersée. Un au trou, l'autre mort... le troisième dans ses pantoufles! Ça valait mieux, c'était des zèbres à guillotine. Marcel les fuyait. On s'était même fâché un moment à cause. Des salades confites qu'il valait mieux ne plus remettre sur table.

« Mais alors, tu peux plus courir? »

Il s'inquiétait de ma santé, c'était délicat de sa part. Je l'ai mis à l'aise. On entrait dans le vif, il fallait quitter le comptoir, s'installer au fond du bistrot... s'entre-confesser. Je n'apportais pas lerche dans l'association, des idées, mes bras... et puis tout de même ce père Youpe qui allait se révéler de première importance. Marcel a d'abord fait semblant de ne pas m'avoir entendu. Il prêtait l'oreille à la musique du juke-box, une guimauve qui se diluait dans la salle. Je n'insistais pas, je savais qu'il allait revenir. C'est presque une conférence au sommet de s'entendre avec cézig. Il a un côté paysan... d'allure... sa méfiance quasi congénitale... une lueur qui s'allume dans le regard lorsqu'on lui parle de choses sérieuses. Je sais qu'il s'en fout du cha-cha-cha, il a jamais su danser.

On affirme que les ivrognes sont dangereux, qu'un coup de trop dans le pif les pousse aux bavardages superflus. Marcel est donc encore une exception qui confirme la règle. Il serait même plus loquace à jeûn. Pour qu'il me révèle ses combines, vaut mieux que je le prenne au saut du lit, entre le café noir et Popeye. Pourtant, on s'est éprouvé l'un l'autre. Je peux me faire « serrer », être en plein interrogatoire quai des Orfèvres, il reste dans le même hôtel à lire son canard, tranquille, le lendemain matin. Vice versa. Appréciable dans le Byzance-voyou-du-siècle... que tout s'effrite... que ça se balance à qui mieux mieux matin au soir... que les cognes n'ont plus besoin de cogner pour obtenir les grands aveux.

« Il prend tout alors ce fourgue? »

Incrédule, Marcel fait la moue. Je lui raconte alors Youpe en détails. Un personnage d'une autre époque! Sorti droit d'un roman d'Eugène Sue. Un revenant! Un prodige!... Difficile à avaler. En plein 1956! A Paris... deux pas de l'Unesco! des Lecorbuseries! de la lune à deux pas! de presque l'avion familial à crédit. Marcel, il lui botte assez cet animal antédiluvien!... Je le sens, mais il se demande si je n'en rajoute pas, s'il n'existe pas que dans mon ciné personnel, ce receleur-miracle.

« Mais tout!... c'est pas possible! Il est antiquaire, tu dis. Bon, il ne peut tout de même pas refourguer... je sais pas, moi!... des sacs de farine? des pneus? du raisin? »

Je jure, merde! On ira ce soir-même dans ses catacombes. Un coup de fil suffit. Seulement, on ne peut pas se ramener les mains vides. Youpe ne reçoit pas dans son antre juste pour converser des romans de Françoise Sagan. Si on a pas la moindre bricole à lui présenter, il se la donnera qu'on vient le braquer, le saucissonner, lui brûler les harpions! qu'on en veut à son sac d'écus! Il faut absolument se pointer avec de la came, lui annoncer un truc alléchant.

« T'as rien? »

Il pense Marcel. Une gorgée de blanc. Oui. Il faut qu'il consulte quelqu'un. Il va m'éclairer petit à petit. Une soucoupe encore. Il a un complice nouveau. Il en a comme honte. « Il est drôle, tu verras. » Je vais donc faire sa connaissance. On s'échange des pièces maîtresses en somme, parce que celui-là, le drôle, dans son genre, il vaut Youpe. Un mec tout à fait à part... Le casseur hors série... L'original total du métier. Mais ne mélangeons pas voleurs et receleurs... Dans la réalité, tout est en vrac, en sac de nœuds, le bien, le moins mal, le sordide, le pur et le pire, les bons, les beaux, les fumiers, les tendres et les durs. Ils passent, parlent, agissent, bondissent, repartent, reviennent... Dix dans la même journée, puis plus personne pendant trois ans. Le « *C'était un homme dans la force de l'âge au fin visage de philosophe...* » ça c'est la transposition romanesque. Quelques belles pages et nous savons tout du héros... sa conscience torturée d'approfondir les grands problèmes! sa petite infusion de verveine chaque soir! ses tendances à peloter sa sœur! le trouble immense qu'il ressentit à seize ans lorsqu'il lut *Le Grand Meaulnes* pour la première fois! On est hanté de ses yeux velours-noir rongés de rêves. On apprend qu'il avait la Foi, qu'il l'a perdue, puis retrouvée et reperdue avant de s'engouffrer dans le marxisme comme dans une fumerie d'opium.

Bien obligé de respecter les règles, moi aussi, vous peindre un à un ces personnages. De Canaque, je ne peux pas vous en dire très long sur un simple coup de châsses. Drôle! certes, mais pas toujours marrant... Sûr qu'une de ses ancêtres avait fauté avec un Kirghiz, un Mongol, un chinetoque très authentique. Il était même pas loin, l'asiate, dans son arbre généalogique. Vers 1900, qu'il avait dû venir pour voir la Grande Roue. Les dames, à ce moment, commencèrent à s'intéresser comme Guillaume II au péril jaune. Je vous dis les choses *grosso modo*. On pourrait écrire toute une tragédie, un opéra en quatre actes, l'histoire vécue de l'aïeule à Canaque et de son niakoué. Cet amour qu'ils se jurèrent sur le sampang de l'Exposition. Comment qu'il était tendre, caressant, Fu-Yong-Yong et distingué et délicat! Toutes circonstances. Que pour dégrafer les corsets compliqués de la belle époque, il avait pas son pareil. Elles sentaient rien les mignonnes, elles se retrouvaient loilpuches sans comprendre, possédées, sorcellisées! Pas comme les portes travaillées par le petit-fils! Il aurait pu tenir du chinois pour ça... œuvrer en douceur! A le voir, on pouvait se faire des idées, qu'il effractionnait avec des petites pinces de dentiste, juste un léger, léger craquement. Oh! là! là! l'illuse! Tout juste s'il n'employait pas le plastic. Ce raffut! Le fracas final! Je frémis encore d'y penser. Il avait un fion du tonnerre. Tout lui souriait, il aurait pu casser une banque devant un quart de police, il avait une telle assurance que le flic de garde serait venu lui donner un coup de pogne. C'était l'audace son truc, toujours, encore, encore! Jusqu'à ce que... Mais revenons à son portrait. Sa tronche en triangle. Son nez épaté. Ses narines larges qui palpitent. Ses lèvres minces, serrées qui, manifestement, indiquent un volontaire. Ses moustaches fines tombantes. Tout à fait Gengis! Voilà. Les yeux d'un marron qui tire sur le jaune, bridés bien sûr... cruels, si on veut... viceloques plutôt ou crapulards... Il était au garage. Son garage. Une vieille Torpédo qu'il avait. Il passait son temps à la chouchouter et la repeindre, changer les pièces, graisser, perfectionner ceci cela dans le moteur. Il en était jalmince, fallait pas trop l'approcher sa bagnole, tripoter les portières, appuyer pour rire sur le klaxon. Il bondissait clef à œil multipan en main. Les menaces tout de suite... Marcel, par goût du risque, entrouvrait le capot. Ça faisait un vrai drame. « Touche pas fumier! » On voit pas Roméo pire si un malotru soulève le jupon de Juliette. Là, il venait de la barbouiller en caca d'oie, sa folie. Il avait plus assez de peinture pour finir. Un mélange de sa composition. Pour retrouver la teinte exacte, c'était coton. Il groumait dans l'ombre, parmi les pneus, écrous, vis, outils de toutes sortes. Je l'intéressais pas. Il ne m'avait même pas regardé. « Ouais... ouais... j'ai autre chose en tête tu penses. Les fourgues ça va, ça vient... » Je restais accoté dans l'entrebâillement de la porte. J'osais pas faire un geste, un pas... des pots de peinture partout qu'on risquait de renverser. Il touillait, Canaque, au fond, à l'abri d'un mur de bidons d'huile. Son énorme réserve. De quoi graisser un porte-avions. Marcel me faisait comprendre qu'il valait mieux être patient, attendre qu'il ait retrouvé sa couleur. Dans cette demi-obscurité, ça promettait d'être plutôt long. Il pleuvait sur la banlieue. C'est là qu'elle prend tout son relief pour les poètes contemplatifs du Septième Art. Le terrain vague couvert de gravats, ressorts de sommiers, rouillés, étrons, ferrailles diverses... au loin une roulotte!... la musique triste et puis la baille qui tombe sans cesse comme un roman de Simenon. La malheureuse qui va sortir de la cabane, ne vous faites tout de même pas trop de mouron pour elle, c'est sans doute Michèle Morgan. Ses beaux yeux verts feront des miracles. Encore l'Amour! Pour nous c'est moins simple. On patauge devant la Torpédo. Autour, c'est la zone, au loin Bobigny. Il pieute, ce Canaque, par là derrière une baraque préfabriquée. A l'intérieur, Marcel prétend que c'est le confort nec plus ultra. Je verrai plus tard, si le propriétaire daigne m'inviter. Stratégiquement, c'est assez bien situé. Si la police ne cerne pas avec plusieurs camions, des molosses et des mitrailleuses, on peut fuir par les jardins miteux, sauter les petits murs, les grillages. Un grand hangar à l'horizon. Les plus proches voisins sont à cinq cents mètres. J'évalue... j'apprécie. Il a dû chercher soigneux pour dégauchir une pareille position. Il s'énerve, nous on s'est assis sur une caisse. Marcel me zyeute furtivement, l'air de jouir de ma surprise.

Ce n'est qu'une petite entrée en gueule, son pote n'a pas fini de me surprendre. J'ai des bizarres pressentiments, qu'on va faire une équipe farouche tous les trois, que d'ici peu la Grande Maison aura du boulot sur la planche, que Youpe va bander en jaugeant notre butin, que les serruriers vont se régaler de réparations.

Je gamberge aussi au Terminus. Une gravure joyeusement sinistre me vient à l'esprit. Les trois truands pendus d'une vieille édition des œuvres de Villon. Trois mecs en limace au même gibet, trois ancêtres en sale posture.

« T'as rien à boire?

– Sur la banquette arrière... chier!... merde!... toujours boire! »

Ça doit être toujours prévu... Un Bourgogne Aligoté assez sérieux. La nuit descend, faudrait se décider... ouvrir les débats. Je risque une parole, deux, trois. Il me laisse causer, l'hurluberlu. Je vois le sommet de son crâne qui circule derrière les bidons. Je raconte un peu ma vie pour le rassurer... mes sapements, mon ancienneté dans le bâtiment, mes références, puis j'en reviens à Youpe, le roi des fourgues, la providence des balluchonneurs.

« Faut l'amorcer, ajoute Marcel. T'as peut-être quelque chose.

– Ouais... faites chier! Toujours comme ça! Au moment que je retrouvais ma teinte! Demain, je vais être obligé de tout recommencer. Bon, mais alors on va se marrer. S'il prend ce que j'ai en réserve, ton Juif, alors je veux bien croire qu'il achète tout. Merde, ça fait plus d'un mois que je les ai ces dégueulasses! Ce qu'elles me coûtent pour les nourrir! J'étais résolu à les lâcher n'importe où. Saloperies! A les fourguer une à une, c'est des coups à se faire piquer. Alors, je peux pas toutes les bouffer! Et puis, j'en ai ma claque de faire la tambouille!

Rôties... en ragoût... aux oranges! aux navets! aux oignons! aux carottes! farcies! Je sais plus quoi inventer moi! Elles débourrent partout! Elles piaillent toute la nuit... Elles pondent des œufs à me faire crever le foie en omelettes. »

Il vient renauder devant moi comme si j'étais responsable, me secouer par le revers de l'alpague. Insiste que c'est parfaitement intenable! qu'il souffre, c'est le mot... qu'il devient quasiment folingue! Jusque sur son lit qu'elles tartissent ces bêtes mystérieuses, lui picorent la bouche pendant son sommeil. Il ose plus faire venir de pépées dans sa couche. Il lui reste bien une femme mariée, il allait chez elle avant... son bonhomme s'absente pour affaires... un représentant en pharmacie. Seulement, il ne peut plus abandonner sa cambuse. A cause de ces bestioles de malheur, et puis aussi de la trouille qu'on le casse. Il le dit tout net en biglant bien fixe Marcel qui se marre carrément. Du coup, il lui promet un clébard... un balaise danois sans tarder. Pour l'instant, il est bien obligé d'attendre, le danois ferait un carnage dans la basse-cour.

J'avais bien compris, mais ça me fout un petit coup au cœur! Ça va être un sacré test pour Youpe! Des dindes, des pintades, des canards de Barbarie, des oies... quatre-vingt-six pièces au total. C'est le pied du mur. S'il est preneur, tout est permis... tous les espoirs! Je me gratte quand même, Marcel savait, mais il voulait le salaud me posséder à la surprise. Je moufte pas, joue la désinvolture. Il faut voir... tâter la camelote, si elle est dodue, pond bien. Faire nos prix.

« Sur *Le Figaro agricole*, il y a les tarifs. »

Canaque a déjà tous les renseignements. Il a calculé. Si le vieux lui donne soixante-dix sacs du lot, il s'estimera satisfait. Je débande dans mon for intérieur. Si c'est ça, son complice de choc, au

Marcel, son truand de vaste envergure, ça promet d'être besogneux! Je nous imaginais déjà en train de percer les plafonds, débrider les coffios du Comptoir d'Escompte et puis voilà! il n'est question que de poules et de lapins. La déconvenue! Je me demande s'ils ne me chambrent pas. Non, le Canaque est on ne peut plus grave. Tout ce qu'est le boulot il plaisante pas...

« Si ça colle, y a dix sacs pour toi. »

Rien pour Marcel dans cette affaire. Il n'a pas voulu suivre Canaque. C'était pourtant un travail d'enfant et, à deux, ils auraient ramené triple butin. Il n'y croyait pas ce sceptique, ce je-m'en-foutiste, ce ricaneur! Le nom du bled ne lui inspirait pas confiance... Lorrez-le-Boccage! Oh! Il peut critiquer, soixante-dix sacs ça ne se méprise pas. Canaque fait rif de toutes brindilles.

Toujours sur la brèche, pince en main, à l'affût de toutes les occases. Il sillonne en torpédo l'Ile-de-France, et l'été, aux grandes vacances, il suit les rivages par petites étapes. Trente à l'heure, ça lui convient idéal. Il peut inspecter le paysage. Un œil de lynx qu'il a cézig. Quel travailleur acharné! Il se demande ce qu'il a bien pu faire au bon Dieu pour qu'il lui balance dans les pattes ce ramier, ce dilettante de Marcel, comme homme de barre. Il lui crache des reproches et des reproches en ma présence... dans le garage... puis encore sous la pluie sur le petit sentier de mâchefer qui nous conduit vers son *home* entre les choux de Bruxelles et les raves. Il a pris soin, tout en renaudant, d'enfiler un grand ciré des surplus américains. On avance à la file. Au loin des maisons tristes, grises, isolées les unes des autres par des jardinets misérables. J'entends plus que les bribes de l'engueulade... « Le fric... Rien à branler!... Mentalité... Seine-et-Marne et puis après! »... Le vent m'envoie la flotte en petits paquets dans la poire avec les mots, les griefs de Canaque. On descend quelques marches. Nous y sommes. Mieux que je le pensais, nettement. Malgré la bourrasque, on entend déjà la basse-cour. Je peux plus douter. On s'engouffre dans la crèche. Ce concert! Notre arrivée les met en transe, surtout les canards. Ça monte jusqu'au plafond les cageots empilés les uns sur les autres. Par catégorie, il les a rangés avec soin, les pintades, les oies, les dindes... Je me demande comment qu'il a pu embarquer cette étrange cargaison? Seul? Ça prouve bien qu'il a de la constance, de l'opiniâtreté. Puisqu'il vole des canards collectifs, sûr, il peut chouraver les bijoux de la Bégum, le trésor de Notre-Dame, la cassette du Grand Rabbin. J'en déduis pour me rassurer. On ne s'entend plus dans la cambuse. C'est le Capitole. Canaque tente de les calmer, ses gallinacés, avec un grand sac de graines « petits... petits... » Il jette l'avoine par poignées à travers les grilles des cages. Ça caquète, piaille, siffle, cacarde, glougloute, nasille de plus belle. Ils se châtaignent les tantes, à qui becquetera la part des autres!

C'est comme un atelier d'artiste ici. Vaste, haut de plafond, une terrasse vitrée sur l'arrière... Des murs en fibrociment, une espèce de bungalow. Dans ce tintouin, on apprécie mal. Marcel m'avait pas bourré le mou. Extraordinaire ce luxe en pleine zone. Si ce n'était cet empilage de cages à volailles au milieu de la pièce, on se croirait dans un intérieur de maison de campagne très moderne comme on en voit sur les magazines. Gerflex, meubles en tube, grand damier en glace au-dessus d'une fausse cheminée, doubles rideaux bariolés, lampes mobiles, fauteuils biscornus en toile. Et des rayonnages pleins de bouquins, de disques! Un grand divan sous une fresque abstraite en céramique éclairée par une rampe de néon. Marcel se vautre. Il a dégauchi le bon flacon tout de suite, le cognac étoilé. Il se renforce le moral au goulot. Pas mèche de s'entendre. Canaque a pourtant un truc pour obtenir le silence. Enfin, une sorte de silence. Il ouvre le coffre du combiné radio-électrophone, un meuble comac, rutilant, près du lit. Il cherche un disque. Un grand. Là, il déclenche le bras. C'est Aznavour... sa laryngite... Prodige! Les cris cessent soudain. Les oies, les canards dressent la tête, l'œil rond. Les dindes se recroquevillent, on dirait qu'elles ont peur. « Je veux vivre avec toi oua... oua!... » Même les pintades picorent maintenant en silence... respectent l'artiste.

« Que ça pour être tranquille! Hein? Une découverte! Tout essayé. Aznavour qu'ils aiment. Ç'a été long pour trouver le truc. Patachou les faisait se battre, j'avais remarqué, et le pire c'était avec Brassens, ils ne peuvent pas le blairer ces cons-là! Je peux plus l'entendre. Surtout les oies qui se foutent en pétard... Ah! les salopes! »

Il soupire. C'est plus une vie! Hâte de liquider le lot. On ne l'y reprendra plus, bordel! Sa tranquillité foutue! l'odeur!... les odeurs! Et les frais pour les nourrir! Qu'il est obligé d'aller aux limaces à l'aube dans les jardins pisseux du coin. Le régal des canards, les limaces! On l'a même pris pour un voleur de salades, lui, le roi de la plume. Humiliation suprême!

Au début, il avait installé son poulailler dans le garage, mais les gens pouvaient entendre, les ouvriers qui passent matin et soir. Forcé de planquer son trésor à domicile. L'autre nuit, les dindes ont défoncé leur cage. Elles ont dégueulassé toute la belle salle de séjour, fienté sur le dessus de lit arabe. Une catastrophe! Qu'il offre n'importe quel prix mon fourgue, il lui laisse, Canaque, toutes les oies, les pintades! Et puis que ça ne traîne pas! Il sursaute... Aznavour attaque un troisième morceau. On dirait que le disque est cabossé, ovale. En tout cas, les oies sont sages. Leurs petites têtes émergent des cageots. Juste un mouvement brusque de temps à autre lorsque le charmeur est en délire. Canaque se déloque à présent, change de costard. Il en a au moins trois douzaines et de toutes couleurs, toutes modes... sports, croisés, coupe ritale. Des blousons aussi... velours, daim, cuir... Une garde-robe de vedette... Quatre ou cinq lardeuss poils de chameau, trois-quart... sept-dixième. Des cravates en grappes, des foulards de soie, et puis des innombrables pompes alignées en bas de l'immense placard mural... portes à glissières... Tout le fond de la pièce! Marcel fait fi de ce confort. Pour lui, c'est le signe le plus évident que son pote est dingue. Moi ça me réconforte au contraire... L'embargo de volaille n'est donc qu'un petit à côté. Il a fallu qu'il touche des belles affaires, des drôles de paquets de fafiots pour s'installer, se fringuer pareil! J'en suis ébaubi, j'en bave. Je le signe à deux mains mon engagement dans l'équipe. Il s'ajuste le col devant la glace. Un coup de crasseux. Là! il se rabat les mèches sur les tempes. Coiffure Titus lui aussi. Lisse ses moustagaches de tartare. Cet air décidé, nerveux!

« On y va! »

Marcel le trouve trop pressé.

« On a pas le feu au derche! Faut prévenir le fourgue... le préparer. Alphonse va téléphoner. Et puis on a pas becté. On a faim. »

Si ce n'est que ça, Canaque a ce qu'il faut. A la cuistance, il nous conduit pour la dînette. Minuscule, mais alors un véritable laboratoire, pardon! Une symphonie en blanc luisant. Tout est neuf, briqué, électrique. J'en sifflote. Dans le Frigidaire, y a son en-cas... Un homard, les cuisses de la dernière dinde, une salade de fruits! Il veut qu'on s'empiffre rapide. Il débouche le Sylvaner. Il est à bout, bouillant, survolté... Si Youpe ne veut pas de ses volatiles, il les lâchera sur les boulevards... Il a décidé. Il le clame.

« Et du pain? T'as pas de pain? »

Marcel attige. Qu'il se contente de biscottes. D'ailleurs, il prend du bide Marcel, c'est bon pour la ligne les biscottes. Il bouffe comme une vache. Beaucoup trop! Pas assez d'exercice. Dès qu'il touche un peu de flouse, il se laisse vivre. Il attend pour repartir au combat d'être endetté, viré de sa chambre... tout à fait à la dernière thune. Je sais, je sais. Il ne changera pas. Il écoute le réquisitoire sans cesser de décortiquer son morceau d'homard. Il approuve, se lèche les doigts de mayonnaise. « T'as pas un verre? » Il s'est assis sur l'évier. Il fout le bordel partout où il passe... Des miettes, des taches, des détritus après son départ. Et qui se tape la vaisselle, le ménage? Pas Pie XII bien sûr! mais lui, Canaque. Il vient d'acheter exprès un aspirateur. Sans Marcel, ce n'était pas absolument nécessaire. Il pouvait se contenter d'un plumeau, d'un balai O-Cédar, de quelques chiffons! Trente-cinq raides cet aspirateur. Il en finit plus! Et dès qu'il aura fourgué les oies, il ira au chenil. Il y revient! Ce lion qu'il nous décrit... griffes, crocs, férocité. Il en parle aussi pour ma gouverne... que je sache, que je me frotte pas à venir le vandaliser pendant qu'il sera chez sa femme de représentant. Il veut brosser sa belle en paix... sans toujours penser à Marcel qui n'attend qu'une faiblesse, une inattention...

« Et du fromage? »

Pas de bon repas sans. Merde! Il n'en a qu'un petit morceau! Du gruyère pour en rentrant. Avant de dormir avec un verre de bordeaux, son seul vrai plaisir en ce bas monde! Marcel le lui retire de la bouche! Qu'on se magne. On se croit chez un traiteur, chez Maxim's, à la Tour d'Argent! On se doute pas qu'il y a encore toute une corvée pour nos pommes... Lier les pattes de la volaille! Chouraver une camionnette. Charger les cageots! Circuler prudemment. Pas une minute à flâner, se branler de futilités! Marcel approuve la bouche pleine. Et v'là qu'il faut aller, à la seconde, remettre le disque d'Aznavour, à nouveau on ne s'entend plus. Je m'en charge. Je m'accoutume. Je serai bientôt chez moi, comme Marcel qui finit de liquider le compotier de fruits au kirsch... qui boirait bien à présent une petite coupe de champagne.

« Avec des biscuits », ajoute-t-il.

Canaque bondit alors sur place! virevolte... brise un verre, une assiette à dessert! Nouvelle explosion... les menaces toujours! Il remet ça avec son clébard de choc... un comme ceux qui gardaient Hitler dans son nid d'aigle... un dobermann!

On laisse passer la tornade. Je commence à entraver la tactique. Il se calme peu à peu, en maugréant.

« Quel culot! Des biscuits! des biscuits!... Je suis pas confiseur, dis l'enflure! Tu me prends pour qui? Tu voudrais pas que je te fasse une pipe, non, des fois? »

Il fouille tout de même dans le buffet. Il nous jette, rageur, sur la table, une boîte de boudoirs. Il débouche la roteuse... Veuve Cliquot brut bien frappée. Il peut pas lui résister à Marcel...

*

Je me demandais ce qu'elle était devenue sa crèche-bungalow à Canaque. Depuis mon arrestation, sûr que les deux autres en profitaient. Ceux qu'ils cherchaient tant à la XXe territoriale : le gros moustachu et celui dont ils n'avaient même pas le signalement. Ils disposaient, ces ordures, de toutes les richesses et ne me donnaient pas le moindre signe de vie. S'ils devaient se bégaler de l'héritage! Surtout le poussah Rouquemoute. Comment qu'il avait dû faire fissa pour refourguer tout le bazar, et puis toutes mes affaires à moi par la même occase, celles de ma piaule et de mon garage. Je l'imaginais en train de gueuletonner, se goinfrer à gogo, le porc, avec le pognon qu'il en avait tiré... se rôtir la barbaque sur des Côtes-d'Azur constellées de nichons! Je vous parlerai de lui un peu plus loin... tous les détails, les circonstances, ramifications multiples... Toujours est-il que je groumais sec : les derniers venus, les comparses tiraient les châtaignes du feu. Après le mal qu'il s'était donné le Canaque, on pouvait pas conclure qu'il y ait plus de Justice au ciel que sur terre. Pas le temps d'en jouir lerche de son beau confort. Fauché à la fleur de l'âge, le pauvre mec! En plein essor... enfin si l'on peut dire. On me comprendra par la suite... Que range, ordonne, poursuive...

Un sale vice tout de même la chourave! Pis je crois que l'alcool, les courtines ou les femmes fatales. Et celui-là n'exclut pas ceux-ci... Bien au contraire! On cumule, on les collectionne, nous autres, les péchés capitaux. Canaque, à part qu'il biberonnait pas trop, il trimbalait un choix de tout le reste. Les treize cents possibles, il les avait presque tous goûtés, consommés, épuisés. Une mosaïque de vices vifs. Pas des passions cuites à l'étouffée, rancies au fond d'un manoir, derrière une respectabilité provinciale. Non, des désirs ardents qui n'avaient pas le temps d'attendre. On devient peut-être voleur par impatience. On veut tout chibrer tout de suite, toutes les nanas qui se présentent, tout croquer, défoncer tous les pucelages. Attendre! attendre! c'est bon pour les bites molles,

les tout-en-esprit, les consciences supérieures. Canaque était encore plus pressé que moi. Il devait avoir le pressentiment que la rambarde n'était pas bien loin. Pas le mec à tâter si l'eau est froide. Le plongeon... floc! L'abîme. Il échappe au Centre de Rénovation Orienteur, aux statistiques, au châtiment, au doigt tendu du procureur, à l'interdiction de séjour, à sa photo dans *Détective*... Salut les potes! Rencard au Lucifer-Bar, le rade des rades où qu'on retrouvera tous les truands... Bonnot en grivelle à pattes, sa Dion-bouton à la porte, le dandy-Lacenaire, Cartouche, Mandrin, nos grands ancêtres! Dillinger avec ses bretelles! Et puis, au milieu d'une équipe de patibulaires moyenâgeux, l'escholier François marqué encore au cou de la corde. Sans eux, l'Histoire est un plat fade, le journal du matin un *Monde*. Ils sont le piment de la société. Positif. Canaque avec ses charmeuses de mongol, son regard fixe, ses gestes brusques, sûr qu'il n'a pas la prétention de jouer les grandes vedettes du crime-ne-paie-pas. C'est un obscur, un sans grade. A peine attention à lui, un vague coup d'œil désabusé... lorsqu'il est descendu aux enfers malfrats. Oiseau nocturne parmi tant d'autres, mort au champ du déshonneur. Il aurait pu tout aussi bien crever sur l'autre le ventre ouvert au grand soleil. Pas les occases qui lui ont manqué. Volontaire pour... engagé parachutiste! S'en est fallu d'un poil trente-six fois... d'un quart... dans les postes de la jungle, les rizières pourries du Viêt-nam. Quand il en a eu sa ration, bien goûté la sauce, elle lui est restée sur l'estomac. Pour se décrocher, il a fait le fou. Des crises furieuses pendant des semaines. Peut-être qu'il forçait pas besef. L'avis de Marcel toujours un peu malveillant... En fin de compte, les psychiatres militaires l'ont réformé. Inapte mental au métier des armes. Il s'en vantait plus que de ses campagnes, ses citations, sa croix des T.O.E... Rapatrié en 53 sur l'*Orégon*, en cage à fond de cale avec les réels ravagés. Il m'a raconté un peu plus tard, lorsqu'on est devenus intimes à s'envoyer aux galères l'un l'autre d'une parole. Ça le prenait brutal les confidences. N'importe où. Sans raison bien évidente. Il avait cru vraiment perdre la boussole pendant la traversée de la mer Rouge. Un caporal de la Légion le suivait du regard des jours entiers, les mains en jumelles imaginaires autour des yeux. Avec les petits doigts, il réglait. Pas moyen de lui échapper. Même la nuit, s'il se réveillait par hasard, tout de suite, la première chose, il voyait ce fou qui le biglait comme Rommel sur son panzer les lignes anglaises. Il s'était retenu cent fois de l'étrangler ce charognard. Il pouvait pas en reparler calmement. Ça le refoutait en colère, cette évocation, pire encore que Marcel dans sa piaule à tout dégueulasser, pisser dans l'évier, dessiner sur les murs, rayer les disques, écorner son livre de chevet, la toute dernière édition du Code pénal! Comment vivre dans des conditions pareilles! Débarrassé des chnoques, c'était pas fini les charbons ardents. Pourtant, il affirmait, jurait, qu'il ne demandait qu'à vivre bourgeoisement du fruit de sa pince-monseigneur. En père peinard pas d'autres mots. Sa petite bagnole! sa villa! son Frigidaire! Ses amourettes sans tragédie. C'était le sort qui le poursuivait comme le fou sur la mer Rouge. Réduit à acheter un clébard, un animal qui ne mangeait que du faux-filet, qu'avait failli dévorer toute nue une de ses conquêtes, une étudiante américaine. Et le comble, c'est qu'il s'était pris d'une très tangible amitié pour Marcel, le molosse dobermann.

« Il lui lèche les mains. Il remue la queue dès qu'il approche. C'est un vrai charre! Ah! Merde, c'est pas possible! Pas possible! Putain de merde! Même ce chien qui me prend pour un con! »

Il se renfermait après quelques exclamations. C'était fini pour une journée, pour une semaine. Il ne s'intéressait plus qu'à l'ouvrage. La future, combien qu'elle avait de verrous! Les gens du dessus? d'à côté? Il serrait les mâchoires. Elle allait pas faire un pli la lourde! Les voisins se gratteraient encore si c'est un rêve ou le laitier, qu'on les aurait les lingots, les louis, les dollars! Pas à se gourer, Marcel savait l'endroit pile. Sur ce point, Canaque lui faisait une absolue confiance. Son cul au gorille du Jardin des plantes que le trésor était là! troisième tiroir. Un sec coup de pince. Crac! Quatre mains nerveuses dans la planque. Qu'est-ce qui jouit le mieux au contact des fafiots, les doigts du voleur ou ceux de l'avare? Encore une question en éternel suspens! Ce moment qu'on saisit le paquet... quelle ivresse! En un quart de seconde si ça défile les bonheurs en perspective! ce qu'ils vont devenir ces grands formats!... Aux tavernes! aux filles! à la gueule! Rien de changé dans les siècles des siècles. Je pense pas que l'Harpagon lorsqu'il caresse ses pépètes éprouve une telle joie. Au début, on se met au travail par nécessité. Sans enthousiasme, on les a fraîches, recroquevillées entre les cuisses. Et puis, petit à petit, ça se réchauffe, surtout quand on a palpé deux trois fois les belles images de la Banque de France. Plus ça se réchauffe, moins on y pense à la cagade... la nuit de la police! le terminus à la Brigade Territoriale. Pour Canaque c'était du rêve, du cauchemar sans signification. Son fade, il le prenait dès qu'il engageait sa plume, que ça commençait à faire « crac! crac! » Il appelait les portes des vierges et sa pince-monseigneur quand il allait à l'ouvrage, il se la glissait dans la ceinture qu'elle descende le long de la braguette. Un vrai symbole et aussi la planque idéale... Un soir des flics à roulettes l'avaient tâté (sans doute qu'ils lui trouvaient une sale tronche, une allure trop silencieuse) sans résultat. Ça l'avait émoustillé ce pelotage policier. Le prurit. Crac! Et de débrider la première lourde propice. Au flanc, comme un affamé.

*

Sitôt en équipe tous les trois, on s'est mis à vivre dans une espèce de délire. Une période que lorsque j'y repense, je me demande comment on a pu tenir si longtemps sans se faire crever. On sprintait fatal vers la catastrophe. Marcel, qui reniflait le pire à brève échéance, avait beau groumer, il suivait tout de même le mouvement. Le fric qui rentrait me rendait de plus en plus glouton. Canaque voulait finir de payer sa piaule avant l'été. Après, c'était juré, il prendrait des vacances. Enfin qu'il disait. On était pas forcé de le croire. Marcel surtout ce bloc de doutes. La maison casquée, ça allait être autre chose! Il se ferait construire un building! Il lui faudrait alors un yacht! un château Renaissance! une propriété en Anjou! trois piscines! une fabrique de tire-bouchons! des hectares de vignes! un aquarium plein de poissons chinois! des après-ski fourrés de chinchilla! Jamais de cesse... Toujours plus oultre comme Charles Quint! Il n'y avait que pour les bagnoles qu'il était modeste. C'était même curieux, un des côtés les plus bizarres de ce mec-là. Au siècle des chevaux vapeur dieux, il affichait un mépris souverain des Déesses, des Aston-Martin, des bolides super-Buick. Sa Torpédo qui dépassait rarement le cinquante le comblait de joie, sa citron 5 CV. Avant, il avait eu un vieux cul-de-poule encore plus poussif. Un amour de jeunesse irremplaçable qui s'était terminé tragiquement comme toutes les grandes passions. Lui s'en était tiré avec quelques côtes enfoncées et la guimbarde s'en était allée vers le cimetière à la ferraille, au rebut des rebuts. Pas le moindre boulon utilisable.

Le chagrin de Canaque fut immense. Il en devenait neurasthénique... C'est à cette époque, précisément, qu'il fit la connaissance de Marcel, presque comme pour se consoler de son deuil. Ils se comprirent pour l'essentiel assez vite, on se figure. Jusque-là ils travaillaient chacun de leur côté avec des bricoleurs à la petite semaine, des rouleurs de banlieue pas très au point, pas très sûrs. Des bavards sur l'oreiller pour épater les bonniches.

En m'attendant, ils s'étaient déjà fait sérieusement la pogne tous les deux. On juge au confort de Canaque, aux soucoupes innombrables de Marcel! J'amenais Youpe au moment où ils en avaient le plus grand besoin. Ils avaient bien des fourgues, par-ci par-là, sur les Puces, dans les soupentes du Marais, les bistrots de ratons à Barbès, mais rien de très suivi, de très certain. Des capricieux qui leur laissaient les trois quarts de la camelote sur les reins. Toujours été le grand problème, l'écoulement de la marchandise. Pas de casseurs sans fourgues, pas de receleurs sans voleurs. On connaît le refrain... surtout les Substituts qui se démangent l'âme en public... s'ils vont demander à la Cour dix ans pour les uns? sept ans pour les autres ou le contraire? Les plus coupables... Savoir?

En l'an 3000, on se le demandera toujours, s'il existe encore des cambrioleurs, des commerçants véreux... des hommes! Il n'y aura peut-être plus que des bonnes femmes, des hermaphrodites! ou alors des rats ou des punaises organisées en société collectiviste. On doit s'attendre aux mutations les plus imprévisibles...

Je m'égare... L'avenir n'est pas de mon ressort, je

voyagerais plutôt dans le passé avec Youpe-le-fourgue, la pièce essentielle de notre industrie, l'aspirateur, le gobe-la-came... Il avait bien cinquante piges à un siècle de retard pour la dégaine. Une véritable caricature de journaux de l'époque Dreyfus... La barbouse deux branches, la calotte noire, les ongles itou, le col d'astrakan râpé... son petit bide en œuf... son tarin... les lorgnons. Par la suite, il s'est métamorphosé, ce cher cloporte... une autre histoire! Pas le loisir de vous la résumer. C'était, ce père Youpe, un personnage hors série, on ne peut pas le nier. Je vais pas, sous prétexte que ses coreligionnaires se sont fait rôtir dans les camps de concentration d'Adolf, vous le dépeindre autrement. A cette époque-là, j'ai combattu pour la Liberté au maquis, en Alsace et jusqu'en Autriche; j'y ai même laissé un bout de barbaque et ma florissante santé. Les magistrats eux-mêmes reconnaissent que c'est le seul moment de ma vie qui soit digne d'estime. La plupart des Juifs qui quittent le droit chemin deviennent fourgues. Dans le truandage, chaque race a sa spécialité... aux Corses le proxénétisme, aux Stéphanois le braquage, aux Grecs l'escroquerie, etc. Vous verrez plus loin des malfrats abominables toutes espèces, toutes nationalités, toutes origines. L'intention de vexer personne, moi qui ne sais même pas d'où je viens. Ces questions de racisme et anti dépassent nettement mes compétences.

Youpe, d'ailleurs, avait eu une singulière conduite sous les Boches. Les fours crématoires nazis, il ne les avait vus que de très loin, par des on-dit, des reportages... le cinéma... Traversé la tornade hitlérienne en reniant ses frères, je vous expliquerai tout à l'heure. Un homme farci d'énigmes, un sacré fortiche, faut bien en convenir. S'il se foutait des apparences! du qu'en dira-t-on! des ragots!... Sa boutique aurait fait honte au plus loquedu chiftir... L'ombre, la crasse, l'odeur de renfermé là-dedans! A s'écarquiller les châsses, se boucher le nez, se pincer pour croire qu'on n'est pas le jouet d'une mauvaise plaisanterie. Marcel, lui qui pourtant ne s'étonne de rien, en était sur le cul, ébahi, la première fois... il en restait la gueule ouverte. Pour rencontrer Youpe ce n'était pas simple. Il ne me voulait pas dans sa turne rue Rappolon à l'improviste. Ça pouvait le compromettre. Je ne l'abordais donc que par un système compliqué... coups de fil... rendez-vous dans les coins les plus divers. Fallait laisser la camelote en valises... les déposer dans une gare. Jamais la même. Il ne voulait voir que les tickets de consigne. Puis finalement, comme on arrivait pas à se mettre d'accord sur les prix, il m'admettait dans ses catacombes. Je dis bien catacombes! Je n'exagère pas le moins du monde... minimise au contraire. Que je vous décrive. Une vieille baraque délabrée dans le IVe. C'est là qu'il perche, lui... sa tribu. On pénètre dans la cour aux pavés bombés. Des longues fenêtres aux façades... des ombres furtives derrière ces fenêtres. Qu'on ne s'attarde pas, il vous presse... « Par ici! par ici! » Un couloir. On descend. Colimaçon interminable. L'humidité vous saisit. Les courants d'air. On tâtonne derrière la bougie qu'il protège de sa main. Il se retourne de temps en temps. « Par ici! par ici! » Ce dédale dans les ténèbres!... Lui y circule les yeux fermés. « Par ici!... là... » Nous y voilà. La lourde massive. Il fouille les profondeurs de son manteau, en sort une véritable clef de Saint-Pierre. Jamais vus une aussi comaque. A faire béer d'admiration un gaffe retraité, un vieux de l'époque héroïque. « Posez vos paquets. » Il va allumer une lampe à pétrole. Alors on pénètre. La porte grince. Merde! C'est l'idée qu'on se faisait de la caverne d'Ali-Baba.

En plus sale, moins rutilant d'ors. Mais tout de même, ça vous coupe la chique. Pas le temps de savourer la surprise, Youpe veut tout de suite voir ce qu'il y a dans vos valdingues. On est pas là pour s'amuser. La camelote s'amoncelle autour de vous, qu'on ne distingue ni plafond, ni murs. On est noyé, étouffé. Au-dessus... à droite, à gauche! Sous vos pieds! On avance péniblement dans le capharnaüm. On fait « trou » peu à peu. L'épaisseur d'un bottin ne suffirait pas pour dresser la liste des objets hétéroclites qui vous entourent sous la poussière, les toiles d'araignées! De malles, des caisses... des meubles tous styles... tables, commodes, armoires, lits à baldaquin, fauteuils, divans, bergères, pianos à queue! Une massive crédence... un Frigidaire... Et sur tout cela, en échafaudages, en équilibre extravagant tout le reste du bazar... les vases, les têtes en plâtre, casques d'escrime, un buste de Marianne en marbre... Avec les glaces, les psychés, on est en plein surréalisme... On heurte un squelette! un chevalet! une bascule automatique de pharmacie! Jusqu'à un dévidoir des sapeurs-pompiers qui a abouti là, on n'ose même pas se demander pourquoi? comment? La lampe à pétrole éclaire maintenant un kayak sur un clavecin et, dans le kayak, un choix d'instruments de musique... mandolines, guitares, violons... un bugle, des trompettes! Tout un orchestre dévalisé par on ne sait quels malfrats en folie! On se cogne ensuite sur un pétrin mécanique de boulangerie... sur un billard japonais couvert de vases, amphores, verroteries de toutes sortes et aussi une vaste bassinoire en cuivre rouge. Au milieu de tout cela une tête de cerf empaillé et puis une couronne mortuaire : « A notre frère bien aimé... » accrochée dans les cornes du cerf. Impossible de me souvenir de tout. A perte de mémoire la came empilée! Les trucs les plus inattendus, les plus insolites, de quoi fournir un marché aux puces entier! Inévaluable! Je me demande ce qu'on pouvait *ne pas trouver*? Ça allait des objets les plus modernes : postes de télé, magnétophones, rasoirs électriques, jusqu'à des rogatons impossibles : dentiers, vieilles chaussures, moumoutes, faux cols, fausses barbes, blaireaux, peignes de dames! J'oublie les rouleaux de tissus! les fringues! les pompes! les tableaux! les fusils à pierre! les cannes à pêche! les chapeaux! On se sentait minuscule, écrasé, avec nos deux trois valoches, notre sac de camping plein d'argenterie, nos ridicules ballots de frusques.

« Avancez! oui... par ici! »

Il nous presse, nous active, dirige du geste, levant sa calbombe bien haut. Il circule, cézig, là-dedans comme rat en grenier d'automne. On a bien de la peine à lui filer le train. Pressons! Il nous laisse dans l'ombre. Et patatrac! On fait tomber un mannequin de couturière qui entraîne toute une quincaille... des casseroles, un tub de bain cabossé... des bouteilles! Youpe bondit, rattrape au vol une cage à serins, un grand crucifix... « Faites attention!... Attention!... » Il en transpire... tant bien que mal il rétablit l'équilibre! Il s'agite, s'affole. Il veut qu'on déballe... Ce qu'il y a autour de nous ne doit pas nous retenir le regard. Ce n'est rien! Juste des objets en dépôt! des souvenirs de famille!... oui... oui... A peine la valise entrouverte, il sursaute. Ah! il n'a pas besoin de ça! Pas du tout! Qu'on remporte, reparte tout de suite! C'est l'abomination de le déranger pour si peu. Il en perd ses lorgnons... « Partez, partez! » La ruse classique. Je connais la poloche! Le marchandage sa grande passion... sa raison d'être. Seulement à la longue j'avais appris à le contrer notre vampire. Je faisais semblant de me barrer. Il me ragrafait dans le souterrain... « Venez!... Pour vous rendre service... » Je savais le numéro sur le bout du doigt. Il allait soupeser, tâter, bigler la camelote, les objets, un à un, mieux qu'un spécialiste du laboratoire de la P.J. les pièces à conviction du crime. Après bien des simagrées, froncements de sourcils, de pif... mines dégoûtées... que je fasse mon prix. Ce que je veux de ces misères? Très calme, j'annonce le double ou le triple de ce que j'attends. Ce bond! Il en avale sa barbouse! Je suis fou! Il se met à me danser le ballet de l'indignation au milieu du bric-à-brac. Il est souple, on dirait pas. Yop! écart! saut!... entrechats! Ah! non! non! Il me repousse, m'aide à remballer. Fissa que je décampe! Il ne veut plus me revoir, je suis qu'un sale voleur, un voyou de basse espèce. Je ne me fâche pas le moins du monde. Je résiste à l'assaut en baissant d'un petit chouïa. Stop! Il se recule un peu. Regard méfiant par-dessus ses carreaux. C'est là qu'il se sent suprême. Je suis habitué. Je joue le jeu. Je comprends les turpitudes, le vice. J'ai appris les bonnes manières. Il ne peut dégoûter que les petits délicats, Youpe, ceux qui se laissent impressionner par les apparences. Les restants de soupe, les traces de jaune d'œuf sur son plastron, ses ongles en deuil! les postillons qu'il vous asperge. Je lui passe volontiers ses travers. On va s'entendre. On coupe la poire en deux, en trois... Parce que c'est moi, il me fait une fleur. Mais que je le dérange pas à l'avenir pour des roustissures pareilles! Il en est sursaturé. Des caisses pleines! Là, je peux voir... comprendre... Tenez!... Il va se décider à casquer maintenant, ses boniments je m'en essuie le derche. Du positif. Nous voici à l'essentiel, le délicat, sa torture intime... Il faut qu'il débourse, fini la jactance. Il est farci de biffetons, de pièces... une vraie tirelire. Il en sort de toutes ses fouilles, doublures. Il doit même en avoir dans les pompes, dans la braguette, je suis certain. Il s'énerve toujours à ce moment. Il ne trouve pas ce qu'il veut... se retourne dans l'ombre pour bigler les profondeurs de son morlingue. On entend plus que le frou-frou des billets. Ah! il manque cinq mille! Il fait l'appoint en petite monnaie. Une autre musique. C'est un drôle d'instant quand même. Il joue presque sa vie. On l'estourbirait facile dans ce trou... sortirait ni vu ni connu. Il flaire nos secrètes pensées. Il en ricane à petites goulées. C'est peut-être ce danger suprême qui le fait jouir. Sa destinée à pile ou face! Il mise à fond sur nos deux ronds de jugeotte. Qui si on l'étrangle, on se bouche l'avenir pour pas lerche en somme. C'est lui qui nous les fabrique les billets. Dans sa crasse, sa poussière, ils fleurissent mieux que les tulipes chez Juliana.

Marcel m'a posé d'autres questions au sujet de ce phénomène. Où passent ses bénefs? S'il a une cassette quelque part? Les mystères, lui, il aime bien les éclaircir. Depuis le temps que je connais Youpe, j'ai appris pas mal de choses à travers ses jérémiades, ses éternelles lamentations. *La vie est dure!* Il a une sacrée tribu à ses basques. Il a débuté petitement, il aime à le rappeler. Le mal qu'il s'est donné depuis Bicêtre avec sa malle à quatre nœuds pleine d'oripeaux! Ça fait trente ans qu'il se démène, entre deux ventes, deux rachats, mille inquiétudes, trente-six additions. Il n'a jamais su où donner de la caisse... Ça rentre, ça sort... rythme infernal. Il ne s'est pas arrêté deux secondes. Toute son existence vouée au commerce. Et pourquoi? Pas pour lui, certes! Douze piges qu'il a le même manteau toutes saisons, élimé, luisant, l'astrakan du col becqueté aux mites. Son seul luxe, un vélomoteur, et encore! Il ne s'en sert que pour son travail avec la remorque! Pas le moins du monde en vue d'excursions au bois de Clamart. Si ce n'était que lui, il se contenterait d'une soupe à l'Armée du Salut...

d'un grabat dans un grenier! Seulement en bon Moïse qui respecte les tables de la loi, il a crû et multiplié. Une vaste smala entièrement à ses crochets... Enfants, petits-neveux, belles-sœurs, cousines. Deux fois veuf, à plus de soixante piges il a remis la gomme, engrossé, puis épousé une de ses vendeuses... Encore des jumeaux légitimes. Sans compter les bâtards, oh! il a bien mérité du Seigneur. « Je suis un papa... rien qu'un pauvre papa! Ne croyez pas que je cherche à vous exploiter. Je gagne mon pain péniblement. » Texto. Qu'on aille pas se méprendre! Dans un sens c'est un bienfaiteur de l'humanité. Un de ses fils vient de s'installer médecin après des études interminables. Il trouvera peut-être le remède pour guérir le cancer. Pourquoi pas? On a vu mieux! La société est une étrange cuisine, un laboratoire compliqué. Après maints détours, tout un système de vases communicants, un labyrinthe inouï, le fric chouravé vous fabrique parfois des savants, des magistrats, des saints et lumières, des éclabousseurs d'haute tribune, des chefs militaires prestigieux, des César et des Pompée. Sans doute pour cela que les vrais voyous, les conscients et organisés, ravalent tous une drôle d'envie de se fendre la prune lorsqu'ils arrivent devant les enrobés de Justice. Ils savent un peu à quoi s'en tenir sur les plus beaux modèles de la galerie.

*

Pour le poulailler de Canaque, fallait bien faire un coup de bluff, si je lui annonçais la couleur au téléphone, sûr qu'il allait raccrocher séance, Youpe le fourgue... « Non! Non! Je n'ai pas besoin de ces oiseaux... Je n'ai pas la vente... Vous êtes fou! » Je l'ai pris de vitesse. Quelque chose d'urgent... impossible à expliquer au fil... beaucoup trop grave! Ça l'a tout de suite alléché, ce gourmand-la-came, je l'ai senti frémissant au bout du ronfleur. « Mais! mais... passez me voir... Je serai au coin de la rue... »

« – Impossible. Trop pressé!... Urgent je vous dis... » qu'il nous ouvre son porche, il n'aurait rien à regretter...

Avec la camionnette, on est entrés dans la cour. Après il ne pouvait plus reculer... refuser de m'entendre. Les piaillements l'ont de suite affranchi. On était pas encore descendus qu'il exécutait son petit ballet de l'indignation. « Repartez! Je ne veux pas de ces bêtes!... C'est impossible! Vous êtes fous! Non! Non! » Je lui faisais « chut! » profondément pous l'apaiser. Vite qu'on s'enquille dans le petit couloir, à gauche, et qu'il nous aide à décharger, on parlerait ensuite. Il avait comme peur, Youpe... il osait pas soulever la bâche. On avait enveloppé chaque cage, mais les coin- coin, les glou-glou, il les entendait. « Je vous avais pourtant prévenu. Je n'ai pas besoin de ça... pas besoin! Repartez! Repartez! » Il chuchotait... Les ombres derrière les grandes fenêtres l'intimidaient. Quelques membres de la tribu aux aguets... Ce qu'ils vont dire? interpréter? penser? Au-dessus de lui, il y a l'autorité d'une centenaire très pieuse. Elle ne veut pas entendre parler de ces bas trafics. Elle lui fait des scènes. Je sais tout cela et qu'il redoute surtout un esclandre, là, sous les fenêtres familiales. Si j'en profite! On décharge la camionnette en bons prolétaires tranquilles sans s'occuper de Youpe qui sautille, postillonne autour de nous... supplie une dernière fois qu'on se retire.

Dans la grotte aux trésors plus question de disque pour faire taire les oies, les dindes, les canards. La voix de Youpe est brouillée. Je comprends cependant qu'il me menace de ne pas me donner un sou.

Qu'il suppose encore des abominations! Qu'on a dû étrangler une vieille fermière! Pas des façons! Il ne veut pas d'histoires...

Canaque et Marcel sont trop éberlués, sidérés par l'homme et les décors de l'antre pour s'intéresser aux tractations, au mal que je me donne pour forcer le barrage. Des bêtes splendides! Les fêtes approchent! La dinde aux marrons! Sa famille supernombreuse! Pour une bouchée de pain! Déjà un succès de lui faire tâter une oie... la plus gravosse... le bide... J'évoque les truffes. Il est gueulard Youpe, ça se remarque à sa brioche, ses lèvres humides. Dans sa boutique, rue Rappolon, près de la caisse, il a sa planque de gâteaux, raisins secs, dattes, figues, bonbons au miel. En lousdoc il se gave de loukoum. Il lui en reste en permanence dans les poils de la barbe, ça fait comme des gouttelettes luisantes. Il pelote l'oie malgré tout. Il fléchit. On en profite pour pousser un peu plus nos cages dans le bazar. Ça fait étrange ces bruits de marché de campagne parmi les armures de chevalier, les reliquaires en vermeil, les canapés Louis XVI, les cors d'harmonie, les petites toiles... médaillons XVIIIe... les paravents japonais. Jusqu'ici dans le souterrain il n'y avait guère que des araignées silencieuses en fait de bestiaux. Cette volaille c'est le paveton dans la mare. Youpe à présent tâte les dindes. On les a ficelées par paires. J'ai les tarifs découpés dans *La France agricole.* Avec la balance automatique de pharmacien, on va pouvoir évaluer le prix exact du lot. L'affaire peu à peu s'enfonce dans le sac. Je fais signe aux autres que ça marche. Ils sont tellement occupés à bigler les richesses du vieux qu'ils ne me voient même plus. « Ne touchez pas! » Youpe lui n'en perd pas une. Il a des yeux à facettes comme les mouches. Que Marcel laisse ce dessous de plat à musique. « Ne touchez à rien!... » Ah! non! Il peut pas discuter et surveiller en même temps mes complices. Et puis qu'on s'en aille avec nos canards! Il a réfléchi. Non! Non! Tout à recommencer. J'ose pas employer la ruse classique. Il risque cette fois de nous laisser repartir. Canaque subito s'en mêle... « Quatre-vingt mille! il lâche. Quatre-vingt mille, pour quatre-vingt-six pièces. Ça vous les met à même pas un sac. » L'énormité! Je lui avais pourtant dit de s'occuper de rien, de la fermer hermétique. Naturellement Youpe défaille sous le chiffre. Il va s'évanouir dans les amphores, les vases chinois! Nous sommes fous... Son budget ne lui permet pas de faire pareille dépense! Surtout que demain il a un arriéré d'impôts à casquer. La sommation. On peut voir. Il cherche dans ses fouilles. Qu'on se figure pas qu'il déconne n'importe quoi pour se débarrasser. Là... Le poisseux papelard... collant de loukoum. Tenez!... deux cent cinquante trois mille francs! Il ne joint plus les bouts! Il va abandonner le commerce. Les oies, il aurait plus de bénéfice à les garder. Il toucherait les allocations familiales au moins! Je sens que cette fois il est décidé à me laisser remballer la cargaison. Canaque a tout foutu par terre au moment que j'accrochais. Il baisse ce con, sans crier gare. « Soixante et n'en parlons plus! » Du coup, Youpe se croit tout permis. Il nous repousse vers la lourde. Pas un flèche. Qu'on reparte vite avec nos cageots. On lui fait perdre un temps précieux. On le prend pour un Auvergnat... « Avec les œufs en plus, c'est pourtant un cadeau », insiste Marcel. La phrase de génie. Youpe s'arrête. Les œufs? Il n'y avait pas pensé! Un bénef inattendu! Ça change tout. J'happe la bouée. Mais oui, la ponte!... au moins six douzaines d'œufs par jour! Des œufs d'oies, de dindes... énormes! Je lui bave des omelettes faramineuses... Et les gâteaux exquis que sa femme pourra lui faire. Il me zyeute, scrute... quelle ruse que je cache? Son crâne calcule. Il se gratte encore. « Cinquante mille pour vous rendre service. » Dix minutes de négociations supplémentaires et je remontais à soixante. Mais Canaque s'en tape, il n'aura pas été à Lorrez-le-Boccage pour que fifre, ça lui suffit, l'honneur est sauf. Il bouscule la cérémonie. Qu'il dèche rapide, ce fourgue pourri, ce vieux cradingue! Il nous a assez fait chier! Il lui arrache le pognon des mains. « Tu voudrais peut-être qu'on te remercie? » Non, mais il aime pas qu'on le tutoie. Il se met à nous parler de ses cheveux blancs pendant qu'on remonte vers la surface. Il insiste que je lui ramène surtout plus d'animaux vivants... L'exception! Il n'a pas la revente. Sur les foires il se sentirait tout petit. Du commerce vit la mangeaille! Lui, artiste, n'a de plaisir qu'à caresser les ivoirines, les statuettes hindoues, les bougeoirs tarabiscotés, les étuis de nacre, les vieux Saxes... qu'à contempler les miniatures, les beautés du passé... Toutes les finesses, la quintessence de la production humaine. Il mâchonne dans sa barbouse de patriarche. « Des œufs! des œufs!... Comme un Polonais! Quelle époque! »

*

Les lardus, ce Youpe, ils auraient bien voulu se le mettre sous le feu de leurs questions. Ça les travaillait sérieux. Ils le voyaient à plusieurs têtes. « Vos fourgues. On les aura... Tu ferais mieux de *les donner.* Eux, ils se gobergent dans l'ombre. T'es trop con, tiens!... une vraie pomme! » La rengaine. Le fer dans la plaie. Les histoires de voleurs finissent mal comme les films réalistes. Le poulet-destin nous guette. Pour les fourgues, c'est plus souvent du roman rose. Ils vivent heureux et cachés avec beaucoup d'argent, beaucoup d'enfants. Je dis ça sans amertume, sans envie, sans regrets. Chacun son rôle. Dans un sens Youpe, sa prison, il la faisait par petits morceaux au fond de son souterrain. Son châtiment, il le traînait depuis des siècles à recevoir les coups de pompes des aryens aux quatre coins de l'univers, à fuir les pogroms, à se faire glavioter par tous les crougnats glaiseux de la planète.

Les condés savent bien qu'il y a beaucoup d'hébreux dans cette corporation. Ils essayaient même l'antisémitisme pour me faire jacter... « Tu travailles pour les Juifs!... Pendant que tu te tapes des fayots au trou, eux, ils s'engraissent... se foutent de ta gueule! » Pas sensible à ce genre d'arguments, je pensais, moi, qu'il était heureux que Youpe ait échappé aux griffes des Fritz... Comme par miracle. Ça m'intriguait tellement que je lui avais demandé un jour entre deux marchandages :

« Sous l'Occupation ça a dû être dur pour vous? »

Etonnement... Pourquoi lui posais-je cette question? Il avait tenu le pavé tout simple avec des faux papiers de Belge. Tel quel! De Bruxellois ni plus ni moins. Il en était encore très fier de cette façon qu'il avait baisé les nazis. Même que les huppés généraux à monocle, manche à balai dans le cul et badine sous le bras, venaient chez lui s'offrir des bricoles artistiques, des ivoirines, des petits éventails, entre deux campagnes, deux replis stratégiques de l'Afrikakorps! Du mal à digérer l'explique... Les teutons sont lourdingues, archi connu, un lieu commun racorni, on en doute pas, mais que cézig, avec sa frime, puisse se faire passer pour un Belge, c'était un peu monumental! Fallait qu'ils soient tous miros, les frisés, comme des taupes et soûls en plus! Je respirais autre chose derrière... une combine à la Joanovici entre ces généraux généreux clients et mon fourgue. Des drôles de secrets, absolument inavouables, monstrueux, inimaginables! Ils devaient, ses amis chleus, lui recommander de rester au fond de son gourbi, de surtout pas trop se vadrouiller dans les rues. Toute la Gestapo pouvait pas être au parfum du condé. Avant qu'il ait pu s'expliquer, et que le feld-maréchal protecteur soit intervenu, ce curieux Belge risquait fort d'être emballé dans le fourgon, en route pour les nuits et brouillards dont on ne revenait pas.

De notre strict point de vue de malfrat, ça nous aurait fait plutôt du tort. Un mec comme ça est irremplaçable. Sans lui bien souvent on aurait marché à côté de nos pompes. A moins qu'on ait attaqué les bourgeois noctambules dans la rue de Passy. A l'addition ça aurait aggravé notre cas.

III

> *« J'ai été effrayé le jour où j'ai compris que ceux qu'on envoyait en prison n'étaient guère plus intéressants que ceux qui les y avaient envoyés. »*
>
> Alexandre BREFFORT.

AUX Rungis, c'est exact, on n'en rencontre pas la masse des fourgues... quelques vioques par-ci par-là, balancés par des tireurs de roues de brouettes. Ils ne forment même pas une classe, une coterie à part comme les jules ou les escrocs. Les sérieux du recel ne tombent pas. Les poulets avaient raison. Youpe se tapait peinard son loukoum pendant que j'étais à la galtouse avec Otto. Bien sûr des personnes s'intéressaient à moi dehors, maître Lubary me tenait au courant. On verra tout ça en temps voulu. Il était préférable que je fasse le mort jusqu'à ma prochaine instruction. J'avais une dame de cœur dans mes brèmes et ne voulais l'abattre qu'au moment opportun. J'étais en somme aux oubliettes. Ça existe toujours faut croire.

Après le sournois Yeux-en-trou-de-bite, qui était resté guère plus d'un mois dans la cellule, nous avions encore touché beau avec un dingue qui se prenait pour un conducteur d'autobus. Dès le petit jour, il repliait sa paillasse dans le coin, et vas-y Arthur, au boulot! brrr... l'embraye... les paluches dans le vide sur son volant imaginaire. Nous n'existions pas pour lui... Il desserrait le frein à main... brrr... imitait le bruit du moteur... Démarrage sec... tournant à droite... un petit salut aux copains du dépôt... brrr... brrr... ding! la station. Le temps de se rouler une cigarette aux heures d'affluence, et il repartait tout tendu, l'œil fixe... Juste le brrr... brrr... du fond de la gorge... Il mimait si bien qu'on entravait toutes les embûches du parcours, les queues de poisson, les embouteillages. Uniquement là qu'on entendait le son de sa voix... aux engueulades. « Merde! T'avances, Ducon, avec ton tracteur! » Ding! Ding! Il n'en bonissait pas une de plus. Juste, il se tortorait sa galtouse vite fait, et hop! Il se frottait les pognes... l'embrayage, le frein... brrr!... il repartait pour des heures, heureux, seul, incommunicable. Même le premier jour, il ne nous avait pas dit un mot. A peine la lourde rebouclée, il s'était choisi son coin, avait plié ses berlues sur la paillasse et commencé son cinoche. Y avait de quoi être intrigué, se demander ce qu'il branlait ici? Bien sûr j'ai tout de suite gambergé qu'il *battait* peut-être. Parfois c'est la seule défense possible, l'irresponsabilité mentale, lorsque le crime reproché au lascar est par trop odieux, que ça sent la guillotine dès le départ de l'instruction. Seulement c'est duraille de *battre les dingues*, de jouer sans cesse la comédie, de tromper les experts du Parquet, de tenir jusqu'au bout le numéro. Celui-ci, je me suis rencardé auprès de Saindoux qui tenait toutes nos fiches en bas dans le bureau de la comptabilité, n'avait pas un mandat très sérieux sur la soie. *Vols* au pluriel, certes, mais il plongeait pour la première fois à cinquante piges et des poussières. C'était donc un réel siphoné. A le voir pourtant on aurait pas dit... Il avait une tronche bien banale avec ses gros yeux bleus, son front étroit, encore tous ses tifs plantés dru, poivre et sel.

Je le revois encore à son volant en courant d'air qu'il manœuvrait en souplesse... et puis ses pieds qui jouaient sur le frein, l'accélérateur, l'embrayage. Pas un instant il se laissait distraire, il n'entendait que la porte à l'heure de la soupe. Ce qu'on pouvait lui dire ne l'atteignait pas. Il parlait tout seul et uniquement de sa marotte... son autobus... « En voiture... brrr! ding! brrr... » A devenir folingue nous aussi, surtout les premiers temps. Un charre de nous imposer un mec pareil! Il était fait pour Sainte-Anne ou la R.A.T.P... sûrement pas pour la cage à voyous! mais allez donc expliquer ça aux autorités compétentes! Même s'il continuait jusqu'au tribunal à conduire son bus, on ne le prendrait pas au sérieux. Outrage à magistrat peut-être?... trois mois de plus et c'est bâclé. Pour que le psychiatre se dérange, faut que l'intéressé fasse une demande. Rare que le parfait schizophrène, le paranoïaque chronique ait cette lumineuse idée. Ah! s'il avait étranglé Otto pendant son sommeil, là, on se serait peut-être posé des questions. Seulement, cézig, en dehors de sa manie de l'autobus, était très doux, docile, souriant; les gaffes n'avaient rien, eux, à lui reprocher. Quand il entendait le chariot de la jaffe, il serrait son frein à main, se levait, se détendait un peu les guibolles. Petit à petit on s'était habitué, on le laissait à son délire, il nous dérangeait pas plus qu'un autre qui nous aurait raconté sa vie. Je me carrais dans mon coin avec un livre, et Otto, assis sur le lit, bossait d'arrache, battait ses propres records d'étiquettes. Des deux mille sept cents par jour! A en être plein de tics le soir, le regard vide, complètement décervelé! Tout ça pour fumer quatre paquets de gros cul par semaine, ne pas s'abaisser à descendre aux clops dans la cour. La véritable dignité se paie très cher. J'avais du mal à me concentrer sur mon bouquin. Otto m'avait dit qu'il fallait absolument que je lise les chefs-d'œuvre de Marcel Proust. La bibliothèque des Rungis a été copieusement garnie autrefois par les collabos. On ne peut pas trop se plaindre de ce côté-là, en écrivant une demande bien en règle, polie et précise, quinze jours ou trois semaines à l'avance, on obtient des titres à son choix. Sinon, à la distribution normale, c'est le hasard, presque toujours Xavier de Montépin, Georges Ohnet, Daninos, et aussi *Chassée le soir de ses noces. Aimée et trahie par son légionnaire. Mère à quinze ans par la faute de qui?...* les œuvres complètes à Priolet. Les plus féroces pensionnaires de la maison aiment les bons sentiments en littérature. Le contraire des jeunes filles du lycée Fénelon qui veulent, elles, que ça saigne, sodomise le grand-père, transpire les affreuses turpitudes! L'auxi de la bibliothèque, un vieil escroc pédéraste, en me livrant les trois premiers tomes du *Temps perdu* avait son sourire becté de chicots. Qu'il me prenne pour une tante y avait pas loin. Ici, bien peu suffit pour porter un chapeau... Une réputation... je vous traduis en langage honnête.

Bref, je m'efforçais, malgré l'autobus, à suivre Proust dans ses nuances, méandres, volutes, guirlandes, réticences, arabesques de style. Au bout de la phrase je n'entravais plus que dalle. Je reprenais. Otto me conseillait la patience. « C'est comme les ascensions en montagne. On peine. On a envie d'abandonner et lorsque, finalement, on atteint le sommet... quelle joie! quelle satisfaction! » Jamais j'ai tellement apprécié les grimpettes dans les rochers, les anapurnades culottes golf avec la pioche à tuer Trotsky. Du plaisir troulala-itou. Chacun son genre, moi j'aime mieux les randonnées nocturnes... quelle satisfaction aussi lorsqu'on se sent le morlingue plus lourd après être passé chez Youpe.

Il m'empêchait pas, Proust, d'oublier mes soucis. Je lui demandais cependant pas autre chose... Sans doute pas son but lorsqu'il ciselait, raffinait menu son ours. Il aurait fallu, peut-être, pour que j'entrave le chef-d'œuvre, que je sois allongé sur un moelleux sofa dans le petit boudoir modern style. Ici à respirer la pisse, avec le dingue qui conduisait son 27... (Il nous avait dit... Place d'Italie-Gare Saint-Lazare, son itinéraire habituel) et les menaces qui me pendaient au derche, j'arrivais pas à m'accrocher. *Du côté de chez Swann* moi j'enquillais pas. Au mieux, je me posais des questions triviales, où qu'ils planquaient leur pognon les Verdurin? J'introduisais par effraction dans le château de Guermantes un malfrat de l'époque Francis Carco... J'insiste encore malgré le 27... brrr... ding! les embouteillages innombrables... Il groume notre fou... s'énerve peu à peu, élève la voix. « Encore une vespa, bon Dieu de merde! » Tirade sur ces jeunes sans éducation... qui grillent les feux rouges, foncent dans les sens interdits!... Enfin des salades dont on se passerait, surtout ici. Obligé de regrimper haut de la page pour retrouver le fil. Plus de quoi il retourne... si c'est du lard! Oh! que non, dans Proust il n'est pas question de lard. Ah! voilà : « *Ce sont des êtres magnanimes, et la magnanimité est, au fond, la seule chose qui...* » Parfait, j'entrave à merveille, mais... que se passe-t-il encore? Voici l'autre qui freine!... enfin mime le coup de frein brusque. Un taxi lui a éraflé l'aile, qu'il prétend. Il saute de son siège. Hop! debout, et il se met à gueuler, à tendre le poing vers Otto. C'est lui le chauffeur du taxi imaginaire. « Tu peux pas faire attention, grand con! »

Tant qu'il restait au volant, on pouvait le supporter. Ça va plus maintenant qu'il braille, gesticule.

« M'sieur l'agent! » Moi qu'il insulte le sagouin!... « Vous avez vu! Il a voulu me doubler à droite. » Otto soupire! boira le calice à la lie. Dans ses principes... la magnanimité comme Proust. Seulement, mézig, je tiens à m'instruire, me cultiver en paix, bordel! Lire un auteur si délicat, si profond, si fragile qu'au moindre zéphir il se fluxionne de poitrine, dans de pareilles condisses, on va m'accorder que c'est stoïque, que tout de même je peux perdre patience. Qu'il nous fasse plus chier ce folingue minable! ce fromage avec son autobus! Otto s'interpose, mais j'ai eu le temps de lui savater les noix. Un de ces coups de pompe style gardien de la paix! Pour Proust tout ça, ses analyses quintessenciées, ses chichis, enculeries mondaines. « Mais m'sieur l'agent... je... je... » Sans Otto, je lui aurais fait passer, moi, le goût de la R.A.T.P. je vous certifie! Il retourne penaud sur sa paillasse. Plus de volant. Il se frotte les miches... « Calmez-vous Alphonse... C'est affreux... Affreux! Quelle existence! » Il a encore maigri Otto. Ses tifs ont poussé, tombent en mèches raides sur son col. D'ici qu'il se prenne pour Jésus-Christ, y a pas des bornes! qu'il se mette en croix, qu'il m'apparaisse tout lumineux... Je m'attends à tout, j'envisage le pire toujours, comme ça il m'arrive, de temps à autre, bien rarement je dois dire, d'heureuses et divines surprises... lorsque ça tourne moins toc que j'ai prévu. Pas le tout... faut que je sache raison garder dans cette galère infernale... que j'aille pas bonir à mon curieux, ce cher M. Elbron, des fariboles. Quand il va me recevoir dans son bureau, ça sera pas pour me demander ce que je pense de la littérature post-proustienne, m'offrir des roses du Bengale, des rafraîchissements non alcoolisés. Il me veut, cézig, au marinage... oignons... laurier... vinaigre... que je me ramolisse. Le dingue, Otto, les chiottes bouchées, tout ça m'a l'air prévu pour que je finisse par devenir gâteux. Je dois réagir sec, m'organiser le ciboulot. Les lardus, ça fait un mois qu'ils me délaissent. Je trouve ça presque louche. Ils me préparent, sûr, ces enfifrés, une belle excursion sur Commission Rogatoire. Ce qu'ils vont encore exiger, me postillonner dans les naseaux, m'acculer contre le mur des preuves! Je vous ai montré tout au début. Toujours à peu près le même tabac... le même passage! les mêmes figurants et acteurs. En ce moment ils poursuivent l'enquête, ils ont le temps pour eux, la longueur et la patience pour tisser leur toile. S'ils finissent par remonter jusqu'à Youpe, ça nous promet des lendemains qui chantent. Vingt, trente casses sur les osselets. La Cour d'assises en cinépanorama, mézig à l'affiche en gros caractères. J'ai le droit de me passer l'âme à la suie.

Maintenant, allons prendre un peu l'air, la promenade, ça nous fera pas de mal. Une demi-heure chaque matin. On nous sort de nos cellules pour nous reboucler dans d'autres. A ciel découvert celles-là et un peu plus vastes. Des préaux genre fosses aux ours du Jardin des plantes. Un gaffe nous surveille d'une passerelle qui surplombe l'alignement des cours. On nous parque au petit bonheur par douze, quinze. Les groupes de potes se forment sur les coursives, dans les escaliers. Le mouvement est plutôt traînasseur. Chaque préau est à peu près formé avant d'atteindre le rez-de-chaussée. Par bandes, par affinités... Les maques soucieux du pli de leur false, les tantes qui minaudent, piaillent, se font pincer les meules au passage par de gros méchants en retard d'affection, les cloches vifs à piquer le clop, les escrocs importants et bavacheurs, les nègres qui gesticulent, qui se fendent de leurs grands rires blancs. Nous voici en rang au milieu des rails en bas du bateau. Le maton nous compte, on avance par petits paquets. Quelques coups de gueule de nos cerbères pour la forme, montrer qu'ils sont là... L'air surprend nos bronches... Encore une porte, nous enquillons dans la fosse. Les cercles se forment, les cigarettes s'allument. Un nouveau. Il ne sait encore où se faufiler. Soucieux, le mec! mais ça ne veut pas dire grand-chose. Qu'il ait massacré une famille entière ou bien signé quelques chèques sans provise, il fait à peu près la même frime. Bientôt il va s'approcher puis nous bonir sa petite histoire. Classique!... et qu'il est victime de circonstances peu ordinaires. Ah! cette malchance! Pas possible, il ne devait jamais être pris. Rien ne tient, d'ailleurs son avocat maître Machin, le plus grand actuel du barreau, lui garantit la liberté provisoire après la première instruction! Dans deux piges, il sera peut-être encore là, et celui qui ne dit rien, qui se roule peinard sa cigarette, appuyé négligemment contre le mur, fera dans quinze jours son billard place Clichy.

Dans le coin un petit tatoué de pointillés autour du cou bonimente. Il connaît la taule mieux que sa fouille. Cette fois il risque la relègue. Pour un sac à main... la vioque a poussé des cris... une paire de vaches à roulettes juste par là. Enlevez le bœuf! Pour tout arranger il a Figarosse comme juge... Figarosse qui cite la Bible! Un protestant strict au code. La Béquille – tout en torse, édenté, farouche –, qui en est à sa trente-quatrième condamnation, toujours pour coups et blessures volontaires, connaît très bien le juge Figarosse. Il a tout brisé un jour dans son burelingue... la table, le greffier avec sa machine, les paperasses, les chaises! Il raconte l'histoire pour la centième fois. En 48 ou 49, il ne se souvient plus très bien. Heureusement que les cipaux sont arrivés, il était déjà en triste état le juge d'instruction Figarosse! Au secours! Au secours! il implorait. Trois pigettes à la clef. Force à la loi toujours... tous lieux. La Béquille presque quinquagénaire n'a pas encore tout à fait compris. Dès qu'il a éclusé ses deux trois litres, ça lui remonte la haine des poulets. Au moindre prétexte il bondit. Pas son pied-bot qui peut le gêner. Ce qui lui manque dans les cannes est remonté dans les biscotos, les avant-bras, les poings. Il a eu droit aux honneurs de la première page du *Parisien*... sa bouille de bonne brute : « Léon Barquin, dit " la Béquille ", terreur de la banlieue Nord »... sur deux colonnes.

« Ces pourris de journalistes, y disent que je suis comme certains clebs, que je peux pas voir un képi sans lui sauter dessus. »

Ici tout le monde apprécie. Ça lui permet de fumer à la Béquille. Après le numéro, le récit de ses exploits, il bottine toujours l'assistance.

« Personne a une pipe? »

On ne peut pas laisser cracher un tel héros, un « vengeur » aussi célèbre. Les riches se fendent d'une cigarette.

En taule c'est la société *digeste* avec ses rupins, ses petits bourgeois, ses demi-minables, ses très miteux et ses plus-que-cloches, débris d'humanité qui se castagnent pour une croûte de pain. Les castes riches, comme partout, sont assez fermées. Les harengs d'abord, voyous à part entière dont les ponettes font la Madeleine, les Champs-Elysées, l'avenue Foch. Ceux-là montrent, avec ostentation, qu'ils sont assistés de dix quinze sacs par semaine en balançant des mégots d'Amerloque... à mi-pipe. Ici ça classe le bonhomme... « l'homme », puisque le milieu ne révère en définitive que le fric, la puissance du fric. S'imaginer autre chose relève de la poésie la plus éculée, d'une naïveté de collégien.

A la promenade, ils arpentent la cour par deux trois nos fiers Julots. Le mendiant à l'écart lorgne la gauloise. Va-t-elle se décider à tomber? Est-elle mûre? Pas tout à fait!... le lascar tire une dernière touche, et hop!... pas besoin de chercher du feu... reprise immédiate. Mais déjà un bon pote réclame sa goulée, sa petite porcif...

« Je t'ai fait fumer hier... m'oublie pas, merde! T'es rien dégueulasse. »

Les maques ne jettent même pas un regard sur la sordide dispute. De quoi parlent-ils d'un air si grave? Règlement de comptes? La dernière entrevue avec maître Castiani? du bon rapport de Josiane-la-Martiniquaise? A peine... Ce qui les passionne, avant tout, c'est de se comparer le prix de leurs mocassins en daim sur mesure! de leurs costards! de leur pardessus crème poil de chameau. « Huit raides cette chemise?... J'ai casqué la mienne douze... mais, attention! le col... matez ce col!... » Les deux autres se penchent. Bien sûr, c'est pas de la limace de pue-la-sueur! Eux, ils se rattrapent en vanité sur les cravates, les notes au coiffeur, les lunettes de soleil monture or, le chronomètre qu'ils ont dû abandonner au greffe en arrivant. On est plus au temps des saurets à surin, benouse pattes d'éléphant, grivelle à carreaux et bousillés *Mort aux vaches*... Les harnais du parfait souteneur 58 ne diffèrent pas sensiblement de la garde-robe d'un honnête caméraman. Une fois au placard l'homme s'efforce de rester élégant. Pas toujours aisé. Y a parfois du mérite, faut reconnaître. Surtout qu'il engraisse. M'sieur Louis, à beloter toute la journée, à s'indigestionner de cantine. Le meilleur client aux plats cuisinés, à la confiture, au beurre, aux boîtes de lait condensé! Il ne risque pas de dépérir! Lorsqu'il reçoit la feuille de commandes, il fait bien gaffe de rien oublier... l'ail, les oignons, le piment...

Entre deux siestes, il se mitonne des salades réconfortantes, des petites ratatouilles niçoises sur un poêle à papier dans la cellule. Il est originaire bien souvent de bleds où l'on sait faire la cuisine de mère en fils. Il se retirera dans dix piges dans la restauration si les petits magistrats le mangent pas. Le but de ses Nanas aux asperges... Quand ils ont fini de parler de la coupe de leur costard, ils abordent les bagnoles. L'étude comparative de l'I.D. 19 et de la 403 sport. J'ose vraiment pas leur raconter la Torpédo à Canaque. Je me ferais cataloguer vagabond, ils me jacteraient plus. Déjà qu'ils savent que je cantine juste le strict nécessaire!

Les escrocs, c'est autre engeance. Il suffit de les esgourder cinq minutes pour les reconnaître. Ils ont des préjugés moins tenaces. Selon leurs intérêts, ils ne répugneront pas à adresser la parole aux cloches, aux pires escarpes de barrières, aux tantouses, aux mecs de la pointe – on appelle ainsi ceux qui sont là pour affaires de mœurs, les satyres, sadiques, violeurs de petites filles – l'escroc sait s'adapter. L'essentiel de sa technique. Il joue de toute façon les opulents, même s'il est tombé pour le coup du colis contre remboursement chez la concierge du décédé du troisième. Chiftir milliardaire ou spéculateur de basse espèce, il est le même dans le fond... de la même race. Je vous le montrerai le moment venu dans toute sa splendeur. Là, juste un coup d'œil en passant. Il s'est adossé à la porte. Désinvolte, front dégarni, lunettes verres convexes... légère grimace en fumant. Il écoute son semblable, un congestionné qui se veut très persuasif. Il est question de je ne sais quel article du code de procédure pénale. Divergence. Le grand désinvolte dit : « Ah! mais je vous demande bien pardon... Dans ce cas, le Parquet peut s'opposer... Mais, voyons réfléchissez! » Tellement évident, qu'il se refuse à poursuivre ce dialogue. Paroles inutiles. Ah! s'il connaît, lui, le maquis, la jungle de la procédure. « Voyons! voyons!... » Laissons-le et passons à nos frères les voleurs.

Chez eux, l'anarchie complète. Un seul dénominateur : *Ils reviendront tous au piège.* Pas que la gamelle soit succulente, qu'ils aiment les flagdas à s'en faire crever la bouzine. Ils auront un coup fourré *encore une fois* comme le petit Jojo de Montreuil qui vient de se faire tatouer sur le corps les trente-deux positions. (Chef-d'œuvre d'un artiste gitan de Saint-Ouen.) Il jaspine Jojo, avec sa voix de rogomme, l'argomuche mieux qu'Auguste Le Breton, Simonin, Trignol réunis. Devant les présidents de la chambre correctionnelle, il fait bien un petit effort pour s'exprimer en cave. Ça lui réussit pas lerche. Il se fait saper sans bavure! Tricard jusqu'en l'an 2000! Des amendes à ruiner Rothschild! Il a échappé à la Relègue en Appel. Un quart de poil. Le Proc lui voulait du mal au Jojo... « Débarrasser la société d'un élément dangereux! Sa pomme il se grattait pas... Pour un malheureux bureau de tabac! Ça m'écœurait, mais qu'est-ce que tu voulais que je lui réponde? J'ai écrasé. » Avec deux piges il s'estime le plus heureux des hommes. A la décarrade, il a un boulot cousu-main... Crac! Crac! deux coups de dingue dans une lourde, et il ira se mettre les orteils en éventail sur les bords de la Marne. Ça sera juste le mois de Marie quand il sortira... les communions, les lilas blancs, les légumes verts... Un petit coup de gambille et il se fera, lui aussi, une môme pour l'été. Il s'en frotte déjà les pognes. En attendant, il se fait éponger le soir dans sa cellule par un doux crétin à trogne de paysan, garçon de salle des hôpitaux qu'on a surpris, dans l'amphithéâtre, en train de se livrer à un curieux attentat à la pudeur des macchabées. Jojo n'a pas eu du mal à le mettre à la coule de ses nouvelles fonctions... Dès le premier soir, il lui a proposé la botte.

« “ Pas de refus... mais faudra me donner vingt morceaux de sucre... ” Parole d'homme, il m'a répondu ça!... Avec son accent de pécore. De quoi se fendre la gueule! J'y ai dit : “ T'en auras vingt-cinq, ma belle pomme, tu vois je lésine pas, mais que je sente pas tes chicots pendant le travail! ” Je l'ai argogné par les tifs, et vas-y Gaston, au téléphone on te demande! C'te marade! Il est laubé césarin! comme girond y a mieux, seulement c'est plus cher. Lui, pour une demi-livre de sucre, il te fait une feuille de rose. Je vous chambre pas, demandez à La Béquille. Il en est malade, La Béquille! Ecœuré! L'autre, tout de suite après, il veut son sucre. La moitié de la neuil, tu l'entends croquer... »

La Béquille, terreur des képis, que je vous ai présenté plus haut, c'est le troisième de la cellule. Pas tout à fait d'accord, cézig, il ne l'envoie pas dire.

« Avec tes conneries, on va tous se retrouver au mitard un de ces quatre matins. T'es rien dégueulasse, ce mec-là, j'en voudrais pas pour me cirer mes lattes! Et puis, demain, on va boire le café sans sucre. Je te préviens, moi, la semaine prochaine, je me mets ma ration de côté. T'as qu'à le payer à coups de tatanes ton paysan! Y te pompera tout aussi bien. »

Ainsi de suite... Ça badine à droite à gauche dans chaque préau. Petite suite pour truands de basse catégorie... Arracheurs de sacs à main, voleurs au poivrier, à la roulotte, à l'esbrouffe, au rendez-moi... Ça pullule! Ils sont plutôt d'un naturel bon enfant. Dans trois ou quatre mois, ils seront dehors à nouveau. Ils tirent *des peines de putains*, disent avec un mépris envieux les plus gros gibiers, ceux qui attendent les Assises... les futurs *Travaux forcés.*

De temps en temps, dans le lot, on rencontre un pickpocket fiché à l'Interpool. Un vrai, car tous les tireurs, bien sûr, se prétendent internationaux... recherchés par vingt-six polices. Il en est cependant de minables, chouraveurs sur les marchés de la bourse des ménagères. Ceux-là parlent beaucoup. Démonstration. Le gaffe du haut de sa passerelle s'intéresse, s'instruit. Cercle admiratif. Ici on sait apprécier le réel talent... que c'est pas du blabla d'avocat. Les ritals et les Espagnols sont rois dans la spécialité. Justement, je retrouve Castoli, un super-champion tireur. On s'est connu au mois d'octobre à l'infirmerie. Il commence à se débrouiller en français. Ma qu'il s'est faite prendre sour lé champ de courses!

« Jouste avant dé repartir pour l'Italie. »

Une tentation trop forte, il avait pourtant fait une bonne saison. Il « régrette »... Les courtines lui ont porté malheur. Il se signe. Madona! Il n'aurait jamais dû travailler ailleurs que dans les pèlerinages. Un saint le protège. Un tout petit saint sur la dernière banquette du paradis. Seulement ce saint ne va pas aux courses. Les saints ça préfère Lourdes, Rome, Saint-Jacques-de-Compostelle, Lisieux, Fatima!... les cantiques, les cierges, l'encens! Pietro Castoli c'est là qu'il fait les meilleures pêches aux morlingues. Dans le recueillement, la prière, à genoux si possible. « Pieds nous, il a souivi des processiones interminables... » Il n'a pas vu le pape, c'est le pape qui l'a vu. Du haut de sa sedia gestatoria. Il s'est même arrêté de bénir. Ce coup de châsse sur le pécheur en flagrant délit. « Soûr qu'il m'a vou!... que zé prénais lé porte-feuille jouste... zé l'ai lâché... oune signe dé la croix... à zenoux... qué jamais zé né ou oune peur si grande!... » Il mime, Pietro, cette scène mémorable... Le repentir brusque. La supplication muette au Saint-Père, qu'il n'aille pas, entre deux coups de goupillon, le désigner aux hallebardiers. C'était alors le chemin de Régina Cæli, et la photo dans l'*Osservatore Romano.* Pour se sortir d'un merdier pareil, il aurait été presque forcé d'entrer au couvent. Il est croyant Castoli mais pas jusque-là. La mesoure... la mesoure... pianissimo!

Brautifica le Yougoslave opine. Il sait l'italien et, quand il s'ennuie trop, il descend bavarder un peu avec Castoli. Le pianissimo c'est pourtant pas son genre. A coups de matraque qu'il les traite ses victimes! Il expédie la plus grande partie du produit de ses agressions par petits mandats, par colis à Krushevac pour nourrir une femme et trois gosses. Lui, il se contente de très peu! Il connaît tous les refuges, les armées du Salut, soupes populaires, les hôtels les plus puceux de toutes les grandes villes d'Occident. Il entrave un peu toutes les langues, tous les argots, les patois. Un Européen authentique. Pour le voir rayonner de joie, il suffit de lui annoncer la mort de Tito. Je sais pas ce qu'il y a eu entre eux, mais Brautifica ne rêve que d'aller pisser sur le cadavre de son Maréchal libérateur. A part ça, on n'imagine pas un garçon plus pacifique, serviable, généreux. Dès qu'il a un peu de tabac, il fait la distribution. Il gratte bien entendu aux étiquettes, pulvérise tous les records d'Otto. Des trois mille par jour en se fatiguant moins. Une technique à lui tout à fait au point. C'est notre voisin, à la 209, avec un nègre borgne, vêtu sans qu'on sache pourquoi d'un smoking très crasseux, et un petit Juif bègue qui vient de se faire reléguer pour vols. Sujet d'étonnement. Un Juif voleur? D'habitude ils sont plutôt fourgues, escrocs, carambouilleurs...

« Je sais, explique David, je suis la honte de toute ma famille. Je... je m'en fous... Je préfère chou... raver. Moi... c'est les vavalises dans les-les gares...

On troutrouve des fois des drôles de trucs dans les vavalises. »

Avec le nègre et Brautifica, ils se jouent leur tabac au poker. Y a qu'au flambe qu'ils se comprennent. Ça se termine pourtant parfois assez mal. Le nègre triche et Brautifica sort une lame de dessous sa paillasse. Jusqu'ici David est parvenu en médiateur à éviter que ça aille plus loin que les menaces. « Si... si ça concontinue, moi je... je... joue plus. »

Toutes les races, toutes les nationalités se rencontrent dans ce pandémonium. C'est une espèce d'Unesco. Le rapprochement des peuples. On peut pas dire que ça se donne toujours la main pour faire une grande ronde pacifique. Ça s'enculerait plutôt en couronne. Peut-être de cette façon on obtiendrait plus facilement la paix universelle. Un truc à essayer puisque les mœurs se relâchent un peu partout, que bientôt les femmes ne se différencieront presque plus des hommes par les droits, les fringues, les fonctions. Les Chinois, par exemple, si dangereux par le nombre, se laissent aller facilement aux mignardises entre mâles, j'ai remarqué. Ceux que j'ai vus aux Rungis, ou par la suite derrière des murs encore plus sévères en croquaient tous. Le chbeb chinetoque a drôlement la cote. Des connaisseurs m'ont expliqué ses avantages incomparables. Ni poil, ni barbe... doux au toucher, et des dons inouïs! A peine en arrivait-il un que tous les malfrats en mal d'amour avaient les babines frémissantes, les châsses tout exorbitées. « Mords ce niake! Dans quelle cellule qu'il est? » Ça se rencarde. Une combine transpire, que le vieux faussaire de la 224 file des ballots de gitanes à Saindoux, le comptable, pour qu'il place un chinetoque, de temps en temps, avec lui... Depuis quelques mois on n'en voyait plus et, brusquement, un arrivage... Six, sept... des traficoteurs de stupéfiants, une équipe de la gare de Lyon. Ils ont bessif une foule d'admirateurs. Faut dire qu'ils sont joliment loqués... moulés « Miches-gonzesses » dans de jolis petits bénards tuyau de poêle, chaussés d'escarpins mignonnets. La Béquille lui-même en est tout ému. « On devrait virer le péquenot! Avec un bougnoule, mézig je me régalerais aussi. »

Je ne voulais plus parler de ces histoires de bagouse, et puis ça se représente encore. Nul n'y échappe! Si on en croque pas, on finit par être témoin un jour ou l'autre. Donc complice pour la justice expéditive du directeur. Il ne fait pas de détails... hop! toute la cellote au chtard, dès qu'un maton lui signale quelque chose de louche... « Mais je dormais moi... à poings fermés, m'sieur le Directeur! »... – « Trente jours! » Sa réponse-tarif et avec en plus le sérieux rapport qui vous suivra, vous soulignera à l'encre rouge pendant tout le reste de votre existence pénitentiaire.

Pas de milieu! Si on *n'en est pas,* on passe pour un rétrograde, un grossier butor aux yeux des artistes, et si on *en est,* même à titre de simple spectateur, de voyeur, on devient un monstre, un *cas* pour les psychologues professionnels de la Rénovation morale, ceux qui vont s'occuper de nous après notre condamnation. Vous les verrez à la fin... je vous les présenterai, eux aussi, dans leurs fonctions, leurs travaux, leur apostolat laïque. Oh! s'ils se donnent du mal pour nous comprendre! S'ils s'escriment le tempérament à gamberger la question, la retourner, la branler, la triturer, à travers journaux, revues, congrès, conférences : « *L'homosexualité endémique dans nos prisons.* » Le grave problème! Encore un! Ouvrons le débat. Que dit le docteur Piedechèvre? le Père Carré? la mère Machin? tous spécialistes, profonds penseurs... Quels remèdes trouvent-ils à ce mal? Des tartines de mots, du phrasicotage sans fin. C'est pourtant d'une simplicité enfantine. Allez voir un peu les singes au Zoo, les babouins dans leur grande cage. Et eux, ils ont des femelles. Les plus forts s'embourbent les plus faibles. Des faibles qui n'ont pas l'air de prendre si mal la chose. Cependant, ils n'ont pas lu Oscar Wilde, Gide, Truman Préservatif! La bombe de Nagasaki-mon-amour ne les a pas angoissés au point de se pervertir le système sexuel!

Ici c'est la grande cage à mâles. On y constate les vérités premières... l'essentiel. La raison du plus fort. Ailleurs on se berlure, on se croit lucide... Lucide mes burnes! Il faut *toucher le fond* pour être lucide, et ça se paye autrement qu'avec des mots.

Jamais tant vu de pédales qu'à cette époque au deuxième étage de la deuxième division des Rungis. Et pas des clandestines! Rien que des demoiselles en carte. En principe, elles devraient être seules en cellule, mais il y avait tellement de trèpe avec les politiques que les gaffes fermaient les yeux sur les petits ménages à trois. D'abord, ce fut la période des fleurs... Tout un bouquet... Muguette... Violette... Rose, Pâquerette, Marguerite, Mimosa! Elles durèrent l'espace d'un printemps, et ensuite, arriva l'ère « Art et Histoire »... Cléopâtre, Marie-Antoinette, la Pompadour et la Joconde. Cette dernière, je n'ai jamais compris les raisons de son sobriquet. C'était une grande chauve édentée, crasseuse, décharnée, croulante qui n'avait même plus la force de tortiller du valseur. Elle se laissait faire par faiblesse, inertie, veulerie. « Suce-moi Joconde, je suis ton Léonard » lui disaient ses amoureux d'un instant, des hommes qui savaient plaisanter, et instruits on s'aperçoit. Elle n'osait pas refuser, Mona Lisa, à peine si elle protestait, pour la forme, lorsque l'amateur était trop brutal. Les auxiliaires crochetaient sa cellule pour la passer en série. Des lascars pas trop difficiles qui se seraient tout aussi bien farci une vache, une jument, une truie! Ça révoltait Cléopâtre, un délicat petit travesti de la place Blanche. Tous ces morfales du tafanar lui profanaient son culte. L'acte réduit à lui-même, elle trouvait ça d'un bestial! Elle voulait des mots tendres, elle, des déclarations en règle comme une jeune fille de bonne famille. « Cinq ou six comme ça à la file, pouah! quelle horreur! Au milieu de ces gros rires! Mais c'est odieux! Je n'accepterais jamais! Ah! ça non! Joconde se déshonore... Elle me dégoûte cette vieille ordure! »

Si elles se détestent entre elles, se jalousent, s'envoyent des piques acerbes, pires que des concepiges! Une des distractions les plus prisées de la promenade... les faire s'engueuler, se crêper le chignon. « Grande putain! Morue à flic! Suceuse de chancres! » Les aménités qu'elles se balancent! Et les ragots! qu'à tendre l'oreille pour connaître tous les secrets des pissotières. Que la Pompadour se fait entretenir par un député S.F.I.O... qu'elle se came, qu'elle rencarde à l'occasion la Grande Maison!... Que Marguerite a cessé son traitement hormonal à cause que ça pouvait lui donner le cancer du sein!... Que la Violette n'aime que les Arabes... « D'ailleurs elle est là comme politique. Mais oui, mon chou!... c'est la D.S.T. qui l'a surprise un matin dans le lit d'un militant F.L.N. Un très beau gosse d'ailleurs, je ne dis pas. Mais tout de même, ça dénote une drôle de mentalité! » Ainsi s'exprime une patriote, une raciste, qui ne marcherait pas pour tout l'or du monde avec un bique. Par elle on apprend aussi que Mimosa, faut s'en méfier, qu'elle descend à la prophylaxie se faire soigner le gagne-pain. Et patati... Rose est ridicule avec sa chemise verte!... patata... la

Pompadour m'a dit ceci... mais, moi, tu penses, je l'ai envoyée paître!...

On se serait cru à la Reine Blanche certains jours... Papotages... chiffons... méchancetés gamines... futilités! Presque l'illusion d'entendre de vraies nanas. « Mon juge d'instruction a des yeux magnifiques... » « L'autre jour, au Palais, imagine-toi que j'avais pour me conduire un garde, je te dis que ça!... Moi qu'est-ce que tu veux, j'aime l'uniforme. » La Béquille ne pouvait pas en entendre plus. Il quittait le cercle en groumant. La moutarde lui montait au pif, que s'il en entendait davantage, pour sûr, il allait cogner. Des coups à se faire mitarder pour une quinzaine! Il y passait déjà la moitié de son temps. Inutile de se laisser provoquer par toutes ces salopes.

« Si la cour était pavée de bites, elles marcheraient toutes sur le cul. »

V'là comme il jactait, La Béquille.

*

Otto ne descendait jamais. Il profitait de la promenade pour ouvrir la fenêtre et faire le ménage. L'autre, tout à son autobus, ne bougeait pas de son coin. Depuis que je l'avais satonné, il évitait les embouteillages. Ding ding! Il marmonnait, c'était devenu comme une prière son petit divertissement. Un matin, on l'a appelé pour l'instruction et le soir on l'a libéré. On a jamais su exactement ce qu'il était venu foutre ici... Plein de mystères de ce genre, la taule. Je me la donnais de ces énigmes vivantes. Si j'avais pu m'oublier dans la lecture de Proust, c'eût été l'idéal, mais je restais toujours en carafe au milieu des pages. Inconsciemment, je revenais en arrière. Le présent ne m'intéressait pas, l'avenir me foutait le trac, alors, je me retournais vers le passé, je m'auscultais la mémoire... Je recherchais moi aussi mon temps perdu... Les jours de crapuleux plaisirs. Petit entracte de deux piges, beau rêve en sandouiche entre l'hosto et le ballon. On se hâtera de m'affirmer que j'aurais pu prendre un autre chemin, que les joies pures de l'effort m'auraient autrement comblé. Supposition toute gratuite. Argument d'assistance sociale. J'étais mal parti depuis le début. Bien avant de retrouver Marcel devant sa pile de soucoupes. Le goût inné des choses interdites, des aventures glandilleuses, des associations malfaisantes. Je ne cherche pas à me disculper. Ecœuré des plaidoiries! On peut dire n'importe quoi, mais certainement pas que les voleurs sont là pour qu'il y ait aussi des juges, des avocats, des flics et des articles dans les journaux. *On a comme la vocation.* Dès l'école maternelle, l'institutrice sait déjà, pour peu qu'elle soit clairvoyante, qui parmi sa marmaille sera curé, gendarme, malfrat ou rond-de-cuir. Comment ensuite aller contre! Canaque aurait fait un piètre ecclésiastique! Marcel, dans la gendarmerie, serait devenu un sinistre ivrogne! Et moi sur un rond-de-cuir, je tournais à l'aigre. Je dépérissais. Restait l'Art, Otto disait que c'était la planche de salut. Il s'était cassé la gueule, lui, à cause de son caractère trop entier, de ses exigences intérieures et puis aussi, ce qu'il avouait moins volontiers, parce qu'il adorait mettre son pognon sur le zéro à la roulette. Quand il était en panne d'étiquettes – des trous de deux trois jours – il cherchait la martingale. J'avais repéré ses cahiers de brouillon « 100 pages » couverts de chiffres. C'était donc que l'Art tout pur ne suffit pas. Il pouvait me baratiner, j'avais quelques idées sur la question. Je ne les exprimais pas tout haut. Otto paraissait convaincu, alors à quoi bon discuter. Il faut *savoir*, mais faire semblant de s'intéresser. J'en savais trop pour ma condition. Peut-être pour ça que je m'étais pas plié à la discipline sociale. La rage de ne jamais marcher derrière une bannière avec la bande de torgadus braillant n'importe quel slogan. La divinité Art me paraissait encore plus frelatée que les autres. Ah! ces religieux de l'Art! Ces fervents yeux mi-clos main au front, saisis par l'éclair esthétique! Ils communient avec la beauté vingt fois par jour. Ils sont au-dessus du lot commun, des bassesses matérielles. La crème des crèmes! L'oracle artiste, pourtant, remettra lui les pieds au sol devant le guicheton de la banque. Un instant, on pourra le voir *réel*, lorsqu'il entendra les fafiots. « O temps suspends ton vol!... » Le bruit qui le sort de sa torpeur superbe. Frrru... frrru... Pour compter, là, il est rapide, le grand-papa épicier renaît, bien vivace au fond de son cœur artistique.

Otto se gourrait un peu de mes pensées prosaïques, mais il était décidé à m'endoctriner comme autrefois dans la Résistance la Môme camarade, une gonzesse saignante d'idéalisme qui me faisait lire presque de force les classiques de la Révolution prolétarienne. Il me citait les exceptions. Lautrec, Van Gogh, Gauguin crevant, devenant dingues pour l'Art. Toute religion a ses martyrs qui cautionnent l'Eglise, finissent en statuettes, en lambeaux de calcifs bénis. Ces géants de la barbouille se sont torturés à mort il me semble pour que les critiques puissent pérorer, les snobs chochoter, les marchands s'engraisser et les touristes abrutis promener leur Kodak, leur curiosité organisée dans les expositions, les musées. La même foule qui le glaviotait de son vivant, le génie, se ramène, toute béate, éblouie, rendue... Elle a lu Malraux-digeste. Frisson. Emoi. Cartes postales! Ce qu'il en a chié, le maître, pour en arriver là! Le triomphe de la mort.

La revanche du cadavre sur les asticots. Moi, ils me foutent la trouille les musées, un peu comme les cimetières. De toute façon, on ne lutte contre la mort qu'avec des momies.

A la porte, le gardien des chefs-d'œuvre tend sa casquette, nous sommes en France pays du pourliche et du gros rouge. Il s'en donne de ce côté, le gardien, il est mal payé, malveillant, ivrogne. Il surveillerait tout aussi bien des assassins, des bœufs, des tombeaux. L'Art ne lui adoucit pas les mœurs, en rentrant ce soir il va drôlement la dérouiller sa bobonne si elle lui dit un mot de travers. « Mesdames et messieurs, l'admirable tableau que vous avez devant les yeux... » Tout compte fait, je préfère presque le véritable cimetière. On y va pour y retrouver parfois un fantôme bien à soi, l'ombre d'une tendresse, un bout d'enfance, un brin d'amour, un sourire disparu.

« Voyez-vous, je ne suis pas partisan de l'Art pour l'Art. Il doit être une sorte d'acte de ferveur... une prière supérieure... un moyen d'exprimer sa Foi. Sans autre raison que l'expression personnelle, il conduit au délire, au surréalisme, il s'enferme dans le grotesque, l'absurde, l'abstrait! L'artiste en arrive alors au désespoir. »

En attendant qu'on nous parachute un nouveau troisième, Otto en profitait pour me parler sérieusement. J'étais apte à le comprendre, il en était certain. Le truandage n'était pas *tout* chez moi. Je n'entrais pas chez Proust comme dans un moulin, mais ma tentative était révélatrice. L'Art ne m'était pas fermé. Le rachat. Je pouvais entrer en religion. Je l'écoutais vautré sur ma paillasse. La lumière grise de l'ampoule poussiéreuse nous plongeait dans une ambiance inquiétante. Otto y échappait un peu en se laissant bercer par ses propres paroles. Après tout, c'était l'essentiel.

Ensuite, le gaffe passait éteindre. Le régime des poules, à huit heures on est dans l'obscurité. On tire sur sa maigre cigarette de mégots. En face les mineurs, les gosses des M.E.S.[1] crient aux fenêtres, s'égosillent à s'insulter. Un phare au-dessus du mirador projette l'ombre démesurée de nos barreaux sur le mur. Otto ne parle plus, il poursuit je ne sais quel rêve. Un déclic... deux secondes la lumière qui vous éblouit. L'équipe de nuit circule sur les coursives. Les heures s'étirent interminablement. Les J-3 se lassent... silence peu à peu. Dehors, c'est l'heure des cinémas, des bars et des putains. Tout à coup, on sursaute. Quelqu'un tambourine à la porte d'une cellule du premier étage. Un malade? un fou? un récalcitrant de l'enculade? Il cogne de plus en plus fort. Des poings, des pieds. La lourde tremble. Dans le poste de garde, les matons sèchent leur premier litre en tapant les brèmes. Qu'il crève l'emmerdeur, succombe du fion, ils ne vont pas se remuer la viande pour si peu! A la bonne vôtre! Badadoum! Bing! il prend son élan le furieux. A coups de pompe, il y va maintenant. C'est un Arabe, on entrave à ses gueulements qui nous parviennent en sourdine. Il se fatiguera à la longue, à moins qu'un des ivrognes en uniforme se décide à aller voir ce qui se passe. C'est quelquefois grave, un mourant dans la cellule, mais plus fréquemment il ne s'agit que d'un énervé. Celui-ci justifiera toujours l'inertie du poste de garde en cas de pépin. Otto écoute sans rien dire. Peut-être que son ulcère le travaille. Il ne peut plus rien avaler depuis quelques jours. Le toubib est venu, un gros, un champion de judo paraît-il. Il a prescrit de l'aspirine... deux cachets par jour et de l'eau de bourget tous les matins. Si on le demande trop souvent, il vous fout

1. M.E.S. Maison d'Education Surveillée.

à la diète avec suppression de tabac. Au mitard, il passe deux ou trois fois par semaine voir si les punis tiennent le coup. « Ça va? » qu'il demande. On est séparé de lui par une rangée de barreaux. Pas le temps de répondre, il est déjà dans l'autre cellule. « Et toi, ça va?... »

Un homme de décision. On s'est jamais si bien porté au quartier disciplinaire. Les statistiques de fin d'année en font foi.

*

Le juge, M. Elbron, près le Parquet de la Seine, c'est de l'exactitude qu'il veut... Pas du vague, de la poésie... une heure trente-cinq, le 10 mars ce que je faisais?... où étais-je?... Là, brûle-pourpoint, la question nette, claire et traîtresse... Préférable tout de même d'hésiter, bafouiller, se gratter. Rien de plus suspect, l'évidence, qu'un individu qui possède le meilleur alibi du monde. A votre maître, votre cher défenseur d'ergoter... « Monsieur le juge, vous savez bien qu'il est excessivement difficile... plus d'un an après!... »

Et puis voilà, tout à coup, on a des bouffées qui vous remontent. Ce 10 mars, un lundi! Il pleuvait, brouillassait, on se souvient... oui, oui... ce fameux soir dans une boîte à Montmartre... Avachi, paf à rouler. Le numéro de striptise dans la salle... Même que je l'ai troublé...

« Ça, le personnel s'en rappellera... J'ai fait un scandale, monsieur le juge... On m'a mis à la porte. Le lendemain, j'en avais honte. J'étais, faut que je vous avoue, avec une personne... oh! une femme très bien. Elle m'a ramené chez elle... Je n'osais pas vous en parler jusqu'à présent. Je craignais de la compromettre. »

Il sourit l'Elbron... ricane. Il trouve maintenant

que j'ai beaucoup trop de mémoire. Dur à contenter l'intègre magistrat assis. Il a l'esprit de contradiction. « Alors vous disiez que... Parfait. » Il dicte. « A la question : " Que faisiez-vous le 10 mars?... " a répondu : " Je me trouvais en compagnie de Mlle Nicole M... domiciliée rue... " » Le greffier c'est un jeunot verdâtre. Les tifs en brosse, une verrue sur la joue. La belle carrière qui s'ouvre devant lui s'il tape avec application. « Oui, monsieur le juge. » Un débutant, on se rend compte à sa fébrilité de bien faire. De temps à autre, il ose lever les châsses sur Lubary. L'aisance du cher maître le suffoque. Mon attitude encore davantage. A ma place, il se serait pendu (une honnête famille déshonorée dans le Lot-et-Garonne!) Le pandore à ma gauche somnole. Il trouve tout ça long, beaucoup trop... ces chinoiseries, ces précisions. S'il était juge, lui, il fouterait tout le monde dedans, l'avocat, les témoins, le plaignant...

Je ne peux pas m'empêcher de zyeuter vers la fenêtre. Les immeubles du quai des Grands-Augustins... la Seine, entre. Je la devine charriant ses eaux sales, ses rats crevés, son mazout. J'y plongerais bien quand même, malgré le froid, le risque de congestion, si ça pouvait me donner une chance d'échapper à cette comédie. Il a exigé le nom, l'adresse de la dame, Elbron-le-curieux. Que j'aille jusqu'au bout de mes confidences. Il sera ravi de la recevoir dans son bureau. Galant cézig. Si son métier l'oblige parfois à poser aux gens des questions indiscrètes, il n'en oublie pas pour autant son excellente éducation. Courbettes, baisemain. Il se demande comment une femme de bonne bourgeoisie a pu s'oublier dans mes bras? Que c'est le commencement de la fin du monde! Que notre société s'effrite! Toute cette mauvaise littérature fait un mal inouï à la France! Tenez, la rosette rouge qu'il arbore à sa boutonnière, que signifie-t-elle de nos jours? On en a distribué des quantités à n'importe qui au lendemain de la Libération. A cette triste époque, il fut lui-même obligé d'instruire des affaires de Collaboration. Grand drame de conscience. S'il n'a pas démissionné, c'est qu'après un long débat intérieur, il s'est dit qu'il pouvait minimiser les dégâts... qu'à sa place on désignerait peut-être un communiste. Héroïsme obscur. Les journaux de droite, par la suite, ne lui en ont même pas été reconnaissants. Ah! combien il préfère s'occuper de cambrioleurs, de pyromanes, de satyres!... Avec ma femme du monde, je vais sans doute lui compliquer le boulot! Il met le pif dans ses paperasses. De près. Il est myope... déplumé... une pauvre mèche collée au milieu de son crâne pour masquer l'irréparable outrage. Lubary me fait signe que ça marche. Optimiste. Oui oui, tout va bien! « *Nous* » *le tenons*. Toujours cette adorable première personne du pluriel. On a tellement plaisanté avec ça que je n'ose pas enfiler une nouvelle perle. Pourtant, à chaque coup, ça me froisse. Tout à l'heure aux *Trente-six carreaux*, puis dans le panier à salade « nous » serons devenus singulier. Pour les lentilles caillouteuses Lubary ne sera plus de la dînette. Il se tapera une mignonne, sans moi, cette nuit... la petite stagiaire Nathalie, qui lui sert de secrétaire. Là, nous ne la *tiendrons* pas au pluriel. Elle ferait pourtant bien mon affaire ce soir pour me remonter le moral. Mon rêve ce serait de la trousser en robe d'avocate dans une salle de Grande Instance, sur la table même du président... juste sous la Thémis en oripeaux qui tient sa balance avec tant de noblesse. Après ça, on peut mourir, la vie n'a pas été tout à fait vaine. En attendant, Elbron me laisse en suspens. C'est calculé juste exprès que je passe des alternatives confiance-trouille. Il relève enfin la tête. Fin sourire. « Nous allons passer à présent aux choses sérieuses. » Malgré ma triste situation, moi, je n'arrive pas à trouver quelque chose de sérieux, surtout ici, dans ce burelingue, face à ce myope justicier. Je suis pas doué pour la gravité, même au moment d'avaler mon bulletin, il me semble que ça me paraîtra encore du cinoche. Enfin, je suppose, comment savoir! Il se peut aussi que je perde les pédales, que je rampe gémissant, repentant sous un déluge d'eau bénite comme ce maire de Lyon qui ne becta pourtant rien que du curé durant sa longue existence.

. . . .

Alors ce 10 mars, une heure trente-cinq? L'énigme. La date, je ne m'en souvenais plus. Le brouillard à l'anglaise oui. Ouate propice aux cambriolages. J'avais roulé précautionneusement. Canaque comme d'habitude était sous pression.

« Si on rentre dans les décors on sera bien avancé, patate! »

Marcel renaude. Il est à l'arrière avec le diable, l'outillage. Il glougloute en lousdoc un petit flache de gnôle. Je le bigle de temps en temps dans le rétro. On croise une 4 CV pie des flics. Canaque ça l'émotionne pas. Il croit en son étoile. Rien ne peut le détourner de son but. Un convaincu d'on ne sait trop quoi. Marcel ça serait plutôt le contraire. Il mesure les risques, il a de l'imagination... il pense parfois à la défaite.

« J'ai l'impression qu'on va pas pouvoir l'embarquer. Il est mastoc, merde! Tu t'es pas bien rendu compte. »

Canaque n'aime mieux pas engager encore un dialogue sans issue. Il sait, lui, qu'on va l'embarquer ce coffre, il se voit déjà dans son hangar en train de le décortiquer.

« On aurait dû embaucher Rouquemoute avec son chalumeau, bougonna Marcel. Sur place, ça serait plus commode. »

Il ne lui inspire pourtant pas grande confiance, le Rouquemoute, mais Marcel avance cette idée rien que pour faire bondir Canaque. Le souvenir d'une déconfiture cuisante! Dix ou douze briques qu'on a ratées, Canaque en est absolument sûr, à cause de ce gros plein de soupe vaseux! ce sale emmanché! ce dégonflard pourri!

« Autant retourner aux antiquaires! »

Certes, là, au moins, on se dérange pas pour que fifre; Youpe digère notre production. Seulement dans ce secteur, ça devient glandilleux. Les journaux parlent d'une bande de spécialistes ayant la possibilité d'écouler des marchandises aussi particulières. La chambre syndicale proteste. La salle des ventes, le crédit municipal sont alertés. Grand temps de changer de victimes. En plus, toutes ces rondes de police pour les terroristes ratons nous compliquent l'embarquement de la camelote. Chaque nuit des équipes de baluchonneurs se font cravater sur le tas.

Pour ça que j'ai pensé au Rouquemoute et à son chalumeau. Cru bien faire d'aller le relancer... Minute, la belle connerie! Sur toute la ligne, il m'a porté une drôle de cerise, le fumier!

Bon, mais que je vous ouvre encore une parenthèse au sujet du Gros Rouquin. Quelques personnes déjà le connaissent, les lecteurs, lectrices de *La Métamorphose des Cloportes.* Le revoici cette fois dans le vif de l'histoire, je vous le fais plus à l'Arlésienne. Je l'ai connu, cézig, au placard... château des Rungis, cuvée 48. On partageait la même cellule. Quatrième étage, deuxième division, là où se trouvent les biques F.L.N. à présent. Cinq pigettes qu'il s'est appuyées... de trav's. Ça qui l'a rendu prudent à l'extrême, méfiant, maladif, timide casseur.

« Si je retombe, ça sera ma fête! »

Il prétend qu'il est fiché, que ses tics de travail sont connus des services d'identification judiciaire.

« Change de méthode.

– Il ne reste plus que cette solution. Justement, je m'exerce... Je m'entraîne, t'en fais pas. »

Où? Quand? Comment? C'est son secret... il planque son attirail de soudeur mieux qu'un pacha sa plus belle concubine. « Vaut mieux pas que je bouge pour le moment... » Et ça dure. Ça lui botte assez du reste, le repos, l'allonge, les siestes interminables. Petit à petit, il s'est laissé envahir par le lard. Vingt kilos qu'il a pris en dix piges et déjà il était dodu au sortir de l'adolescence! Il entretient son quintal au lait grenadine, aux beignets, aux pommes mousseline, aux pâtes feuilletées, à la modération extrême dans le labeur. Le trac de se fouler un muscle! Quand il dérouille sa bergère, ça le fatigue pour une semaine. Une nécessité pénible! Cette salope l'escroque. Il faudrait qu'il soit tout le temps à la surveiller sur le trottoir. Il préfère perdre un peu, plutôt que se retrouver au trou comme hareng. Elle en écosse, la grande Léone, gare Montparnasse. Pas lerchaille, sa clientèle c'est plutôt du militaire breton, minable, constipé du crapeautard. Du travailleur nord-africain aussi à l'occase, elle est pas bêcheuse, mais ça, il veut pas en convenir cézig. Sa honte intime, son respect humain, lui qu'affiche un si profond mépris des biques, des bougnoules de toutes couleurs, de brosser sa jolie Léone après eux, de récolter leurs gonocoques. Pas du charre, il a presque un abonnement rue d'Assas à l'institut prophylactique. Ses chaudes lances, son souci numéro un, on peut dire. Pour le reste, il est à peu près peinard avec une couverture-travail chez un de ses potes garagiste qui le porte sur l'effectif de son personnel, moyennant le remboursement de tous les frais que ça entraîne. Afin de donner le change, il est tout de même obligé de faire quelques heures de présence de temps à autre. Il glisse alors sa viande dans une salopette rapiécée. On peut constater, le voir, l'admirer, les paluches noircies au cambouis. Il gonfle un pneu, serre un écrou, soulève mollement un capot, envoie une petite giclée d'huile avec la burette! Vite épuisé, suant, perclus! Qu'il se restaure, ça s'impose. Dans une mallette en carton bouilli tout à fait prolétarienne, il a prévu son en-cas, le casse-dalle de secours... cuisse de poulet, sifflard, jambon, un pain de mie entier, un quart de beurre, du chocolat aux noisettes, un cake, une comaque grappe de chasselas si c'est la saison... quelques bananes, oranges, mandarines et, comme boisson, sa bouteille de lolo pasteurisé. Il trouve que ses aïeux celtes ont suffisamment biberonné pour lui le jus de la pomme. Il désintoxique la race. Jamais d'alcool! Là-dessus, il est inattaquable, rigoureux, incorruptible comme un quaker. Ça, qui le rend des plus suspects aux yeux de Marcel, qui lui donne à gamberger. « Ton Rouquin! » suivi d'un soupir, une grimace de dégoût, un geste évasif de sa patte crochue. Rien que la vue du lait grenadine lui colle l'envie d'aller au refile. Rouquemoute s'en tape deux trois verres bien glacés à la file, que ça lui reste en gouttelettes de rosée matinale dans la moustagache. Après, il attaque les amandes grillées, les pommes chips, les cacahuètes... tout ce qui traîne sur le zinc. Hop! il nettoie, engloutit. Un sandouiche gruyère, une brioche, une petite tartine de gelée de groseilles!... Faut tout de même qu'elle en éponge pas mal, des michetons à sept huit cents balles la passe, sa Léone pour qu'il dépérisse pas le Gros. Presque toute sa comptée se métamorphose en produits alimentaires. Sur le ruban, dès dix plombes du mat et jusqu'à des minuit une heure. Qu'elle s'estime encore heureuse quand elle se farcit pas un *couché.* Dans ces cas-là, s'il se déhotte de bonne heure du page le Rouquin! Dès l'aurore il est en attente fébrile dans le bistrot d'en face parmi les pue-la-sueur déjà aux coups de rouge. Sitôt qu'elle sort de l'hôtel, il paie fissa crème et croissants... et il fonce la rattraper au bout de la rue. « Combien? » Sa toute première parole. Net et franc. C'est jamais assez à son goût, il est insatiable. « J'ai fait ce que j'ai pu, mon chéri. » Elle lui glisse les talbins de l'amour vénal dans la fouille du lardeuss. « Ce que je suis fatiguée! » elle ajoute. Ça sous-entend qu'elle aimerait bien qu'il aille aussi, lui, en remonter un peu de la fraîche avec son chalumeau, qu'elle en a sa claque d'être aux asperges, stakhanoviste du trottoir, esclave corvéable, serve à merci, bonne à tout faire pour tous les vices. Elle y laissera sa peau, ses os... sa jeunesse n'en parlons plus!

Il promet, Rouquemoute, il promet... Il attend l'occase... mais, merde! qu'elle soit pas impatiente! Elle lui casse les burnes à gémir. « Change de disque, tu veux! » S'il a le ton pour qu'elle s'écrase. Il l'a séduite, cette malheureuse, au prestige voyou. Ses trois points tatoués sur la main gauche... son *Pas vu pas pris* plein torse... sa jactance... sa mécanique roulée matelot... « Mon homme », elle murmure, et ça la rend rêveuse. S'il tombait, sûr certain, qu'elle mettrait les pipées doubles pour qu'il manque de rien au placard. Un amour comme le nôtre!... A rien n'y comprendre. Plus veule, plus fumier, plus rapace que sa pomme, faut prendre l'avion pour le dégauchir. A Caracas... Buenos peut-être? Je garantis pas. Ces avoines qu'elle reçoit pour des peccadilles! Sur le moment elle lui débagoule les basses insultes, mais le soir même, on la retrouve au turf, résignée, docile, aimante. Son œil fermé, ses ecchymoses lui attirent les clilles viceloques, la revalorisent mystérieusement. Son seul avantage, à vrai dire, c'est qu'elle fait pute, mais alors d'une façon indélébile. En sa compagnie on a l'air ou d'un micheton ou d'un sauret, pas de milieu. C'est exactement, Léone, la fille-de-joie-triste-au-coin-de-la-rue-là-bas. Tout juste si elle prend pas du gris pour se le rouler dans les doigts. Elle bombarde ses deux trois paquets de gauloises par jour, ça revient au même... Son bout de bitume jonché de mégots rougis à lèvres. On la repère de loin, vu sa taille, sa façon de balancer son sac à main, de s'appuyer contre le mur... sa mèche de tifs décolorés en négligence sur le côté. S'approchant, l'alléché glisse en déception. Elle porte ses quarante-cinq berges sans bavures, aux poches sous les yeux, au flasque des tétons, aux rides, à l'avachissement général. « Tu viens mon coco! » Les timides, elle te les enveloppe à la hussarde : « Je te sucerai à fond... » Le tout ensuite, c'est de faire vite et bien. Dédé le Rouquin veut sa voiture pour le mois de juillet, partir au vert. Las de sa pétrolette! Dans le secteur, les autres barbeaux se foutent de sa gueule lorsqu'il enquille dans les rades avec son casque, ses bottes, sa veste en cuir. « Tu suis le Tour de France?... T'es partant pour Montlhéry? » Les vannes, les sourires narquois. C'est pas qu'il se vexe facile, son harnachement d'honnête ouvrier en week-end a l'avantage de ne pas attirer l'attention des perdreaux. Six sept piges qu'il tient le paveton avec ses feuilles de paye en règle, sa sécurité sociale, ses achats à croume. Ça durera, ce petit bonheur, tant que

Léone pourra faire tourner le moulin. « On prendra une épicerie-buvette en banlieue. » Les projets grandioses après la fameuse *belle affaire.* Elle n'y croit plus lerche. Ce coup de vingt briques, c'est un peu comme les promesses de curé pour l'au-delà. Vraiment impossible à vérifier...

J'avais fini quand même par l'embrayer. Un boulot tout cuit. On lui ouvrait les lourdes de l'usine. Deux, trois issues en cas de dèche. Canaque lui portait son attirail jusque devant le coffre comme un larbin. Aller et retour en traction. Marcel aux yeux de lynx, à l'oreille radar, en serre dans la rue, et moi juste devant la loge des concierges. Un cabas plein de reconstituants pour qu'il ne tombe pas d'inanition pendant le travail. Je m'étais fendu de trois quatre sacs dans une charcuterie de spécialités italiennes, rien que pour les sandouiches. Canaque bandait à mort. Il imaginait déjà le journal du lendemain. « Des perceurs de coffre-fort volent quarante millions dans une usine à la Courneuve. » Dix briques chacun!... Que de costards super-luxe en perspective. Sa maison de campagne dans les Landes comme François Mauriac! Cinq ou six mois de vrai repos. Marcel naturellement était plus pessimiste. Il pensait un peu aux Assises de la Seine, lisait dans son *Parisien* les tarifs. La dernière équipe de coffioteurs avait morflé entre sept et quinze ans de trav's.

« Il ne te mène pas en double ton gros morfale? Tu l'as vu à l'œuvre?

– Non, mais j'ai lu son dossier en 48... »

Ça, c'était incontestable; et aussi les articles découpés dans les journaux : « *André Cordeau dit le Gros Rouquin, répondra de quatre vols qualifiés...* » Il s'en était tiré avec le minimum, grâce à son passé dans la Résistance. A l'époque, on pouvait tabler, le maquis gardait son prestige intact, la magistrature redoutait encore les F.T.P. J'ai jamais su exactement ce qu'il avait maquillé, Rouquemoute, en Dordogne sous la botte. Il était discret à ce sujet. Guingoin l'avait décoré plusieurs fois. Sûrement qu'il lui avait rendu service! Les temps ont changé, évoquer Guingoin, maintenant, c'est devenu plutôt une circonstance aggravante. Il est le premier à en convenir. « Pourquoi pas Petiot?... Pour ça que j'écrase. Si je me faisais sauter de nouveau, j'irais me chercher mes quinze pigettes facile, et j'aurais intérêt à ne pas faire cassation. »

Je suis son tentateur. Il veut étudier l'affaire calmement. Léone c'est la proie quotidienne, le pain assuré... Je lui montre l'ombre. Certes, la proie est minable avec son sac à main en faux lézard et je lui désigne une ombre magnifique.

« Ton épicerie, c'est dans la poche. »

Il boit une gorgée de jus d'orange, hausse les épaules. L'épicerie ne lui dit pas plus que l'attaque à main armée. Ce qu'il aurait voulu c'est naître riche. C'te bonne paire! moi aussi, et Marcel, et Canaque, et bien d'autres! Riches! Tout est permis alors. On a une conscience, des problèmes. On peut tout dire, avoir les idées de son fric ou celles d'en face, au choix. On respire dans les hauteurs. Un mot qui sonne doux aux oreilles. Riche! Riche! Il serait admirable, Gros Rouquin, s'il était né riche. On le photographierait sur son yacht avec sa dernière conquête, une belle jeune fille de bonne bourgeoisie. Il achèterait des Bernard Buffet par amour de l'Art. On raconterait son héroïsme, ses gentils travers dans *Match*. Il écrirait sur le livre d'or du grand restaurant une phrase si spirituelle qu'on se la répéterait, chuchoterait d'Oxford au Kremlin. Le riche, même s'il lui prend l'idée d'aller soigner les lépreux dans la brousse, travailler au fond d'une mine par solidarité humaine, c'est encore de la richesse. Une forme. Il est riche voilà. C'est un état d'esprit, un don, une grâce. Il pète, tout de suite c'est du zéphyr! Rouquemoute, ce qu'il serait idéaliste, raffiné, beau d'âme, profond, s'il était né riche. Nul besoin de dérouiller une famélique tapineuse pour se grignoter un petit casse-croûte.

Bon. Il réfléchit. Le pied du mur. S'il se dérobe, c'est qu'il est vraiment fini, voué au maquerotage sordide pour le restant de ses jours. Dernier sursaut d'orgueil. J'attise. Qu'il ne peut pas rester dans cette médiocrité : « *Un homme de ta valeur!* » Il mastique en zyeutant le plafond du café. Des lignes, zigzags, cercles de couleurs, style 1925... Qu'il se décide, merde! Je lui fais le plan. Il attendra à cinq cents mètres jusqu'à ce que les lourdes soient débridées! Il arrivera que tout sera prêt! Avant d'entamer l'ouvrage, il pourra faire un repas copieux. Je dresse la liste des victuailles pour l'affriander.

Une fois qu'il l'a eu dans le buffet mon lunch, qu'il a fallu vraiment se mettre au boulot, il a commencé à s'inquiéter du voisinage. Le hic était là! Le bruit ininterrompu du chalumeau allait plus certainement réveiller les gens qu'une explosion au plastic. Canaque encore s'est énervé trop vite. Rouquemoute faut surtout pas le brusquer.

« Mais, il n'y a que les concierges. Des gâteux! Merde!... nous fais chier. Puisque Alphonse est devant leur loge! que Marcel surveille la rue! Vas-y, nom de Dieu!... »

A peine une petite mise en route, un murmure de l'engin. Il a tout de suite stoppé Rouquemoute, replié bagages. Les menaces de Canaque n'y ont rien fait. Ils se sont presque filés une dérouille sur place.

« Si j'avais eu un flingue, parole d'homme, je le descendais cette grosse lope!... Et puis pourquoi que tu nous reparles de ça, toi? »

C'est vrai, on roulait tranquille, Marcel a éprouvé le besoin viceloque de foutre le merdier. J'aimais autant pas qu'on le remue ce souvenir-là, puisque c'était moi qui leur avais présenté le Rouquin. « Un perceur », je leur avais dit... de quoi lesauticher. Un mois de parlottes, conciliabules, croquis, préparations minutieuses, tout cela pour aboutir à un bide pareil! Marcel persévère, le salaud. Sans la moindre conviction, j'en suis certain, il insinue qu'il a peut-être eu raison, le Gros, de renoncer... qu'il faut être archi-prudent dans notre profession. Canaque peut pas en entendre davantage. Il va piquer sa crise séance... Qu'on ne lui en parle plus de ce maque à la mie de pain! rien que le rappel de sa gueule le révulse! Il en revient au but de notre expédition présente, ça c'est du positif.

« On le sortira ce coffre! Je vous autorise tous les deux à m'enculer debout contre une poubelle dans le premier couloir venu, si on ne le sort pas. Sans vaseline, j'ai qu'une parole!

– Quel programme! » grogne Marcel.

Ah! il nous voit pas... par ce brouillard. Je le lorgne dans le rétro qui agite sa main devant les yeux comme pour chasser cette éventualité ignoble...

« Plus les risques de se faire piquer.

– Quoi? Tu te dégonfles? »

Ils ne sont pas sur la même longueur d'ondes. Marcel ricane ce qui a le don de foutre l'autre doublement à ressaut. Mais il ne faut pas que je me laisse distraire. La brume bouffe toute la ville. J'avance dans cette brouillasse avec prudence. Nous approchons, je reconnais la petite impasse. C'est là qu'il faut garer la camionnette jusqu'au moment de l'arrachage. On attend cinq minutes, tous feux éteints. Silence. Juste les lueurs de nos pipes qui clignotent nerveusement indiquent notre présence.

A qui? Dieu le Père lui-même ne bouge pas de son ciel par un temps pareil. Canaque écrase enfin son clop, enfile ses gants. Paré. Lampe. Plume. Les cales en bois sont dans les poches de son lardeuss. On ferme doucement les portières. Nous voici dans le nuage. Tout devient louche, le trottoir, nos frimes, notre démarche. On entre dans le vif de l'action. Ça, ça s'explique difficilement, ce qui va se passer en nous, ce qu'on va ressentir à partir de ce moment. Un peu comme à la guerre pendant une patrouille de nuit. Avec toute la différence qu'il y a entre le travail pour un patron et celui qu'on fait pour son propre compte. Lorsque nos regards se croisent on se comprend parfaitement. Ça doit être ça, le coup du fruit défendu. Drôlement défendu même! D'abord la porte d'entrée. Celle-là, c'est du beurre. Je l'ai déjà ouverte au passe deux trois fois. Elle grince. Canaque toujours à la pointe du combat avance le premier dans le couloir. Sans lampe. Il va se coller contre la porte des bignoles. On s'approche. Il nous fait signe de la tête qu'il n'entend rien, que ça roupille. Marcel sait ce qu'il doit faire. Sa faction juste dans le coin le plus sombre à droite. En cas de dèche, il joue les ivrognes perdus, se cogne dans les poubelles, s'arrange qu'on le vide comme un malpropre pendant que nous fuyons par le toit d'un atelier qui nous permet de sauter dans la cour voisine. Dans ce rôle, il est imbattable, Marcel. Sapé pour, en demi-cloche. Il ne leur laisse pas le temps de réaliser aux cloportes. S'ils avaient des doutes de cambriolage, en quelques secondes la vape se renverse, ils n'ont plus que l'idée de botter le cul à ce poivrot qui ose troubler leur sommeil. « Qu'est-ce que c'est?... qu'est-ce que vous faites là?... » Il a même réussi à faire entrer en fouille des revolvers très décidés. « Je viens voir Raymond... » – « Mais il n'y a pas de Raymond ici! » Il choisit souvent ce moment pour s'affaler dans les boîtes à ordures, briser une bouteille, déclencher un tintamarre formidable. « Sortez d'ici tout de suite ou j'appelle la police. » Il pourrait se relever et ne pas demander son reste, mais il a assez de sang-froid pour pousser son numéro jusqu'au bout, que l'adversaire ne soit pas repris par ses soupçons. Il attend qu'on l'alpague, qu'on le pousse brutalement. Il va jusqu'à rouscailler : « Salaud! Raymond... Je veux voir Raymond. » Même si ça tournait très mal, il poursuivrait sans défaillance devant les flics. Un hasard. Il passait. Il a vu cette porte ouverte. Il croyait que c'était là que Raymond était entré. Coïncidence étrange bien sûr. Le commissaire se gratte. Il veut Raymond... « C'est un petit. » Ils se sont rencontrés sur un banc. « Il avait un litre de calvados, m'sieur le commissaire. » Jusqu'à la relaxe, il a été, avec son scénario sans bavures. Trois mois de prévention, il y a de ça quatre ans. Maintenant, ces bricoles, tous les vieux rapports de police remontent en surface. Le juge Elbron va s'en servir pour nous tisser sa toile de fond.

Alors, nous voici à l'ouvrage. Canaque veut les honneurs du pied-de-biche. Pas d'hésitation... crac! crac!... Je glisse les cales fur à mesure. Le dernier crac est douloureux. Un grand « baoum » lorsque la lourde cède. On se recule, s'accroupit dans l'ombre, les yeux en coup de phare sur les fenêtres alentour. Je me sens solidaire soudain du renard dans le clapier, du loup dans la bergerie, du rat dans le garde-manger. Mêmes réflexes, même regard, même cœur qui palpite la chamade! Rien. On respire. Parfait. La silhouette de Marcel se dessine dans la grisaille bleutée de la cour. Il nous signale que tout va bien. La bignolerie poursuit ses rêves. Canaque a rengainé la dingue. Je ramasse vite les cales. On entre. Je dirige la marche. Je connais les lieux.

L'économat est au fond à gauche... un petit bureau, une porte vitrée qui donne dans le couloir. Fermée elle aussi. Nouvel obstacle. J'essaie vainement mes caroubles. Canaque s'impatiente. Il préfère craquer d'autor, que je le laisse, ça ira plus vite. Je redoute la vitre, sous la poussée qu'elle vole en éclats! Une seule serrure. Canaque travaille sans reprendre souffle. Il est crispé, hargneux. La lourde cède mollement. Crac minable. Nos jets de lampes se croisent bessif sur le coffio. Il est devant nous, ce tabernacle à fric. Maintenant c'est la vraie messe. On se chuchote nos impressions... qu'on aura du mal à le glisser sur le diable, qu'il faudra bien l'amarrer. On le déplace de quelques centimètres à peine.

« Vas-y. »

Pendant ce temps, Canaque reste près du coffre comme s'il avait peur qu'on vienne nous le ravir. Devant la loge Marcel est toujours aux aguets.

« Ça ne va pas être du gâteau. »

Il s'en gourre. Paroles inutiles. Je retrouve la rue. On dirait que le brouillard comme une crème s'est épaissi. Le ciel nous est favorable, de ce côté on a pas à se plaindre. Je me remets au volant. Il s'agit de placer la tire de telle sorte qu'on ait le moins de trajet possible de la porte cochère au bord du trottoir. Je recule un peu. Là... Impeccable. Je reste une minute à tendre l'écoutille. Je pousse la porte à glissières. On a un diable dernier modèle avec des roues caoutchoutées. A présent on est sur la corde raide! Qu'une patrouille de lardus se pointe et c'est le désastre. Plus le temps d'y penser... la part de risques inévitables. Sans eux tout le monde irait voler. Marcel lâche son poste, on va avoir besoin de lui pour l'emballage. Peu de chances que les concepiges se mettent en branle maintenant que les bruits les plus forts sont passés. Dans le bureau de l'économat, Canaque pour ne pas perdre son temps fouille les tiroirs, les classeurs.

« Tu vas tout de même pas emporter les timbres! Parole t'es bien un peu fondu!

– Ta gueule!... occupe-toi de tes miches... »

Vraiment pas le moment des prises de bec. J'interviens. Le coffre, rien que le coffre... et fissa.

« C'est ce con-là... » grogne Canaque, et il m'arrache le diable des pognes. S'il est prompt pour déficeler la housse de grosse toile qui l'enveloppe.

« Il tiendra sans cordes. »

Là, je crois qu'il se berlure. Je cale le diable. Je les éclaire tandis qu'ils avancent l'engin centimètre par centimètre. Il s'engage mal. Le plancher craque. Le diable glisse. Cette suée! Enfin nous y sommes... il y est...

« T'as raison, grand, vaut mieux l'arrimer. S'il bascule dans le couloir on rique de tout gâcher. »

Deux coups les gros, on règle ce détail. Le dernier cap dangereux, c'est le passage devant la loge. Faut manœuvrer en douceur, ouvrir les deux battants du porche le plus silencieusement possible. Je cours installer la pente entre le trottoir et la porte de la Citroën. Volant. Contact. J'entends le bruit des poubelles que Marcel déplace. La lourde d'entrée grince férocement. Embrayage. Je serre le volant. Je suis tendu extrême... Le plancher métallique derrière moi s'ébranle. Un bruit lourd de ferraille... Baoum!... Marcel a déjà rentré la pente. Il fait glisser la porte tandis que Canaque bondit à côté de moi. Je démarre. Il était temps! On entend quelqu'un brailler dans le couloir. C'était moins une...

*

« Dans cet établissement encore, les employés se souviennent très bien de vous. Ils n'ont pas été sans remarquer votre insistance. Vous êtes venu plusieurs fois. Le caissier se rappelle vous avoir surpris dans son bureau à l'improviste. Oui, oui, je sais! vous veniez pour vos stylos à bille! Mais, tout de même, vous étiez entré sans qu'on vous ait vu... subrepticement pour ainsi dire. Il a trouvé ça assez suspect, le caissier. Il l'a déclaré à la police le lendemain. Il a fait un rapprochement, mettez-vous à sa place. Il vous reconnaît, à présent, formellement. »

Elbron me dévisage. Ma femme du monde ne le convainc pas. Il me signera un non-lieu à regret.

« ... Troublant, convenez-en. Surtout, n'est-ce pas, que des circonstances semblables se retrouvent souvent dans votre dossier. Une certaine franchise de votre part dénoterait, n'est-ce pas, une volonté évidente de vous réformer. Le tribunal... ou la Cour, je dis bien *ou la Cour,* en tiendrait compte. »

Lubary fait une moue qui signifie à peu près que *sa cour,* il peut se la carrer où il pense l'Elbron. Nous ne sommes pas à Saint-Etienne, à Amiens, ou à Mulhouse!... Le substitut régleur m'enverra devant une chambre correctionnelle, que je sois sans crainte! Et puis, il n'y a que des présomptions. On m'a vu, je ne le nie même pas, dans les bureaux de diverses entreprises, entrepôts, usines, qui furent ensuite cambriolées, mais il ne s'agit que de coïncidences, on ne bâtit pas une accusation avec des doutes, de l'à-peu-près...

Le greffier tape comme un damné sur sa machine. Elbron s'est levé pour détendre ses courtes pattes. Il s'arrête par moment, toussote, se râcle la gorge à la recherche d'un bout de phrase. Il jette un œil sur mon indigne carcasse. Je ne suis en somme qu'une sorte d'outil de travail pour lui. Pas très maniable, certes il préférerait un assassin passionnel qui lui poserait un beau problème psychologique. Je suis l'emmerdeur, le train-train quotidien, le tout venant. Pas de quoi faire un film-livre *humain*. Je n'ai même pas su au juste quoi lui répondre lorsqu'il m'a demandé pourquoi j'avais cassé Roblot. La question rituelle au début des instructions. Lubary m'avait pourtant fait la leçon. « Invoquez votre maladie... que vous étiez sans travail... après de vaines recherches... Vous ne vous voyez pas, mais je vous affirme, que vous avez une attitude, comment dirais-je, un peu je m'en foutiste, qui ne me facilite pas la tâche! Les magistrats sont très sensibles à la tenue des inculpés, à leur façon de répondre, de s'exprimer. » Sages conseils, seulement dès que je suis devant le grave guignol, je n'arrive pas à me fabriquer la gueule de l'emploi. Je ne joue pas le jeu selon les bonnes règles, et si Marcel entre à son tour sur la piste, alors c'est la fin des flagdas! Lui, au contraire, il en rajoute, il force la dose. Il est le type même de *l'individu a été conduit à la gendarmerie* du journal. « Faites entrer Flaireau. » Mes yeux quittent le ciel gris de la fenêtre pour la porte. Il pénètre, soupire lorsque le pandore le démenotte. Mal peigné, tête basse, fringues fripées. « Asseyez-vous. » Il regarde la chaise d'un air abruti.

« Là! »

Un garde nous sépare. Et tout va devenir vague, incohérent, bête à pleurer. Plus rien n'y comprendre! Nulle mémoire Marcel. Il a agi sans trop savoir. Il était là, n'y était pas? Ah! oui, il se souvient, mais très, très vaguement. Il me connaît, oui, mais à peine... On se voyait comme ça... les bistrots! Un bout de conversation au hasard d'une rencontre. Je suis pour lui un homme parmi tant d'autres... un figurant! D'abord, Elbron se penche sur ce malheureux. Je l'ai entraîné sans aucun doute. Il fut l'instrument de mes forfaits! Un pauvre type que j'ai exploité! Qu'il aille dans ce sens, et on lui en sera reconnaissant. Marcel semble comprendre, puis une réponse absurde vient tout démolir. Elbron se détend alors comme un ressort. A-t-il affaire à un minus ou au contraire à un super viceloque? « Mais enfin! » Il s'énerve, s'embrouille. « Vous ne pouvez pas nier que dans la nuit du 18 au 19 juin... » Marcel nie rien, il ne sait pas, ne sait plus! Et tout à l'heure, subito, il se rappellera d'un détail grotesque qui rebasculera l'interrogatoire dans le chaos. « C'est inouï! soupire Elbron, maître, enfin, votre client se fiche du monde! » Le maître à Marcel, une sorte de boy-scout à visage rose, s'y paume aussi dans cet imbroglio. Il marmonne un bout de Code pénal comme une excuse. Il y croit, lui, au livre de la Loi. « Monsieur le Juge en vertu de... » Une voix fluette à provoquer les acharnés sodomiseurs, s'il échouait un jour aux Rungis. Lubary, ça le flatte un collègue aussi chétif. Sur-le-champ, sa vanité mousse. Il fait remarquer que ceci, cela... Le code, il sait lui l'interpréter, le torturer, le tortiller, le baiser en levrette. On s'écarte du nouveau sujet, cette fameuse nuit du 18 au 19 juin... L'homme mystérieux qui s'est enfui. Elbron nous ramène à la scène principale : Canaque sanguinolant dans le bureau de la biscuiterie, s'écroulant sur le pas de la porte. L'ombre qui s'enfuit. Marcel dans la cour tenu en respect par un deuxième pistolet.

« Et naturellement, Boudard, cette nuit-là vous étiez encore avec cette personne. N'est-ce pas? Exactement comme le 10 mars, le 4 avril, le 25 mai?... »

J'exagère. Vraiment, j'exagère! Je le prends pour qui? Hein? C'est cousu de fil de blanc tout ça. « Flaireau avouez donc, vous qui êtes un garçon intelligent. » Marcel, de plus en plus hagard, demande candidement ce que je viens faire dans cette histoire. Il était devant la biscuiterie, comme il aurait été, il sait pas lui, devant l'Arc de Triomphe, devant le zouave de l'Alma, devant chez le Procureur de la République? Quelqu'un l'a menacé d'un revolver. On l'a conduit au quart, il ne sait pas encore pourquoi.

« J'ai cru que c'était un voleur. J'ai eu peur. »

Ah! c'en est trop! Le culot phénoménal! Il se renverse notre instructeur sur son siège... Renversant! Ah oui, ahurissant! Ceci serait risible, si ce n'était tragique! Il tape du poing sur la table, brandit *l'outrage à magistrat*! Il ne va pas se laisser englander de la sorte! Non et non! Il referme le dossier vivement. Qu'on signe nos élucubrations! qu'on disparaisse de devant ses yeux! Il est pas prêt de nous rappeler! On a le temps de se les déguster les patates pourries et les pois cassés de l'Administration, puisque c'est ainsi!

Mais il y a les témoins! Il n'y pensait plus à ceux-là! Ils attendent dans le couloir, le greffier fait humblement remarquer. Entre autres, celui que Marcel prenait pour un voleur à main armée, et aussi le flingueur de Canaque, l'héros de l'affaire, l'homme qui s'est fait photographier sous toutes les coutures. *M. Brouer qui abattit le dangereux malfaiteur.* Il est là, avec sa boutonnière ornée de fins rubans patriotiques, sa frime décidée bourgeonneuse... son front étroit... oreilles feuilles de chou! Il a revêtu son beau costard des dimanches. Un père de famille. Il me reconnaît comme étant l'homme qui est venu la veille, le *soi-disant* démarcheur, mais quant à me désigner formellement comme troisième larron du cambriolage, il ne peut! Lui semble! La taille... l'allure générale, certes... Seulement, il faisait nuit. « L'homme était caché derrière le bureau au moment de la fusillade. Il a bondi par la fenêtre. » *Lâchement,* lui qui souligne par le ton de sa voix. « J'ai encore tiré deux balles! » En vain. Ah! S'il avait pu m'atteindre... (enfin! atteindre le fuyard – il se reprend) comme tout serait clair à c' t'heure!

« Sans aucun doute, intervient Lubary, et *nous* ne serions pas là, à essayer de *nous* justifier... »

Oh! que le témoin reste prudent! Cette façon de dire : « Il a sauté par la fenêtre » en me montrant du doigt, ne lui plaît guère à mon défenseur. A moi non plus... J'ose la ramener. Elbron sitôt me fait comprendre que moi je n'ai qu'à la boucler! que je suis l'objet du débat, c'est marre!

« Continuez monsieur Brouer, je vous en prie.

« Ben voilà... »

Il a vu l'ombre s'enfuir sur le petit toit... sauter dans la rue. Il a tourné le commutateur et, là, il s'est aperçu que le blessé était en train de rendre l'âme. Il avait tiré bas pour toucher les jambes. Il ne pouvait pas prévoir que l'individu était accroupi.

« Et puis ça c'est passé si rapidement, m'sieur le juge. »

Tout excusé! Oh! Il était en droit de croire que ce voleur était lui aussi armé. « Mais comment donc, monsieur Brouer! Votre sang-froid, votre courage devraient donner à réfléchir à tous les aspirants malfaiteurs. » Il mérite, officiel, un nouveau ruban bariolé. Il est un exemple. Un bon français. Un père modèle. Un employé consciencieux. Le bien. Nous on est le mal. Qu'à nous regarder! Ces airs sournois! Ces sourires ignobles fleur de lèvres! Ces teints pâles d'escarpes à l'ombre. Pas fini de se faire couvrir d'opprobre. Le commencement du tout début. Elbron ne nous le cache pas. Premier chapitre, première page. Et y a plusieurs tomes en préparation! Les documents s'accumulent. Les preuves. Pas du bluff, sur la table on peut voir... les rapports, déclarations... photos qui s'empilent. Il va tout examiner pièce après pièce notre juste juge. Ah! On veut rire! Il rira le dernier... Hé! hé! hé! « Inutile, Flaireau de regarder le plafond, ça vous concerne autant que Boudard. »

Hélas! hélas! nous sommes rivés à la même chaîne. On l'a voulu, on a tout fait pour. Puisse le bon Dieu du haut du ciel nous trouver des circonstances atténuantes.

*

Tenez, puisque je redescends de chez le juge Elbron, que j'en profite pour vous faire visiter, de votre fauteuil, les caves de Justice... Les fameux *Trente-six carreaux*, nos salons d'attente dans la souricière, avant et au retour des procès et des instructions. On revient par un dédale de souterrains humides et puants avec le garde municipal, bien emmenotté. Signature, registre, et on nous reboucle. Deux rangées de cages, l'une au-dessus de l'autre. Juste une étroite coursive de séparation. Chaque cellote n'a pas trente-six carreaux à sa porte, beaucoup s'en faut! Ils sont presque tous cassés, mais enfin il reste le squelette métallique, bien solide, on risque pas de le défoncer. Tout ça a dû être aménagé il y a une bonne paye... Je sais pas, moi? ça remonte à la nuit des Républiques. Un ensemble conçu pour le remords, les réflexions sombres avant le box d'infamie. Les murs n'ont jamais été ni repeints, ni lessivés, ni blanchis à la chaux. Ils sont gluants de crasse, couverts de graffiti à ne plus pouvoir placer le sien, même au plafond. Une tapisserie de quoi faire rêver les amateurs d'art naïf, les photographes pour albums de luxe sur les curiosités graphiques de pissotières, les experts en refoulements sexuels, en primitivisme, en expression brute. Inimaginable!

Ces richesses resteront perdues, tant pis pour l'Art... tant mieux pour l'olfactif des artistes chercheurs! Parce que là, alors, ça cognotte affreux! Une équipe d'auxiliaires a beau venir tous les matins de la Santé pour désinfecter les chiottes au crésyl, c'est vraiment intenable, surtout l'été. Inutile de gémir, de se plaindre, les cipaux qui nous surveillent, eux, supportent bien l'odeur quotidiennement. On leur donne pas une prime spéciale pour. Ils sont là, stoïques, sur les banquettes, face aux cellules du rez-de-chaussée, à attendre des heures, suants, avinés, ahuris, rigolards. Juste leur *France-Soir* frais d'onze heures pour s'amuser, s'instruire, se sentir *concernés* par les angoissants problèmes de l'heure.

Les cellotes sont minuscules... trois mètres de long et juste la largeur de la porte. On nous entasse à huit, dix, douze parfois! Et chie, fume, pète, déconne, pleurniche, roule ta mécanique, paluche-toi! mais surtout ne dérange pas les militaires de garde avant qu'ils soient désignés pour t'emmener en vadrouille judiciaire.

On a beau y être venu vingt fois, cinquante fois aux *Trente-six carreaux*, on est toujours un peu suffoqué en entrant. C'est du Rungis concentré, de la quintessence d'urinoir. Je m'excuse encore d'insister sur ces détails. Ils me rebutent, croyez-le-bien, autant que vous. Je peux pas vous raconter que ça sentait *Caprice* de chez Guerlain, *Vent d'automne* de Dior... ou la bonne tambouille, le veau Marengo, l'omelette flambée... Toute vérité n'est pas toujours bonne à respirer, qu'y puis-je! Notre blason... Paf en érection sur champ de merde. Aux *Trente-six carreaux* impossible d'éviter la fiente. Elle est au fond de chaque cellule comme un gros gâteau qui recouvre les tartisses. On devine à la forme qu'elles étaient anglaises originairement. Des ouatères que le Jules Grévy (à moins que ce soit Charles X) a dû admirer lors de sa visite d'inauguration... et qu'il a dû se dire, cet excellent chef d'Etat, en passant son doigt sur la cuvette immaculée, que vraiment le progrès en marche c'est une chose admirable. Et depuis ça s'est entassé, sur cette blancheur première. Pour peu qu'on ait l'esprit scientifique et historique, on pourrait se livrer à des études drôlement passionnantes... L'origine de chaque couche... une espèce de géologie appropriée. Tout en dessous, je suppose que ça doit être une croûte toute sèche d'éléments divers... communards, dreyfusards, anarcho-syndicalistes, bien difficile à définir!... ensuite nous arrivons à la Grande Guerre, tous les insoumis qu'ont chié là plutôt que sur le plateau de Craonne, le Chemin-des-Dames, les Marais de Saint-Gond! Voici maintenant l'ère Front popu... de la défécation de grévistes mélangée (ironie du sort) avec des cacas de cagoulards. Au-dessus c'est la plâtrée Résistance... puis tout de suite après la bonne épaisseur d'L.V.F., miliciens, S.S... les mouscailles Maréchal-nous-voilà!... Se perdent là-dedans deux trois bouses de témoins de Jéhovah, recouvertes par la fraîche tartine musulmane... compacte, luisante, fumante d'encore hier soir. L'ensemble lié, mêlé avec les chiasses d'assassins, les crottes allègres des tireurs, les merdes vengeresses des vrais innocents, les étrons des faussaires, souteneurs, satyres, roulottiers... Un amalgame stupéfiant! On reste à renifler des heures. Qu'on se dise, redise, que nous ne méritons pas mieux! Bien dans la tête... par le nez, les yeux... que notre esprit s'imprègne, notre corps... nos frusques. Une lampe crasseuse nous mégote une lumière à nous fabriquer des tronches de distributeur de mort subite. Même les escrocs qui arrivent là bien coiffés, cravatés, ongles polis, costard impec, pardessus strict, ont aussi un air sinistre. « Quelle odeur!... » Ils font semblant d'être surpris... de venir là pour la première fois! Les vagabonds, eux, se marrent! « C'est la vie! » se grattent, se décortiquent leur récolte de clops du matin sur un bout d'*Equipe*. Dans le fond, près de l'immonde gâteau, un jeune homme blafard fume cigarette sur cigarette. Dans deux heures, il ira répondre du meurtre de sa maîtresse devant les jurés de la Seine! C'est-à-dire : un boucher, une chaisière, un ébéniste, un prix de Rome de sculpture, une mère de famille nombreuse, un dentiste mutilé et un retraité du gaz de France. Des gens sérieux garantis. On entrave la nervosité du petit assassin passionnel. De l'étage au-dessus une voix appelle. « Jeannot! Jeannot! » Il est justement avec nous, ce Jeannot, un Marseillais, hareng notoire. S'il connaît la musique! Il dit juste ce qu'il faut... qu'il a été balancé, fan de pute... pas d'autre explication possible! Cézig du dessus doit bien savoir par qui. « Tu me comprends!... » « Diable! » il fait. Au « diable! » on reconnaît le Corse. Il espère lui, être diminué. Une *villeche* de son *veuba* à la 10 d'appel. Ce qui veut dire que son baveux, son avocat a une cheville en cour d'Appel pour lui faire réduire sa peine. C'est du verlan, la langue à l'envers à la mode depuis quelques années dans le milieu. Le vrai, Pigalle-Marseille-Ajaccio. On entend toujours dire dans les prisons « y a plus de mitan » comme en province, on dit qu'il n'y a plus de moralité de nos jours. Les mœurs ont un peu changé, c'est un fait, mais le mitan existe toujours bel et bien comme tout le reste... les bons principes, le bicorne à Polytechnique, le maigre en Carême, les promotions de la rosette, et le Général sauveur de la France. Rien de neuf ici, là, ailleurs!

Tout le monde a vu le voyou modèle Série Noire avec son *brelica* qui lui déforme le veston, au comptoir du *Rififi-bar*, devant le perniflard de midi en train d'attendre l'auteur sait quoi... (Sans doute un tronc qui veut lui sucrer sa polka!) Ça va défourailler tout berzingue, fumer, saigner! que le juke-box sera comme une passoire... le disque slow bloqué sur le même sillon!... et roulez travelling!... Chaque soir, Dupont, Ducon, Dubidon devant sa télévise peut se régaler de ce spectacle à en crever d'indigestion mentale. C'est la veillée des livigneroumes. Les jeunes filles du Ranelagh ne rêvent que de sentir, en se serrant contre un ténébreux de rencontre, le parabellum encore chaud du dernier règlement de comptes. Je vais pas nier son existence au héros d'Auguste Lebreton. Il est là à s'expliquer en verlan avec son pote de la cellule du dessus. On a causé d'Elbron ensemble bien souvent à la promenade. Il le connaît de vieille date... de vieux non-lieux. Ça m'intéresse il va sans dire. « Il veut *t'accumuler*, tu me comprends?... Te faire beaucoup parler pour que tu te coupes. Vé! Il mélange toutes tes affaires, les dates de tes alibis... que si tu ne fais pas gaffe, fan de pute! il t'envoie aux Assiettes avec un papier comme ça! et toi, tu te ramasses tes dix pigettes comme un brave. Couru d'avance. Et puis alors, il est de bois, Elbron! Pas un vice! Intouchable!... Des amis à moi ont tout essayé une fois... la politique, le pognon. Il ne marche à rien... même une ponette qu'on lui a envoyée, vraiment une femme à te foutre le feu dans un Frigidaire!... Eh bien, c'est tout juste si elle s'est pas retrouvée à la Roquette pour tentative de corruption de magistrat. Moi, je te le dis, que tu te fasses pas de cinéma! D'un autre côté, si tu sais battre comme il faut, ça, il t'emmerdera jusqu'à la gauche, il te laissera peut-être moisir un an ou dix-huit mois, mais il finira par te le signer ton non-lieu. Moi, dans l'affaire de la rue de Douai, en 46... tu as entendu parler? Le flingage de Gino-le-niçois... Vé!

J'ai eu chaud au cul, je te le jure!... Il m'a tout de même relargué au bout de deux piges. Il faisait une tronche quand il a signé mon non-lieu! Fan de pute! tu aurais dit le maître de cérémonie à l'enterrement. »

Dans les films, on le voit taciturne ce gangster, sombre, dès son café matinal. Pourtant, dans la réalité, il est plutôt gai, optimiste, même dans les moments les plus glandilleux. Un rien l'épanouit, une fleur! un piaf! un petit plat mijoté! Si vous lui êtes sympathique, il vous racontera sa guerre 39. Comment il a senti venir la vape, qu'il a mis les voiles avant le gros de l'armée, vers Orange, Arles, la Canebière... Il pense lui aussi qu'on était trahi depuis le début, qu'on aurait dû la prolonger, cette ligne Maginot, jusqu'à la mer... *Il est aussi bon français qu'un autre.* Du temps de Simon Sabiani, à Marseille, il votait plutôt deux fois qu'une. Son devoir de citoyen c'est pas l'assistance sociale qui le lui apprendra.

*

Ça va être le printemps. On ouvre les fenêtres. Les nuages s'effilochent en traînées blanches dans le ciel livide. Les moineaux se disputent nos croûtes sur le toit de la galerie de surveillance des promenades. De temps en temps un rat sort d'un trou au milieu des tuiles. Il se fait canarder à coups de boîtes de conserves vides par les J3. On entend les F.L.N. qui braillent leur hymne libérateur plus rageusement que d'habitude. La nuit dernière les C.R.S. les ont un peu brutalisés à propos de je ne sais quelle histoire de Ramadan. Par les œilletons on a assisté au carnage... les crosses pleines de raisiné... les casques luisants qui passent, repassent.

On a entendu gueuler, tambouriner dans les portes... hurler ceux qu'on emballait au mitard la tête ensanglantée. Nous, ça nous a fait passer un petit moment... Un sujet de conversation pour une ou deux semaines.

Si je m'en fous du printemps! Dernier de mes soucis. Hâte de la saison prochaine, puis de la suivante. On voudrait tous l'avaler le temps, l'engloutir comme Rouquemoute ses tartines à la confiture d'orange. Je pense à lui chaque matin. Il s'est peut-être installé avec sa Léone dans la crèche à Canaque... Réveil. Il aime pas qu'on le brusque avec des sonneries cristallines! Pas son genre. Il tourne le bouton de l'électrophone. Le robot met la musique en branle..., douce, facile, gentille... qu'elle n'aille pas lui provoquer des tics. Là, en sourdine. Il se décrotte les mites des yeux... bâille deux trois fois, étire sa grosse barbaque. Le fumier, s'il a dû encore prendre du lard! Canaque dans sa tombe doit avoir un repos éternel agité s'il se doute de l'héritier de toutes ses peines, de sa sueur à fracturer les coffios, de sa mort au combat... Ce châtiment! La justice divine est sévère...

Oui, le printemps! Pas me mettre, après des milliers de rimailleurs, à l'accorder avec éclatant, embaumant, enivrant, énamourant... Même Otto, si délicat artiste, ici, il ne pense qu'à l'étrangler, le printemps, le faire passer par le trou des gogues!... sans l'ombre d'un remords.

IV

« *Ce message dont nous sommes chargés.* »

François MAURIAC.

JE risque pas de vous débuter mon chapitre par : *La Marquise sortit à cinq heures...* Nullement pour des raisons d'esthète... écoles ceci, cela... mon gland! Par nécessité, simple prudence... que si l'Elbron, mon juge instructeur, ça lui tombait sous les yeux... Hop! ni une ni deux me convoque... Ce que je faisais, moi, à cinq heures? De quelle marquise est-il question?... « pas répondre... ha! ha!... Commission rogatoire... » Toute la XXe territoriale à la recherche des dames nobles cambriolées depuis trois ans entre dix-sept et dix-huit heures!... Encore trouver des alibis... Ce que je branlochais le 3 septembre? le 5 et 6 octobre? le 13 mai? le 31 du mois d'août? Si, juste, j'étais pas à Versailles, par hasard, à Marly-le-Roi ce jour, dix-sept heures? Ricanement satisfait de l'Elbron!... Brûle pourmiches allez donc lui prouver que vous étiez pas... votre innocence pleine et entière!

Mon *message* je suis bien obligé de vous le bonir à la biscornue, de vous laisser des ombres, des pointillés... mélanger le milieu, la fin... présenter celui-ci avant celui-là... Que ça devient l'avant-garde romanesque obligatoire. Tout ça rapport à l'Elbron et à ses lardus fureteurs.

Bref pas de marquise... A cinq heures, certain jour, cellule 208, c'est Saindoux qui s'est débarqué... Le balluchon proportionné à sa personne... rembourré, débordant, énorme. C'est le comptable déclassé[1] Saindoux. Celui de la division. Dépassant les bornes, les normes du trafic tacitement permis, le sous-directeur a fini par le virer. Pas pu le coincer en flag, mais à la longue les ragots, les jalousies actives ont fait leur œuvre. Le voici donc rentré dans le rang. Lui-même qu'a choisi sa cellule... une dernière faveur. Il savait qu'on n'a pas trop de puces, poux, morbaques... qu'on se lave les panards. Il nous flatte entre deux imprécations contre tous les ignobles qui lui ont fait perdre sa planque. Nous sommes, il a eu que besoin de nous voir pour s'en rendre compte, des types très bien. Il a envie de converser hautement avec Otto. Marre de tous ces abrutis qui ne lisent que des bandes dessinées, qui ne parlent que de braquages, de bagarres, de litres qu'ils ont bus entre deux séjours en taule! Il va se reposer un peu. Il s'est crevé pour l'Administration, pour les détenus, et remerciement, on le vire comme le dernier des clodos! On le soupçonne d'avoir exploité tout le monde, de s'être sucré cordialement sur le dos des malheureux! Ah! merde! il regrette presque de ne pas avoir fait ce qu'on lui reproche. S'il avait voulu! mais il tondait le surveillant-chef! le concessionnaire des étiquettes était sur le sable! Il se fumait trois paquets d'américaines par jour! se serait farci tous les gironds des quatre étages. On le prend pour un gougnafier! un gratte-miette! Lui qui se mettait en six pour faire plaisir à n'importe qui! Sur l'ingratitude humaine, il en connaît un rayon! Avant même d'avoir déballé

1. Les classés dans une prison sont ceux qui travaillent pour l'Administration.

ses hardes, il ne nous cache pas son dégoût. « L'homme n'a pas une belle nature. » Voilà... Net! Pas un pli!... Un monsieur expérimenté qui nous parle. Pas n'importe quel petit voyou. D'ailleurs il était dans le cinéma, mais pas prophète, critique, ni génie! Tous ces baveux le font sourire. Non, lui il fait partie du clan que les cinélâtres méprisent à mort... Du côté de chez Pognon. Producteur. Il finançait. Le nerf de la guerre. Le reste, du parfait vent, des pets. Qu'on aille pas lui conter minette. Enfin ses affaires ont tourné à l'aigre. Des sales youpins s'en sont mêlés. Il allait nous dévoiler les dessous, les secrets du Septième Art. Pas jojo non plus! On serait édifié. Il n'avait rien commis de pire que les autres, de la simple traite de cavalerie. Seulement, lui, est de Droite... d'extrême! Il nous expliquera ça plus tard, et que ça lui vaut des ennemis innombrables, affreux, acharnés! La peau de banane, il l'a évitée cinquante-six fois. Une existence infernale à jongler avec des millions sur le bord d'un précipice! La cinquante-septième fois il a glissé... Le fatal valdingue jusqu'aux Rungis. Abus de confiance... escroqueries... infractions multiples à la législation sur les chèques... Un mandat de dépôt à rallonge. Coalition des Juifs du parquet, de la banque et du cinéma. On avait sûrement entendu parler de son affaire. Tout juste si on l'accusait pas d'avoir détourner des jeunes filles mineures en leur promettant le grand rôle. Depuis qu'il était bouclé, les lâches sortaient de toutes parts pour l'enfoncer, le crucifier, l'empaler vif, le piétiner, le salir de mille calomnies!

On allait se le réaliser, cézig, se le transporter, se le transpirer. Je me suis mis tout de suite à faire des petites déductions. Le sous-dic ne risquait pas de le reclasser, son juge de le libérer, les autres cellules de se l'arracher. Le va-et-vient du troisième homme était fini. Saindoux s'installait pour un bail. Vogue la cellule!

Le gros écueil de ces histoires de cabanes... le défilé ininterrompu de personnages! On vit deux trois, six mois avec celui-ci, il est incolore, muet, minable déchet de la société, puis on rencontre, en allant se faire couper les tifs, le célèbre voyou demi-siècle. En dix minutes, il vous raconte les trente-six mystères de Paris. Il s'en retourne. D'autres arrivent, parlent, passent. C'est une sorte de salle d'attente, de compartiment d'omnibus. Ça monte, descend, on ne s'est pas encore habitué à une gueule qu'en voici une autre. Et chacun bien sûr trimbale l'histoire de sa vie, l'expose à sa sauce en détail ou digeste, caché le vrai, monte le petit rien en neige, masturbe le mensonge à blanc. S'y retrouver, s'y reconnaître là-dedans! Ça fait une forêt de personnages. En plus que j'ai entrepris de vous dire toute la vérité sur Youpe, Marcel, Canaque et le Gros Rouquin. Convenez que ma tâche est énorme, soyez attentifs et patients, comprenez l'effort de l'athlète.

Nous sommes donc au plein du printemps. Si ça fuse les feuilles, les fleurs, les oiseaux, l'amour au-delà de nos murailles! Il nous parvient des effluves, de temps en temps par la fenêtre, à nous rendre dingues, à s'emmancher les uns les autres. En définitive le joli mois de mai, pour nous, c'est la grande offensive punaises. Les cohortes rhynchites à l'assaut de nos viandes. Otto sucé à blanc y laisse ses dernières forces. Les normes d'étiquettes s'en ressentent et il souffre toujours pire de son estomac. Saindoux passe des nuits à combattre. Il s'enfarine de D.D.T., gratte, écrase, se fouille les replis du bide. Cette guerre immonde, il la doit bien à ces fumiers de la Paramount, à la Warner Bros, à je ne sais quel Nathan! A deux heures du mat, il nous remet le disque... ses traites, les douze briques qui lui manquaient pour tenir ses engagements! Et crac! la maous... Sur ses burnes qu'elle pompait la vache! Une outre pleine de son sang. « Regarde. » Il allume la lampe à huile. Que j'admire son ongle carmin. Pas possible c'est des punaises monstres. Jamais vu de pareilles. Il en a tué pourtant des pépères en 45, ici même, lorsqu'on l'avait enfermé pour intelligence avec l'ennemi. Tous ces malheurs ont commencé là d'ailleurs, le 27 août 1944 très exactement. Nous n'échapperons pas au récit. Qu'on ouvre bien nos écoutilles. Cinq piges qu'il s'est appuyées. Les plus atroces de sa vie! Dehors, on ignorait les horreurs qui se passaient ici. Il ouvre en grand une page d'Histoire. Douloureuse s'il en est. Il a vu la France Réelle agoniser dans cette Division. Toutes nos élites s'en aller vers le poteau de Montrouge. L'amiral Grandmaison, le vieillard héros des Dardanelles en uniforme de parade, toutes décorations en batterie, sur la coursive du quatrième. On l'aurait cru sur la passerelle de son contre-torpilleur. Une telle prestance, dignité, rayonnement que les matons, pourtant communistes dans l'ensemble, le saluaient militairement d'instinct. Spectacle à la fois grandiose et lamentable. Il ne pouvait, Saindoux, oublier. Nous récoltions en Indochine, Tunisie, Algérie le fruit amer de ces injustices! Aucun doute. Depuis nous roulions dans l'abîme. Il avait honte d'être français. Une prison comme celle-ci déshonore un pays. L'odeur, les punaises, la soupe aux cafards, la grossièreté des gardiens! Et puis cette magistrature rampante aux ordres des synagogues, qu'est-ce que nous en pensions? Hein! on était mieux placé que personne pour apprécier.

Otto n'osait pas se permettre la moindre petite objection. Bien trop las! Il subissait le martyre des punaises sans proférer la moindre plainte. L'aumônier lui demandait d'offrir toutes ses souffrances en holocauste au Seigneur. Il offrait tout... ses cloques rouges sur tout le corps, les vapeurs méphitiques, Saindoux, son ulcère, ses dix mille étiquettes! Qu'il se gave, goberge, le Seigneur! On lui fait tant de chagrin avec nos dégueulasses péchés qu'il sera jamais repu de nos douleurs humaines. Les myriades géocorises[1] en furie sur la misérable barbaque d'Otto... une mortification qui va de soi!... Une prière expiatrice en quelque sorte. L'agitation, les récriminations de Saindoux font sourire notre pianiste. Un peu d'élévation spirituelle, d'humilité et les punaises n'existent plus. Simple comme un *Ave Maria*! Remède qui vaut toutes les poudres D.D.T.! fly-tox, douches-épuration...

Si je les connaissais, les théories à Otto! Depuis cinq mois que nous partagions la même case, il avait eu le temps de me les exposer. En lousdoc il essayait de m'ensemencer la bonne parole... l'air de rien... les petits propos... et puis aussi par l'exemple, sa charité de tous les instants. Sans doute que j'étais pas bien mûr pour bastonner du chapelet avec cézig. Je le laissais dire. Pas le contrarier, il était déjà assez malheureux comme ça! Fallait que je sois tout au fond du trou pour entendre autant de paroles évangélisatrices. Fou ce qu'on peut rencontrer de croyants dans le castel. Le dimanche à la messe, on les voit s'approcher de la Sainte Table. De drôles de catholiques mal rasés. De ces tronches de coin des bois à faire accoucher séance les dames qui ont essayé vainement sonde, benzo et lourdes

1. Les *géocorises* sont plus vulgairement appelés punaises terrestres : des bois ou des lits. Ne pas confondre avec les *hydrocorises* ou punaises aquatiques.

lessiveuses... L'abbé Entraives, l'aumônier, est presque obligé d'endiguer ces flots d'ardeur. Il doute, quand même, se demande s'ils sont bien sincères tous ces satyres repentants, ces assassins eucharistiques, ces petits escrocs soudain transfigurés par la Très Sainte Vierge, ces pédérastes qui retrouvent la foi de leurs années collégiennes? N'approchent-ils pas les sacrements dans un but intéressé? Une fois libres, continueront-ils à communier, prier, se confesser? Iront-ils seulement à la messe une fois l'an? Il s'interroge publiquement, l'abbé, en chaire, devant les boîtes superposées en gradins dans lesquelles on nous boucle. Deux, trois cents fidèles, dont il n'aperçoit que les têtes. Savamment, prudemment agencée la chapelle. Même là, encore des placards! Chacun le sien, bouclé double tour, avec juste une ouverture rectangulaire au ras du tarin, qu'on puisse tout de même voir l'office. On arrive des divisions en colonnes par deux dans le grand couloir central au plancher si bien astiqué par les auxiliaires. On risque pas de se mutiner. Des casquettes bleues à étoile blanche partout le long du chemin... puis disséminées dans tous les recoins de l'amphithéâtre... Jusque sur les escaliers de l'autel, deux bovins cerbères, l'œil en zèle... L'abbé Entraives déplore cet état de fait. Il nous voudrait sur des bancs, sur des chaises comme des êtres humains. Ça le mortifie de prêcher devant ces boxes à bestiaux. Il lutte en vain depuis dix ans. Son prédécesseur le chanoine Popot a tout essayé lui aussi pour remédier à cette situation. Vu les ministres, les présidents, les sous-secrétaires, les directeurs régionaux... Vagues promesses! Les années sont passées, les ministères, les régimes, les républiques. Nous sommes toujours dans les placards. Acceptons. Offrons cette misère à Celui qui nous aima tant sur sa croix. Fondu enchaîné avec l'évangile du jour...

La pêche miraculeuse. Nous ne l'avons peut-être pas très bien compris cet évangile. Clair cependant comme l'eau du baptême! Et de poissons en saint Pierre, il en arrive, l'abbé Entraives, à nous parler d'un écrivain qu'il aime beaucoup et dont il parle souvent. Plus qu'un écrivain, *un homme*. Mais pas un saint, malgré son nom... que ceux qui ne savent pas n'aillent pas se méprendre! Tout de même une belle âme. Il faisait des vols de nuit ce Saint-Exupéry (Saint-Ex pour les initiés)... Pas les mêmes que certains d'entre nous. Des vols nobles en aéroplane au-dessus de la Cordillère des Andes. Il a pondu de bien belles pages sur l'énergie, le courage dont nous avons tant besoin, nous autres, pour nous sortir de notre enfer. Qu'on en juge. Il nous lit l'histoire de l'aviateur paumé dans les neiges éternelles, gelé, affamé, halluciné qui persiste pourtant vers le Salut. « *Ce que j'ai fait aucune bête n'en serait capable.* » Espérance! La grande vertu. On peut profiter de la leçon, se mettre à croire, à espérer nous aussi, et alors, au bout de nos souffrances... la lumière!... Moralement nous sommes perdus dans la cordillère du Mal...

Bien longtemps que je n'ai pas foutu les pieds dans une église. Ici la messe est une espèce de distraction et l'occase aussi de rencontrer des potes d'un autre étage, d'une autre division. Les belles paroles du saint homme de Dieu me ramènent encore à mes salades. Je dois être tout à fait irrécupérable, inconvertissable. A Canaque ça me fait gamberger l'épisode de Guillaumet. Dans son genre il avait autant d'acharnement, de foi en son étoile. Un animal n'aurait jamais eu non plus autant de sang-froid. Une belette, un rat, au moindre bruit se font la paire, lâchent le fromage, le morceau de lard. Lui, je l'ai vu, sur le tas, continuer un débridage alors qu'une sonnerie d'alarme retentissait.

Son chrono... juste le temps d'achever le travail. Il forçait le rythme, crac! crac! comme si de rien n'était... crac! Et de bondir sur le pognon... s'enfuir avec la sacoche sous les hurlements « au voleur! » sous le feu d'un calibre bien garni! Le démarrage en trombe de la tire... Canaque, pas un poil de sa moustache ne tremblait. Son pilote, j'aurais voulu le voir! S'il aurait pas chié dans son froc...

Il était loin d'imaginer, le pauvre abbé Entraives, qu'on puisse divaguer de la sorte en partant d'une aussi belle page de Saint-Ex. C'était un pur je dois reconnaître. Il venait souvent voir Otto. Toujours calme, souriant, franc comme l'or. Nulle crainte de dégueulasser sa soutane dans notre égout. C'était pas le curé gras du bide, caïd de chaisières et de cheftaines. Je vous le dépeins nature... Sa robe noire rapée, rapiécée, ses brodequins de campeur. Tifs blanchis avant l'âge, visage ascétique... Des yeux bleus très clairs. Il était bon comme d'autres sont fumiers ou viceloques, à l'extrême. Sans doute qu'il était né comme ça, passionné du bien. Ça existe. Par Otto j'ai su, j'ai pu me rendre compte que c'était pas du pour, sa charité. Ça mérite tout de même d'être souligné dans cet univers sordide où tout s'achète, où il faut se la donner des sourires aussi bien que des coups de saccagne. Il est trop facile, je trouve, de systématiser, d'entonner le couplet anarchiste. C'est devenu du jeu de société émancipée littéraire. A la portée du premier lycéen venu, sans risque aucun. Il s'efforçait d'adoucir le sort des plus déjetés, des plus rebutants pensionnaires du château. Inlassable, indécevable, du matin au soir sur la brèche. A l'Hôpital Central, chez les mineurs, au mitard... partout il se faufilait pour offrir son dévouement. Il entrait dans toutes les cellules. Son paquet de pipes « Prenez et fumez »... De quoi désarmer tous les couaqueurs, les glavioteurs de basses insultes anticléricales. Il se démenait à droite à gauche, chez le surveillant chef, le sous-maque pour arranger les coups les plus glandilleux. Rien en échange. « Réfléchissez. » Juste ce qu'il proposait avec des bouquins adéquats. Il ne se faisait guère d'illuses sur la sincérité des conversions, des retours au bercail religieux qu'il obtenait par-ci, par-là. Il nous l'avait dit carrément. « Je ne suis là que pour *témoigner.* » Il n'attendait rien sur terre. Dans l'au-delà certes, mais sans même espérer le bâton de maréchal de la corporation, l'auréole, la statue en plâtre sulpicienne, l'estampille « sainteté » du Vatican...

Cette attitude valait tous les prêches, aucun doute. Ça pouvait nous pousser aux questions, se demander le pourquoi de tant de charité, tant de renoncement? C'était tout de même rare qu'on s'en pose, on était trop, les uns les autres, enfoncés dans l'ornière du mal. Blindés, ricaneurs, pessimistes. On préférait rester dans les neiges de la cordillère. *Point de salut!* Le froid conserve et notre haine, on pourrait peut-être un jour la servir dans un coquetèle en petits cubes de glaviots glacés aux honnêtes gens... qu'ils crèvent de nos bacilles maudits! qu'ils en dégueulent! qu'on puisse les voir enfin perdre leur superbe... Toute notre espérance. L'abbé Entraives arrivait trop tard, il ne pouvait pas nous refaire une vie.

Mais, rentrons de la messe, retrouvons notre cellule 208... ses murs cloqués, boursouflés de vermine et d'humidité... les graffiti innombrables... Une femme nue monstrueuse au-dessus de la lourde... des pafs, des chagattes, des coïts maladroits un peu partout mêlés aux inscriptions vengeresses... S'il en est passé ici des artistes avant nous! Naïfs, si on veut... plutôt viceloques, obsédés du tafanard... Otto se remet au travail. Des enveloppes à coller depuis quelques jours. Saindoux dans son coin tout avachi... silencieux, c'est assez rare. Avec des brèmes de ma fabrication, je me tire une petite réussite... Assises ou pas? Trois ou cinq piges?... Je spécule sur le miracle... un peu de cinoche pour me rassurer. Elbron boucle mon dossier. Lopardi se fatigue... Devant le tribunal, maître Lubary, l'incomparable, ébranle de sa voix dantonesque les voûtes du Palais. Quels dons merveilleux! Quel talent inouï! Il m'arrache du maximum demandé par le procureur. Trois pigettes, tenez, feraient mon bonheur. Je suis pas exigeant... je demande pas une récompense... un séjour gratis à Majorque avec le fantôme de George Sand pour me border le soir dans mon lit. Trois ans, et je serai le plus heureux des hommes... que je crache pas ce qui me reste de poumons avant de revoir la tour Eiffel. A ce régime fayots, lentilles, peu de chances de tenir au-delà de trois piges. Il y a bien la centrale-sanatorium de Glacourt seulement là, si on parvient à se sauver les mous en bouffant des antibiotiques, on ressort complètement louf. C'est le dépotoir... l'immense cage où l'on entasse toute la crapule de France et de Navarre qui glaviote les cent mille bécas... Assassins, rebelles ratons, satyres, dingues, vagabonds relégués... Tous ensemble à se castagner, se tarauder le fion, se balancer, se disputer âprement le moindre clop. Un coquetèle thermo-nucléaire que les matons trouillards surveillent de très loin, derrière une épaisseur de barbelés respectable, armés de fusils, tout en haut des miradors. On m'a expliqué... Dans chaque dortoir un haut-parleur en furie rock n'roll, be-bop, Omo-la-bonne-lessive... Aznavour sept heures du matin à neuf heures du soir. Radio Luxembourg sans débander pour divertir le pauvre malade. Mesure hautement humaine due à la réforme pénitentiaire, mais qui vous laisse ahuri, moitié sourdingue pour le restant de vos jours... Saindoux qui avait vu défiler tant de monde à la comptabilité me confirmait tout ce que j'avais entendu dire :

« A Glacourt tu manges à ta faim, mais tu risques à tout instant le coup de rapière en traître. »

Ça me laissait *spleen* cette perspective de vie en forme de ouaisterne. A quelle sauce, en quelle marmite allais-je cuire? Uniquement Lubary pour me remonter le moral. Je le voyais pas souvent le cher maître. Il était débordé toujours. Les clients! le bâtonnier! les plaidoiries! Rendez-vous sur rendez-vous de l'aube à minuit. Au Palais dès l'ouverture des audiences. Le temps tout juste d'enfiler sa roupane, il est déjà à la 17e sur le râble d'une partie civile, il bondit ensuite chez le juge Legardeau lui extirper une provisoire!... Et hop! il galope vers la 11 d'Appel, défendre l'orphelin proxénète... sort de la salle avant même d'entendre le verdict. Un saut jusqu'au greffe de la 14e pour une pièce de dossier perdue... retrouvée... reperdue. Il serre trente mains dans les couloirs, glisse en vitesse deux mots à son confrère, maître Ferdini, pour cette affaire de banqueroute frauduleuse. Volte-face vers tel substitut! Attraper au virage le doyen président! Arranger ci! parer là! virevolter en chambre commerciale! Ecouter les radoteurs... faire semblant! Ne rien oublier... Son morceau d'oignon pour verser des larmes aux Assises. Et les paperasses... certificats de moralité de travail, de bonne conduite! Il mange entre deux piles de dossiers. Vite, vite!... qu'il en a des vents, des aigreurs! Alors, pour les visites aux Rungis, il ne lui reste que le dimanche matin, et encore lorsqu'il a vu ceux de la Santé. Je lui expédiais lettre sur lettre... J'avais des révélations à lui faire, des arguments à lui souffler pour la prochaine confrontation, un petit plan pour circonvenir le curieux.

Enfin, il vint; je l'attendais un dimanche, on m'appela le samedi soir... « Boudard à la table... Avocat! » J'étais en train d'aider Otto... un lot de casquettes publicitaires en carton pour le Tour de France. On passait les élastiques. Cent balles du mille. Saindoux donnait des miettes aux piafs sur le bord de la fenêtre, je me souviens. Pourquoi de ces détails? Incapable de répondre. On s'attache à des vétilles, et l'essentiel vous échappe. La vie passe en bulles...

Voici donc l'homme en noir, mon défenseur. On l'a vu dans les romans, théâtres, cinémas. Cette superbe... dignité... aisance. La serviette en crocodile. Il passe dans nos couloirs lépreux tel un ministre dans sa rue Saint-Dominique. Salut respectueux des gaffes. A force de traîner dans la fange, j'ai tendance à dépouiller les gens de leur costume, leur uniforme, à les voir nus pour ainsi dire. Nu un avocat c'est comment? Eh bien, c'est en costume de chasse. Parfaitement, j'affirme, j'ai vu de mes yeux vu! Mais d'un bon faiseur alors le costard, pas la tenue de retraité garde champêtre. Veste d'antilope, false de cheval, bottes briquées, le petit chapeau vert-gestapo avec la plume de perdrix. Il part en week-end. Sur la route d'Orléans, il a fait un crochet pour venir me voir aux Rungis. Gentil de sa part, je le remercie chaleureusement. Oh! mais il est tout de même pressé comme d'habitude, il consulte déjà sa tocante. On l'attend pour dîner dans un relais solognot. (Une région charmante où j'ai chassé moi aussi dans ma folle adolescence, et pas le canard sauvage, le chevreuil. Je vous raconterai dans un autre ouvrage[1]... Un gibier qui se transformait en chasseur. Des souvenirs brûlants, la Sologne.) Mais ne perdons pas une minute, maître Lubary m'ac-

1. *Les Combattants du petit bonheur.*

corde un quart d'heure... un court quart d'heure, que je m'estime très honoré.

« Vous avez bonne mine, Boudard. »

Il me rassure. Cordial en diable maître Agénor Lubary! Bel homme, j'aurais mauvaise grâce de ne pas le reconnaître. Soigné faut voir! Dents fraîches, haleine itou... la dernière coupe de cheveux rasoir... lavande, manucure, la chevalière... le gilet écossais, cravetouse soie... En plein bon goût, pleine rue de la Paix! luxe, Express, VIIIe, XVIe! Auteuil! potins de la Mémère! Il a bonne mine lui aussi, mais j'ose pas lui renvoyer sa politesse. Il aimerait plutôt qu'on le plaigne, je le connais un peu.

« Maître, vous devez avoir un travail fou! Quelle fatigue! »

Nous nous dirigeons vers une cellule dite « *d'avocats* ». Elles sont au rez-de-chaussée dans chaque division. On les repeint tous les six mois pour la bonne renommée de l'établissement. Une table, deux chaises et le guichet vitré... que le matuche jette un coup d'œil de temps à autre. Précaution depuis ce scandale d'un caïd qui lutinait sa belle avocate[1]. Il en est de superbes au barreau, de nos jours, qui ne dépareilleraient pas la collection de pinupes olivoudiennes... Et justement, pour mon malheur, avant de refermer la lourde de la cellule, passe une de ces mignonnes. Elle vient de quitter son client F.L.N., Lubary l'a aperçue. Merde! Il s'élance vers sa consœur. « Quelle charmante surprise! » Baisemain. Si elle glousse la ravissante blonde montée sur talons aiguilles. « Agénor! Mais je vous croyais à Jargeau! » Oh! Il y va. Sa Mercedes-sport à la lourde... fusil, carnier, cartouches... Seulement, n'est-ce pas, le devoir avant tout. Cet

1. Sujet scabreux : l'auteur s'excuse de ne pouvoir vous donner de plus amples détails.

individu à réconforter. Une piètre affaire. Passons! Elle rosit, confuse que le grand Lubary me délaisse pour ses charmes. Si j'étais dehors en promenade avenue du Bois, sûr que je me détroncherais au passage de cette pouliche... Son parfum Dior? Chanel? Coco? arrive jusqu'à mes narines. L'Algérien client qui remonte vers son trou en titube... Il va se taper un drôle de rassis ce soir, officiel!... Tout ça très intéressant, mais je suis en rade sur le pas de la cellote, dans l'ombre, les odeurs de trognons de choux. Lubary s'est éloigné avec la belle. Deux mots à lui chuchoter. Elle gloussote. « Agénor! Oh! Agénor!... » Il se bombe le gilet, la cravetouse. Quel esprit! Les matons à la table de contrôle, près de la grille, biglent, hésitent entre l'admiration, l'envie. C'est Maloin qu'est au téléphone, pas encore soûl à rouler. Son litre entamé sous la table. Il pousse du coude le brigadier Colline, un fonctionnaire je vous l'assure, qui ne bafoue pas le règlement. Pourtant, il ouvre là une petite parenthèse dans sa besogne, ses yeux de crapaud haineux se braquent sur le couple. Ben alors! Lubary, il le connaît... ses amours célèbres dans *Ici-hebdo,* ses causes dans *Super-Police...* Va-t-il emballer sur-le-champ Miss Code pénal 57? De quoi raconter ce soir à Bobonne, lui calmer le rouleau de pâtisserie. Ça se dessine, c'est évident. Lubary murmure... elle s'esclaffe, pouffe... Sur le dos de quel confrère?... Substitut?... Président gâteux? Ils se sont arrêtés à quelques mètres des anges gardiens. Adorable conciliabule. Prémices d'une liaison à bouleverser le Tout-Paris. Pour une fois, je suis témoin, mais, merde! je m'impatiente. Mon court quart d'heure qui barre en couilles... Je me fais plus d'illuses. Je groume. Je me sens vraiment le résidu. « Agénor... oh! maître! » Je me gratte d'aller le secouer... lui rappeler mon existence. Il y a dix ans, j'aurais bondi, l'insulte à la gueule... Depuis j'ai appris à vivre. Vanité d'avocats, de médecins, d'adjudants, de journalistes... à ne pas souffler dessus pour l'éteindre. Le retour de flamme on est rousti. Polope! Le jour du procès, je me veux un Lubary sans aigreur, déjà j'aurais le proc, les témoins à charge, l'assistance, les assesseurs, les cipaux contre moi! Pas le goût du suicide! Qu'il se la farcisse sa jolie consœur! Trente-deux positions... en Mercedes, Buick, Déesse... en pavillon de chasse! en yacht! bain de minuit Saint-Trop... champagne au cul... Je ne lui souhaite que bien du plaisir, s'il peut seulement me faire diminuer de six marcotins. Il se dandine sur ses bottes. Coup de buste en arrière... Ah! l'aisance!... La fameuse aisance Lubary! Pour tuer le cerf, séduire la jeune fille, conduire l'affreux à la guillotine! affronter les parties civiles! Toujours l'aisance, en tout, partout! follement! Le quart d'heure becté, c'est en pleine aisance qu'il viendra me dire : « Excusez-moi mon cher Boudard, je repasserai lundi. Lundi sans faute! Préparez-moi un petit mémoire. Surtout ne nous affolons pas! Le temps travaille pour nous, Boudard... *Adhuc sub judice lis est!...* Retenez bien. » La tape amicale sur l'épaule, poignée de main... Hop! il file rattraper son adorable créature devant la grille. Sûr qu'il va bigophoner dans dix minutes aux autres chasseurs. « Une affaire urgente subite. Cher ami, débordé... navré... mille regrets... » Sa conscience professionnelle!

Lundi, je peux bien me tirer les brèmes, me tirer le chibre, les tifs, les points noirs du nez! Lubary régalé de sexe, châteauneuf, langouste, pêche-melba, fine, havane, filtre! retournera dans la tourmente du Palais... n'aura pas le temps... verra plus tard! plus tard!

Je regagne la 208, on imagine un peu découragé, et il faut, en plus, que je mente à Saindoux avide de savoir ce que mon bavard m'a raconté, que je me pousse un peu du col, pas passer aux yeux de cézig pour le dernier des loquedus. Vanité! Encore vanité! Chierie vanité!

*

On a donc vu Canaque, Youpe-le-Fourgue, Rouquemoute-le-Boulimique, maître Lubary, le juge et les poulagas. Les présentations sont faites. Je vous ai donné un petit aperçu de la vie en taule, l'entrée en matière fécale. Etude, on remarquera, à la fois historique, scientifique... tératologique. Je dois me féliciter de mon effort pour rester objectif. A ma place, beaucoup écriraient au fiel. Je reconnais, moi, que ces malheurs je les ai un peu provoqués. J'ai eu l'occase de me ranger, je le confesse. Je pouvais très bien ne pas traverser lorsque j'aperçus, sur le trottoir d'en face, Marcel. Je vous ai dit... voûté, sa cigarette collée au coin de la lèvre inférieure, l'air de sortir à n'importe quelle heure du page. J'ai pourtant omis d'ajouter qu'il ne m'avait pas vu, lui. Trop occupé à frimer une belle voiture en stationnement, un touriste helvète qui sortait, se dirigeait vers l'entrée d'un palace. Avenue Montaigne. Un matin de printemps. Ce que je foutais par là? Eh bien, justement, je venais de quitter ma femme du monde. Celle que j'ai balancée comme alibi au juge Elbron. Pas une fiction. Elle existe... Personnage tout à fait réel. Femme du monde moderne... c'est dire qu'elle a sa Trianon, son permis, son paquet de camels, bénard masculin, idées de gauche... danse dans les caves, rage d'exister, tout le toutime! Cependant, avec une jolie situass dans les savonnettes! Une petite marque dont elle est propriétaire, pour les chiens de luxe. Savon *Ouaf*, qui leur donne un poil brillant et velouté. Hygiène *Ouaf* du toutou. Caniches, bergers, pékinois, dogues... *Ouaf* matin et soir! A l'eau tiède... Votre clébard en pleine euphorie. Vraiment une affaire superbe, surtout avec les perspectives offertes par le Marché commun. Je pouvais devenir un homme respectable là-dedans... chef des ventes... directeur de publicité... caniche-relations? Tout m'était ouvert. Nicole m'offrait même des cours de maintien pour que je sois à la hauteur de ma tâche. Je pouvais à la rigueur m'arranger pour ne pas bosser du tout. L'idéal du Rouquemoute et sans risque! Je suis donc dépourvu de circonstances atténuantes. Apparemment. Il y a des choses impossibles à expliquer. Cette passion d'aller soulager les honnêtes commerçants du fruit de leur labeur, de rouler dans les voitures volées, de rôder, de comploter, refourguer, de risquer le pire... toujours! toujours! De vivre en suspense, sans lendemain, sans aveux, sans honneur, aux faux faffes, fausses plaques minéralogiques, fausses lunettes, fausse allure, fausses clefs! oiseau de proie! hors-la-loi! la foi! la joie du commun des mortels! Littérature, sans doute, mais pas plus que le reste... le drapeau rouge, la lucidité et les amoureux qui sont seuls au monde! On peut se retourner de tous les côtés, on glisse toujours vers une connerie! Nicole M... c'était le savon *Ouaf* des chiens-chiens. Moins douloureux que la pince-monseigneur à Canaque. Tout bénef, nul emmerdement... ou si peu! J'y repense et je me mords les ongles... les cinq doigts. C'eût été la vie pépère. Je renonce à me comprendre. Il faut croire que le vrai plaisir est honteux. A part la gueule, boustiffe et vinasse... Et encore, on ne jouit bien qu'à rideaux tirés. L'avare c'est au fond de sa cave qu'il compte ses pépètes, enfouit son trésor. Aux yeux du monde, un vrai clodo. Il sait *seul* qu'il est riche et ça lui suffit. S'il étale, ce n'est plus tout à fait de l'avarice. Enfin, il me semble...

Nicole M... (ne pas la compromettre), femme émancipée, distinguée, intelligente, en croquait dur pour ma pomme. Un malentendu? Peut-être. Romantisme-réverbère, film chair-obscure, goût dépravé... Expliquez ça comme vous voulez, je vous laisse libre. Je dois dire pourtant qu'elle commençait à se tartiner. Ses vingt piges étaient déjà loin dans sa biographie. Largement doublé le cap. Mettons par galanterie qu'elle avait quarante berges... Elle se les maintenait à coups de teintures, massages, barbouillages, biscottes, grillades, carottes crues, tranches de concombres sur les rides. Tracassée, il va sans dire, par l'axe cœur-fion. « Mon cœur! » elle m'appelait. Pourtant, j'étais plutôt radin en susurrades langoureuses. Au début peut-être. Tant qu'on les a pas culbutées, les garces en profitent, il leur faut du chichi blabla, regards éperdus... vous êtes la plus belle!... leur ration. Nicole s'était contentée du strict minimum. C'est plus l'époque des crinolines... des évanouissements du gonze pour une cheville entr'aperçue! On chargerait même l'excès contraire. « Tu me bottes, couche-toi là. » Nicole tout de même ne poussait pas le modernisme si loin... Quelques formes elle exigeait... après tout elles ont leurs charmes... Bref je vous résume... Comment qu'on a fait connaissance... nos premiers baisers... passons!... Ça ferait un roman dans le roman... et puis cochon dans un sens. M'étendre là-dessus sans l'ausweiss du talent certifié prix littéraire, encore des risques de poursuites!

Juste je peux vous dire que Nicole sur la question, elle était portée pas qu'un peu. Oh! là là, ces râles infinis! Plus « de mon cœur », une fois au page... mon machin en salut nazi, sans défaillance. Je m'attaquais à des records de durée. Avec un double pneumo, je devais faire gaffe, me ménager extrême... J'y allais un peu à la godille... valse lente... retenue classique. Aouou! Encore! encore!... tenir ferme la position. Ça devient une crampe. On arrive à fumer, à lire le journal, se taper un casse-croûte. « Odieux Alphonse! Oh! Affreux! Tu ne respectes rien! Aouaou! Encore!... Monstre!... » Sans doute. Toujours envie de me marrer. Dans toutes les églises, mausolées, temples d'horreur ou d'amour... debout, à genoux, à cheval, sur la sellette de Justice ou la sirène des mers du Sud... Ça doit être ça qui me vaut les cascades d'emmerdements, qu'on ne me pardonne pas, pardonnera jamais. *Pas sérieux s'abstenir.* Je m'abstiens le plus possible, mais pas encore assez sans doute. Cloué en caisse sous les chrysanthèmes, la seule solution. Mais auparavant j'aimerais pouvoir frimer un peu la trombine des ivrognes fossoyeurs, du guignol de service. « Ces messieurs de la famille... » Que je sache au moins à quoi m'en tenir. Avec Nicole, nulle gourance... encore! encore! clair et net! J'éteignais la calbombe, dans les ténèbres je me la rajeunissais d'imagination. Ça aide la ferveur, les sentiments, la joie réciproque. Elle savait tenir sa partition, je pouvais pas me plaindre... Toutes ces mignardises trouduculières que le lecteur connaît de nos jours depuis sa première leçon d'éducation sexuelle. Un réel talent, de l'expérience, une virtuosité peu commune. Je n'insiste pas, c'est d'ailleurs dommage, ça vous plairait plus que les chiottes des *Trente-six-carreaux*, je suis certain.

Voilà, je devenais, j'étais gigolpince... Repris de justice! tubard! F.F.I.! sans profession! menteur! voleur! forniqueur! il me manquait plus que ça... vivre aux crochets d'une rombière. Etait-ce une promotion ou une déchéance? Je me gratte encore avant de répondre. Pour Elbron n'importe comment la cause est tout entendue... il a appris les bonnes manières, lui, dans le Dalloz. Je suis à boucler le plus longtemps possible, ça ne fait pas un pli.

Question standing, c'était du solide, l'oseille de Nicole. Poussant en terrain pépère. (Pas comme la fortune, les biens de Canaque qui ne tenaient, eux, qu'en équilibre sur une plume.) Appartement dans une petite rue près de l'avenue Montaigne. Ça situe d'autor. Ascenseur, concierge digne qui s'efforce d'échapper à sa caricature. Mi-chemin entre la nurse et l'épicière. Sourire : « Une lettre pour vous, mademoiselle M... » C'est marre! Pas de raccrochages douteux, de bavardages près du réchaud à gaz, de mystérieuses histoires de virgules sur le mur des cabinets. Dans ce quartier, les waters ne sont communs que pour les bonniches. A elles les virgules, les graffiti, les drames-paillassons. Nicole ignore de pareilles turpitudes. Elle passe, son parfum, ses lunettes noires... Snob en laisse! Je n'ai pas encore parlé de cézig... son caniche. Un animal capricieux, trop gâté! hargneux, voleur lui aussi... cupide et puis traître, le fumier! à vous dévorer les bas de pantalon. Moi, il ne m'aimait pas. C'était évident. Pas par jalousie puisqu'il aimait bien le nègre qui m'avait précédé dans la collection. Celui-là Nicole m'en avait touché deux mots. Un ingrat! dès qu'il avait senti le vent de l'interdépendance souffler, il s'était retenu un biffeton Air-France pour Dakar. Il était déjà presque ministre dans sa savane. Elle avait piqué une crise en voyant sa photo dans un magazine. Pour « l'encore-encore! » j'en concluais qu'il devait avoir des moyens au-dessus de la moyenne. Et puis lui ne s'estimait pas déshonoré d'aller faire pisser Snob, au contraire. En tout cas le clebs l'adorait. Encore des histoires de racisme.

« Peut-être qu'avec un loulou de Poméranie je m'entendrais mieux.

– Je ne comprends pas? »

Elle sentait la vape. Quelle ânerie allais-je lui sortir?

« Eh bien, oui... Snob est noir. »

Un pelage tout frisotté, crépu pour ainsi dire. Nicole n'apprécia pas.

« Oh! c'est fin!... Vraiment je ne trouve pas ça drôle... »

Je m'efforçais tout de même de l'amuser. Très accessoire l'esprit avec les dames tracassées par l'approche de leur demi-siècle, mais enfin on doit tout tenter pour les *dérider*. Je tombais souvent à plat. Des trucs qui auraient fait marrer Marcel, Canaque à la rigueur. Nicole c'était les comédies américaines qui l'hilaraient. Bien obligé de me les farcir en mezzanines mœlleuses dans les salles d'exclusivité des Champs-Elysées. Elle aimait aussi les films de gangsters. Les bons, disait-elle... ceux de génial Machin, de talentueux Truc. Là, c'est de la tronche de boxeur tendue tragique deux heures d'affile... poches gonflées au parabellum, Colt 45, P-38, Luger!... des feux d'artifice, que la darling blonde de service s'en extirpe les pare-chocs du soutien-gorge! Ça m'intéressait davantage évidemment, quoique je sois tout à fait adversaire des armes à feu pendant le travail... Le petit 7,65 en fouille, pour un casseur, c'est le doigt dans un engrenage qui peut le conduire au massicot de la dernière promenade terrestre. Mon humble avis professionnel. J'avais même eu une sacrée séance avec Canaque certain soir où il s'était ramené avec un calibre. Je vous raconterai peut-être si j'ai le temps, qu'on puisse constater mes efforts, ma sueur, ma salive, ma volonté de minimiser toujours les dégâts.

Après le kinographe, on sirotait des alcools dans un club... Je m'emmerdais alors à dépérir. Douce pénombre, trompette sangloteuse... ça me fout le noir à l'âme... le vague! Je manque de toc pour aller me remuer le prosinard sur la piste... « Tu ne sais pas t'amuser, mon cœur. » Petite concession au slow, c'est pas fatigant... bien obligé...

« Tu danses bien quand tu veux, mon chéri... »

Je pensais que c'était préférable de faire carrément le julot... On passe relever ses compteurs... Quelques mandales, coups de pompe! Plus de mon amour!... « Ta monnaie vite! ton carbure salope, et retourne aux asperges, que je te revoies plus avant vingt sacs! » Simplicité, lignes pures... en maquerotage comme en Art, que ce soit net. Jadis j'aurais pu me lancer dans la carrière. Je n'avais pas vingt ans, ça se présentait comme des petits fours sur un plateau. A cette époque, je préférais de Gaulle. Il m'a déçu aussi celui-là! On ne bagotte dans la vie que de déboires en désillusions. Hommes, idées, objets... même les paysages vous désenchantent sitôt connus! Sur la carte postale, la photo d'agence touristique, un eden-parc! Vous débarquez, c'est les moustiques, les chuchias chouraveurs, les Tahitiennes vérolées, les flèches au curare!... encore heureux si on échappe au cyclone, à l'éruption du vieux volcan qui sommeillait depuis dix siècles.

Ce nouveau métier me décevait comme le reste. Ce que je me disais tout en gambillant. Je me sentais mou, minus, une vraie pelure. Je m'écœurais... Mais quelle autre carrière choisir?... Rester un rat de la société en compagnie de Marcel, de Clancul, de pires encore! Croisée des chemins...

« A quoi penses-tu, mon cœur? »

Difficile à dire. Elle me les rape avec ses questions. Je pourrais répondre le classique : « A rien », seulement Nicole ne s'en contente pas. « Trouve autre chose. » Elle me l'envoie pas par pneumatique...

« La vie! je soupire.

– Quoi la vie? »

Un truc. J'ai suffisamment lu les auteurs contemporains absurdistes, pour embrayer sur ce terrain, lui jouer un peu ce genre de musique. Je me gourre qu'elle va mordre bessif à l'hameçon. Ma petite technique hypocrite pour me rendre intéressant n'importe où. Selon la personne j'ai un numéro tout prêt. Littérature, ciné, truandages, courses cyclistes, politique droite ou gauche, j'utilise même la maladie. Tout est bon. Pour ccrtains, il y a juste les concours de pets qui les passionnent, c'est l'enfance du savoir-vivre, on a pas à se creuser les méninges. Avec Nicole, en dehors du « encore! encore! », il fallait bien que je lui débite quelque chose. L'Absurde c'est pas trop foulant. On roule en clair-obscur... plus obscur que clair naturellement. Vague au cassis. Angoisse devant l'insondable. On s'arrête de danser. « Garçon un scotch! » Cigarette. Cul sec! Regard perdu...

« Ne bois pas tant, mon chou. »

Elle met sa chevelure platinée sur mon épaule. Cibiche, elle aussi... Scoôtch...

« J'ai l'impression d'être devant une vitre. »

Je l'étonne.

« Ouais... Il y a le monde derrière cette vitre. Tu comprends, le monde? Je vois les gens s'agiter, je pige pas...

– Tu bois trop vite, tu vas te rendre malade. »

Je poursuis... Moi... l'existence... perdu! Un tunnel. Je l'entraîne dans ce tunnel. Kafka de fête foraine, mais elle profite tout de même de mon tunnel bidon et de la pénombre réelle de la salle pour me mettre traîtreusement la main sur la cuisse. Toutes les belles philosophies basculent tôt ou tard en

« encore! encore! » Prétextes, préludes, chichis galants ou brutalités sensasses. Il est temps de rentrer, que les scotch à l'absurde ne me coupent pas la chique! Je commence à m'habituer, à me trouver bien dans ce landerneau faux-exotique. J'y resterais encore, mais enfin, je prends conscience de mon devoir, Nicole ne me paie pas pour que je lui bonisse mes salades à l'angoisse. Ça va un moment, elle se fait pressante sur ma cuisse...

Un saut de Trianon... nous voici dans l'appartement. Il tangue sous mes pas. J'ai poussé trop loin le coup du scotch... Ici c'est le luxe paisible, tapis, tentures, éclairages discrets. Des taches au mur. Des gros pâtés de couleur au-dessus du lit... jaunes... rouges... verts... bleus.

« On a sali le mur, Nicole. »

Je désigne l'endroit! Elle pouffe.

« Tu es soûl, mon cœur! complètement paf! Voyons, le Miro? »

Je m'approche. Ah! Putain, oui le Miro... l'Admirable Miro... cinq cents sacs au moins. Ça me faisait penser à cette vache de Marcel. Il aurait pu devenir un drôle de Miro lui aussi. Je l'ai vu dessiner les singes au Jardin des plantes. Il te les saisissait, vif du trait!... pas le moindre frémissement de queue ne lui échappait. Oh! me voici encore dans le passé!... Je fuis comme une vieille casserole. Et l'autre, qui me passe ses bras autour du cou.

« Ne regarde pas le mur comme ça... Joan Miro! le surréaliste, voyons... tu sais bien. »

Elle se presse... me presse. Je veux pourtant lui poser une petite question avant « l'encore ». S'il a déjà dessiné des babouins Miro? Des vrais... devant la cage, pas abstraits du tout? Elle ne peut rien m'affirmer. Peut-être, Miro est un très très grand artiste...

« Il a certainement, mon chou, peint des ouistitis,

des gorilles... des babouins aussi... Il les a probablement gardés dans ses cartons, sa réserve. Des œuvres de jeunesse!... Enfin! cesse de regarder ce tableau... Ça n'a aucune importance, mon cœur! Aucune... Nous sommes là... Le monde hostile autour de nous... Absurde! tu m'as dit tout à l'heure. Nous avons notre nuit... notre amour. »

Oui, mais c'est les singes du Miro que je voudrais voir. Je suis sûr que ceux de Marcel étaient aussi bien. Des albums pleins... trois quatre par page... en mille postures... bondissant! sautant! accrochés d'un bras à la branche!... en grappes enculeuses!... aux poux! à la cacahuète! en furie!... Et les détails... juste une main, une tête, un croupion! Il les a tous balancés à la baille ses carnets de singes, d'oiseaux, d'animaux sauvages. Ce jour-là, il devait avoir une sacrée crampe au cœur, le Marcel, j'imagine. S'il groumait au fiel! Y avait de quoi. Toutes ses illusions de jeunesse! Il n'arrivait pas à se lancer dans la course des mondanités. Il se faisait éjecter de partout. On l'avait tout de suite à l'œil. Ses tifs ébouriffés, sa démarche traînante, son clop fatigué. A l'époque, il n'était pas encore champion de soucoupes dans les bistrots. Sobre au contraire et tellement miteux qu'il se remplaçait les chaussettes par de vieux journaux. Il chouravait juste quelques bricoles pour survivre... Alors, quand il en a eu vraiment sa claque de bouffer la charognerie des restaurants communautaires, que partout on ne lui faisait que des promesses pour ses dessins, ses gouaches, qu'on l'écartait poliment avec des sourires protecteurs et des belles promesses, il a été les donner aux poissons ses rêves en fusain. Un grand floc! Et il a dit lui aussi « à nous deux Paris ». Seulement, il avait des idées bien particulières pour faire fortune. Pas s'emmerder de diplomatie dont il n'avait déjà pas su user pour ce qui lui tenait au cœur.

Je me marre d'entendre ceux qui déclarent que tôt ou tard une grande œuvre éclate à la face du monde... qu'un grand artiste va jusqu'au bout, qu'il crèvera peut-être de misère et de désespoir, mais que son œuvre portera *témoignage*. Un jour! On se demande pourquoi. Quel dieu infaillible décide? Il aurait fallu que Marcel persévère jusqu'à son dernier souffle. Après, peut-être, on se serait penché sur son talent. Au fond, c'était mieux qu'il ait déserté l'art, et surtout qu'il ait détruit son boulot. Une façon de dire merde à la gloire posthume, cette escroquerie panacée de nos professeurs de morale civique, de nos postillonneurs de tribune.

« Sais-tu que tu as l'air idiot, mon cœur? »

Que dit-elle?... Elle me cherche, positif! Elle vient me dégueulasser ma songerie, cette connasse. Elle dépasse la dose. Elle l'aura voulu... V'lan! Ma paluche en revers part sèche, brutale comme un ordre d'adjudant. Curieux, mais toutes je finis par les satonner. Ça traîne plus ou moins... Ce qu'elles cherchent peut-être dans le fond du fond. Sur le coup... sous les coups, elles se rebiffent d'abord, pleurnichent, braillent, me vouent à leur haine éternelle... « Espèce de brute! Ignoble individu! Sagouin!... fumier! » Les insultes varient selon l'arrondissement... la classe sociale. Ça me donne un prétexte pour continuer, ça m'excite tout de suite... je redouble... poings serrés! savate!... « Répète un peu, dis voir, charogne!... que je t'achève! » Aux gros sanglots, je touche plus terre. Rien de plus aphrodisiaque que de les voir échevelées, pantelantes, noyées de larmes, suppliantes. Le premier divan, fauteuil venu... hop! basculade! Jupe, juron, volants, soutien! slip!... j'arrache allègre... « Non! Non! fais pas ça Alphonse! »... Si je vais me gêner! Encore une sévère mandale, merde! je permets pas qu'on se moque! Un dernier morceau de nylon! Quelques dentelles en confetti. « Ah! je ne te pardonnerai jamais... »

Pour Nicole, une véritable révélation l'amour vache, même son bougnoule ne l'avait jamais régalée à ce point.

« Tu es fou, Alphonse!... Fou! Ah! chez moi! Ici!... ici! »

Ce qui la révoltait le plus tout d'abord, se faire corriger dans ses meubles, devant le Miro éclairé indirect...

« Si tu continues, je te préviens, j'appelle au secours! »

Tranquille sur ce point... qu'elle n'allait pas ameuter les populations d'un si beau quartier... A deux pas pour ainsi dire de l'Elysée! Un scandale à vous faire surgir presque le père Coty en robe de chambre sur le palier!

« Brute! Tu n'es qu'une sale brute!... »

Avec de belles pompes ritales payées de ses propres deniers que je lui meurtrissais les fesses. Elle ne l'avait pas volé, c'est la seule chose dont j'étais sûr. Ses grimaces, son Miro, son clebs pourri, son fond de teint, ses tranches de concombres!... Y avait la mesure!

« Assassin! Sale voyou! »

Les yeux contractés de haine... elle se recule, me brave encore...

« Sors d'ici! Sors immédiatement! Je ne veux plus te voir... Plus jamais, tu entends! »

Dans un angle de la chambre, elle s'est cloquée. Tout a valsé l'espace d'une minute... Table de nuit, téléphone, cendrier!... son sac à main, ses lunettes fumées cache-rides, ses chaussures! Je reste planté sans la quitter du regard. Elle se gratte?... Ma colère est peut-être passée. Elle me défie des châsses.

Gourance ma jolie! C'est simplement les hors-d'œuvre, amuse-miches, batifolages. Une coquette idée, me monte à la tête... Elle entrave aussi sec.

« Oh! non, mon cœur... je t'en supplie! Tu es fou! Non! non!... ne fais pas ça... Alphonse, non!... »

Je déboucle ma ceinture de false. Je suis calme brusquement... dessoulé. Je me sens maître de moi. Elle tente une sortie vers la lourde. Je l'happe au vol. Un bond! Par les tifs, et v'lan! sur le pieu... J'achève le décarpillage... Les derniers lambeaux de sa robe... sa combinaison bleu pâle! Elle essaie vainement de se protéger. Ses cuisses, ses meules que je veux strier. Juste cinq six zébrures. Au-delà, ça relève de la torture... du droit des gens à disposer de leur cul. Restons parfait gentleman.

Sans doute qu'elle y pense encore avec émotion Nicole, à cette nuit d'ivresse... de tendresse qu'on s'est offerte ensuite. Moi, en tout cas, dans ma cellule, j'en ai une nostalgie aiguë à m'en amidonner le calsif. Beau ne pas être de toute première fraîcheur charnelle, je l'ai tout de même possédée, ce soir-là, comme une reine-salope de beauté!... en chef! en artiste! en dompteur!

Des voluptés aussi souveraines ne s'oublient pas. Elle va dire au juge Elbron tout ce que je lui ai fait demander de dire. Dates, heures... les petits détails qui font vrai... et qu'elle *m'aidait,* pour justifier les fameuses dépenses qu'on me reproche. Heureux que je ne l'ai pas plaquée tout à fait. Ce pif! Après mon installation à Vincennes j'allais de temps en temps lui conter pâquerette. Un coup de ronfleur : « Alphonse, c'est toi mon chéri... Oh! mais je reconnais ta voix entre mille... Ce soir? Bien sûr, je suis libre... pour toi, je suis toujours libre, tu sais bien... Snob! voyons reste tranquille... C'est Snob. Il doit comprendre... Il est tellement intelligent qu'il sait que tu vas venir. Il est déjà insupportable. » Elle aussi, la folle jument, je la sentais déjà piaffante, le prose en feu au bout du fil. Certes je pouvais m'offrir de la viande plus ferme, à l'occase je m'en privais pas, mais j'avais comme un faible pour Nicole. Je me l'explique mieux à présent que je suis au trou puant, vingt-quatre heures sur vingt-quatre pour Dieu sait combien de mois encore, d'années?... Je goûtais chez elle les délices de Capoue, une impression de sécurité passagère entre deux exercices sur la corde raide.

J'essayais, moi aussi, de me mettre dans mes meubles. Loin d'être au niveau de Canaque. J'avais un retard considérable, et d'ailleurs je voyais moins gros que lui. Ma crèche rue des Territoires à Vincennes était modeste... deux pièces, cabinet de toilette et cuisine dans un immeuble ouvrier. Rien que la reprise m'avait coûté deux trois affaires. Je me montais petit à petit au rythme des casses. Divans, tapis, frigidaire, électrophone, mobilier en tubes dans les goûts du jour... Les calbombes mobiles, rideaux clairs... taches abstraites par-ci, par-là. Ça prenait tournure. Après le coffre du brouillard à l'anglaise, je m'étais fait cadeau d'une chiotte d'occase, une 203 en parfait état... C'est ça l'idéal des truands, le confort bourgeois, le matérialisme sordide, on n'échappe pas à la règle. Marcel était une exception... un nomade d'hôtel en hôtel, un voyageur en taxi. Ça lui revenait un peu plus cher, mais il ne laissait aucune trace de ses dépenses. Il était finalement dans le vrai, en cas de pépin il n'aurait pas, lui, à justifier son train de vie.

Après l'achat de ma bagnole, Nicole commença à trouver que mes revenus étaient suspects. Elle était habituée aux affaires avec ses savonnettes *Ouaf*... Mes mensonges étaient trop gros, trop vagues, et je ne me donnais pas beaucoup de mal pour les rendre plausibles. Je m'étais trouvé une mince couverture dans une maison de fournitures pour bureau. (Une de ces places de représentant sans fixe qu'on trouve dans les petites annonces tous les jours pendant des années, ce qui suffit à les situer. Deux mille minables s'y sont déjà usés chacun une paire de pompe en pure perte. Les amateurs radinent tout de même; deux lignes en style télégraphique les assurant que leur incapacité totale peut leur permettre de gagner cent sacs par mois.)

« Tu aurais mieux fait, mon chéri, de travailler avec moi, tu sais bien que je ne t'aurais pas gêné le moins du monde. Tu dois être en train de t'endetter? Je ne peux pas croire que... »

Les questions lousdoc sur l'oreiller. Elle me faisait comprendre qu'elle était prête à me régler mes dettes pourvu que je rentre gentiment dans sa petite industrie, que je sois au moins docile sur ce plan-là. Je justifiais mes dérobades en disant que je ne voulais dépendre de personne, que je préférais avant toute chose ma liberté. Dans un sens c'était vrai, le plus beau. Que cette soif d'indépendance se termine derrière les barreaux des Rungis, voilà le comble du paradoxe. On n'échappe pas à certaines règles. La liberté c'est du flan, tôt ou tard on doit passer dans la machine; les plus malins se choisissent eux-mêmes leur cage, leurs chaînes les plus dorées possibles. Pas d'autre solution.

Nicole c'était comme un complexe que j'essayais de surmonter. Je voulais une femme des beaux quartiers... Une idée fixe... une marotte. Le plus curieux c'est que je ne peux pas piffer ce VIIIe arrondissement, il me débecte comme un sirop d'orgeat tiède. Je le trouve fadasse, trop propre, trop astiqué... sans chansonnette, sans autre chose que du bruit, du néon, du tape à l'œil. Nicole là-dedans évoluait en princesse du sang. Pas le nier... à la silhouette, la démarche, l'allure, on devinait son appartenance à la classe huppée. Pour l'exotisme, elle traversait la Seine s'encanailler dans les clubs de Saint-Germain. On mesure l'audace. Je ne parle pas de ses vacances à Cannes ou Juan-les-Pins... les Champs-Elysées d'été... mêmes gueules, mêmes voitures, même musique, même connerie... que le ciel qui diffère.

Je l'étonnais, ne correspondais pas à un type précis. Dans aucun catalogue, elle me trouvait. Ça la chagrinait. Bohème, disait-elle finalement. Les dames bourgeoises traduisent ainsi tout ce qui leur échappe, de la dégénérescence de leurs enfants à la misère réelle de certains artistes. « Jean-Luc est d'un bohème!... le voici recalé pour la sixième fois au bachot... » Charmant... petits fours... « Avez-vous lu le dernier Dutourd, si bohème lui aussi... »

Faut à tout prix qu'on puisse vous cloquer une étiquette. Moi, je me sentais rien du tout. Ni bohème, ni révolutionnaire, ni anar, ni bourgeois. Même pas truand, j'échappais le plus possible au milieu, ses pompes et ses œuvres.

« Tu es drôle, mon cœur. »

Là encore, il y a de la marge. Bourvil est drôle, Petiot aussi, et puis Salvador Dali avec ses bacchantes radar. Elle y paumait ses idées larges! Depuis la dérouille à coups de ceinture, elle n'osait pas trop me casser les bonbons quand je réfléchissais. Ça me prend n'importe où la gamberge, je fixe le plafond, la fenêtre, un bout de trottoir, et je sais plus ce qui se passe autour. Pas me déranger. Le raton en prière tourné vers La Mecque tout le monde sait qu'il ne faut pas s'aviser de lui mettre alors la main au cul. Il fait vilain, sort sa saccagne... moi kif en méditation. Je pense à quoi au juste? Au prochain coup assez souvent. La grosse affaire qui fera transpirer les légions lardus. Joncaille en barre, faffiots pleine valoche... Singulier vague à l'âme, je conviens. Nicole se figurait, cette candide enfant, que je me torturais à l'inquiétude métaphysique. Ça a dû lui faire un petit choc lorsqu'elle a vu ma frime anthropométrique dans le canard. La belle surprise... Elle a dû le lire trois quatre fois l'article... les circonstances, suppositions... mon pedigree. « *Le commissaire Lopardi pense que Boudard est à la tête d'un gang responsable de nombreux cambriolages...* » D'un coup, les mystères se sont évanouis... la 203, mes façons de la maltraiter, mes rêveries qu'il ne fallait pas perturber... Bohème... ça ne suffisait plus pour me définir... plus du tout... beaucoup trop guilleret!

Avec ma sombre manie d'envisager le pire des pires, je me suis dit tout d'abord qu'elle allait s'écraser, s'empresser de tourner la page, trop heureuse d'en être quitte sans dèche. Je ne dois pas être fin psychologue, tout du moins en matière féminine. Elle a réagi à l'inverse. Par Lubary j'ai su, huit jours après mon valdingue jusqu'à la ratière, qu'elle était prête à tout pour m'arracher... m'assister... que son amour restait entier, que je pouvais compter sur elle.

Surpris, flatté, presque ému sur le moment... J'avais préjugé au coaltar, ça me paraissait plus prudent et voyez, on passe sa vie à se gourer. Anticipez les roses, c'est un étron qu'on vous expédie; supposez les insultes et les glaviots, on vous jette une fleur. N'allez tout de même pas la piétiner pour avoir raison. Celle de Nicole, je l'ai saisie au vol. Merci mon cœur! Mille bises coquines... Encore! Encore!... oui, ça se pourra peut-être... plus tard... plus tard... Je promets tout ce qu'on veut...

*

Voilà, et revenons sur la pointe des pieds à la 208. Que s'y passe-t-il? Oh, pas grand-chose! C'est la nuit. Saindoux ronfle... forteresse volante... brrr... brrr! Otto se fume sa dernière mince cigarette. La petite lueur. Sa pensée frôle les touches d'un grand Pleyel... rêveries Schumann, sanglots Beethoven, tombeau de Couperin! Turquerie Mozart!... Le ronflement de Saindoux l'exaspère, je le sais, quoiqu'il n'ose rien dire... Cet être vil et prétentieux... *Auri sacra fames!* Tout tourne autour du pognon pour Saindoux. Combien Wagner gagnait-il avec ses ouragans? Seule chose qui l'intéresse. Otto n'a pas daigné répondre, il a soupiré... souri... changé de conversation. Déjà huit mois qu'il est au trou. Son juge l'oublie et son avocat d'office est un fantôme-fantoche. Tout de même le supplice touche à sa fin, avant les vacances il sera jugé. Bien défendu, il aurait le sursis, mal, on lui confirmera ferme sa prévention. Il sortira sans un, pas même de quoi becter le premier jour. Ces aristocrates en débine sont absolument sans défense. Tout les étrangle, scrupules, politesse, raffinement, dans ce monde à l'heure H de la bombe. Encore l'abbé Entraives qui va en hériter d'Otto, le nourrir, l'abreuver, le vêtir jusqu'à ce qu'il soit en état d'entrer dans un petit couvent pour tenir l'orgue. La solution idéale, mais savoir ce qui trotte dans la tête d'Otto? Ici, enfienté jusqu'au cou, il renonce facilement aux joies de ce monde. Une fois hors, il sera peut-être repris par la bagotte... la roulette des casinos? Il s'amourachera d'une duchesse. Singulier zèbre, complexé, compliqué, tendu, écorché. Figurez-vous un peu Chopin tout égrotant dans notre chaos-cloaque, enfilant les mille étiquettes quotidiennes. Monstruosité! Hideur de la chose! Quelques punaises, il est à blanc! Saindoux sur le trône, il s'évanouit! Sans compter le King-Kong colonialiste gabonais qui l'aurait fait mourir de peur. Otto tout de même est plus robuste. Il a tenu jusqu'ici, mais je sens qu'il arrive maintenant au bout du rouleau. Grand temps qu'il décarre. Il est d'un jaune verdâtre de teint... Et ce qu'il a maigri, pas croyable! Frêle, frêle sur ses cannes! Le dimanche pour aller à la messe, il titube, exténué, se retenant aux murs dans les couloirs, à la rambarde sur la coursive. Ailleurs, il ferait peur, ici, ma foi on en voit d'autres des gueules d'affamés fiévreux, surtout depuis que les troncs sont en grève de la faim. Huit jours que ça dure. Tous les F.L.N. On ne sait pas au juste ce qu'ils réclament. Régime politique à part entière? Couscous trois fois par semaine? Les journaux? Leurs femmes en visite dans les cellules? On le dit. Radio-Fresnes... bobards de toutes sortes. Pour l'instant, la direction reste ferme. On vient même de leur couper la flotte. Qu'ils crèvent s'ils veulent! De jour en jour leur hymne s'affaiblit; ce soir, ce n'est plus qu'un murmure rauque. Un chef les a harangués de la fenêtre. « Tenez! Tenez mes frères! La Ligue des Droits de l'Homme proteste auprès du ministre! Nous aurons gain de cause... Vive l'Algérie libre! » Enfin le blabla courant, ce qu'on dit toujours en pareil cas. Saindoux qui comprend l'arabe nous a traduit fur à mesure. On a passé, par le yoyo, une boule de pain et un bidon d'eau à ceux de la cellule au-dessus... des petits tricheurs. Remerciements interminables. On est des frères nous aussi. Drôle d'engeance ces ratons! On peut les côtoyer, les fréquenter des années sans les connaître, affirment les vieux de la coloniale. Vous les voyez tout miel, copains cul et chemise, puis brusquement, ils vous égorgent au détour du petit sentier qui conduit à l'oasis. On ne peut pas leur en vouloir *c'était écrit.* Leur prophète, le Mahomet était déjà comme ça, tout à la fois bon et cruel, sage et débauché, rusé et naïf, généreux et cupide. J'ai renoncé depuis belle burne à comprendre l'ami Bidasse et Léon Dupont, pourtant mes frères à moi de toujours, voisins de chiottes et de gamelles, alors, entraver ce qui se goupille dans le crâne de Ben Mohamed, c'est vouloir atteindre la Lune à bicyclette! En plus de cela, il y a un peu de tout parmi les militants de ce fameux Front de Libération... Purs, impurs, ahuris, viceloques, honnêtes, voleurs, maquereaux... une sacrée collection! Sur cette masse plutôt primitive règnent avec absolutisme les responsables, caïds incontestés. Même l'Administration qui dialogue avec eux. Une minorité d'intellectuels berbères gavés de Marx, Hegel, Lénine revus à la sauce Coran. Quelque chose de bien compact, à s'engluer, ne plus s'en sortir dans les mots, le jargon de Sorbonne! les formules, théories, slogans!...

Au cours de mes voyages au Palais, dans les cellules d'attente de la souricière, je les ai observés, écoutés les savants chefs terroristes. Ils vous prennent de temps en temps à témoin, et il est préférable d'être de leur avis... « Mais oui! mais oui!... » Leur certitude n'admet pas la moindre discussion. Ils ne doutent jamais. Pas l'ombre, le quart de l'ombre. L'Histoire est là. Elle prouve. Ils prouvent. Elle marche l'Histoire dans leur sens. Ce sont les futurs commissaires du peuple algérien, les apprentis Roubachof pour qui le marchand de tapis est un *petit facteur,* une *équation logique...* Pas chouïa en somme, si je comprends. Ils vont, ces dialecticiens à lunettes, lui fabriquer un bonheur terrestre, au Mohamed, avec de ces abstractions qui deviendront magiquement des coups de pied au cul le moment choisi. *Maturité relative des masses laborieuses.* Il est donc logique et supérieurement nécessaire que ces masses soient guidées, éclairées. La mission des binoclards.

« Nous normalisons les relations inter-individuelles... Comprenez-vous? »

A la perfection! Je sais qu'au-delà des phrases, ils ont des moyens radicaux pour *normaliser...* Un tribunal interne qui ne s'embarrasse pas de procédure! Celui qui déconne, ne veut rien entraver à la dialectouille, on te le soigne vite fait. Hop! pardessus la rambarde du quatrième! Floc! Plus qu'un tas d'os, de chairs meurtries que nos gardiens affolés se disputeront pour ne pas aller ramasser!... Enquête furtive et symbolique. Ben Larbi Laraoui est devenu subitement fou. Vingt-cinq témoins « ti l'jurent »! Ils se sont même précipités, ces vingt-cinq bons petits copains, pour le retenir. Trop tard! Le maton de service de promenade était au bout de la coursive. On lui montrait, juste à ce moment, un robinet défectueux dans une cellule. Ce pauvre Ben Laraoui était sans doute devenu « g'nonne » à la suite de tortures subies à la D.S.T. En tout cas, celui-là personne va le réclamer, ni la Ligue des droits, ni Charles, si Soustelle... Il n'avait qu'à se tenir peinard. La future structure économique du Maghreb se passera de lui.

Lorsque la faute est bénigne, que le combattant « de la base » s'est tapé une petite boîte de bière de la cantine en lousdoc[1] ou qu'il a, par exemple, sodomisé un frère d'armes plus faible que lui entre onze heures et minuit... enfin, une bricole, peccadille aux yeux de la *Cause,* il n'est alors condamné qu'à la simple bastonnade. Dix, vingt coups de trique, selon. Ils ont des spécialistes, des bourreaux pour l'exécution des arrêts du tribunal populaire.

1. L'alcool était interdit par le F.L.N. à cette époque.

Ça se passe pendant leurs promenades. Comme on a la chance de ne pas descendre aux mêmes heures, de nos fenêtres, on admire la corrida presque chaque matin. Haute distraction dans la monotonie des jours de taule. Notre petit court métrage quotidien.

On rencontre encore quelques spécimens barbousards rescapés de la vieille guerre sainte... genre yogi... Gandhi ratons aux yeux mystiques. *Rouh' bes' slama!* Prosternations. Allah est grand!... Prêts depuis toujours à grèver de la faim, prêcher au désert, se faire étendre pour la gloire du croissant. Je ne sais pas comment ils s'arrangent avec les jeunes Turcs *Nouvelle vague,* à quelle sauce ils se tambouillent l'avenir commun, mais apparemment ils font bloc, tous au garde-à-vous dans la cour pour brailler l'hymne d'Indépendance. Il se peut qu'une fois les roumis boutés hors d'Afrique, ces survivants de la belle époque finissent en haut du cocotier. Liquidation physique devenue nécessité historique! Des choses qu'arrivent... Déjà peut-être écrites dans le grand livre.

Chefs ou simples militants, je reconnais qu'ils sont enthousiastes, disciplinés... moral de fer. Que les quelques souteneurs pour faire exception. Eux, ils se sont embarqués dans cette galère presque de force, et ça se sent à des petits riens. Ils n'osent pas trop étaler les mauvaises relations qu'ils ont dans notre secteur. Les yogis et les commissaires, pensez s'ils les ont à l'œil. Eléments douteux, gangrenés... tout à fait suspects, malgré le pognon qu'ils ont versé, les attentats auxquels ils ont participé, les missions punitives contre les M.N.A., les harkis, les réfractaires du racket... Arriveront-ils à faire oublier leur profession? Rien de certain. Ils ne se voient pas l'avenir à la caille, malgré les belles promesses des propagandistes. J'ai recueilli presque sans le vouloir leurs doléances par-ci par-là. Ils sont plutôt partisans de rester à la Goutte-d'Or avec leur harem de Bretonnes. Ils s'imaginent mal aux cours du soir, en rang par six agitant les foulards bariolés le jour de la fête de l'indépendance... enkolkhozés de Bel-Abbès à Tamanrasset. Ça serait dur, surtout aux débuts.

La grève de la faim, c'est du kif. Passé le cap du cinquième, sixième jour ça devient du rêve. La moindre cigarette vous fait défaillir, le teint est cireux, les yeux s'agrandissent, sortent de l'orbite et l'haleine alors devient épouvantable. A ne pas les écouter deux minutes, les grévistes. « Oui! oui! » On est d'accord, ils ont raison! ils auront leurs couscous, leurs droits politiques... leur mousmée dans la cellule.

« Il faut reconnaître qu'ils sont gonflés, dit Saindoux. Chapeau bas! »

Venant de cézig, vieux fasciste raciste acharné, c'est un hommage qui vaut son pesant de plastic. Il est vrai qu'ils nous ont impressionnés lorsqu'on est descendus au rez-de-chaussée avec eux pour signer nos feuilles de renouvellement de mandat de dépôt. Spectacle qui rappelait vaguement les buchenwalderies 45. Cohorte cachectique des yeux plus gros que la tête, des souffles courts, jambes flageolantes. A pleines cellules, tassés, irrespirable... Les matons nous bouclent au hasard. Ils crèvent de trouille, eux... peur de tout à la fois... du brigadier, du directeur, des détenus... La grève est générale dans toutes les prisons de France affirme-t-on. D'ici peu ça va devenir un drôle de pastis. L'infirmerie est déjà pleine, les toubibs, bonnes sœurs, infirmiers ne savent plus où donner de la seringue. Nous, les droicos, on intéresse personne... on est sans Cause et sans honneur.

J'attends avec deux trois autres voyous au milieu

des biques affamés. Ça se congratule là-dedans... accolades, main à la poitrine, palabres en sourdine. Optimisme de rigueur! L'administration faiblit, paraît-il. Des bruits toujours... Les ragots vont bon train en taule. Le ministre va se déplacer. Il cèdera ou il aura cinq mille cadavres sur la conscience. De quoi s'offrir une bonne corde pour le prochain Nuremberg! Un petit caïd daigne m'expliquer... Le respect de la personne humaine, n'est-ce pas? Parfaitement de son avis... Un jeunot, étudiant en philosophie. Il est descendu avec un gros bouquin sous le bras *Critique de la raison dialectique,* le tout dernier Sartre qu'une amie française lui a envoyé. Si ça m'intéresse, il me le prêtera lorsqu'il l'aura fini. Trop aimable. Je le félicite de pouvoir s'appuyer une telle lecture après neuf jours de jeûne complet! Il sourit... La pensée, l'esprit domine la matière. Content de rencontrer un frankaoui aussi compréhensif... Surtout un... il n'ose dire... bandit? voleur? escroc?... sait-il? Sans doute suis-je une victime de la société bourgeoise. Ça expliquerait tout. Je glisse quelques mots pour le persuader dans cette heureuse direction. Et puis, ne fus-je pas autrefois maquisard, résistant moi aussi. Oh! alors, ça change tout, je lui deviens doublement sympathique. « Nous pouvons nous entendre. » Il se retourne vers ses potes, leur explique en arabe. Du coup, ils m'entourent, m'offrent des gauloises... mais si! mais si! que je ne refuse pas je les outragerais. Ce que je pense du Général? Ils veulent savoir. « Il va vous libérer. » Il libère, le Général, bien connu! Son rôle historique prévu dans les astres, prouvé archi-prouvé. Mais, aujourd'hui, ça ne lui est pas encore possible. L'intellectuel est de mon avis. Une clique colonialo-réactionnaire lui met des bâtons dans les roues. S'il était seul, Charles-le-Grand lâcherait tout le monde, donnerait l'indépendance à qui la désire...

La Calédonie! La Guyane! Le Loir-et-Cher... « Prenez Prenez! » Lui-même distribuerait les nouveaux drapeaux. La France n'a nul besoin d'étendue territoriale. Tout en esprit, la France! Principes! Droits du citoyen! Culture! Un Camus vaut bien trois Congo... un Claudel six Tahiti! Françoise Sagan au moins les Cinq Comptoirs, et l'île de la Réunion en prime. L'étudiant traduit mes hautes réflexions. Nous n'avons que foutre de l'Algérie! Merleau-Ponty, Daniel-Rops, Henri Massis et Saint-John Perse nous suffisent amplement. Amplement. Il fait le geste... Vaste... Tous hochent la tête. L'évidence. Ça devient un véritable meeting. La Béquille, le roi des coups et blessures, qui se trouve là dans un coin à attendre aussi, se demande si je ne suis pas devenu dingue. Il me fait signe, que je rengaine un peu mon boniment! Ça va se répéter partout que j'excite les troncs, que je suis coco, complice de tous les Dien-Bien-Phu, suppôt de Ben Bella! Sur l'élan je peux plus m'arrêter. Ils m'interviouvent, les forçats de la faim fellaghas. Questions à droite, à gauche. Ce que je pense de ceci, cela... la D.S.T.? Horreur! Massu? Affreux... Biaggi? L'ambitieux à vous violer l'Ethiopie, annexer la Sardaigne et la Sicile, revendiquer le Canada! Toujours l'étudiant traduit fur à mesure... en kabyle, arabe, berbère! au chaud de l'expression. On me tend encore des gauloises, des gitanes! Ils ne peuvent plus fumer, eux, trop affaiblis pour supporter le tabac... Que j'en profite! Le salaire de ma trahison. Merci!... merci!... ils me bourrent les poches... Alors, je pense comme ça qu'ils seront bientôt dehors? Sûr et certain! Le temps que Charles muselle ses activistes... quelques mois au plus, et on verra Ferhat sur le perron de l'Elysée. Poignée de main... sourires... caméras... flaches... et Biaggi à Sainte-Hélène.

« Quis qui ci Cinte Hilène? » Un de la masse qui

se rencarde, un sous-évolué. Je raconte... Napoléon vaincu... L'île, le rocher... l'océan autour... les requins!

« Les rouquins? »

Il ne pige pas? Pourquoi les rouquins plutôt que les blonds ou les bruns? L'étudiant de rire. Moi aussi, et La Béquille de tous ses chicots. Atmosphère on voit, détendue, cordiale, fraternelle. Recigarettes. Cette fois La Béquille est de la distribution... Il entrave, deux coups les gros, s'il s'agit de fumer, boire, becter, cézig.

« Nous, on veut que ça finisse. C'est l'ouvrier qui paie la casse. Le fric de nos frais de justice où que c'est qu'il barre? »

Voilà la clef du mystère. La Béquille n'en finit plus de casquer pour la guerre d'Algérie avec ses amendes. Tout son pognon sert à payer la solde des paras.

« Je les ai envoyés se faire voir. Contrainte par corps! Ce que j'en ai à foutre de deux mois de cabane! »

En somme, son refus de payer les frais de justice est un acte d'anticolonialisme. Tout à fait clair. L'étudiant en est ébloui. Traduction. Rigolade. Gauloises encore. De flagornerie en slogan, on en arrive à nos ennemis commus, les flics.

« Pas moi qui vais vous reprocher de les buter! Depuis vingt piges, j'en envoie un ou deux à l'hosto chaque année. Pas du charre! Les journaux y m'ont baptisé la terreur des képis. C'est moi « La Béquille »... vous connaissez p't-être? vous avez p't-être entendu parler?... »

Les biques apprécient hautement. L'un d'eux en a descendu trois, des pèlerines! Un petit moustachu crâne rasé. On nous le présente. Il est plutôt timide, ce Ben Ravachol, rougissant! Il a juste fait son travail en bon frère, en bon ouvrier, il ne se sent pas héros du tout. Le responsable pourtant l'encense. Seul avec une petite mitraillette de pacotille. Trois. Un mort, deux blessés. Joli carton!

« Ils ont dû drôlement t'assaisonner, les autres quand ils t'ont fait marron », dit La Béquille.

Il va sans dire. Tous ici prétendent avoir plus ou moins dérouillé chez les D.S.T., mais le moustachu ç'a vraiment été sa fête. L'étudiant lui demande de nous montrer ses mains... Il les cache dans ses poches. On insiste. Voilà... Ce n'est pas accidentellement qu'il a pu s'arranger les doigts de la sorte.

« Pour la liberté du peuple algérien », commente l'étudiant.

Gravité. Un court silence. Le torturé sourit, heureux en définitive de souffrir pour son idéal, pour le prophète, pour des mots encore et toujours. Un de ces quatre, il va se retrouver devant une guillotine très décidée à le raccourcir. Ça n'a pas l'air de l'émouvoir! Fatalisme arabe, sans doute. Je ne peux m'empêcher de penser que ça fait beaucoup de sang, de souffrances pour quoi en définitive? Les morts pour les patries, les partis, pour la liberté ou la foi, depuis que le monde existe, il y en a un drôle de monceau. Myriade de cadavres. Et ça continue de plus belle. Une rage qu'ils ont de se faire trucider pour n'importe quoi. Vice pire que le truandage! Et ceux-là n'ont pas fini leur numéro, ils ont du sang vif dans les veines. Le pavillon à Chatou ne les retient pas comme mes compatriotes. Eux autres maintenant il faut les soûler, leur braquer des mitrailleuses au cul pour qu'ils daignent gagner les grandes batailles historiques. Les mots ne suffisent plus.

Brusquement, la porte s'ouvre. Le brigadier Colline, dit Tête-de-mort, en personne qui vient nous sortir de cette joyeuse fraternisation. L'huissier est arrivé. Nous sortons des cellules. File d'attente le long du mur. On entre un à un dans le bureau pour signer notre feuille... Mon tour... la formule comminatoire : « *Attendu que l'inculpé n'offre aucune garantie de représentation, que les faits reprochés sont graves et nombreux et que des investigations policières sont en cours pour rechercher ses complices en fuite... maintenons ledit Boudard Alphonse en détention préventive.* » Avec un double pour ma collection. Coût mille quatre cent trente-deux francs. Me voici fixé pour deux marcotins. Nouvelle procédure en vigueur depuis le mois de mars. On en attendait merveilles et monts, une véritable révolution dans le code pénal et voilà... la montagne accouche d'une paperasserie de plus et on nous supprime la réduction du quart cellulaire[1]. Le progrès a parfois un goût saumâtre. Le philosophe raton ne manque pas de me souligner combien toutes ces tracasseries administratives bien françaises sont grotesques. Il me rebranche en sortant du bureau. Il pérore, mais il a compté sans Colline qui fonce vers nous.

« Remontez dans vos cellules! Pas de parlottes dans les couloirs!... Foutre un rapport au cul... pas traîner! »

Avec cézig inutile d'insister. Il lui faut sa ration de détenus au mitard. Toujours son carnet à la main. Casquette enfoncée jusqu'aux esgourdes, pas de front, pas de cou, mais alors un pif énorme à lui bouffer toute sa face de rat hargneux.

« Plus vite que ça! »

L'étudiant épuisé par la grève n'obtempère pas à sa convenance. Tête-de-mort s'il bondit sur l'occase? Ça y est, il a sa victime!...

« Foutez de moi, non?... rapport... Votre numéro de compte... »

La longue file musulmane dans le couloir, voyant

1. Remise d'un quart de la peine pendant la prévention.

un chef se faire maltraiter, se met à gronder... Une forte rumeur inquiétante. Le Colline sitôt se retourne, fait front... braille ses menaces à la meute.

« Vous foutre dedans!... tous! Bande de salopards! »

Le carnage je respire! Si je les mets dans ces cas extrêmes! Salut!... quatre à quatre me faire relourder comme un détenu sage et obéissant. Je pousse pas la fraternisation franco-algérienne jusqu'à risquer un petit séjour au mitard. Tout de même de la coursive du deuxième je jette un coup de saveur... L'air de se tasser... Je regrette en un sens... L'enfifré Colline cacobrigadier, un de mes plus chers désirs, le voir de mes yeux voir, se faire miser par les ratons... couilles en bouche, sourire algérien, dépecer, dépiauter, désosser, aplatir... Rien de trop, je me pense, pour une pareille ordure! A se demander parfois s'il ne cherche pas une fin semblable... Je sais pas?... le goût du suicide doublé de masochisme. Chaque jour des centaines de paires de châsses qui se voudraient canons de flingues, le braquent de partout. Et pas que des regards de prisonniers... ses subordonnés matuches le rêvent, eux aussi, réduit charpie charogne en pâture aux corbeaux. Le vice il a de faire tartir tout le monde. Quintessence chiourme... un modèle parfait de l'engeance. Au cinoche, théâtre, ils le trouveraient forcé, caricatural, les critiques, les adeptes religieux des ciné-clubs... « Inconsistant cliché... sans profondeur ni vérité psychologique!... » Je les lis, les entends... oh, merde! qu'ils viennent ici... jusque... se le renifler, notre Colline, voir un peu s'il est inspiré, barrésien ou quoi...

« ... bulletin d'écrou... oui, votre bulletin, je cause français!

– Mais, mais... je je... pensais que... moi qui, moi que... je...

– Refus d'optempérer... hein!... Au quartier tout de suite et au trot! Emmenez-moi ce coco en prévention et plus vite que ça! Pas le savoir! Vous vous expliquerez devant m'sieur le directeur... oui, oui, demain au prétoire! »

Avant qu'il ait pu ajouter un je, un moi, un qui... hop! il se retrouve au trou, le petit difficile esthète cinéphile, revêtu de hardes poisseuses. S'il a tout le loisir alors de visionner les plafonds... se labyrinther la cafetière en d'audacieuses suppositions caméra-scopes...

Oui, enfin... j'imagine comme ça tout hasard. Au fond je leur souhaite aucun mal à ces babilleux snobinets de la pellicule. Ils ne peuvent et pourtant... veulent! Tout savoir par l'image. Bon. Ils savent... n'en parlons plus... qu'on leur dise tout à ces mignons avec des fleurs.

*

Vers le onze douzième jour de grève, ça s'est mis à se gâter de toutes parts dans la turne. Le ministère avait cédé, disait-on, mais déjà l'hosto regorgeait de monde. On évacuait le Grand Centre de Rénovation pour le transformer en infirmerie. La moitié des auxiliaires étaient devenus brancardiers. Toute la routine en panique! Nous, on attendait notre galtouse, la cantine, le tabac, les parloirs, les bafouilles... Même les avocats n'avaient plus le droit d'entrer. Moi, ça ne me changeait pas lerche, Lubary devait être déjà en vacances sur quelque gondole à s'enthousiasmer le zob en esthétique vaginale. Loin! loin! des dossiers merdouillards! de nos basses salades crapuleuses! Elbron aussi est sans doute au vert, mais lui, plutôt dans sa propriété familiale chassant le lépidoptère, empaillant le pinson des Ardennes, palabrant avec son oncle le chanoine. Le directeur, par contre, ne sait plus où donner du bide. On l'aperçoit de temps en temps des passerelles, court sur pattes, trottinant poussif... son crâne chauve toujours en transpiration. Il s'éponge au mouchoir. Quelle chaleur, quel tintouin infernal! La smala à sa traîne queue leu leu... surveillant-chef, les deux sous-maques, les brigadiers, l'assistante sociale et sa petite stagiaire, nattée, binoclarde, chaussée scout-girl.

« J' l'enculerais drôlement quand même », fait remarquer un petit malfrat.

Autour on opine. Unanimité. Tous on a du retard d'affection, on bondirait bien violer la jeune et la vieille. On se fait péter les châsses à bigler ces deux femelles. Heureux que la rambarde est solide. C'est le retour de la promenade. Pas de gaffe pour nous reboucler. On attend. Principale occupation du taulard, attendre. Comme le soldat en guerre, le crachoteux en sana, les cloches à la soupe populaire. En ce moment, on attend de plus en plus. On sait pas au juste quoi. Une fois qu'on sera en cellule, on attendra la gamelle d'onze heures, puis celle du soir, puis le jus du lendemain! On sent la vape... qu'il va se passer des événements extraordinaires. Le directeur et sa suite ont disparu sur la droite, filé par le grand couloir vers la troisième Division. Les commentaires fusent. Saindoux nous prédit un déménagement vers la Santé.

« Ici ils ne laisseront que des politiques comme en 46. »

Souvent rien rencardé le Saindoux. Il connaît tous les matons du greffe, de la comptabilité, du service général. Ça n'enchante personne cette perspective. Aux Rungis, règne un bordel dont on profite d'une certaine façon, et puis surtout, il y a les fenêtres. Par les grosses chaleurs c'est appréciable. La Santé, ça veut dire les minuscules vasistas dans les cellules, et une discipline beaucoup plus stricte. Marcel y moisit déjà depuis plus d'un an. Il n'a pas la bonne lettre, son nom ne commence pas par un A, un B ou C. Uniquement de cette façon qu'on est départagé pour être dans une prison ou l'autre.

« On verra bien! N'importe comment on n'a que le droit de fermer nos gueules. »

Un vioque truand exprime l'avis général. Toutes les cabanes, il les connaît, ce tatoué d'avant-guerre, ce tricard! Pas d'aujourd'hui qu'il a perdu son berlingue judiciaire. Il a dans les soixante berges, et on ne lui en donne pas quarante, tant il est musclé, se tient droit. Un roc, mâchoires, regard, torse... « *qui s'y frotte s'y pique* » inscrit sur le dessus du poing. Et c'est pas des vantardises.

Au premier étage l'interne passe, le gros avec sa pipe. Bien trop occupé avec les grévistes de la faim pour venir visiter Otto. On l'a pourtant fait demander trois ou quatre fois depuis hier soir qu'il se tord de douleurs sur le lit. Toujours son estomac... son ulcère. Soigné à l'aspirine depuis des mois, on ne peut pas dire que ce soit une thérapeutique très active. Ce pauvre Otto, il est vrai, ne se démène pas assez. Ici plus que partout ailleurs, il faut hurler quand on souffre, en faire un étalage indécent pour qu'on vous prenne au sérieux. Plusieurs jours qu'il n'avale plus qu'un peu de café-ersatz. Il a laissé ses étiquettes s'entasser dans un coin, il ne fait plus de musique sur sa boîte à élastique. Tout juste s'il fume une ou deux cigarettes dans sa nuit. Au début, il n'arrêtait pas de bombarder en lisant la Bible jusqu'à des deux trois heures du matin. Il a la peau tendue sur les os. On dirait qu'elle va craquer. Il fait même pitié à Saindoux qui pourtant ne s'intéresse qu'à sa bousine, à ses malheurs en chèques sans prove. « Mange un peu. Force-toi. » Il s'est forcé et il a tout dégueulé si sec. « Tu devrais être à l'hosto, affirme Saindoux... Une honte! Quel pays! Ah! On peut toujours dire des Allemands! » Il remet son disque en route, toujours le même, mais ça, ça n'avance pas à grand-chose. Partout les hommes, dès qu'ils rencontrent une misère, en profitent pour placer leurs boniments, enfourcher le dada de leur cœur. Ils ont un truc qui explique tout, le cancer par l'injustice sociale, les pertes blanches par le péché originel, les enfants martyrs par l'astrologie, la crise du logement par le racisme. Enfin là, c'est du positif, Otto file un très sale coton, la conférence de Yalta on s'en torche! Je le lui dis assez sèchement à notre financier véreux. Le voilà vexé. Oh! Pour une ou deux heures, au plus, je me fais pas d'illuses qu'il va nous quitter pour si peu. Nul besoin de lui chanter « reviens veux-tu »... C'est moi qui cantine[1] pour le gourbit. Les mandats de Nicole arrivent depuis ma dernière instruction, je ne suis plus de la cloche. Il m'aime beaucoup dans le fond Saindoux. Immédiatement je lui ai botté. De son poste de comptable, en bas, il consultait les fiches de commandes. Il aurait pu choisir une cellule plus riche, mais ailleurs il est un peu grillé. C'est pas du pour qu'il s'est soigné la panse au détriment de tout le monde. Et aussi, il la ramène trop, ça indispose la vanité aiguë des maques.

Otto s'est levé pendant que nous étions à la promenade, péniblement il a fait sa toilette. Il est en train de balayer. A l'article de la mort, il sera encore obsédé d'ordre, d'hygiène.

« Pieute-toi, tu te fatigues pour rien. Le toubib va sans doute venir, il vaut mieux qu'il te trouve couché. »

Bah! Otto s'en fout! Il ne tient pas tellement à y

1. *Cantiner* – acheter à la cantine – argot exclusivement interne aux prisons.

aller à l'hôpital. Il est au bout de la mouscaille, de la douleur, de l'écœurement. Il sourit quand même.

« Si je crève ça n'aura pas beaucoup d'importance. »

Il a fini par s'allonger. Il ferme les yeux. Avec sa barbe de quatre jours, son visage osseux, son teint de cire, il me fait penser à un mort. Sale pressentiment que je ne puis chasser de mon esprit.

« Cigarette? »

Il me dit « non » de la tête. Saindoux déplie sa paillasse. Il va se mettre en slip, étaler toute sa graisse sur les berlues. Il est dix heures et il fait déjà très chaud. Cet après-midi avec l'odeur des chiottes et les punaises, ça sera intenable. Coups sourds au plafond, les F.L.N. veulent encore une gourde de flotte.

« *M'bareud*... De l'eau, mon frère... »

Il faut se la donner des gaffes qui sont aux aguets dans les préaux de promenade. Si le trafic est repéré, ça nous vaudrait huit jours de mitard à tous les trois. Le yoyo descend. C'est une simple corde avec le bidon au bout. On arrive à se passer n'importe quoi d'une cellule l'autre, à gauche, à droite, au-dessus et en dessous. Ça s'appelle yoyoter en argot maison. Il y a des vicieux du truc, surtout les jeunots, en face en première Division, qui tuent leur ennui à troquer tout ce qui leur tombe sous la main... les illustrés *super boy*, les frusques, le bricheton, le tabac.

Aujourd'hui, le temps est trop orageux, ils sont avachis comme nous, ils attendent la fraîcheur du soir pour yoyoter, hurler, chanter, s'agonir des plus basses insultes. Encore un prétexte pour que Saindoux s'encourrouce, se rebranche sur son Maréchal qui faisait, lui, quelque chose pour la Jeunesse au lieu de la laisser pourrir en prison... Pelle sur l'épaule, fleur au chapeau, nous y voilà! Je connais le programme... Sublime ô combien! J'approuve. Ah! si j'avais su! J'admets! j'admets... parfaitement. Il se fatigue à la longue. Encore quelques grognements comme les derniers glouglous du noyé... La France!... foutue... honte!... chienlit... gloup... rrron! brrr... s'endort.

Otto qui n'a pourtant rien avalé aujourd'hui se met tout à coup à vomir une espèce de bile, de sang noirâtre, puant. Cette fois, il faut alerter le service médical. Ça me paraît grave. Je me mets à cogner à coups de pompe dans la porte.

« Pas la peine, murmure Otto... je me sens mieux. Non. Ils ne feront rien. »

Pas s'occuper de son avis! Ce raisiné par la bouche j'aime pas ça... Je suis prêt à mettre la cabane sens dessus dessous. Badaboum! Tout mon élan. Je ferai sauter la lourde au besoin. Cet enfifré toubib finira bien par venir. S'il veut encore se défiler à l'aspirine et l'eau de bourget, on le menacera d'écrire au ministère qu'il ne s'occupe que des ratons! qu'il nous laisse sans soins! qu'on demande une enquête! On n'a guère que ce recours, il tourne presque toujours à notre désavantage, mais ça fait tout de même mauvais effet dans les papiers d'un médecin. On se dit qu'il n'y a pas de fumée sans feu. Un gaffe radine tout de même. Oh! sans se presser, il a tout son temps. Le pire des abrutis comme un fait exprès. D'abord il menace à travers la porte : « Vous foutre un rapport. » Ils n'ont que ça à la gueule ces tantes! Je braille plus fort que lui.

« Ouvrez... Puisque je vous dis qu'il crache du sang. C'est grave, on peut pas le laisser comme ça. »

S'il est méfiant ce borné con! Avec cette grève de la faim des biques, l'atmosphère est drôlement tendue. Tous ils perdent leurs légumes, nos gentils cerbères. Verts de trouille, ils se la donnent de tout... de rien.

« Quel malade? »

Je m'écarte, il bigle longuement par l'œilleton. Enfin il engage sa clef dans la serrure. Il hésite encore. Il entrebâille, passe juste la tête.

Il regarde Otto d'un œil rond. Evidemment, il doit se dire : « Encore un type qui s'est maquillé. » Sceptique ahuri. Saindoux lui montre le sang et le dégueulis puant sur la cuvette des chiottes.

« Vous voyez bien que c'est pas du charre. »

Oh! ça ne prouve rien. Depuis dix ans qu'il porte la casquette, il a appris qu'une seule chose, mais alors il se l'est enfoncée dans le ciboulot : « Le détenu ne cherche qu'à tromper l'Administration. » Il représente cette Administration, alors...

« Allez prévenir le toubib.

– Je sais pas où il est. Ecrivez au service médical. »

Le coup classique, la demande ne partira que demain matin et, d'ici là, Otto peut clamser dix fois! On ne marche pas, qu'il aille au moins chercher l'infirmière, elle, on pourra mieux la convaincre.

« Vous savez bien qu'elle est occupée au-dessus l'infirmière. »

On le sait... encore la grève des F.L.N.! les forçats de la faim à évacuer. Il se lamente... le métier devient impossible avec tous ces sales bicots! S'ils ne faisaient pas un pareil bordel, pour sûr, on s'occuperait de notre copain.

« ... N'importe comment y a plus une place à l'hôpital. *Ils* passent en priorité, c'est pas moi qui vais vous l'apprendre. »

Toujours la même rengaine, et lorsqu'il est de service à l'étage des F.L.N., il leur gémit que « ces sales droits communs lui mènent une vie intenable ». Enfin, vaut mieux le prendre par la douceur.

Saindoux qui le connaît de vieille date me fait un petit signe... que je ne m'emballe pas. Il intervient.

« Vous savez bien monsieur Pessonnette que je suis sérieux. Si je vous dis qu'il est malade et qu'il faut trouver l'infirmière d'urgence, c'est que c'est vrai ! Puisque vous ne pouvez pas y aller vous-même, laissez-moi au moins descendre au Médical... »

Il n'attend pas la permission. Il fonce brusquement... Hop ! déjà sur la coursive, le matuche essaie de le rattraper... Non ! Non ! Le brigadier ne veut voir que des casquettes dans les couloirs ! La consigne, plus stricte que jamais.

« Avec tout ce qui se passe. Ah ! non. Non !... Encore moi que je vais me faire engueuler. Je vous ordonne de rentrer dans votre cellule. »

Saindoux avait trop d'élan, il galope vers l'escalier. L'autre de peur que je m'échappe aussi, revient vite me repousser, me reboucler tout en vociférant, me menaçant de tous les mitards.

« Ce n'était pas la peine de vous donner tant de mal », dit Otto.

Il s'appuie les deux poings serrés sur le ventre en grimaçant. La sueur coule en grosses larmes sur son front. Sa barbe autour de la bouche est tout engluée de sang noir. Ses yeux semblent implorer le plafond... qu'il s'écroule et que ça finisse !

*

L'orage a cessé. Le ciel nocturne se dégage peu à peu vers le nord, vers Paris... la Liberté ! Je profite à la fenêtre de cette odeur d'après-pluie que j'aime bien. Un mélange de terre humide et de rouille. Saindoux a fini par s'endormir. Ce soir il ne ronfle pas. Le silence est juste troublé par une gouttière qui fuit. Otto est parti tout à l'heure. Il a eu bien du mal à rassembler ses nippes dans une couverture. Même plus la force de soulever son maigre balluchon. On a appelé un auxiliaire pour l'aider. Notre affreuse cellule puante, lépreuse, de six mois que nous étions ensemble. Six mois! Le temps de se comprendre un peu. Dès l'abord, il avait été bien grave, bien poli, Otto. J'ai raconté plus haut son accueil. Naturellement, au début, je me suis méfié de lui comme on doit se méfier de tout le monde en prison... Puis petit à petit, il a su gagner ma confiance. Je ne lui racontais pas, bien sûr, mes secrets d'instruction, mais enfin on était arrivé à s'entendre. Je faisais toujours le tampon entre lui et le troisième, le King-Kong, le cinglé de l'autobus ou Saindoux. Sans moi, bien souvent, il se serait fait dérouiller. Tous ces délirants, ces primitifs, dès qu'ils sentent un mec physiquement amoindri, se vengent de leur infériorité mentale sur ses osselets. C'est très humain notez, et ça nous éclaire sur bien des horreurs historiques. On cherche parfois les causes de certains massacres, assassinats légaux ou non, on se perd en conjectures à longueur d'ouvrages. La vérité est pourtant simple. Je l'ai vue de très près, cette vérité, à me souffler dans la gueule, à m'éblouir de son éclat. Je ne parle pas à la légère. Ce pauvre Otto traînait une verte cerise dans ses astres; toute sa science, sa culture, sa gentillesse, sa très bonne éducation ne servaient à rien dans notre univers corrompu. Au contraire, il était rejeté d'autor de toutes parts. Il avait beau s'escrimer aux étiquettes, le concessionnaire, escogriffe cupide à trogne rouge, trouvait toujours quelque chose à redire, une parole blessante à lui balancer... un vanne méchant. Otto acceptait le glaviot sans broncher, alors qu'il aurait dû se rebiffer, lui renvoyer la balle merdeuse à cet exploiteur de bagne! Le vice lui faisait horriblement défaut, la faconde aussi, le langage qui vous fait accepter, qui vous permet de dire n'importe quoi. Au placard y a lieu de se tenir toujours sur ses gardes, de ne rien laisser passer de travers. Otto ne le savait pas, et ne faisait rien non plus pour le savoir. Je m'étais cependant efforcé de lui inculquer les rudiments de l'art de vivre en taule. Il n'assimilait pas mes leçons. Toujours au piano en somme, et pas dans n'importe quel bastringue!... en salon somptueux XIXᵉ entouré de dames au teint de lys s'évanouissant d'un bout de sonate. Les autres sans savoir exactement de quoi il retournait, se rendaient compte de la coupure et ça leur paraissait tout de suite du mépris. « Pour qui qui se prend c't'enfoiré-là? » Terrible, parce qu'en définitive, ses idées chrétiennes aidant, Otto ne se voulait au contraire qu'humble et charitable. Il l'était dans une large mesure, mais ce n'était pas assez sans doute. Il aurait fallu qu'il pousse l'abnégation jusqu'à péter avec le gorille, faire le voyageur d'autobus avec le dingue ou discuter politique des nuits entières avec Saindoux. Ça, il ne pouvait pas, c'était au-dessus de ses forces.

La tête appuyée contre les barreaux j'entendais encore son crin-crin, sa musique de boîte en carton. Comme il avait du mal à les tendre juste ses élastiques! Il ne voulait pas la moindre fausse note. Ça jamais! Le péché mortel... Do... do... la!... Il réglait l'instrument... m'expliquait à mesure. Ça durait des heures, on avait tout notre temps. Il disparaissait même le temps... et puis l'odeur avec, si tenace, si écœurante. On oubliait.

« Voilà... je vais essayer le début du troisième mouvement de la Neuvième... Tu connais? »

Il me sifflait d'abord, puis il grattait sur sa mandoline, sa guitare (comment appeler ça?) avec l'ongle. Léger rictus. Il en était là. C'était si triste, si navrant qu'il en souriait de mépris contre lui-même...

« Je n'aurais jamais cru que j'y arriverais. Il faut monter très haut. Avec un instrument pareil, c'est difficile. »

C'était fini, je tournais la page. Je n'allais pas regretter ces six mois, on ne peut pas regretter une cellule des Rungis. Non. Mais j'avais le bourdon. Je m'étais bien juré depuis longtemps de ne plus me laisser prendre aux pièges de l'amitié, et il avait suffi d'une boîte en carton, de quelques élastiques, d'une cigarette de tabac gris!... Probable que c'est comme le reste, les gonzesses, l'alcool, la chourave!... on y revient, une sorte de passion. Elle se présente lorsqu'on ne l'attend plus, l'amitié, elle a la gueule qu'on se doutait pas. Elle est minable, on lui aurait jeté une thune dans la sébile l'avant-veille. C'est à ne plus jamais rien se promettre, se torcher des résolutions, se dire que tout peut arriver, qu'aux enfers même, on peut être encore bonnards sur la corde sensible.

Il est canné Otto quelques semaines plus tard d'un joli cancer à l'estomac. C'était trop tard pour l'opérer quand on s'en est aperçu. L'abbé Entraives est venu me raconter tout ça, et qu'il était mort en chrétien. Tout à fait, malgré ses souffrances. Il soulignait, sans doute pour que je gamberge dans la bonne direction. L'exemple n'est-ce pas!...

« On peut faire une plus belle mort dans une prison que dans un palais. »

C'est un point de vue. Je trouve mieux moi de finir comme le président Félix Faure. Je n'allais pas me mettre à contester... un ecclésiastique ne peut pas vous tenir des propos de mère maquerelle. Faut se mettre un peu à la place des gens.

« Il m'a parlé de vous... oui... il vous aimait bien...

– Je sais. »

Gêné le saint homme ! Il contemple le bout de ses grosses tatanes noires. Un court silence. Nous sommes dans la cellule qui sert de bibliothèque catholique au rez-de-chaussée, debout, face à face. Ça sent la poussière, le bouquin moisi. J'ai hâte de sortir, je manque d'air, j'ai pas envie de causer...

« C'était un homme très sensible. Il souffrait énormément, et, je ne parle pas qu'au physique...

– Je sais. Je vous remercie, monsieur l'abbé, vous êtes bien aimable. »

Je me dirige vers la porte, je veux couper court aux effusions posthumes par personne interposée... Des mots, des mots... encore des mots ! Je les trouve impuissants... Je voudrais être seul.

« Ah ! j'oubliais. » Il fouille dans les profondeurs de sa soutane. « Il m'a dit de vous donner ces trois paquets de tabac et ce petit appareil pour rouler les cigarettes. Il ne pouvait plus fumer... Et puis... c'est tout ce qu'il possédait. »

Je ne vais pas vous dire que ce misérable héritage me fut plus précieux que la fortune de l'Aga Khan, ça serait, n'est-ce pas, de la mauvaise littérature. Impardonnable, ça, puisqu'il est entendu, une bonne fois pour toutes, qu'on ne fait des chefs-d'œuvre qu'à l'arsenic et l'étron fumant.

V

« Puisque je te dis qu'ils n'auront pas cette adresse-là avant au moins quarante-huit heures! S'ils la trouvent! Y a aucune raison... Sur ses faffes, tu penses, elle n'est pas indiquée. Il a tout acheté sous un faux blaze. On a rien à craindre. Pas Marcel qui va s'allonger.

– Et lui?

– Mais, nom de Dieu! ça fait trois fois que je te répète qu'il est blessé!... mort peut-être! Je sais pas au juste. Il a gueulé, il a fait un bond pour se tirer, une autre balle l'a touché, il s'est affalé. J'étais aux premières loges, ça me sifflait aux esgourdes. Je suis là, c'est un miracle! Marcel dira, sûr et certain, qu'il ne le connaissait pas. Ma tête à couper! Allons, lève-toi, magne!... »

Il était en slip, il se remuait péniblement, il bâillait, se frottait les châsses encore toutes bouffies de sommeil.

« Je t'avais pourtant prévenu. Vous en faites de drôles!... Ton Canaque je l'avais jugé du premier coup... un dingue! Un dingue doublé d'un con. Parce qu'il y a tout de même des dingues qui sont pas si cons... Tandis que cézig!... Ah! Tu t'es foutu dans un sacré pastis! Je suis pas si sûr que toi de Marcel. Il a une gueule qui me revient pas. »

Il enfilait ses chaussettes. Je me gourrais d'avance qu'il allait les débiner, mes petits potes. Ils s'aimaient pas lerche les uns les autres, c'était pas des bons chrétiens.

« Ça me fait chier, veux-tu que je te dise. »

Il restait assis sur le bord du page, il se grattait le bide, il rebâillait. Sans fringues il paraissait encore plus énorme.

« ... chier de me mouiller dans vos salades pourries... »

Fallut que je lui fasse encore entrevoir l'intérêt de la chose, un bruit de biffetons grand format doux comme une promesse d'amoureux, pour qu'il se décide à enfiler son froc.

« Grouille! Tu vas tout de même pas te laver les dents. En une heure, on aura déménagé le plus gros. Si jamais les lardus redressent sa fausse identité, ça sera déjà suffisant qu'ils découvrent la baraque... »

Il renaudait toujours, grommelait ses remarques désobligeantes tout en se rafraîchissant le portrait sous le robinet d'eau froide. Le colt était sous une dalle près de l'évier, soigneusement enrobé de graisse d'armes, enveloppé de chiffons. Une planque bien conçue, je conviens. Il me balançait à présent le couplet de l'amitié pendant qu'il nettoyait le calibre, le silencieux, vérifiait le bon fonctionnement des pièces.

« Bien parce que c'est toi. Tu penses, pour ce que ça va me rapporter! J'aurais plus d'affure à aller torpiller l'Armée du Salut. »

Je le laissais dire, le sale porc. Vous l'avez sans doute reconnu, lectrices, lecteurs attentifs. Nous sommes dans sa chambre par une belle nuit d'été. Le réveil indique trois heures moins le quart. Je suis nerveux, j'avoue. Si ça vient de barder pour nos os! Cette fusillade! Je me suis échappé de justesse... D'extrême! Brusquement transformé en fantôme, en Fantômas, en somnambule, en acrobate-funambule sur les toits pour me tirer de ce mauvais pas. Quel métier! Quel vice, mes enfants! Ah, restez chez votre mère, chez votre père ou à la S.N.C.F!... Restez caves au chaud de vos pantoufles! Restez où vous êtes, ne bougez pas. J'affirme, mais ne quitte pas pour autant mon petit mauvais bonhomme de chemin. Bien trop tard pour que je me refasse une honnêteté chez Citroën, chez Simca... à Saint-Gobain...

Je vous résume donc comme au Rouquemoute. En plein travail nous fûmes surpris, flingottés sans sommation. Moi seul ai réussi à m'arracher. Non sans mal, sans transpiration, sans exercice. Hop! les bonds de toit en toit... descente le long d'une gouttière branlante. La patrouille de flics à mon cul. S'agissait pas de perdre mes légumes, mon sang-froid, mon esprit d'initiative. En restant planqué dans les parages du champ de bataille, certain, je me serais fait sauter. Ils allaient passer le secteur au peigne fin. Que je tente le tout pour échapper au quadrillage. Vu en train de sonder les portières des voitures en stationnement mon compte était bon. Pas le choix pourtant. Heureux encore de retrouver dans mes fouilles quelques carroubles. Dans ces moments-là rien ne va plus, on est trop nerveux. Une vieille 2 CV a fini par répondre à ma pogne voleuse. Démarrage en trombe dans un bruit de ferraille à réveiller tout le quartier.

« T'as tout de même eu du bol. J'espère que ça va te servir de leçon... »

Ce culot! Il profite de la situasse, l'enfoiré, pour me sortir des vannes! Si ça continue il va se permettre de me faire de la morale. Qu'il se bégale dans l'immédiat, demain je risque de ne pas être aussi bon mec. J'ai besoin de lui pour l'instant, enfin de son flingue. Mais il ne veut pas le laisser sortir sans son maître.

« C'est comme une gonzesse, ça se prête pas... »

S'il est placé pour défendre ce genre de principe! La sienne, sa Léone, vous avez vu comment qu'il la loue au quart d'heure et la nuit! Pas le goût de discutailler, relever ses sordides boniments... Il en finit plus de le soigner son 45... le bichonner pièce par pièce. Il dégraisse, astique, minutieux...

Ça me laisse le temps de vous dépeindre sa turne pour vous faire une courte idée du bon rapport de son gagne-pain sur le trottoir. Chambre-cuisine donnant de plain-pied sur une cour au rez-de-chaussée d'un vieil immeuble rue Vercingétorix. La cuisine à peine si on peut s'y tenir à deux. Plutôt une sorte de cabinet de toilette, dans lequel il a mis son réchaud Butane. La chambre, je peux pas mieux vous dire, c'est le modèle pour pauvre prolétaire dans les films réalistes. Le papier peint n'a pas été remplacé depuis Albert Lebrun. Les vedettes de l'écran et du sport punaisées un peu partout sur les murs non plus... Bartali, Tino, Antonin Magne, Mireille Balin, Di Lorto et Ladoumègue sont passés de mode, on s'en aperçoit au jaunissement des photographies. Il risque pas d'être imposé, Rouquemoute, sur les marques de richesse extérieure. Le seul luxe dans ce gourbi c'est le Frigidaire. Un modèle comac qu'il a casqué à croume 270 raides. Il aime à le redire... qu'il s'est privé pendant près d'une pige pour faire face aux échéances. Justement, il vient de finir la toilette du colt et voici qu'il pense à se restaurer un peu. Un grand verre de jus de fruits, il se tape. Ça me permet d'entrevoir une petite minute ses réserves. Oh! il risque pas de crever la dalle, les épiciers peuvent rester en grève huit jours! Beurre, crème fraîche, petits suisses, port-salut, gruyère, conserves de légumes, viande sous cellophane... sans compter les gâteaux secs, les plaques de chocolat et les pralines qu'il y a dans le buffet de la cuistance. Je m'impatiente, il farfouille là-dedans après le coup de jus de pamplemousse. Il se bourre les poches de nonettes...

« T'en veux une? »

Merde, il me chambre! ou alors il est inconscient s'il se figure que j'ai le cœur à me goinfrer ses sucreries de galopin dans un moment aussi tragique!

« Tu te fous de moi! grouille bordel de Dieu! Faut arriver avant qu'il fasse jour! »

Je peux toujours m'égosiller, il s'en tamponne la bedaine. Il se prépare comme s'il allait au bal. Il se fait des crans devant la glace. Toujours la bouche pleine. Oh! il me débecte, pas croyable! Suprême injure du sort que d'avoir recours aux services d'un pareil sagouin! Il sait, la grosse vache, que je suis sous pression, mais presque obligé vu les circonstances de tout supporter. Il en abuse outrageusement.

« Et Léone?

– Quoi Léone? »

Il pense soudain qu'elle est *en couché*! Sera-t-il de retour à l'heure pour lui griffer sa monnaie? Des fois qu'elle ait le temps et l'idée d'aller tout gaspiller le fric du micheton dans un magasin de frivolités! L'angoisse lui traverse un instant le regard, la dernière nonette coincée dans la gueule.

« La salope! il gronde, je lui casse les reins... je la défonce, parole d'homme! »

Parole de tante, plutôt... Quand on sait la suite, voilà ce qu'on doit se dire. Enfin nous n'en sommes pas encore là. Vous vous demandez ce que nous allons encore faire d'inavouable avec ce colt affublé d'un silencieux... quel lascar préméditons-nous de dessouder? Pire que cela si possible, je prépare un assassinat à me foutre la société protectrice des animaux sur le râble, comme si je n'avais pas assez d'ennuis avec la société tout court. Misère Dieu, quel engrenage! Quelle idée de fou, aussi, d'Hitler persécuté, il avait eu, ce putain de Canaque, de s'offrir un clebs pareil. Vous vous souvenez, le mastard dobermann en faction chez lui pour décourager les voleurs, je vous en ai parlé plus haut. S'il était fidèle au poste, l'affreux molosse! Que je vous raconte... Sitôt au volant de la 2 CV j'avais foncé vers Bobigny pour parer au plus urgent. Les flics allaient fouiner pour trouver le gîte de leur prise. Rien qu'en publiant sa photo dans les canards, ils pouvaient remonter jusqu'à son repaire. S'ils découvraient le bungalow, toute cette folle installation, gros à prévoir que ça allait les mettre sur leur trente et un! Il était donc préférable que j'aille déménager de là-dedans les choses les plus compromettantes, l'outillage de serrurerie ainsi que les objets les plus tape-à-l'œil... A peine aux abords de la piaule, j'ai entravé ma douleur. Dick hurlait terrible à la mort. Ça c'était de mauvais augure. Jusque-là je m'efforçais de croire que Canaque n'était que blessé. J'ai commencé à avoir de sérieux doutes en entendant son clébard. Un fait exprès, la nuit était claire, limpide, étoilée, lunée, veloutée comme pour les plus belles sérénades sentimentales. J'ai rangé la tire le long du garage. Coûte que coûte fallait que je pénètre dans le palace. Mais l'autre, le hurleur cabot, il me foutait le trac. Comment faire sauter la lourde, et surtout me faire respecter de lui ensuite? En m'entendant approcher, il a changé sa mélodie, la longue plainte s'est transformée en aboiements furieux.

« Dick! Dick! Voyons, Dick!... »

Je me faisais doux, familier, bon copain... « Dick! Dick! » Il s'est arrêté, m'a écouté quelques secondes, puis s'est mis à grogner sourdement d'une façon encore plus inquiétante. Je le sentais tendu derrière la porte, tout en muscles, hérissé, prêt à bondir, à arracher de ses crocs acérés la gorge qui allait se présenter. La mienne en l'occurrence. Sans doute à cette joyeuse perspective il grattait maintenant le bas de la lourde d'impatience avec ses pattes.

« Tout beau Dick! Tout beau... »

Négociez donc avec un interlocuteur aussi valable, je vous offre des prunes et un rameau d'olivier tout en or, si vous parvenez! A peine avais-je introduit ma pince entre le chambranle et la porte qu'il s'est mis à sauter, danser une farandole effrayante dans l'étroite entrée. Pour un peu c'est lui qui l'aurait défoncée, la lourde. Mes appels au calme furent aussi vains qu'un discours de Paul Reynaud pour arrêter les panzers à Guderian. Que je continue mon débridage, point n'y fallait songer. A peine la serrure en l'air, le fauve me sautait au cou! Le truandage vous conduit paradoxalement à exercer bien des métiers, mais gladiateur, ça dépassait mes compétences. Bien obligé de battre en retraite, de regagner la 2 CV. Qu'une solution, le tuer, ce clebs pourri. J'ai pensé alors au Rouquemoute... à son colt muni de silencieux. Avec, on pourrait sans doute se débarrasser de Dick sans que le voisinage se mette en branle-bas.

*

Quand ça commence, le roman policier, on ne sait jamais où ça s'arrête. J'étais en plein, vedette nº 1. Si j'ai compris ma douleur le lendemain encore dans la nuit! Toutes les émotions, les tracas, les miches serrées hermétiques d'un criminel qui cherche à se débarrasser du cadavre de sa victime. Ce n'était pourtant qu'un chien mort que je trimbalais dans ma 203, mais ça me donnait un avant-goût. Si le meurtre peut être considéré comme un des beaux-arts, dans ce cas je me sens pas tellement artiste. Je manque de dispositions naturelles, d'élan créateur, de technique. Le vol ne mène au crime que par accident, pas plus que l'amour si on regarde bien les statistiques... Je pouvais être qu'assassin d'occase.

Aussi nerveux au volant que si j'avais transporté cent millions de lingots d'or chouravés armes à la main. Le barrage de police, je moitais d'apercevoir avant chaque carrefour. C'était la grande époque F.L.N.; les C.R.S. recherchaient les grenadiers de Ben Bella avec leurs outils de travail. Fouille minutieuse des véhicules. « Qu'est-ce qu'il y a sous cette bâche? » Allez un peu leur expliquer le pourquoi de ce clébard tué d'une balle dans la gueule au fond d'un sac à patates lesté de pavetons! Vous êtes bonnard pour la ratière, et avec mon pedigree ça pouvait drôlement mal finir.

Le Rouquemoute, bien sûr, s'était défilé pour le transport funèbre. Excusable, lui, après tout, n'y était pour rien dans l'affaire de la biscuiterie. Déjà beau qu'il m'ait aidé à flinguer Dick. Ce travail! je vous passe les détails, le sanglant de la chose. Ensuite, on avait épuré la piaule de ses objets les plus suspects. Recherché aussi la planque à pognon... Juste soixante sacs dans le tiroir de la table de nuit. Etonnant tout de même qu'il ait si peu de fraîche en petite, le Canaque! Nous n'avions peut-être pas fouillé assez soigneusement. Il est vrai que ce n'était pas une tâche de tout repos. Ce qu'il emmagasinait, cézig, dans ses placards, inimaginable! Surtout comme fringues... de quoi vêtir ceux qui sont nus de tout un quartier de Calcutta! Piles de chemises, chandails, maillots de corps, slips!... monceaux de chaussettes! choix de foulards en soie tous coloris! Et les costards pour toutes saisons, les raglans, les robes de chambre, les babouches, les pompes! Je renonce à vous énumérer ça serait un catalogue mon livre. S'il était coquet, le pote! il s'harnachait pas à la scaille. Rien que du Champs-Elysées, du Passy... les meilleurs faiseurs comme un petit milord. En plus des sapes... tout le reste : les disques, les bouquins, les objets de toilette. Pour vous donner un aperçu : une valise pleine de tubes de pâte dentifrice à la chlorophylle, autant de savonnettes et de bouteilles d'eau de Cologne! Une véritable coopérative. Pourquoi engrangeait-il tout cela? Quel siège pensait-il soutenir? Du délire pur! Il avait fallu qu'il besogne comme un damné acharné pour se payer de pareilles réserves. Marcel prétendait qu'il n'arrêtait pas, qu'il ne faisait avec nous que les affaires les plus importantes. Nuit et jour il était sur la brèche, un vrai maniaque de la plume. Au flanc, à l'inspiration... crac! crac! n'importe quelle lourde en dedans! Je doutais de plus en plus de son bon équilibre mental en fouillant dans sa cambuse. Il déchait aussi pas mal dans le secteur mignonnes. Il nous racontait ses conquêtes par petits fragments lorsqu'il était de bonne humeur. Des lyceennes il débauchait, il les emmenait même en partouse chez une vieille amie à lui, une savante gouine pas trop blécharde. Parfois, il invitait Marcel, qu'il vienne aussi se dégourdir un peu le poireau, se divertir en quartette charnel. Marcel ça lui disait rien les transports en commun, il ricanait, bougonnait à son habitude. Dans un sens, il était plutôt puritain, enfin un puritanisme à lui... quelque chose d'assez compliqué. Mais ceci m'éloigne, revenons donc sur la route nocturne dans ma tire, avec son colis sanglant dans la malle arrière.

La fusillade de la biscuiterie avait fait du schproum dans la presse. Les journaux du soir annonçaient la mort de Canaque. « *Le gangster inconnu.* » Sa photo en première page sous les titres en caractères gras. « *Marcel Flaireau s'étant refusé à dévoiler l'identité de son complice qu'il prétend ne connaître que sous le sobriquet de Canaque, le commissaire Lopardi de la XX*e *B.T. demande à toutes personnes susceptibles de donner des renseignements sur l'individu dont nous publions la photographie de bien vouloir...* » etc. Ce qui me rassurait c'est qu'il était franchement méconnaissable sur ce cliché. Les spécialistes de l'Identité judiciaire vous retapent des noyés de quinze jours pour en tirer des portraits assez conformes aux modèles vivants, mais là, avec un cadavre tout frais, ils avaient réussi à lui confectionner une tout autre gueule. Fallait l'avoir fréquenté assidûment pour le retapisser. Les caractéristiques pourtant nettes de son visage ne ressortaient plus... son pif épaté, ses pommettes saillantes, ses mâchoires si bien dessinées. La photo macabre lui faisait les yeux ronds alors qu'ils étaient presque bridés, des lèvres épaisses alors qu'elles étaient inexistantes, et sa moustache de Gengis paraissait un duvet d'adolescent. La mort violente l'avait rajeuni de dix piges.

Je ne me berçais pas d'illuses quand même, les lardus n'allaient pas tarder à le redresser. Après la vie qu'il avait menée, qu'il n'ait pas eu encore de casier judiciaire c'était une prouesse. Il avait la baraka, un bol du tonnerre de Dieu, mais tout a une fin. Sur sa famille j'en savais pas lerche. Que ses parents étaient morts accidentellement lorsqu'il avait quatre ans, et qu'il avait passé le reste de son enfance dans un sordide pensionnat jusqu'à ce qu'il s'engage pour l'Indo. Il lui restait bien quelques oncles, tantes, cousins et cousines. « Des sales emmanchés, tous, qui ne rêvent que de me voir au bout d'une corde. » Il n'en disait pas davantage, et pourtant le nœud du bonhomme, son secret profond était là, dans sa prime jeunesse, comme pour la plupart de ceux qui tournent mal.

Possible qu'un membre de sa famille se présente pour l'identifier, seulement ça ne conduirait pas les flics jusqu'à la baraque de Bobigny. Je redoutais autrement les gens du voisinage. Ceux-là n'apercevaient le Canaque qu'assez rarement puisqu'il ne sortait guère qu'à la nuit tombante, mais ils avaient tout de même dû repérer sa guimbarde, elle jurait trop parmi la cohue des voitures modernes. Les banlieusards ne sont pas sans arrêt devant leur télévise, les rideaux s'écartent encore furtivement derrière les fenêtres dans notre doulce France. Qu'on ne vienne pas me dire que tout est bloudjine, scooter, rock et blousons! Les veuves ne sont pas toutes devenues joyeuses et inattentives. Il en existe toujours de noir vêtues, au regard perçant, très efficaces aux ragots... prêtes à vous interpréter le joli chœur des témoins à charge. Ces guetteuses verront la nouvelle vague et même les deux trois suivantes en filets d'écume sur grève. Elles ont l'éternité pour elles et elles savent que le crime ne paie qu'à l'arsenic et à la lettre anonyme. Elles connaissent les vrais mystères de la ville. Pensez alors si un zèbre genre Canaque avec sa folle Torpédo avait de quoi aiguiser leur curiosité! Je supposais, j'entrebâillais la porte des conséquences. L'enquête à tiroirs surprises... Marcel, comme prévu, tenait son rôle en virtuose... Quarante-huit heures à *battre* les crétins dont on ne peut obtenir que des bribes de phrases, ça ne paraît rien, mais je vous jure que ce n'est pas un système de défense à la portée du premier venu. Pourtant le meilleur, le seul possible dans un cas aussi glandilleux. Qu'un défaut, il est un peu réchauffé... les poulets le digèrent très mal. Certain qu'ils n'allaient pas cette fois-ci bâcler un petit rapport comme pour un simple vol à la roulotte. Un cambrioleur non identifié tué devant le coffre de ses désirs, un autre en fuite, et le troisième devenu subitement idiot, ça laisse tout de même trop de points d'interrogation. L'Honneur professionnel était en jeu.

Avant de trouver l'endroit propice pour balancer Dick à la baille, j'ai joué la valse hésitation sur quatre roues. Je longeais la Marne tout doucement. Sans arrêt des voitures en sens inverse... d'autres qui me doublaient! Qu'un automobiliste m'aperçoive au moment où je sortais mon mystérieux colibard de la tire, ça pouvait certes l'intriguer. J'ai fini par dégauchir un petit embarcadère qui n'était pas visible de la route. Comme la veille, le ciel n'était pas mon allié. Toujours la lune pleine et nargueuse, et pas un nuage pour obscurcir le décor un instant. Avec les pavés, ce sac contenait bien l'équivalent du poids d'une forte bonne femme. Affreuse besogne! Le floc! vous donne un coup au cœur. Suspense je vous dis que ça! Plus besoin ensuite d'aller au ciné-club s'identifier avec les héros d'Hitchcock. On va me répondre que... oui, oui, je sais... je comprends très bien... Admirable! inouï! sensass! Oh je ne vais pas contester. Seulement, moi, je connais un peu la réalité de ces belles choses, je suis beaucoup moins curieux que vous...

*

L'été n'est jamais si beau qu'en prison. Celui-ci battait tous les records. Ciel tendu bleu de juin à octobre. On pouvait se l'admirer du matin au soir, et puis la nuit toutes les étoiles sur le velours sombre à scintiller. Rien que ça, le poète se met en branle, enfourche Pégase, donne de la lyre, s'invente des déesses aux cheveux d'or, vous pleure un lac, deux océans... Je parle du poète tel qu'un vain peuple se l'imagine, pas du néo style atomique qui lui n'œuvre qu'à haute tension, rythme mitrailleuse, slogan-onomatopée, sang et sperme, esprit débrayé, camisole de force! Nouvelle beauté transcendantale que nous ne sommes pas encore à même d'apprécier... qui éblouira peut-être nos petits-enfants, nos arrière-arrière en 2050. Comme toujours on se demandera, alors, par quelle aberration nous pûmes les laisser se morfondre, nos poètes, se pourrir en cave, se désespérer, s'entrangoisser tandis que... injustice du temps... de tous les temps! La foule se gave de lamartinades dégénérées pendant que Tzara, Pichette et Arthur Adamov souffrent pour l'Art...

Je lisais ces réflexions amères au fil des lignes d'un paquet de revues d'avant-garde que Nicole m'avait envoyé. Saindoux ronflait. Sa sieste de deux à cinq. Trêve pendant laquelle je pouvais me parfaire un peu la culture. A la longue j'en lisais, lisais des revues, et de toutes sortes, des obscures, des claires, des compactes, classiques ou non... et puis des essais, des romans, des pièces de théâtre, tout ce qui me tombait sous la pogne... des monceaux. Je rattrapais les années perdues à la buissonnière du pavé, aux petits boulots de basse catégorie, les longues soirées à traîner les rues, plutôt qu'à estudier le latin en pauvre mansarde. De force je devenais une espèce de lycéen. Seulement il était presque trop tard. Ces sujets éternels, ces dieux, personnages de fiction ou d'Histoire, tous ces drames, tragédiantes, comédiantes, légendes, mythes de ceci cela, Prométhée, Antigone, Tartuffe, Néron, la fille Elisa et l'adjudant Flick, je les avais connus comme le suspense hitchcockien, vécus vrai pour ainsi dire, bien avant de les rencontrer dans les livres. Je les voyais même un peu partout autour de moi quotidiennement.

Dans nos égouts de Justice vous rencontrez Caïn à tous les coins de couloir. Il est banal comme Durand à Châtenay-Malabry, Mohamed à Mostaganem, l'ami Fritz à Ludwisburg... Œdipe a mis sa mère au turf, flingué papa au Bar des Sports. Barabas attend son non-lieu. Les satyres, vous les observez par troupeaux, joyeux, moustachus, champêtres... capables de vous violer la petite Chaperon rouge elle-même, se tartiner ensuite la galette de grand-mère pour reprendre des forces! Nos Casanova, nos Don Juan, on se doute, sont tombés pour proxénétisme! Saboulés faut voir à la dernière mode, assistés par trois quatre Vénus qui tapinent inlassablement de la Madeleine à l'Opéra. Saint Pierre, tenez, vous renie toujours son meilleur pote au chant des flics. Je ne parle pas de Judas, on le trouve presque dans chaque cellule, mielleux, pédé ou rouleur de mécaniques. Il a tous les visages possibles. Le directeur ne sait plus qu'en foutre des Judas! Ils balancent à l'œil, presque par plaisir. Et ils se pendent rarement, qu'on se rassure. Celui de l'Evangile avait plus d'excuses...

Je les reconnais presque tous au passage.. les Atrides, Putiphar, Caligula, Faust, le Misanthrope, Julien Sorel, Pallas, Bazile, Raskolnikov, Loth, Fantômas, Chéri-Bibi, le roi Lear, Roméo privé de sa Juliette, le cousin Pons, les Pieds Nickelés et le père Fouettard... Tous! Je cherche, je réfléchis posément. Ils ont tous un visage pour moi ces héros, dieux, conquérants, personnages de toutes les imaginations et de l'Histoire. Je ne vois pas qui manque à l'appel. Vous avez même vu nos dames au passage... notre Joconde édentée, infiniment lasse d'avoir *sugcé moult et moult biroutes,* harassée, mélancolique dans sa cellule comme une princesse de légende enfermée dans la haute tour du château par une marâtre infâme. Depuis il nous en est venu bien d'autres, reines, courtisanes en misère, folles maîtresses, cocottes, demi-mondaines...

Cette nuit, ça s'est mis à hurler, quelque chose à faire frémir un bourreau en retraite. On a tous entendu sans que ça nous émeuve beaucoup. Un incident sans conséquences... Le marquis de Sade du rez-de-chaussée qui faisait souffrir son Petit Chose. Les cerbères-gaffes n'en ont pas interrompu leur belote pour si peu. « A la tienne Gaston!... re et dix de der!... »

Bacchanales sordides des abîmes. On s'y fait. Je ne voyais plus moi dans tout ça qu'un spectacle très ordinaire, le train-train quotidien. A chaque jour suffit ses horreurs.

*

Les F.L.N. avaient eu gain de cause après douze jours de grève de la faim. Régime politique ça voulait dire que nous étions indésirables dans leur secteur. Pas mêler les torchons voyous avec les serviettes idéalistes. Une demi-heure pour vider les lieux. Tous les droits communs transférés en troisième division. Colonne par deux. Le brigadier Colline responsable des opérations avec son calepin à rapports. Rassemblés dans le couloir central, en pleine lumière, c'est à se faire peur les uns les autres avec nos sales tronches privées de rasoir depuis huit jours.

« Serrez les rangs! Vous là-bas, votre numéro! Je vais vous apprendre à obéir!... Halte! Silence! Tous le long du mur, nom de Dieu! »

S'il se donne, le Colline, d'un bout à l'autre de la file, fonce en tête, revient en courant vers la queue, aboie à gauche, rugit à droite. Pas le temps de rédiger un rapport, qu'il lui faut rebondir sur une autre proie. Quel troupeau de loups galeux! La bonne mine qu'on a avec nos bagages de zonards en exode, nos malles à quatre nœuds de clodos. On attend comme d'habitude trois quatre plombes devant la grille de notre nouvelle division. Le désastre que ça fout dans la routine ces mutations massives! La troisième déborde, faut dire... déjà les J-3, les militaires, les M.N.A., les travailleurs des ateliers de polissage. On ne sait où nous entasser? Saindoux, lui, se fait fort de dégotter la meilleure cellule possible. Il connaît le comptable, un de ses vieux amis... un escroc comme de juste.

« On va nous mettre au quatrième de toute façon, puisqu'on est *Haute surveillance*. Mais c'est là qu'il y a le plus d'air. Et puis on sera avec des types bien. »

Je savais... les grosses affaires... le gratin du pensionnat... meurtriers, braqueurs, as du chèque en bois et de la pointe. Moi, ce que j'aurais voulu surtout c'était me débarrasser de cézig. J'en avais ma claque à outrance, il m'abrutissait de ses conneries, ses discours sans arrêt, sur la politique, la finance, l'injustice dont il était la tendre victime. Mon idéal au bout d'un an de cage... la solitude. Une heure de promenade quotidienne me suffisait en fait de société. Le reste du temps je me serais fort bien accommodé de la seule compagnie des piafs. On leur donne des miettes à la fenêtre, ils se familiarisent vite fait, les coquins... Des potes sans surprises, on sait au moins, eux, ce qu'ils veulent. Saindoux, s'il n'en avait voulu qu'à mes suppléments de cantine, c'eût été un inconvénient mineur. Depuis que Nicole m'envoyait du fric j'avais toujours fait part à trois. Il n'est qu'un gougnafier, un croquant de dernier acabit, pour pouvoir se morfaler le calendos entier devant deux pauvres mecs à la galtouse. Rare tout de même. Je ne dis pas qu'en taule l'égoïsme ne soit pas aussi féroce qu'ailleurs au fond du fond, mais les circonstances, la mouscaille commune, interdisent à beaucoup de se comporter en petits bourgeois individualistes. Une des rares choses à mettre à l'actif de la détention. Lorsqu'il n'y a qu'une cigarette dans une cellule, on la fume à trois. C'est le véritable communisme.

Me voici donc, armes et bagages, en 3e Division et toujours avec ce Saindoux de malheur. Pas près de me quitter, il s'accroche en bon morbac. Il m'estime beaucoup qu'il dit, malgré mon mauvais caractère. Nous sommes en juin, juillet, août?... Nulle importance, le bateau ne risque pas de se mettre à voguer. De notre cabine le paysage va pas changer pendant la nuit. Je vous ferme encore la parenthèse où j'en ouvre une autre, je sais plus... Avec ces flaches-baques, à ne plus s'y reconnaître, y trouver ses petits! Le lot de chacun, ici, la gamberge retour en arrière... flache-casse, flache-crime, flache-maque... Les rescapés de la noyade, on prétend que leur vie entière défile dans leur tête comme un film accéléré l'espace d'une minute avant qu'ils perdent connaissance; nous ça serait plutôt le contraire, on est bien vivant dans une sorte de tombe et on revoit tout au ralenti. Chaque séquence décortiquée, chaque plan comme avec les grands penseurs maniaques de ciné-club. Tout notre temps. Je manquerais à mes devoirs les plus élémentaires d'auteur en ne vous faisant pas participer à toutes ces fuites dans le passé. Je donne pas dans le bric-à-brac récit, le puzzle-roman par simple désir d'originalité, pour l'esthétique ou par goût d'emmerder le monde. Juste, je suis soucieux d'exactitude... cerner de près une certaine vérité. Vous bonir les choses queue leu leu ça me serait beaucoup plus facile... infiniment. Qu'on ne s'imagine pas que je suis un forcené du désordre plumitif, un disciple de Robbe-Fumé, expérimentateur-mes-burnes, révolutionnaire de virgules. Je passe à la caisse avant de jacter, je casque en personne, même les flaches-baques. Ils me sont pas venus d'une conférence. Sur ma paillasse si je flaque-baquais! Canaque-le-fondu habitait ma cellule presque autant que Saindoux-l'escroc. Parfois j'étais encore dans sa piaule à Bobigny. Qu'était-elle devenue? Le Rouquemoute, à bien réfléchir, ne pouvait pas y avoir installé ses grosses miches. Il avait dû se contenter de la racler à l'os... tout, les moindres planches utilisables. Que les lardus n'y soient pas remontés, j'en revenais pas encore. Un réel miracle, ou alors il y avait lieu de conclure qu'ils ne sont pas aussi acharnés qu'on le croit nos fonctionnaires de l'ordre public. Une fois l'identité du pote découverte, ils n'avaient pas insisté plus pour dégauchir son domicile habituel. Ils s'étaient sans doute contentés de déduire qu'il vivait dans quelque hôtel borgne au patron pas trop regardant sur les faffes de la clientèle. Ça m'étonnait d'eux, je les connaissais plus tenaces sur ces questions. A cette époque, il est vrai, qu'ils ne savaient plus où donner de l'enquête. Débordés ils étaient, avec les ratons qui défouraillaient à l'aveuglette sur tous les képis, sur tout ce qui ressemblait de près ou de loin à un cogne. (C'en était devenu dangereux même pour les croquemorts, les employés du gaz en tenue.) Alors dans une telle ambiance, on passait au second plan. Magistrats et flics ne pouvaient pas être partout. Ce que m'avait dit maître Lubary avant de partir en vacances. Lui ne voyait que du bénef pour ma cause dans tout cela. « A la rentrée, la police sera bien obligée de rendre au juge sa commission rogatoire même si le travail n'est pas terminé. Nous aviserons à ce moment-là. » Et salut! Que je patiente, il allait me revenir tout bronzé, mon cher Maître, en septembre en même temps que la commission rogatoire. Malgré ses propos rassérénants je n'arrivais pas à rêvasser dans le bleu pastel. Marcel non plus j'en étais sûr, dans son placard à la Santuche. De temps en temps, nos pensées devaient se rencontrer, se retrouver Dieu sait où avec Canaque comme autrefois. Marcel, je peux dire que lui, il avait senti la catastrophe nous arriver sur l'alpague. J'avais bien de mon côté des intuitions, je voyais des signes avant-coureurs, mais lui les derniers temps, il se complaisait presque, on aurait dit, à prédire le naufrage. Une fois ourdé à zéro, il n'en finissait plus de marmonner, de mâchouiller dans le noir.

« Alphonse, si on était pas si con, on devrait scier le fou... le buter si on avait le courage. Et puis Youpe aussi. Tout liquider, se prendre un biffeton pour l'Argentine. Ou alors vaudrait mieux qu'on prenne quelques précautions. Partir en camping à l'île de Ré. On ferait le gros du souterrain en partant à l'extérieur du château, comme ça une fois qu'on sera dedans, on aura plus que quelques mètres à creuser... »

Et de se fendre d'un rire que je trouvais jaunâtre, malsain. J'écrasais, quand il était blinde il n'écoutait que lui-même. Je le reconduisais à son hôtel, l'accompagnais jusque dans sa chambre pour l'empêcher de faire du scandale dans les escaliers, de réveiller tout le monde et de se faire éjecter le lendemain matin. Il tenait pas longtemps dans les meublés... huit, quinze jours grand maximum. Invariablement, il se foutait à dos tous les voisins et la taulière par-dessus le marché. S'il ne vidait pas ses ordures par la fenêtre, il pissait ou dégueulait dans les couloirs, trouvait toujours le moyen de se rendre absolument insupportable. Il y mettait de la bonne volonté, une sorte de malin plaisir, puisqu'il n'était jamais assez paf au point de perdre son contrôle pour ce qui regardait les choses du travail.

« Ça m'empêche de m'encroûter... »

Tout ce qu'il invoquait comme excuse lorsqu'il avait encore changé d'adresse, que j'étais obligé de faire la tournée de ses chapelles coutumières pour le retrouver. Pas toujours commode, il quittait rarement la rive gauche mais ça faisait tout de même un beau bout de terrain de prospection : Montparnasse, le Quartier latin, la Mouffe, Saint-Germain-des-Prés, les Gobelins... Aucune préférence, aucun quartier général... Quand les cafés ordinaires fermaient vers minuit, il se rabiotait encore deux trois heures dans les boîtes, les caves ou les clubs. Toujours quelques bons amis pour communier avec lui au même zinc... des vieux, des jeunes, n'importe qui, surtout des demi-cloches, bohèmes, étudiants qui n'étudient que la géographie bistrotière de la capitale, peintres ratés, comploteurs en déroute, chomedus chroniques, professeurs qui n'enseignent rien, acteurs en quête de contrat, turfistes déçus, jusqu'à des mendigots en loques! Ça, il n'était pas bêcheur, le Marcel, dans ses fréquentations. Comme il réglait l'addition, pensez si tous ces soiffards étaient affectueux! Je jouais les trouble-fête quand j'avais besoin de lui parler sérieux, je les sacquais en deux mots, moi, ses existentialistes, ses vagabonds chevelus. « Qu'est-ce que tu veux, je me change les idées, il disait... le dingue, il me fatigue. » Le dingue, c'était Canaque. Entre eux il y avait comme un conflit qui pourrissait. Ils se soupçonnaient l'un l'autre des pires intentions. Marcel s'y entendait en critiques, en sous-entendus malveillants, en persécution l'air de rien. Il avait aussi l'art de se retrancher dans les ricanements, les gestes las, les soupirs accablés lorsque Canaque à la fin prenait la mouche.

« ... mal aux seins, de travailler avec un ivrogne pareil! »

Oui, mais Canaque ne pouvait pas se passer de Marcel et vice-versa. Je servais de tampon, je ramenais le calme, faisais la liaison quand ils s'étaient fâchés à mort. J'écourtais les périodes de rupture en leur lui offrant à chacun une affaire toute prête, le plan, les détails...

« Faut vraiment être trois? »

Si je lui avais répondu non, Canaque aurait été déçu dans son for intérieur. Quand il cassait seul, sûr qu'il s'ennuyait. Il ne pouvait pas s'empêcher, il avait ce besoin effrayant de voler, de voler pour se sentir riche, s'acheter n'importe quoi. Je vous ai montré son magasin d'habillement, vous avez jeté un coup d'œil après sa mort, oui, mais ça ne vous dit pas tout. C'est un à-côté du bonhomme. Je crois que ce qu'il aimait encore plus, ce qui le faisait bander mieux que le luxe et les nanas, c'était le boulot en tierce, la *complicité*. Marcel, je dois reconnaître, était le complice idéal malgré les apparences. L'amitié entre malfrats n'est jamais très simple. Elle procède de sentiments assez curieux. Un mélange parfois explosif. Duraille à vous expliquer, il faut avoir vécu longtemps dans la branche pour comprendre la complexité des rapports entre voleurs. On est lié par les méfaits commis ensemble plus que par la sympathie. Un complice c'est souvent tout autre chose qu'un pote. Marcel, par exemple, haïssait Canaque et ne me piffait pas lerche non plus au fin fond, je m'en rendais bien compte. En nous, il se voyait peut-être, et ça le débectait. Une supposition que je me fais qui ne rime peut-être pas à grand-chose. Les explications, la psychologie, le cœur humain ouvert béant... Oh! Je veux bien essayer, puisque tout le monde maintenant s'y adonne, de vous décortiquer mes personnages, leur âme... En avaient-ils une? Si oui, ne l'avaient-ils pas estourbie? Et moi, la mienne, où était-elle, la salope? Restée sur le trottoir d'une rue de mon enfance accrochée à un sourire... Paralysée, momifiée, perdue, vendue... Savoir? Ah! merde, je renonce. Salut mon âme! Alors celles des autres, de mes voyous compères, passez muscade! Canaque, lui, était trop louf pour que je puisse dire ceci cela, s'il avait honte de ses penchants ou quoi ou qu'est-ce. Il éclatait, ça je peux vous dire... Des manches horribles pour trois fois rien, un mot, un sourire de traviole... L'explosion...

« Tu comprends, moi, ses vannes au Sac à vin, j'en ai class! Class, t'entends! Il me sort du derche! Qu'il m'attaque de face s'il ose! Je l'attends, je lui claque la gueule. Il le sait bien, le fumier! Il t'en parle pas du coquelic qu'il a eu sur l'œil pendant trois semaines. Hein! Il t'a jamais raconté. En plein boulot, dis, qu'il me cherchait. Comme toujours ses chinoiseries... nianiagni-nianiania... C'était pas le moment! On faisait une boutique de lingerie. Y avait pas de pognon, autant emballer de la came. Monsieur, bien sûr, ça ne lui plaisait pas. Qu'on trouverait pas à la refourguer! que c'était de la connerie, le meilleur moyen de se faire piquer! Je l'écoutais pas, moi, tu me connais. Je perdais pas mon temps, je faisais des ballots de combinaisons, de soutiens-gorge, de gaines... C'était pas de la marchandise naze. Du super-luxe, rue du Faubourg-Saint-Honoré, tu m'entraves. " Je travaille pas pour tes gonzesses ", qu'il me sort comme si c'était mon genre d'aller turbiner pour faire des cadeaux aux bonnes femmes. Le coup de sang m'a pris, j'y ai retourné une de ces pralines, et nous voilà en train de nous châtaigner dans la boutique, dans l'obscurité... tu parles d'un cirque! Si les flics s'étaient pointés à ce moment-là, on aurait eu l'air de quoi?

On gueulait pas, mais ça faisait tout de même du bruit... »

Depuis que j'étais à part entière dans l'association, je mettais de l'huile dans les rouages. Comme Marcel faisait toujours le serre, ça évitait les engueulades inopportunes sur le tas. Si l'orage éclatait sur le chemin du retour, ça ne pouvait pas avoir de conséquences trop graves. Chez Youpe, j'allais seul porter notre butin. Il ne voulait plus les voir, mes hommes de barre, il les trouvait pas corrects... « Des jeunes gens très mal élevés! Ne revenez plus avec eux... je vous en supplie. D'ailleurs je ne vous ouvrirai pas... oh! ça, non! Ils me tutoient comme un charretier, moi qui pourrais être leur grand-père... Ils chapardent tout ce qu'ils peuvent derrière mon dos... Oui, oui, je sais ce que je dis, je ne suis pas gâteux, je connais mon stock... Je ne veux plus voir ces petits voyous... »

Vrai qu'ils gâchaient les tractations déjà si compliquées chez Youpe. Canaque l'insultait, le traitait pis qu'un crapaud baveux, et Marcel, rien que pour se faire la pogne, lui fauchait toujours une bricole. Il était inquiet, le père Youpe, comme un rat pris au piège dès qu'il les avait autour de lui. Ça m'emmerdait dans un sens qu'ils ne puissent pas assister aux négociations, aux marchandages dans la boutique rue Rappolon, ils me soupçonnaient, fatal, de me goinfrer la part du caïd, surtout que le vieux finissait tout de même par me posséder...

« Mon dernier prix... »

Si je l'ai entendue cette phrase! Elle me restait sur l'estomac. Là, dans ma cellule, je ne l'avais pas encore digérée. Je retrouvais ensuite Canaque et Marcel qui m'attendaient dans un rade; je leur donnais le détail de l'opération et j'alignais la monnaie. Oh! ils ne disaient rien, ils acceptaient leur fade sans commentaire, mais je devinais leur conviction intime. En général, on se séparait presque tout de suite, Canaque prétextait un rencard galant, et comme je ne tenais pas à faire la tournée des zincs toute la nuit avec Marcel, je le laissais à son triste sort sans explication. Rare qu'on aille ripailler ensemble. Les expériences qu'on avait faites dans ce domaine s'étaient plutôt mal terminées... Marcel, une fois quelques verres dans le pif, n'avait de cesse avant d'avoir foutu notre dingue à ressaut. La dernière fois, je me rappelle bien, on s'était tapé quelques rouilles chez Canaque après avoir dîné au restaurant. Il voulait pas qu'on en reste là, il nous proposait qu'on aille lever des nénettes et qu'on finisse ensuite la nuit en partouze chez sa gouine. C'était assez gentil de sa part, je disais pas non a priori. Marcel a trouvé à redire, et à redire salement en allusions très perfides. Je me souviens plus des termes exacts, mais ça laissait entendre que Canaque était tellement viceloque qu'il avait bien dû se faire miser ne serait-ce que par curiosité. S'il a bondi, le pote, sous l'insulte!

« Précise! Précise! Finis-toi... Qu'est-ce que tu veux dire?

– Rien, il a bu, écrase!... Allons nous coucher... »

Heureux que j'étais là. Marcel affalé dans un fauteuil défiait toujours Canaque du regard.

« Répète un peu, dis voir, vieille sorcière! Dis ce que tu penses si t'es un homme... »

Marcel sans cesser de ricaner a murmuré entre ses dents quelque chose dans le genre « y a que la vérité qui blesse ». J'ai juste eu le temps de bondir pour bloquer Canaque qui venait de sortir promptement une lame de sa poche. Un cran d'arrêt qu'il nous avait jamais montré.

« Je vais le crever ce porc!... Le crever et le vider, t'entends!... »

C'est moi qui ai saigné dans tout ça... Une large

estafilade sur le dessus de la main, je ne m'en suis aperçu qu'après. J'ai lutté jusqu'à ce qu'il la lâche sa saccagne, qu'il se calme, et que Marcel foute le camp.

« Barre-toi! Va cuver ton vin ailleurs. Tu nous as assez fait chier!... »

Il est sorti titubant sans se presser. Je maintenais toujours Canaque d'une solide prise au bras. Il se débattait, espérait de récupérer son surin que j'avais envoyé d'un coup de pompe sous le pageot.

Selon les règles, les us et coutumes en pays voyou, je n'aurais pas dû intervenir. Les laisser s'expliquer dans le sang. Les traditions se perdent comme partout. Dans certains cas c'est préférable. S'il avait égorgé Marcel, je me serais pas vu beau. Le cadavre à aller enterrer au cœur de la forêt de Fontainebleau en pleine nuit. Encore une belle page suspense genre Série noire. Je la laisse aux autres sans façon...

Après cet incident, il m'a fallu encore de la patience, du temps et un beau coffre en perspective pour les rabibocher.

Les amoureux se réconcilient sur le traversin, Canaque et Marcel, eux, se réconciliaient devant une lourde et avec une pince. C'était leur volupté commune. Je croyais pourtant ce coup-là que c'était cuit définitif. Je connaissais sans doute d'autres fripouilles pour turbiner, Rouquemoute, cet Edmond Clancul que je vous présenterai plus loin, d'autres encore, petits et gros arcans, mais en fin de compte c'était tout de même avec Marcel et Canaque que je pouvais travailler le plus en sécurité. Je ne vous passe pas sous silence leurs défauts, nombreux hélas! même la demi-perfection n'est pas de ce monde-là, beaucoup s'en faut. Autrefois, j'avais marché avec des mecs infiniment moins sûrs... des crânes tout à fait sans cervelle, des rouleurs qui avaient failli me mener aux trav's pour le restant de mes jours. Ça m'avait servi de leçon... enfin, je croyais!

Cet infernal boulot demande des tas de qualités, seulement jusqu'au jour où l'on se fait crever, en somme c'est de la bibine, du boyscoutisme à l'envers. Etre vif, observateur, perspicace, rusé... un peu d'esprit d'initiative, une certaine souplesse physique, beaucoup de sang-froid, et on décroche vite son C.A.P. En préparant les coups avec soin, on met neuf chances sur dix de son côté. Neuf... Reste le hic, le numéro dix! Tant va la cruche... Un viceloque du truc se rétame la gueule, fatal. Stop police! Le voici, serré, sauté, emmenotté. C'est maintenant qu'on va voir enfin le bonhomme, ce qu'il a dans le bide, la tête... s'il a ou non les montgolfières bien accrochées. Et pas seulement pour les quarante-huit heures capitales pendant lesquelles il va se mesurer avec la maison poulaga. Qu'on relise un peu la tirade de Jean Valjean au jeune bandit Montparnasse dans *Les Misérables*. Grandiloquente, je veux, mais combien substantielle. « *Ah! tu n'as pas voulu de la lassitude du travail, tu vas avoir la sueur des damnés.* » On voit que le Victor s'était rencardé chez Vidocq. Depuis un siècle le bagne s'est considérablement adouci, mais la situation du malfrat reste pourtant à peu près la même, s'il morfle une grosse peine. « *Tu entreras jeune, rose, frais, avec tes yeux brillants et toutes tes dents blanches, et ta belle chevelure d'adolescent, tu sortiras cassé, courbé, ridé, édenté, horrible, en cheveux blancs!* » Toujours vrai, seulement dans bien des cas, on peut limiter le désastre. Il suffit de savoir se tenir, de savoir *tenir* pendant la préface, la courte période policière. C'est bien souvent au Quart, à la P.J. qu'on se fabrique des chaînes pour quinze ou vingt ans. Un simple

« oui », une petite signature, et « *la vie se fera monstre autour de toi* »...

Pour vous mettre en condition ça commence en général par une avoine copieuse des képis qui se sont ramenés en force pour vous emporter. Ceux-là en définitive ne sont pas bien dangereux. Ils cognent en toute candeur, dès que c'est permis. Pas méchamment si on veut. Je pense, moi, qu'ils *s'expriment* de cette façon, à coups de pompes, de poings, gifles, glaviots, que c'est en quelque sorte leur *Art*. Le flic au passage à tabac se sent un peu Liszt à son piano, Poussin à sa palette, Gide à sa page blanche... S'insurger contre cet état de choses me semble un peu puéril, quoique normal de la part de celui qui dérouille, et le comble de l'hypocrisie de la part du bourgeois qui veut qu'on lui protège sa propriété. Les bourriques s'ennuient dans leur triste corps de garde, ne leur donnez pas l'occase de se divertir à vos dépens, de se venger sur votre viande de leur belle-doche acariâtre, de leurs fins de mois difficiles, de toutes les chansons de Brassens, tous les sarcasmes, les brocards des humoristes professionnels. « *Devenir un coquin n'est pas commode. Il est moins malaisé d'être un honnête homme.* » Je vous cite encore Jean Valjean, je peux pas dire mieux que lui. Alors la bastonnade en arrivant au commissariat fait partie du programme. Pas de quoi jouer les Christ aux outrages. Le mieux c'est de simuler le K.O., l'évanouissement, brailler avant que ça vous fasse mal, parfois ça les décourage, parfois c'est le contraire. Y a un risque. C'est le lendemain, après la nuit au violon, que les choses vraiment sérieuses commencent. Il ne s'agit plus de perdre la boule. Tout va être mis en œuvre pour vous enfoncer. La moindre parole à la légère risque de vous mener à dache. Ne pas balancer les petits potes en cavale ou le fourgue qui tremble au fond de sa boutique et qui s'empressera de vous oublier, on le sait, sitôt l'orage fini, la plupart du temps c'est votre plus strict intérêt. La dégringolade d'une bande en cascade conduit tout droit devant la cour d'assises, alors qu'un homme seul, si chargé soit-il, a des chances de s'en tirer avec la simple comparution en Correctionnelle. D'un côté les traves, dix quinze piges si les jurés sont féroces, de l'autre un plafond maxi de cinq ans[1]. Ça vaut tout de même la réflexion. C'est le comble de la déchéance, de l'ignominie, se mettre à table, sûr, mais même en admettant qu'on s'en foute, qu'on n'ait plus aucune mentalité, ce n'est presque jamais bénéfique. Ceux qui rejoignent au trou le donneur, le chargeront c'est naturel. Les poulardins pensez s'ils connaissent la chansonnette! De fil en aiguille, ils seront vite en mesure de présenter au juge d'instruction désigné une de ces associations de malfrats garantie indémaillable!

Ils débutent en général par les plus gros pièges. « Tu t'es laissé entraîner, on le sait. Ce n'est pas toi le plus coupable. Si tu nous dis la vérité, certain que le commmissaire te laissera en liberté provisoire. Il peut même passer l'éponge... c'est son droit. » Le novice, aussi idiot que ça puisse paraître, s'y laisse souvent prendre. Au Quart, bien sûr, il a roulé des mécaniques, reçu la bastonnade des mannequins en *homme*. Les inspecteurs, eux, ça ne risque pas de les impressionner. Plus le jeunot joue les gros bras,

1. Je parle, bien entendu, des affaires de cambriolages, dont la gravité peut être atténuée par le Parquet qui transforme l'inculpation de vols avec effraction (crime selon la loi) en vols simples (délit). Dans les grandes villes, et surtout à Paris, les cambrioleurs étant trop nombreux, ils échappent ainsi à la cour d'assises. S'ils sont en bande, il est alors difficile d'éviter l'inculpation d'association de malfaiteurs passible des travaux forcés.

Pour un méfait à peu près semblable un individu se verra condamné à trois ans de prison à Marseille, alors qu'il récoltera sept ou huit ans de réclusion à Carpentras. Ainsi des choses de la Justice...

ramène sa gueule style caïd, plus ça les persuade qu'ils vont le posséder au vice et à l'endurance. Ils te le jaugent vite fait... Le modèle ils l'ont vu trois quatre cents fois. Ils se marrent en douceur. Ils rentrent dans son jeu, ils le flattent... il est bonnard presque à chaque coup. Maintenant, s'ils ont eu la veine d'avoir fait prise double sur le tas, ça deviendra vite du tennis accusations. « Ton pote nous dit que c'est toi qu'as tout combiné, que tu connaissais l'épicière, que t'as eu l'idée. » Archiclassique! Pourtant le carpillon va mordre l'appât... le beurre commence à grésiller dans la poêle à frire. Ah! c'était pas prévu, ça, dans le film à Belmondo, cette entourloupe dégueulasse! C'est de la triche! Pour un peu le môme en bloudjine, frais émoulu de la communale, il en pleurnicherait qu'on y a pris ses billes. Il se croyait au cinéma. Il rêvait. La réalité, il va la trouver saumâtre.

Avec un truand chevronné, le travail de la poule se complique drôlement. Par acquit de conscience, ils essayent à tout hasard les pièges classiques... sait-on jamais? Un super-viceloque fera semblant de donner dans le panneau. Il s'agit presque toujours, pour lui ou pour ses complices, de gagner du temps. S'il a du chou, la partie sera serrée. « Je vais tout vous dire... » Suprême volupté d'un voyou, passer pour un cave aux yeux des flics. Guère possible si votre casier judiciaire a perdu son pucelage. Vos intervievveurs Grande Maison se la donnent sévère de vos grimaces. Ils savent vous contrer tac au tac, ils ont les meilleures brèmes en main.

*

Mis à part mes soucis avec la Justice, mon obsession du moment c'était Saindoux, toujours Saindoux, encore Saindoux! Pas faire autrement que de vous le ramener sur la page. Cette placarde qu'il tenait l'enflure, dans la cellule, en volume, jactance, odeurs! Depuis son virage de la comptabilité il n'avait plus aucune défense. Grillé de toutes parts dans toute la cabane, sa situation à l'extérieur ne valait pas mieux... Epouse, maîtresses, famille, amis, ça craquait de partout! Ils en avaient tous class du mironton, de ses films, ses combines véreuses. Ils me le laissaient pour moi tout seul, me le déguster jour et nuit. En fait de mandats, il ne recevait que des avis de dettes, de saisies, contraintes par corps. L'avalanche! Pas près de s'arracher du trou. Rien qu'une vieille affaire de fraude fiscale lui valait deux pigettes de supplément. Alors s'il se lamentait! s'arrachait ses derniers tifs! remettait la gomme en imprécations antisémites. Il ne s'arrêtait guère que pour dormir et pour bâfrer. Ses malheurs n'arrivaient pas à lui couper l'appétit. Un sérieux coup de cuillère! (Les fourchettes sont interdites par le règlement.) De ce côté-là, il ne perdait pas le moral. Pied à pied il se défendait de l'inanition! Fallait même que je fasse drôlement gaffe... en deux coups les gros il s'engloutissait nos six parts de crème de gruyère de la semaine, nos deux œufs durs, toute la tablette de chocolat...

« Tu n'en veux plus? »

Si je répondais pas sur-le-champ, hop! il nettoyait la boîte de pâté, le pot de confitures, le paquet d'harengs saurs.

« Moi qu'étais si délicat, si fine gueule, maintenant je mangerais n'importe quoi. Je ne pouvais pas, crois-moi si tu veux, supporter ne serait-ce que l'odeur d'un saucisson de cheval, d'une cuisine à la margarine. Mon cœur se soulevait pour un rien... »

Ce disant, il coupait la boule de bricheton en

deux, tartinait, rondellisait le sifflard, sandouichait gaillardement...

« Ah! je puis t'affirmer que je ne fréquentais pas n'importe quelle basse gargote! Je pourrais, tiens, t'écrire un guide des bonnes tables, te faire la carte de France des relais gastronomiques avec des indications précises sur toutes les spécialités de chaque maison. Je peux me vanter de connaître tous les restaurants de classe de Paris, de l'Ile-de-France, de la Côte-d'Azur, de la Nationale 7. Je peux tout de suite te dire où l'on doit manger le coq au vin, le canard à la portugaise, la langouste Newbourg, les filets de sole sauce ravigote, les moules au safran, le poulet catalane, la bouillabaisse, le confit d'oie, le riz à l'espagnole, la véritable pâtisserie alsacienne!... Et pour les vins, oh! alors là, je suis imbattable! Je fais la pige aux professionnels de la dégustation. Tu saisis la nuance, je ne suis pas un ivrogne, non, un dé-gus-ta-teur! Eh bien, je vais t'avouer, en ce moment, un simple verre de gros-qui-tache, un onze degrés très ordinaire, ferait de moi le plus heureux des hommes... »

Je n'en doutais pas, mais là, je ne pouvais pas faire son bonheur. On s'arrosait la dalle au coco comme les enfants des patronages. Cure de rajeunissement. Pour Saindoux c'était pas du luxe : il approchait de la cinquantaine et, s'il mégotait, trichait sur son âge comme une grosse coquette, il ne pouvait pas cacher sa face couperosée, son crâne dégarni et surtout son bide! Enorme celui-ci, à craquer tous les bénouses, à ne supporter aucune contrainte. Il possédait aussi un postérieur adéquat, spacieux, rembourré, une vraie réserve pour les disettes... Et puis enfin une imposante paire de nichons que bien des dames auraient enviée. Il m'étalait toute cette viande blanchâtre, malsaine, sous le pif de l'aurore au couchant.

« Par cette chaleur, je ne peux rien endurer sur moi, je mouille toutes mes chemises... »

En slip, il restait donc. Et quel slip! Une vraie toile abstraite. Je m'excuse d'insister sur le slip de Saindoux, mais si vous l'aviez eu devant les yeux constamment pendant toute une belle saison, j'affirme qu'il resterait gravé dans vos souvenirs. Je le regardais le moins possible, j'avais déjà l'appétit en déroute, et de voir ce grand cerne pisseux devant, merdeux à l'arrière, mes patates à l'eau ne passaient plus. Lui, ça ne le gênait pas le moins du monde! En dehors de son âge, il ne rougissait de rien. Pas complexé mon gastrolâtre. Parfaitement à l'aise dans le nudisme. Il avait d'ailleurs encore des théories toutes prêtes à ce sujet. Statistiques, raisonnements à l'appui, la Grèce antique à la rescousse. Je disais oui, oui, toujours oui, oui, pour avoir la paix! J'en pensais pas moins. Une bedaine pareille, tous ces bourrelets adipeux, des mamelles aussi dégueulasses m'auraient fait honte. A sa place, je n'aurais pas osé m'exhiber, et toujours j'aurais lavé mon slip.

Traîtreusement, j'essayais de le pousser à le lessiver en payant d'exemples.

« Avec ce soleil, je lui disais, ce qu'il y a de bien, c'est que le linge sèche vite. » Hardi! je savonnais, je brossais sur le ciment devant les chiottes. Il ne répondait pas, les oiseaux tout à coup l'intéressaient.

« On dirait qu'ils nous ont donné du meilleur savon, j'insistais. Tu devrais l'essayer pour me dire ce que t'en penses... »

Paroles en l'air! le robinet l'empêchait de m'entendre et il revenait d'une façon l'autre à ses Juifs, son Maréchal-don-de-sa-personne, ses traites de cavalerie, ses soupers fins en tête-à-tête avec les mignonnes les plus en vue du Septième Art.

« Celle-ci (il me montrait une adorable blonde sur *Paris Match*), tu ne peux t'imaginer ce qu'elle est vicieuse. Ah! les nuits que nous avons passées! A en mourir! Je n'en pouvais plus! Quel tempérament! Elle vous mettrait sur les rotules un régiment de tirailleurs sénégalais. J'ai dû renoncer et, cependant, je suis chaud de la pince. Je dois te dire en plus qu'elle avait des dents longues, la garce, elle me coûtait les yeux de la tête... »

Je supposais tout de même qu'il changeait plus souvent de calcif à cette éden-époque, qu'il prenait au moins une douche hebdomadaire. La starlette en question sur cette photo en couleurs, était justement dans sa baignoire, toute moussue d'un savon dont elle vantait les mérites dans un petit nuage qui sortait de ses lèvres purpurines. Du mal à croire que cette ravissante avait pu rechercher l'objet de sa joie de vivre dans le slip à Saindoux... Savoir le vrai du faux avec les escrocs c'est coton, je vous jure. Eux-mêmes d'ailleurs sont tellement habitués à mentir, qu'ils ont du mal à s'y reconnaître. Ils s'embrouillent, se coupent, et pour peu qu'on ait de la mémoire, on les surprend en flagrant délit vingt-cinq fois par jour. Saindoux était un splendide spécimen de l'espèce, un prototype en quelque sorte. Je pouvais l'étudier en long, en large tout mon soûl. J'étais servi, j'en finissais plus de m'instruire.

Au départ, il me semble, l'escroc est toujours plus ou moins mythomane. A force de se vanter, de s'inventer des histoires, des affaires mirobolantes, il entre si bien dans la peau de son personnage, qu'il commet son premier abus de confiance presque inconsciemment. En toute innocence, un petit emprunt qui va de soi. Après, il n'a plus qu'à continuer, la route s'ouvre toute large devant lui. Il se grisera facile, comme Canaque avec sa plume, prendra une assurance incroyable et, à l'heure de l'addition finale, il commencera d'abord par faire vilain, renauder affreux, lorsque les poulets viendront au California le réveiller un peu trop tôt à son goût. A-t-on idée! De tels procédés! Ah! il va se plaindre à son ami le substitut du Procureur!

« Cause toujours, mon con! On va t'en donner, nous, un procureur, fais-nous confiance...

– Vous me rendrez compte de vos grossièretés... Ça ne se passera pas comme ça! »

Jusque devant le tribunal de Grande Instance, il continuera à plastronner, à se prendre pour un haut personnage en butte à l'iniquité de la Justice humaine. Même à l'intérieur des prisons centrales, il se sent d'une espèce à part, l'escroc. Comme il a truandé avec son intelligence, son baratin, il n'a que mépris pour la piétaille, chouraveurs, braqueurs, maquereaux et casseurs. Lui, c'est pas du kif, il est intellectuel-malfrat, qu'on aille pas confondre! Le voici, l'absolument irrécupérable, irréductible, irrémédiable... l'incorrigible absolu. L'abbé Popot, le célèbre aumônier des Rungis, l'a écrit dans ses Mémoires. « Je crois pouvoir dire qu'un escroc sera toujours, hélas! un escroc. » Sa conclusion après dix piges de sacerdoce derrière les hauts murs, on peut donc le croire sur parole. Ici, ça ne fait de doute pour personne. « *Abus de confiance* », sur le mandat de dépôt, la marque la plus nette, celle qui devrait, en principe, écarter son titulaire de toute possibilité de récidiver au sein même de la galère. Seulement, le monsieur en question est si fortiche, si diplomate, tant habitué à tourner les obstacles les plus infranchissables; il possède un tel aplomb, un tel culot qu'il arrive à se glisser au bon endroit dès qu'il frime la moindre fissure dans l'édifice. Hop! il passe le petit doigt, et bientôt le corps suit tout entier. Il a un atout maître dans son jeu : la bonne présentation. Ma grand-mère me le disait souvent : « Alphonse, tu n'arriveras jamais à rien, dans la vie, si tu ne sais pas te présenter. » L'escroc, lui, sait... L'assistante sociale a beau avoir appris les fables de La Fontaine pour passer son brevet élémentaire, elle lâchera son fromage dès que le renard aura pu placer son boniment. Elle a cependant sous les yeux le dossier du lascar, ses huit, neuf condamnations pour avoir vendu des appartements inexistants, fondé des associations de bienfaisance bidon, falsifié les chèquetons, imité la signature du premier ministre, le cachet de la préfecture, s'être fait confier les diams de la princesse pour l'exposition fictive des plus beaux bijoux de la vieille France, avoir vendu les chevaux de Marly à un touriste suédois... elle est tout de même marron, la cheftaine, enveloppée, ficelée en un tour de main. Elle croit encore, la pauvrette, aux signes de piste, aux jeux de se rappeler des futilités. Le faux marquis, faux professeur, faux dentiste docteur es-crocs, du moment qu'il a le droit de l'ouvrir, il a la partie en fouillouse. Il l'obnubile, la sorcellise. Il est le charme fait homme. Un des maîtres de la corporation, un pote encore à Saindoux, Desgrières de Fombloc (faux tout ce qu'on veut, mais noble authentique celui-là) les possédait toutes au baisemain. Jamais il ne quittait l'audience sans poser délicatement ses fines lèvres sur les doigts de la vertueuse personne. Juste avant de sortir de la cellule aménagée en bureau du service social, au rez-de-chaussée... « Mes hommages... » Elle en restait saisie, béate... Ah! ça la changeait de sa clientèle coutumière de vils loquedus, vagabonds, mendigots, *coups et blessures, ivresse sur la voie publique, rébellion à agent, abandon de famille,* voleurs de poules, qui rappliquent l'invective à la gueule pour *exiger* qu'elle leur obtienne, et plus vite que ça, un retard de pension d'invalidité, un reliquat de paye, un petit secours à la mairie, ou bien alors un pantalon, une paire de pompes, un chandail ! Jusqu'à du tabac qu'ils osent venir revendiquer. Et en quels termes ! Oh ! mais qu'elle s'estime tout de même bénie du Ciel si elle termine sa carrière sans essuyer une tentative de viol, un attentat à sa pudeur ou ne serait-ce qu'un fort glaviot sur ses lunettes...

Au bout du compte, ceux-là ne sont pas bien terribles, le danger est facile à circonscrire. C'est de l'escroc, de lui seul, qu'elle doit redouter le pire : le détournement radical des maigres économies de sa vieille mère, le nettoyage profond de la caisse d'entraide, l'utilisation du moindre papier à en-tête à des fins plus que suspectes... l'embrouille magistrale dont elle ne sortira que plumée vive, dépouillée, échaudée, désossée, décalcifiée... Heureuse encore de ne pas se retrouver devant la 11e ou la 17e Chambre pour complicité de carambouillage.

*

Depuis que nous sommes au 4e de la III, Saindoux trouve à qui causer. Les petits copains de l'abus de confiance, ici, sont nombreux. De véritables conseils d'administration pendant les promenades... Courtiers véreux, carambouilleurs, pseudo-directeurs d'agences de voyages, conseillers juridiques tout ce qu'il y a de plus louches, imprésarios d'acteurs fantômes, fondés de pouvoir de sociétés à responsabilités excessivement limitées, intermédiaires dans tout ce qu'on veut... Mon poussah-fasciste ne dépare pas la brillante brochette. S'il est à son aise tel un popotame dans son lac africain ! A la jactance *cher ami*, il tient le crachoir sans défaillance. Il a même, je trouve, un mérite très évident par rapport aux autres... sa frime repoussante doit être un sérieux handicap pour soutirer en douceur le carbure des caves. J'ai oublié de vous tirer son portrait. J'aurais dû pourtant commencer par là, je m'excuse. Bon, je vous ai toujours décrit son bide, ses miches, ses dessous douteux, ses roberts de nourrice, ses allures d'hideuse femme enceinte. Ce sont les jeunots du quartier J3 qui l'ont surnommé Saindoux lors d'un de ses précédents stages au Château. Depuis, on ne le connaît plus que sous ce sobriquet, mais son vrai blaze c'est Joseph Caillard. Il affirme qu'à l'époque de la Collabo, on ne parlait que de lui sur les ondes et dans les canards, qu'il était en passe de devenir ministre de la Jeunesse. Laval le lui avait promis, Déat le soutenait ferme, le Maréchal se serait laissé convaincre, seulement le hic, l'os magistral, les ricains en Normandie avaient contrarié son destin, mis un point final à une carrière politique qui s'annonçait des plus brillantes. Pour tout achever, les ignobles fifis l'avaient enchtibé. Ici même au Rungis-Hôtel. Parti sur ce chapitre, il pouvait débagouler des heures et des heures. Son procès style Jeanne d'Arc. Frôlé le poteau de justesse, et rien qu'à cause de sa sale tête... Tout du félon, et c'était pas le moment. Qu'y avait-il? On avait écrit qu'il était « l'incarnation du fascisme assassin... Le masque dégoûtant de la trahison ». Texto dans *L'Huma*. Jusqu'à sa concepige qui était venue déclarer à la barre qu'elle se méfiait de lui à cause de son regard fuyant.

« Comme si on pouvait juger un homme sur si peu!... »

Ouais... seulement Saindoux en rajoutait dans ce domaine. Ça tenait de la provocation. A croire qu'il se forçait comme l'acteur qui joue les méchants du western. Parfois quand je lisais étendu sur ma paillasse, je le sentais brusquement son fameux regard louche intense, il transperçait l'épaisseur de mon bouquin. Impossible ensuite de poursuivre ma lecture. Et sitôt que ses yeux en rencontraient d'autres, yop! la dérobade accompagnée d'un sourire grimace qui laissait entrevoir ses dents malsaines. Je vous ajoute un nez aplati au milieu de sa face-masse-de-graisse, son double, triple, quadruple menton! Sa couperose, toutes les fines veinures sur ses bajoues!... Un véritable masque des sept péchés capitaux! Qu'il puisse avec une pareille trombine se défendre dans l'abus de confiance, oui, ça tenait du tour de force, du prodige. On l'imaginait plutôt dans l'attaque du courrier de Lyon... Quoique là encore, je le voyais mal sur un cheval galopant par monts et forêts. Idem au ministère de Vichy-Etat en boy-scout des chantiers de jeunesse. Je me demandais bien ce qu'il avait pu traficoter moi, sous la botte. Il en disait trop et pas assez à la fois. Inépuisable au sujet de ses relations, dîners à l'Ambassade, au Cercle de l'Europe Nouvelle, rencontres avec toutes les huiles de l'Abwehr, il ne précisait jamais pourquoi il rencontrait tous ces gens. Affaires? Mission? Relations culturelles? Il devenait vague, elliptique, il laissait des blancs, des points de suspension... Qu'y avait-il de vrai là-dessous? Peu de chose sans doute, mais ce peu de chose était aussi troublant, aussi torve que son regard. Enfin ce qui était certain, c'est qu'il n'avait pu partir sur le front de l'Est défendre la civilisation occidentale à cause de ses pieds plats. Ceux-là, Adolf n'en voulait pas dans ses Waffen. Réformés d'office ils étaient.

« Par certains côtés, j'admets qu'Hitler était ridicule. Je ne suis pas de ceux qui l'adoraient comme une idole. Après Stalingrad, il est même devenu complètement fou, mais cependant ce que nous voyons aujourd'hui... »

Clac! il repartait bon train sur la perte de l'Empire, sur l'Europe et sur les Juifs. Ceux-ci, je croyais ferme qu'il les vouait tous aux fours Dachau jusqu'à l'arrivée dans la cellule voisine d'un nommé Salomon Cohn. Là, ça m'a renforcé dans une de mes seules convictions, à savoir que les idées ne sont, pour la majorité des hommes, que prétexte à bafouillages, jaboteries, phraséologies prétentieuses en temps de paix, et à pouvoir tuer avec une excellente conscience en temps de guerre ou de révolution. J'ai vu ce matin-là le parti des escrocs triompher de tous les racismes et anti... Sans contestation, sans bavure. Plus de Svastika! nixe synagogue! Ils se sont jetés dans les bras l'un de l'autre littéralement. Devant le chariot à soupe, devant tout le monde. Sans aucune retenue.

« Joseph!

– Salomon! Mon cher vieux Cohn... »

De s'embrasser, congratuler n'en plus finir...

« Toi ici? C'est incroyable! Mais que t'arrive-t-il?

– Ah! mon pauvre Joseph! Incroyable oui... Inimaginable! Ah! si tu savais! Je suis déshonoré! »

Il aurait pas manqué de toc s'il avait osé renier ses pères le Cohn en question. Avec une barbouse, il pouvait largement faire la pige à Youpe. Un portrait-robot pour exciter la haine des recrues de la Hitler Jugend. Dans le genre on ne pouvait pas dégauchir mieux.

Le gaffe est arrivé mettre un terme aux grandes effusions. La graille une fois servie, il doit nous reboucler illico. Saindoux, ce jour-là, ne s'est pas précipité sur sa gaufre de patates, vite il a foncé à la fenêtre.

« Salomon! Salomon! »

S'il démenait ses grosses miches devant les barreaux! Il s'est hissé tant bien que mal sur le rebord pour mieux l'entendre son Salomon.

« Ah! mon cher Joseph, si tu savais... Incroyable! Incroyable... »

Il répétait. Ça l'était aussi pour moi. Le mot exact. Tout était incroyable, de tous les côtés, de toutes les façons possibles. Si je n'avais été si blindé, si bien vacciné contre l'invraisemblable, j'aurais eu encore de quoi être ébahi. J'en suis arrivé, à présent, après tant de mésaventures, à me demander si ce qu'on appelle incroyable, invraisemblable, n'est pas en définitive le tout venant que les habitudes et les préjugés nous empêchent de regarder comme des choses normales.

Clair d'entraver, au bout de cinq minutes à les entendre jacter à la fenêtre, que le Salomon comme le chef Joseph naviguait dans les eaux basses et grasses du Septième Art. Pourtant, lui, ça ne pouvait pas être une ligue judéo-gauche qui l'avait propulsé dans la ratière. Les thèses de Saindoux ne collaient pas. Oh, il ne s'est pas troublé pour si peu! Cohn était le seul qui soit honnête du sanhédrin. Pour cela qu'on l'avait éjecté. Parfaitement limpide, net, simple. Rien à objecter. A toute règle une exception, voilà tout.

« Cohn est un type remarquable. Intelligent et le cœur sur la main. Il m'a toujours défendu. Descends demain à la promenade. Je te le présenterai. Tu pourras te rendre compte par toi-même que c'est un homme de valeur... »

Je n'y tenais pas tant, un seul escroc valeureux me suffisait ample. Je savais d'avance ce qu'il pouvait dégoiser le Cohn... des *Cher ami* longs comme le bras, et puis qu'à l'occase, il s'arrangerait très poliment pour me taper. Gros comme un blockhaus!

Nous étions à la 512, tout en haut... coin du bâtiment. De là on avait de l'horizon, autre chose qu'au deuxième étage de la II. Pour quelques ballots de pipes, le comptable pote de Saindoux nous avait gâtés. Notre cellule était un peu plus étroite que les autres mais ça nous permettait de rester à deux sans enfreindre le sacro-saint-règlement. On voyait le soir toutes les lumières de la banlieue à l'infini et dans la journée on pouvait se distraire à regarder les gardes mobiles qui passent dans les murs de ronde, les gosses des gaffes qui jouent devant les maisons et les gaffes eux-mêmes affairés dans leurs jardins pisseux. On respirait un peu l'air du dehors. C'est un avantage et un inconvénient. La réjouissance parfois prend des aspects de supplice de Tantale. Passe une fille à bicyclette sur la route... Un coup de zèphe heureux... on aperçoit un bout de jupon, un morceau de cuisse qui vous fait monter en vain une pointe d'orgueil dans le bénard... La plupart des prisonniers se supplicient en s'entourant sur les murs de photos de pin-ups découpées dans les magazines. J'étais partisan de la politique inverse, m'abstraire, oublier l'extérieur, rentrer le plus possible dans ma coquille. Je suis moins malheureux comme ça. Enfin, il y avait du plaisir tout de même à regarder l'humanité libre s'agiter. Le soir surtout, on se cale sur le rebord de la fenêtre le nez entre les barreaux et on laisse le temps passer en savourant sa cigarette.

VI

> « *A cette époque, j'avais le sens moral extrêmement peu développé.* »
>
> Alphonse ALLAIS.

TENEZ, je vous entends d'avance! Les voix, le chœur indigné... les pères de famille, les militaires, les bonnes d'enfants, les pieds-bots, les idéalistes du progrès, les poètes, les grammairiens, les justiciers réformistes, les angoissés de l'atome, les petites filles modèles, les dames patronnesses, les bonapartistes, les bègues, les anciens combattants... Tous! le Barreau, l'Ordre de Malte et l'académie de l'humour!... Salaud! scatologue! fainéant! pervers! infect corrupteur! Vous vous complaisez dans l'emphase merdeuse, dans le crime, la sanie, les égouts! Vous en êtes un autre! Sans patrie, sans foi, sans jeunesse, sans âme! Votre lourde insistance dans les chiottes relève de la psychanalyse. Stade anal! Vos cloportes-personnages répugnent à l'honnête homme, lui soulèvent le cœur. Vous vous vautrez dans le sordide. Les putains du Sébasto elles-mêmes vous dégueulent! Vous déshonorez la langue française avec vos barbarismes, solécismes... vos ellipses glandilleuses. Vous la traînez dans la fiente, pénible coprophage...

J'augure le pire, je me vois pas jojo dans le *Dictionnaire des Lettres françaises* avec Daniel-Rops et Claude Mauriac! Je pourrais au moins faire un effort en racontant mes histoires mal famées, pleines de dingues, assassins, satyres, faux-monnayeurs, goinfres sans conscience, dans un style tout à fait nouveau. Ça me fatiguerait pas les seins et, au moins, j'aurais des excuses. Je vous entamerais par exemple la suite ainsi :

AFFRES, DÉSIRS, ACTIONS

Mon cul!
que ne suis-je garde-champêtre
à Honolulu : *cap. des îles Hawaii*
(Océanie) dans l'île Oahu, 353 000 *hab.*
Sta. clim. Aéroport.
?

Confident parmi les femmes

NUES

Ah! que ne m'étais-je fait
dauffer par le dauphin en Dauphine
pour...
RIRE

un peu.

Oui, n'est-ce pas... poésie, audace, effort pour renouveler le roman! Trois cents pages comme ça, la gloire au bout. Malgré mon passé honteux, mes mauvaises odeurs, mes sales manières, on m'acclamerait, m'accueillerait au moins dans l'avant-garde. Je suis mal parti, je sens. Fausse route encore une fois... qui m'y suivra? Quel insensé?

Et puis, la prison n'intéresse personne. Un univers sans issue. Encore si vous aviez votre licence de philosophie, vous pourriez tirer de tout cela un enseignement *valable*! Vous auriez mieux fait d'y rester. Voilà, très nettement, ce qu'on va me dire. Bien aimable à vous, je sais, je me beurre pas d'illuses sur votre mansuétude honnêtes gens! Seulement faites gaffe, elle vous guette la cabane, les uns les autres. Elle est vorace à notre époque, gloutonne du matricule. J'y ai vu déjà l'élite à Pétain et à Ben Bella. Nul n'est à l'abri de cet abri puant. C'était la suprême sentence de Saindoux. Au fond il se rêvait en casquette avec des galons de bricard en train de lourder tous les intellectuels de gauche, tous les cocos, de Gaulle, les Juifs et les démocrates chrétiens. Ça fait du monde. D'un autre côté, les ratons F.L.N. se promettaient, eux, sitôt sortis, d'enchtiber les parachutistes, les pieds-noirs, les anciens de la Coloniale, encore les Juifs et les harkis et les colonels et de laisser au trou leurs compatriotes M.N.A. Les prisons bien pleines c'est la pensée cochonne de tous les épris d'idéal. On va m'objecter que mon Saindoux, adipeux nudiste, escroc gastrolâtre, comme modèle de pur militant, je pourrais peut-être trouver quelqu'un d'un peu plus frais. Certes, mais je n'ai personne d'autre sous la pogne à l'époque que je vous raconte. Sa voix indigne est tout de même l'écho d'une Cause. Il prétendait que s'il en était là, en train de se tricoter un si beau casier judiciaire, c'était la faute à ceux de la Gauche qui lui avaient coupé toute possibilité de se défendre légal. S'il a eu le temps de me les développer ses justifications! De m'abreuver de preuves, d'exemples, d'arguments! Me raconter toutes les horreurs de la Libération. Le cadre s'y prêtait adéquat. De notre cellule on voyait les lieux sur lesquels Laval reçut ses douze balles. Ça faisait pas large pour les fusils comme espace. Presque à bout portant qu'ils l'ont flingué l'Auvergnat. Le Procureur et le Président qui l'accompagnaient déjà moitié mort au poteau, ce qu'ils ont pu entendre de toutes les fenêtres! Des hurlements, des injures, des malédictions comme jamais personne depuis que la terre tourne. Saindoux en avait attrapé une extinction de voix.

« Moi qui ne suis pourtant pas grossier de nature, ce matin-là, ça me venait comme un vomissement. Je pouvais pas me retenir. »

Question historique, enfin, de ce passage de l'Histoire il en connaissait un rayon, j'aurais mauvaise grâce à ne pas le reconnaître. Il me fatiguait à la longue mais tout de même je m'instruisais encore. Otto m'avait initié quelque peu à la musique, maintenant Saindoux me plongeait, que je le veuille ou non, dans la biographie de ses saints.

« Tu n'as aucune éducation politique. »

Ce qu'il me balançait lorsque j'osais le contredire.

« Tu n'as même pas lu Karl Marx! C'est une lacune sans rémission. Comment veux-tu comprendre les événements actuels avec ta seule petite jugeote? »

Plus qu'à écraser, le laisser dire, acquiescer toujours... qu'il me foute la paix! J'apprenais l'art d'écouter n'importe quoi. De toute façon fallait que je me le respire, ce pansu à tronche de traître, que je me le tartine, me le tortore. Quand j'entends les petits délicats gémisseurs de la promiscuité au régiment, je voudrais les voir moi aux Rungis, les conscrits du Finistère leur sembleraient alors des hommes du monde, distingués, raffinés et tout. La promiscuité de Saindoux, finalement, je me convenais que c'était comme moindre mal. Dans le ballon, il y avait pire que cézig sous certains rapports... les cloches couvertes de vermine, les brutes sanglantes qui ne songent qu'à chercher du suif pour avoir le plaisir de cogner, les crétins demi-sel, bourreaux d'enfants, obsédés, satyres, dingues comme ce conducteur d'autobus imaginaire. Et puis tant que nous n'étions que deux c'était déjà un bel avantage... En profiter... le troisième homme n'allait pas tarder, je voyais trop de nouvelles frimes à la promenade. La maison regorgeait de pensionnaires, on finirait bien par trouver que notre cellote pouvait tout de même contenir les trois lascars réglementaires.

Dans vingt ou trente piges, au train où marche la science, on nous soignera peut-être les mauvais instincts avec des pilules, des piquouses, de l'intraveineux goutte à goutte. Y aura plus de problème pour caser les malfaiteurs dans les prisons. On les transformera en musées. Saindoux, s'il finit par se racheter – le miracle, qu'il retrouve le chemin honnête! – je me l'imaginais très bien en guide. Sa place réservée. Une sorte de justice ironique et définitive, je me disais, qu'il passe ses vieux jours à promener les visiteurs dans notre sérail désaffecté. S'il en connaît tous les détours, toutes les divisions, les moindres recoins et leur contenu historique!... « Dans cette cellule vécut Fernand de Brinon, ministre du gouvernement de Vichy, enchaîné comme c'était la coutume alors, jusqu'au matin du 15 avril 1947 où on l'emmena pour le fusiller au Fort de Montrouge... Ici, mesdames et messieurs, se trouvait le Greffe. La collection complète des registres d'écrou a malheureusement été détruite lors de l'incendie qui ravagea une partie du bâtiment en 1971... Sur ce mur vous pouvez encore lire les professions de foi de divers détenus qui s'y succédèrent de 1941 à 1967... L'inscription en arabe, dans le coin à gauche, est attribuée à Ben Tiphour Kader, l'actuel premier ministre de l'Algérie. Il séjourna dans cette pistole plus de trois ans, ce qui nous permet de croire... Mesdames et messieurs, la visite est terminée, n'oubliez pas le guide... »

Parfait dans le genre reclassement, utilisation des compétences. Son excellente mémoire lui servirait enfin à autre chose qu'à escroquer ses contemporains. Il a beau me jurer les grands dieux qu'avant ses déboires de militant fasciste, il ne se serait jamais permis de gagner le moindre sou malhonnêtement, je reste plutôt sceptique.

« Pense, Alphonse, qu'à vingt-deux ans, j'étais chef boy-scout à Auteuil! »

Possible, mais il devait s'occuper soigneusement de la trésorerie, je lui fais confiance. Il a ça dans le sang. Dès qu'il s'échappe de la cellule c'est à la recherche du pigeon. N'importe quel minable, tout fait ventre, tout lui est bonnard pour taper, promettre et ne pas rendre. Ça nous ramène des furieux de temps en temps à la lourde, qui viennent tambouriner, gueuler, menacer : « Alors, pourri! Ce mandat tu l'as reçu? » Je suis mieux placardé que quiconque pour savoir qu'il n'arrivera jamais le fameux mandat. Il ose pourtant encore m'en parler, un soi-disant associé, son ami-à-la-mort, agioteur grec immensément riche doit le lui envoyer. S'il ne s'est pas encore manifesté, ce cher ami, c'est sans doute pour des raisons indépendantes de sa volonté.

« Il était en Espagne au moment où j'ai été arrêté. Il devait ensuite se rendre au Maroc, et puis au Moyen-Orient. Il ne sait peut-être même pas que je suis ici. Dès qu'il sera rentré, Maryse le préviendra... »

Maryse, c'est sa dernière conquête. Une beauté fatale telle qu'il me la dépeint. S'ils s'aimaient, ah! il n'aurait jamais cru qu ce fût possible un tel amour, après tout ce qu'il avait vécu! Cependant, elle se fatiguait pas lerche pour lui écrire, sa folle maîtresse. Elle n'osait pas, il m'expliquait, ça l'avait bouleversée cette tendre gazelle, que son gros Joseph soit au piège.

« C'est une personne de très bonne famille, une femme très bien éduquée. Je ne veux surtout pas la compromettre. Sur les questions sentimentales je suis comme ça... Je préfère crever... »

Crever... façon de dire! Je suis là, son sauveur boustiffe. Ma femme bien éduquée à moi, elle, ne craint pas de se compromettre en m'envoyant un peu d'oseille. Le Saindoux, s'il en croque, en fume, s'en goberge allègre! Bien plus que moi-même qui commence à décoller en lousdoc, recrachoter, m'affaiblir peu à peu. Tellement je suis las, écœuré de tout que ses embrouilles me semblent sans importance. Je pousse la bonté, la connerie jusqu'à rembourser ses dettes de tabac lorsque ses créanciers deviennent trop collants. Pour avoir la paix ce que je ferais pas! A en devenir lâche! Plus me reconnaître! Cette patience d'ange que j'ai acquise depuis un an! Je le laisse dire, s'agiter la panse, se débattre dans sa merde! Sûr, je sais pas encore tout sur lui... que c'est vraiment un abominable long en large, le mec à ne pas toucher même avec une pince à timbre. Le sujet n'est pas épuisé, attendez un peu!

Pour l'instant surtout j'ai besoin de réfléchir à mes affaires, conserver ce qui me reste de force pour affronter la suite qui ne s'annonce pas des plus radieuses.

Moi aussi mes associés étaient en voyage. Deux bonnes tantouses, je le répéterai jamais assez. Rouquemoute, vous l'avez vu, entendu, admiré toutes les coutures, toute sa splendeur. Je vous ai montré sa carrée, sa façon d'avoir la gueule toujours pleine. Pas fini, vous le reverrez... Il est trop souvent dans mes songes des night-chiottes Rungis pour ne pas vous le ramener sur le tapis. Certes, je me berlurais pas excessif sur sa jolie mentalité. A peine au Quart, je savais déjà qu'il s'empresserait de jouer la fille de l'air et de m'oublier. Je comptais plus sur le troisième homme de ma dernière équipée malchanceuse, cet Edmond Clancul que je n'ai pas encore eu le loisir de vous présenter. Je me figurais, doux naïf, qu'il allait lui m'assister, se mettre en rapport avec Youpe et obliger le Rouquin, l'épée dans le fouigne, à participer aux frais de l'entreprise. Les jours et les semaines s'étaient écoulés en lenteur sans qu'il se manifeste d'une façon l'autre. Transformé en courant d'air, l'Edmond! Belle erreur d'appréciation à son sujet! Oh! minute, chers psychologues professionnels, ne vous avisez pas d'expérimenter les choses par vous-mêmes, de jouer aux petits marioles pour aller au trou, vous y auriez comme moi de sévères déconvenues. Le démenti formel de toutes vos belles théories basées sur ceci, cela... le visage du héros, sa manière de jacter, de marcher, de vous regarder droit dans les yeux. Edmond, je suis certain, vous aurait séduit. Sportif, œil clair, peau bronzée, mine franche. Même le sachant un peu voyou, vous le cataloguiez bon larron! Celui qui n'a qu'une parole, qui se fait hacher menu pour le respect de la parole donnée.

Au cinoche, je vous défie de dégauchir gueule de petit gangster aussi sympathique. Je ne vous en dis pas plus, ça ferait double usage, rabâchis, gâtisme du stylo. Si vous voulez connaître sa vie, son papa, sa fin hallucinante, offrez-vous *La Métamorphose des Cloportes,* un fort bel ouvrage, instructif et divertissant, la suite peu de chose près de celui-ci.

Une fois Canaque au cimetière et Marcel au piège, j'aurais dû rengainer mes outils, me rabattre sur les savonnettes. *Ouaf* de Nicole. A ma place ce que vous auriez fait. Seulement, chers lecteurs, gentilles lectrices, j'étais déjà beaucoup trop loin, pris tout entier dans l'engrenage. Sur le taffe, là, en scribouillard imaginatif, c'est l'aisance d'inventer, pirouetter, supposer le meilleur, la fin magnifique. « *Il devint un grand spécialiste européen de l'hygiène canine. Il vécut heureux, sans enfant et avec beaucoup de maîtresses.* » Dans le réel, balpeau! On ne tire pas un trait si définitif, on s'en tire pas si facile. Toujours dire de Canaque, je bandais de la plume presque autant que lui. Le prurit turbin me démangeait sans cesse. Hésitations, états d'âme... je vous passe... J'ai repensé alors à Edmond avec qui j'avais fait équipe quelques années auparavant. Je l'avais presque perdu de vue pendant la période où je me soignais les mous. Juste je savais par un pote commun qu'il bricolait encore un peu. Je l'ai retrouvé fidèle à lui-même, un rien rouleur, vague du projet, velléitaire gavé de Série noire. Seulâbre, ou avec les petits arcans du XIIIe, il se défendait plutôt minable. Il vivotait aux tiroirs-caisses, au rendez-moi, à la roulotte. Pour la refourgue il n'avait que le Marché aux Puces et les biques de la Goutte d'Or. C'était loin de valoir mon père Youpe. Quoi qu'on dise des receleurs, il faut bien reconnaître que sans eux le métier serait presque impossible. Un bon fourgue pour un voleur c'est une espèce de rente, une pension, une assurance travail, une sécurité sociale.

Enfin ça ne tournait pas comme il voulait l'Edmond. Il se plaignait des mauvaises affaires, on aurait dit un boutiquier poujadiste, un péquenot en mal de sécheresse.

« C'est la merde, mec, la merde totale! On se fait tous crever. Ça me rend prudent, dis, je tiens pas à aller goûter les fayots à la Santuche. J'y vais piano, mais j'ai tout de même évité de justesse la catastrophe au moins dix fois. Je vais te dire, Alphonse, je suis écœuré. Avec toutes les voitures-pies, les rondes de flics à tout bout de champ, le travail devient impossible. Si ça continue, ma parole, je vais reprendre définitivement la musette. Déjà pour joindre les deux bouts, je gratte trois jours par semaine avec un ferrailleur à Villejuif. Je peux bien te l'avouer, du boulot tout ce qu'il y a d'honnête... »

Sa honte à lui, vivre de sa sueur, s'abîmer les pognes à l'ouvrage. Il avait rêvé d'autre chose pendant sa jeunesse. Je le sentais déjà aigri, un garçon d'à peine trente piges.

« Mais tézig, t'as l'air d'avoir drôlement remonté tes boules. »

Il considérait mes frusques, mes tatanes en daim, ma bonne mine... Pointe d'envie dans le regard. De sa fenêtre, il m'avait vu sortir de ma tire. Je ne pouvais pas lui avouer que depuis ma décarrade du sana j'avais marché avec Marcel et Canaque et que je venais le relancer faute de grive. On a parfois de la délicatesse entre nous, le métier n'empêche pas les susceptibilités. Evasif je lui ai répondu que j'avais une nana qui m'aidait un peu.

« Ça, c'est bien le mieux », il a dit. Et pour me faire sentir qu'il n'était pas tout à fait dupe, il a ajouté aussitôt : « Au fait, t'as su que Marcel était tombé? »

Décemment, je ne pouvais pas jouer les petits surpris. Il était certain dès la lecture du canard que je devais être dans le coup.

« Oui, j'ai lu les journaux. Je l'avais vu la semaine d'avant. Il m'avait prêté du fric, alors maintenant je vais le rembourser par petits mandats et je vais casquer son avocat. »

Il ne pouvait pas m'en demander davantage, ça se fait pas selon notre code de savoir-vivre. Moins on en sait, mieux on se porte. Le b a ba de tous les gens qui sont à la merci de se retrouver un de ces quatre sur la sellette du Drauper-Palace.

Il est d'un naturel peu causant Edmond. Avec lui, la conversation stagne toujours dans les projets de coups aussi mirifiques que glandilleux. En dehors, il ne sait jamais trop quoi dire. C'est le désert son crâne, une espèce de vide jusque dans les yeux. Il se creuse parfois de quelques plates considérations sur les bagnoles, du combien elles bouffent au 100, les événements « ça va mal » ou alors les gonzesses qui passent. « J'y en filerais bien un coup dans les baguettes à celle-là, pas toi? » A part ça il tire doucement sur sa cigarette et il boit son perniflard à petites gorgées. On peut rester des heures ainsi à la terrasse d'un café sans en casser davantage. Il a son répertoire de formules toutes faites pour ponctuer ce qu'on lui explique : « De première!... Y a beau schpile!... Belle affure!... Quel sale temps!... Fais-moi confiance... » Ce mutisme lui valait une espèce de réputation, aussi étrange que ça puisse paraître. Il faisait mystérieux, ça lui permettait d'emballer dans les guinches sans se mettre en frais de baratin. Juste à la frotteuse, il échauffait les nénettes. Au fond, c'est bien suffisant, on parle toujours trop aux femmes. Pour le boulot il manquait d'idées, d'intelligence sur le terrain, fallait tout lui mâcher d'avance, pas deux ronds d'initiative. Enfin, je savais où je mettais les panards, du moins je le croyais.

Nous passâmes donc à l'action... aux actions. Il ne s'était pas amélioré, sauf des biscotos. Comme porteur-balluchonneur on ne pouvait pas trouver mieux. Ça me changeait de Marcel toujours si économe, lui, de ses muscles. Pour le reste par contre je mesurais la différence de classe! Il ne picolait pas, Edmond, mais j'en arrivais à me demander si c'était tellement une vertu, la sobriété, dans son cas. Peut-être que la boisson lui aurait donné un peu d'astuce. Je m'interroge encore? Qu'est-ce que j'en avais à foutre d'un boulet pareil? Quelle mouche m'a piqué d'aller le ressortir de mon tiroir à souvenirs? Si j'en étais là, cellule 512, merde jusqu'au cou, Saindoux permanent, je le devais grande part à sa connerie, sa balourdise indécrottable! Devant les flics la fuite n'est pas toujours la seule victoire.

Je vous écrase les quelques expéditions qui suivirent cette entrevue. Rien de très captivant, du travail à la papa, préparé soigneux, enveloppé lousdoc, avec toujours le lendemain l'invariable scène rue Rappolon, dans l'antre à Youpe... Je vous ai promis encore le Rouquemoute, le revoici donc. Après le déménagement nocturne et le meurtre du chien, il était parti un mois se dorer la bousine au Tréport avec sa Léone. Là-bas il avait trouvé le moyen de la faire turbiner tout de même pour ne pas perdre la cuisse. A son retour, il était venu me voir, me tâter un peu, s'il y avait pas mèche d'aller chez Canaque nettoyer sa piaule de fond en comble puisque la police ne l'avait pas trouvée. En une nuit, avec une camionnette, il se faisait fort de tout embarquer, les fringues, les meubles, les rideaux, rien laisser à l'abandon. « Ça serait dommage de laisser perdre tout ça. » Certes, j'y pensais aussi mais je préférais attendre encore. J'avais remplacé les serrures, rien ne pressait et je n'avais pas besoin de ses services au bâfreur Rouquin. Je m'y prendrais en deux trois fois voilà tout. Le fric qui résulterait de la refourgue, je trouvais qu'il revenait de plein droit à Marcel. A sa sortie du ballon qu'il soit pas sans un. Le Gros n'avait qu'à se mouiller s'il voulait de la vaisselle de fouille. Il était libre, lui, j'allais dire comme l'oiseau sur la branche. L'image est jolie mais pour le Rouquemoute faut préciser la sorte d'oiseau. Plutôt un vautour qu'une gentille alouette. Un dodu vautour jamais rassasié de charogne.

Voyant que je ne voulais pas lui offrir les dépouilles de Canaque, il s'est mis à me reparler de son chalumeau. Puisque j'étais débarrassé de mes deux folingues complices, il envisageait à nouveau de s'associer avec moi. Il m'estimait à ma juste valeur. Il avait toujours pensé que j'étais l'homme exact pour le compléter. Il se déplaçait spécial certains jours pour venir m'encenser. Je disais ni oui ni non... qu'il me propose une affaire viable, j'aviserais alors. « Mais toi, tu vois rien de ton côté? » Je l'attendais, là, le fessu pourri. Il se berlurait peut-être que j'allais lui porter un coffio tout rôti à domicile. Il doutait de rien, il osait toujours en jactance... un culot phénoménal! Si vague je restais dans mes réponses qu'il ne pouvait pas ne pas comprendre que j'étais hérissé de méfiance. Ça le vexait pas le moins du monde, il accusait le coup à l'ironie, la rigolade. C'était son style, ça, souple, habile, aux angles arrondis. S'il avait eu deux poils de courage, ç'aurait été un type autrement précieux, efficace qu'Edmond. Seulement la perspective de retourner en cabane le paralysait autant que l'usine.

Un malfrat qui a peur du ballon est toujours dangereux. A force de ruser avec tout et avec tous, il en est arrivé, le Rouquemoute, aux plus dégueulasses solutions, et ça a fini encore plus mal qu'un séjour au gnouf. Déjà il s'enfonçait dans des salades impossibles avec le mitan. Jamais su exact ce qu'il avait maquillé, quelles irrégularités on lui reprochait parmi les harengs, toujours est-il qu'il s'est fait foutre à l'amende par une bande de petits corsics qui n'appréciaient pas ses plaisanteries. La raison pour laquelle il est venu me sortir du page un beau matin de très bonne heure sans crier gare. Aux abois, il était, seulement il ne m'a pas affranchi tout de suite. Que non! il venait me proposer un travail cousu-main, hors-série, une affaire sensationnelle.

« Trois briques au bas mot, Alphonse, à notre fade chacun... »

Je m'étais pieuté tard... au petit jour... une randonnée avec Edmond. On avait fait chou blanc, ça me disposait pas à la belle humeur. Je l'ai d'abord écouté comme dans un rêve... Six briques, oui, oui, très intéressant! Petit à petit, en me frottant les châsses je l'ai réalisé... que c'était bien cézig, chair et os, ses tifs flamboyants. Je le trouvais drôlement d'attaque comme ça aux aurores, trop bien décidé, prêt à tout que c'était pas dans ses habitudes. L'étonnement! Merde, on me l'avait chanstiqué!

« Y a pas de temps à perdre! »

Tout juste s'il voulait pas que j'enfile mon false et que je lui file le train immédiat. J'en revenais pas... Avant toute chose fallait que je m'éclaircisse les idées... Il m'a suivi à la cuisine. Coup de flotte sur la gueule. Le café en route. En l'observant mieux, je l'ai trouvé tout de même bien bizarre. Traits tirés, mine déconfite. Il s'excitait, le débit rapide...

« Oh! je sais ce que tu penses. Mais là, c'est plus du même. A l'usine des roulements à billes, t'avais bien vu que j'étais pas chaud. Crois-moi, Alphonse, j'ai eu raison. On se serait fait crever, officiel. Et puis, quoi!... Tu sais bien, tes deux dingues... j'avais pas confiance... »

La grosse morue, s'il renversait! Vous avez lu... bel et bien son déballonnage lamentable qui avait fait foirer le travail! Enfin, n'importe... de l'histoire ancienne! Je relève pas. Qu'il m'expose son projet... Six briques, c'est vite dit!

« J'ai tous les renseignements possibles. A la fin du mois y a le paquet dans un coffio de père de famille. Un vieux modèle que je débriderai comme une boîte à sardines. Sûr de ce que je t'avance. On bossera peinard, personne risque de nous entendre. Mon frangin a marné dans cette taule pendant trois piges. C'est lui qui nous refile le tuyau. Naturellement on lui donnera un petit fade. Avec cinq ou six cents sacs il sera content. Ça vaut bien ça. »

Déjà au partage! Il grille les étapes... la peau de l'ours en descente de lit... Et puis qu'est-ce que c'est encore que ce frangin dont il ne m'a jamais soufflé mot depuis le temps qu'on se connaît? D'où le sort-il celui-là?... Précédé mes questions. Réponse simple et pure : il ne m'en a jamais parlé de ce gentil frère, par pudeur. Le mot exact... De la part d'un pareil gougnafier, de quoi être surpris.

« Ma famille, moi tu sais, j'aime mieux pas en parler. Ça regarde personne, hein, tu me comprends. Mon frelot, bien sûr, c'est une truffe, un bon cave qui gratte quarante-huit heures par semaine. Il s'est marida à dix-neuf piges. Maintenant il regrette, ce con! Trois gniards sur les osselets et puis sa gravosse! Tu parles d'une enfoirée, celle-là! Elle a des principes, elle veut pas me recevoir. Madame est concierge d'un immeuble chic dans le XVIe, alors elle se croit tout permis. J'aime autant te dire qu'il vaudrait mieux pas se risquer à aller balluchonner dans son immeuble! Elle dort que d'un œil, la salope! Gaston, ce qui le tue, c'est les courtines. Dès qu'il a une minute à lui, hop! il fonce au P.M.U. porter son pognon. A force de flamber il s'est foutu des tas de dettes sur le râble. Pour ça qu'il a fini par penser que je pourrais lui rendre service. »

Curieuse tout de même sa petite histoire! A se demander s'il n'était pas un peu bidon, ce frangin tout nouveau, s'il ne l'inventait pas de toutes pièces pour s'arrondir le pécule. C'était dans ses mœurs, au Rouquin, son genre d'extorquer quelques miettes pour des piafs inexistants. Si je me la donnais l'air de rien, tout en passant mon café. Lui, il ne perdait pas une minute... Poursuivant son exposé, il se beurrait déjà une tartine.

« C'est chez un Roblot... ouais, une succursale de l'entreprise des pompes funèbres. C'est là-dedans qu'il travaille Gaston... comme croque-mort. Te marre pas! T'es tout de même pas superstitieux! Le fric ça sent pas le cadavre. Du nougat, je te dis! même pas de lourde à mettre en dedans. On rentrera par un vasistas qui donne sur la cour. Pour ressortir on a toutes les clefs sur la porte de la rue. »

Feuille de papelard. Il me dessine le plan. Par cœur il connaît les lieux. L'année dernière, en allant voir son frère, il les a bien photographiés dans sa petite tête.

« Il a changé de place il y a six mois, sinon tu te gourres bien que je me mouillerais pas là-dedans! Remarque que je vais prendre toutes mes précautions. J'ai déjà gambergé un alibi. De toute manière, c'est pas Gaston qui se mettra à table... »

En tout cas, lui, il y était... à la mienne et parfaitement à son aise. Il se versait le jus lui-même.

« T'as pas de lait? Moi, le café noir ça me réussit pas tellement... »

Je le revois encore en train de presser le tube de lait au-dessus du bol. Je vous l'allonge tel quel, sans fioritures... comme il m'amorçait, la sténographie ainsi dire de ses propos. J'étais pourtant on ne peut plus farouche à son endroit. Comment que j'aurais dû le virer sur-le-champ lorsqu'il en est arrivé au but principal de sa visite. Une petite avance de trois cents raides, il me demandait, rien que ça, il me les rendrait avant l'automne, foi d'animal...

« Ça me dépannerait bien. J'ai des drôles de lascars sur la soie. Des secors, tu sais comme ils sont, bornés, à cheval sur les principes, vindicatifs. Moi j'y suis pour rien, c'est rapport à Léone, toujours ses conneries! Des salades de gonzesses impossibles. Ça serait trop long à t'expliquer. Bref, je suis à l'amende et je vois pas comment m'en sortir sans raquer. »

Quelle épaisse bordille ce gonze! Le lait grenadine et les gâteaux à la crême l'avaient tellement ramolli qu'il n'envisageait même pas de se défendre. Que non! Il s'en ressentait pas du tout pour les explications sanglantes. S'il ne déchait pas, il ne lui restait plus alors qu'à mettre les adjas, aller se planquer il ne savait où, abandonner son triste gagne-pain, sa vie somme toute assez pépère – pêche à la ligne, moto, sandouiches – pour courir l'aventure. Il ne pouvait pas s'y résoudre, mettez-vous deux secondes dans sa panse! Donc ça qui lui foutait le feu au derche... le pourquoi de tout ce baratin! Mais il me prenait pour qui alors? Il venait me cueillir comme une pomme mûre, comme la belle poire juteuse à point! Il me sous-estimait pas possible! La rage me montait... Je me suis retenu. Droit dans les yeux, je l'ai bien biglé.

« Dis donc, Gras-du-Bide, tu te paluches pas un peu des fois? Tu voudrais pas aussi que j'aille aux asperges avec Léone? Que je te rapporte ma monnaie?... »

Le plus fort, il a pris ça en hauteur! Notre vieille amitié... bla-bla-bla... Je le décevais ni plus ni moins. Entre parenthèses, il me rappelait l'anecdote du chien de Canaque. J'étais dans le besoin moi aussi à ce moment-là et il n'avait écouté, lui, que son bon cœur, que son courage... Français j'avais la mémoire courte. Simplement il oubliait d'ajouter, le morphalou, que ça lui avait rapporté soixante sacs, plus deux valoches pleines à craquer de victuailles et de frusques... qu'il s'était copieusement dédommagé de sa peine. Je le laissais dire sans cesser de le fixer dur. Voyant que je ne fléchissais pas, peu à peu il a rengrâcié.

« Bon... bien... N'en parlons plus. Mais je te prouverai que je suis pas une lope. Tu verras par toi-même, quand on aura débridé le coffio. Tu te figures tout de même pas que je te mène en belle... Avec tout ça, en attendant, faut que je me planque jusqu'à ce que je puisse les casquer les autres pourris. Je vais aller à l'hôtel, je vois pas d'autre solution... »

Penaud cézig, vous auriez dit un gros garnement en pleine promesse de plus voler les confitures. Maintenant c'était sans rémission, fallait qu'il aille à la mouillette. Il en devenait mélancolique... un nuage trouble dans son regard. Pour se consoler il s'est regoinfré une autre tartine. Diversion... son disque coutumier... Je n'avais ni miel, ni marmelade à lui offrir.

« Y a des vitamines là-dedans... T'en bouffes pas assez, Alphonse, pour un ancien tubard c'est pas prudent. »

Ma petite santé le préoccupait. Sans rancune, il était... aucune.

*

L'ironique vacherie du sort voulait que je sois à présent forcé de vivre vingt-quatre heures sur vingt-quatre avec un autre gros porc goulaffe. L'essentiel de mon châtiment... un quintal à supporter! Pas lerche d'effort imaginatif à fournir pour que le Rouquemoute se superpose sur la silhouette du fier Saindoux. Kif bide, corpulence, rotondités. Deux beaux poupards pour moi tout seul. Question sans-gêne, appétit insatiable, couardise, ils se faisaient parfaitement la pige. Saindoux avait un peu plus de vernis, d'instruction, d'envergure, de savoir-faire, mais au fond, ils étaient bien d'une même famille. Que l'un soit souteneur et l'autre escroc, assez secondaire. Ça vient des hasards de la vie, de papa-maman, de l'éducation sentimentale. De tronche seulement ils différaient. Rouquemoute avait tout de même l'air plus avenant, la denture plus saine, les yeux moins pervers. On sentait aussi sous sa masse de graisse une musculature plus sérieuse. Enfin, choisir entre les deux, bien difficile... L'existence vous offre, comme ça, des cadeaux pas très regardables. Je pourrais vivre cent, deux cents ans, je n'oublierai jamais leur trombine de satrapes voyous. Je trouve cela triste, notez bien. On devrait ne se garder dans la mémoire que le portrait de ceux qui vous ont fait du bien, les femmes qui vous ont donné du plaisir, les rares amis réguliers, les chiens, les chats, les innocents. Ma tête est pleine d'affreux, de cauchemars, grimaces. Fallait pas que j'y aille, va-t-on seriner, le juge, les lardus, Lubary, vous autres... fallait pas y aller! Oh! mais je me plains pas... Vous m'avez, d'accord, me voici sur le banc infâme. J'écoute sagement le réquisitoire, les attendus, la sentence, et je me permets encore de sourire. Aucune honte. Toute bue depuis une paye, liquidée à la dernière goutte. Ne m'attendez pas lamentatif, regrettivore, meaculpiste... à genoux du stylo, gueusant un pardon dont je n'ai que lanlaire, puisqu'on chante.

Retour aux Rungis. Yop! Toujours la baguenaude dans le temps. Plus d'aujourd'hui, d'hier, demain. Suivez-moi au fil de mon gré! C'est mon droit le plus strict, je suis l'auteur, le maître à bord. Et tant mieux si le raffiot dérive, on trouvera une île inconnue, un pays de Cocagne peut-être, sans juges, sans gaffes et sans reproches... Pour l'instant la galère n'avance qu'en eaux troubles. Lentement... lentement! Ce que les nuits et les jours sont longs, cellule 512... 4e étage... 3e division... interminables!

Mon tableau synoptique de la vie carcérale n'est pas fini malheureusement. Je ne vous ai montré jusqu'ici, à dire vrai, qu'assez peu de choses. Vous ne connaissez pas le mitard, l'infirmerie, l'hôpital, le Centre de Rénovation... Je vais essayer de vous conduire partout page à page. En lecteur ectotaule... la chance de vous instruire sans vous dégueulasser les pompes.

Au petit jour, j'écoutais les piafs et le grondement lointain du métro de la ligne de Sceaux. Il m'emmenait vers Paris, avec les filles en robe légère qui vont au boulot. J'emmagasinais du désir pour le restant de ma vie. Vague à l'âme, précis dans le calcif, sûr certain... J'aurais bien voulu dormir comme Saindoux. Y a pas que les justes qui sommeillent profond, croyez-moi. J'ai partagé maintes cellules et moult dortoirs avec toutes sortes d'assassins, égorgeurs de fils et de compagnes, enculeurs d'anges, dépeceurs de femmes enceintes, vitrioleurs, étrangleurs à la petite semaine, parricides, éventreurs comme Jack, cuistots comme Landru, chauffeurs comme à Orgères!... Pas un, je vous affirme, qui ne dorme comme un poupon ses dix douze heures sans débander. Parlez-moi d'amour plutôt que de remords! Leurs victimes, enfin les âmes de leurs victimes, je sais pas ce qu'elles branlochent aux limbes mais elles ne viennent pas les déranger dans leur dodo.

Ainsi de notre troisième homme, à la ronflette, presque en cadence avec Saindoux. Pourtant cézig, repentir à part, il devrait se faire un peu de mouron! S'il a de quoi! Le couperet sec bien aiguisé inscrit au bout de sa ligne de vie. A moins d'un miracle, que de Gaulle soit soûl à rouler le jour du recours en grâce, qu'il signe sans se rendre compte, qu'il soit devenu tout à fait dingue.

Il est là depuis une huitaine ce nouveau fringant compagnon. Occupé avec le souvenir du Rouquemoute, j'ai omis de vous le présenter. Près de trois mois à deux dans une cellule c'est assez rare. Seulement on a rien perdu pour attendre, d'une sacrée vedette on nous a gâtés. Avant même qu'il arrive ici sa réputation le précédait. Depuis que les F.L.N. et les M.N.A. sont au régime politique, ils ont droit aux journaux. Moyennant quelques cigarettes, ils nous les repassent. On connaissait donc son affaire, c'était pas de la bricole modeste. Droit aux titres maous presque autant que Grace Kelly.

« Son nom commence par un D, m'avait fait remarquer Saindoux. Il va venir ici. »

Ici, je me doutais pas alors que ça serait avec nous, à la 512. Je croyais qu'il y avait encore de la place ailleurs dans la division. On l'a trouvé, douce surprise, en remontant un matin de la promenade. Tout de suite, je l'ai retapissé. « *L'homme à la malle sanglante de la gare Saint-Lazarre.* » Sa photo je l'avais vue juste l'avant-veille en première page du *Parisien.* C'était bien lui, point de gourance! D'ailleurs il nous a affranchis très vite. Pas bêcheur le mec, plutôt gentillet. Un jeune à bouille ronde qui s'exprimait, tenez, autrement que moi avec mes gros mots plein la gueule.

« Edouard Draz », il s'est annoncé, la cuillère tendue cordiale.

Ce qui vous frappait, tout d'abord, c'était surtout ses oreilles, des grands gabarits feuilles de choux, fines, d'un blanc translucide, qui se détachaient presque à l'équerre de sa boule coiffée à la brosse. Vraiment des esgourdes exceptionnelles. Mais enfin il ne présentait rien de très inquiétant à première et même à seconde vue. Dans les patronages, ils en ont de semblables, d'allure je veux dire, pour s'occuper des enfants... comme moniteurs. Tout à fait le style. Le chic gars sympa qui fait sa B.A.

Ici, il détonnait plutôt parmi tous les bas chourineurs, les biques, les cloches, les pédérastes. Qu'il ait rogné un peu sa fiancée pour qu'elle puisse entrer dans la malle ne lui donnait pas pour autant mauvais genre. Il avait dû s'y prendre très soigneusement, j'étais certain, pour couper la tête et les jambes... en faisant gaffe à ne pas tacher son pantalon neuf. D'ailleurs, il avait enveloppé les morceaux dans de jolis sacs en plastique, ça dénotait un homme d'ordre. Pas le brouillon souillon hacheur. Il rangeait déjà ses affaires lorsqu'on est entré. Ses couvrantes bien pliées sur la paillasse. Il s'organisait comme pour un joyeux week-end. Pourrais-je lui prêter un peu de savon jusqu'à ce qu'il puisse en commander à la cantine? Mais comment donc, cher ami, Saindoux répondait pour moi... A la fouille on lui avait retenu son rasoir électrique, ça l'embêtait, ça. « Quelle chinoiserie! » Il avait la peau fragile, toujours des boutons, un rien lui irritait l'épiderme.

« J'ai essayé le Remington. Impossible, il arrache trop. »

Il nous trouvait à son goût. Il s'était demandé, c'est bien naturel, avec qui il allait tomber. Au Dépôt, il avait vu des types avec vraiment des sales têtes, des Algériens tout à fait patibulaires. Oh! il n'était pas raciste loin de là, mais enfin!

Si je n'avais pas vu son portrait, ses esgourdes éléphantesques en première page du canard, lu l'article, tous les détails croustillants de son forfait, je me la serais jamais donnée que c'était ce lascar, l'homme à la malle. Je me le figurais tout de même plus tourmenté, plus sinistre, plus conforme à une certaine imagerie romanesque. J'avais encore quelques clichetons de reste dans le ciboulot. On a beau avoir roulé, traîné, guimbardé sa bosse au fond de la mouscaille, du vice et du crime, se dire que plus rien ne peut vous surprendre, y a toujours du neuf sinon du raisonnable à se tortorer dans l'existence. Celui-là alors, il m'assoyait... littéralement, là, sur mon page. Je le regardais aller, venir, se laver les pognes, se les essuyer, puis se diriger vers la fenêtre pour s'enquérir des alentours... si c'était bien L'Hay-les-Roses qu'on voyait là-bas ou la Croix de Berny? Il voulait savoir. Saindoux le renseignait, aimable. Je me demandais s'il l'avait reconnu? Il me lançait à la dérobade son regard équivoque, mais comment l'interpréter?

Tellement j'étais estomaqué, je ne réagissais pas encore. Je sais que les journalistes, dans un cas semblable, en rajoutent la bonne mesure pour faire frissonner les concepiges, mais tout de même ils n'avaient pas inventé ce cadavre de jeune fille, tête et jambes coupées, le tout dans une malle à la consigne gare Saint-Lazare. La scie égoïne dans sa chambre non plus, ni ses aveux presque spontanés. « *Je l'ai étranglée parce que je l'aimais trop* », déclare l'assassin. Ça, on pouvait contester, et encore, c'était bien possible. Je vois pas ce qu'on peut invoquer pour justifier une telle boucherie. Le hic de l'affaire, le plus grave, c'est que cette explication passionnelle ne satisfaisait pas du tout le commissaire Lescure chargé de l'enquête. La fiancée du *monstre* avait, le matin même du drame, retiré son fric de la Caisse d'épargne, deux cent et quelque mille. On ne les avait pas retrouvés... et cézig, pendant une semaine, s'était offert une joyeuse foiridon à Montmartre dans les boîtes de nuit. Série de témoignages accablants! Il niait pas, il avait noyé son chagrin voilà tout. Mais avec son pognon à lui, ses éconocroques de bon et ponctuel bureaucrate. Enfin un pastis effroyable dont il ne se tirerait, j'en étais presque certain, que la tête sous le bras lui aussi, dans la caisse Borniol prévue par le règlement.

Pas l'air de s'en douter le moins du monde. Détendu le gonze!... bras de chemise, à l'aise, sifflotant le dernier refrain de Gilbert Bécaud. D'une seule chose il se tracassait, il nous a avoué dans l'après-midi... les flics lui avaient saisi son poste transistor, un superbe modèle qui valait soixante-cinq mille francs.

« Ils n'ont pas le droit de me le garder, ce n'est pas légal. Je ne suis tout de même pas un voleur! »

Pas un voleur! Pas un voleur! Ah! le sale con! Je me suis vexé, j'ai pris la mouche. Qu'est-ce qu'il leur reprochait aux voleurs? On l'emmerdait, fallait qu'il sache. Je me suis permis pour une fois de parler au nom de toute la corporation. J'accepte bien de me faire glavioter, agonir par les honnêtes gens, c'est régule, leur rôle... seulement quand ils aboutissent ici après avoir dépecé la dame de leur cœur, j'exige qu'ils écrasent. Il me bafouillait de plates excuses. Il ne savait pas... Il n'avait pas pensé à mal[1]... Sain-

1. J'ai failli écrire « à malle »...

doux... s'il se secouait la bedaine en rigolade! Pas si fréquent qu'il ait l'occase de s'en payer une aussi gaillarde tranche! Les autres fois quand le coup de gueule me prenait c'était après lui... Grosse morue! Vermine puante! Vagin baveux! Sac à merde! Escroc de mes couilles!... Bouffissure! Comme ça que je le traitais... il me trouvait moins spirituel.

L'Edouard-les-Grandes-Feuilles, je l'ai foutu au pli d'autor. Qu'il vienne pas me les briser celui-là! Qu'il la ferme lorsque j'aurais envie de lire. Tout de suite, je l'ai bien averti. Et le matin qu'il se lèverait pour le café, qu'il briquerait la piaule et mes pompes et celles de Saindoux, s'il n'y voyait pas d'inconvénient. J'avais aussi une paire de chaussettes à laver, il pouvait s'y mettre tout de suite. J'allais y apprendre, moi, le respect, la politesse, à ce scieur de dames! Un seul coup de latte bien appliqué à l'endroit idoine a suffi pour qu'il soit instantanément stylé et obéissant, qu'il reste à sa place, à distance. Domestiqué séance tenante, ça n'a pas traîné! Hardi bonhomme à la lessive! Je n'avais jamais joué les caïds, mais celui-là me forçait la pogne, y a un commencement à tout. Expérience neuve pour ma gouverne, la compréhension de mon *moi* comme les philosophes. Au bout de quelques jours, je le menais si bien à ma guise, l'Edouard à la malle, que les petits potes des cellules voisines se persuadèrent que je l'encaldossais. Certain que s'il m'avait fait des gâteries nocturnes, le dépeceur, j'aurais eu là matière à vous torcher quelques belles pages de poésie érotico-extravagante... Sa tête promise à la veuve bascule, je pouvais dans un délire sadique, me l'imaginer déjà coupée entre mes mains, me restant toute sanglante branchée sur le nœud...

Dans son genre, il valait son poids de Landru question humour et fantaisie. Son crime lui donnait d'ailleurs une sorte de prestige affreux dans la Division. Les gaffes, lorsqu'il descendait à la promenade, se le montraient du doigt, les Algériens M.N.A. venaient jusque sur notre coursive pour le bigler à l'œilleton. Le défilé incessant... un nouveau fléau! Lui, s'il bichait ce folingue! Vedette il était enfin... Le rêve commun, ça, le bâton de maréchal de monsieur Tout-le-Monde. La presse, les flashes, interviouves, xétéra... Vedette du fait divers, pour certains, c'est mieux que rien, leur vanité maladive se contente de n'importe quoi. On parle d'eux, l'essentiel! L'ambition médiocre d'être célèbre, ne serait-ce qu'un jour, n'importe où et n'importe comment, pousse au crime un tas de minus. Les statistiques n'en parlent pas, ça existe bel et bien... les ravages de la vedettomanie entretenue soigneuse dans l'ambiance moderne. J'ai eu des exemples sous les yeux, j'ai entendu des histoires très édifiantes à ce sujet, des confidences... un ton qui ne trompait pas... Chez notre gonze-à-la-malle, c'était moins simple mais y avait de ça. Incontestable.

*

Alors, voilà, nous sommes à trois... vogue la cellule! J'y suis, j'y reste, j'y chie, j'y sue... L'été toujours, le plein cœur. Sur les plages ça bronze et ça pèle, ça canote et ça ballote les miches et les miches. J'en ai le vertige à y songer. Que la potion est amère!... Saindoux, l'autre qui lit des *Mickey*, des petits albums en images qu'il a dégauchis je ne sais où. La traversée n'en finira donc jamais? Je serais seul encore je respirerais mieux. Mes semblables, est-ce possible? Je les zyeute... ce tas de gélatine! son slip! sa tronche de fourbe jouisseur! Et cet Edouard toujours aussi inconscient, propret, ridicule, fadasse, bête à pleurer. Il dit à qui veut l'entendre : « J'aurai le sursis puisque c'est un drame passionnel. » Il y croit, Dieu ait son âme! En tout cas on peut plus se mouvoir dans la cage, même en relevant le lit, en pliant les paillasses, on s'embouteille sitôt qu'on remue. Avant, encore, je pouvais pendant des heures marcher de la porte à la fenêtre. Ça s'appelle dans l'argot-maison « piquer le dix ». On se fatigue, à piquer le dix, ça vous fait dormir un peu. Nib depuis que le fiancé louchebem est là, forcé de rester sur place, et je m'ankylose, je me sens devenir dingue moi aussi. J'irais bien bosser à n'importe quoi, aux pluches, aux ordures, aux ateliers des lampions, pour me sortir de cette tanière. Seulement il faut l'autorisation de son juge pour que le directeur vous *classe*, et le mien, ce cher M. Elbron, a refusé formel. Des fois que je m'évade ou trouve une combine pour communiquer avec mes complices en cavale! S'il se méfie de mézig, pas peu dire! *Haute surveillance*, mes frusques à la porte toute la nuit. Il m'honore, je me sens vedette moi aussi... Cet homme est dangereux! Vrai que si je pouvais m'arracher de sa forteresse, Clancul et le Rouquemoute auraient intérêt à hisser la voile de croisière. Si je rumine dans la vengeance! Ce que je vais leur offrir pour la sainte Ordure. Plus l'attente sera longue plus la fête sera réussie... Je me les veux en lamelles, en escalopes, en tripailles saignantes. Où étaient-ils l'heure que je vous cause? Que faisaient-ils? Conjectures nombreuses. Mes songeries m'abusaient, je les voyais plus reluisants que réels... Peu de rencards sur leur compte. J'interrogeais à droite par-ci, à gauche... les arrivants susceptibles de me renseigner. Dédé-le-Rouquin était tout de même assez connu, surtout des harengs... Plus personne ne l'avait vu depuis une bonne paie à Montparnasse ni ailleurs. Une chose certaine, Léone avait chanstiqué de protecteur, elle tapinait aux Halles maintenant pour un raton, semblait-il. Tout ce qu'on pouvait me dire... et que Rouquemoute avait de toute manière du mouron à se faire! D'autres que moi le recherchent aussi, de sévères créanciers qui ne s'embarrassent pas d'avocasseries pour se faire rembourser. Pourvu qu'ils ne me le gâchent pas, je me disais, qu'ils me le laissent entier, que je sois pas réduit à aller cracher sur sa tombe. De la revanche d'eunuque, l'expectoration nécrologique. Je trouve ça pénible et sans gloire. Je rêvais plutôt dans le genre western... feu à volonté, tir à vue! Aux mille et une nuits des Rungis quelle artillerie imaginaire! Je suis pas seul à mijoter du calibre. De toutes les cellules ça flingue à tout va dans l'avenir... La grêle de bastos sur tous les donneurs, les abandonneurs, les faux-derches et les enfoirés profiteurs du malheur des *hommes*. Combien dans la réalité passeront aux actes? Bien peu sans doute... quelques purs ou quelques dingues, appelez ça comme vous voulez.

*

Nicole m'écrivait de longues lettres dont le parfum s'était envolé sur la table du juge d'instruction. Elle trouvait le moyen, la garce, de transpirer de la chagatte jusqu'à en mouiller le stylo. Ça devait faire triquer le jeune greffier hépatique qui dépouillait notre correspondance. S'il devait se taper des ramollos! A en être tout chose, tout hagard. En y repensant à celui-là, je trouve qu'il ressemble à Edouard le fiancé hacheur. Même coupe de cheveux, même aspect général. De là à en déduire qu'il pourrait bien, lui aussi, porter une malle-cercueil à la consigne gare Saint-Lazarre, une simple marge que je franchis alerte. Le gibier de justice se plaît toujours à croire ses juges capables de tout... de bien pire surtout que ce qu'on lui reproche. S'ils ne le font pas, c'est pas l'envie qui leur en manque. V'là ce qu'on se dit.

Oui, les lettres de Nicole... Son amour qui ne voulait pas mourir. Est-ce beau nom de Dieu! « Tu reviendras mon grand chéri et tout s'illuminera pour nous. » Que répondre? Ouais, ouais, merveilleux avenir! Seulement au rythme où ça allait, l'instruction, la cellule galère... à ma décarrade je la retrouverai, ma toute adorable, avec un drôle de coup de vieux. Le définitif peut-être, celui contre lequel l'institut de beauté ne peut plus rien. « Tout sera clair »... Bien ce que je redoute, en plein jour elle sera plus regardable aux yeux du sexe. Il me faudra alors un tempérament de fellouse pour la régaler, lui prouver ma flamme, ma passion. L'aurai-je? L'angoissante question. Plus on vieillit, paraît-il, plus on ne s'en ressent que pour les jeunettes. J'ai connu un quinquagénaire, un requin encore d'eau profonde, au-dessus de quinze ans les fillettes lui semblaient blèches. Il chassait à la sortie des écoles. Il a mal fini... fatal.

Pour lui répondre à Nicole je devais me forcer. Ce que ça me coûte, moi, la romance écrite ou parlée! Le mensonge sentimental est peut-être le plus beau, après tout, le plus nécessaire, celui qui permet à ceux qui le gobent de croire un peu qu'ils ne sont pas venus sur terre juste pour bouffer et se reproduire absurdement. L'amour!... le grand mirage... Encore, lorsque c'est du nouveau, l'objet de ses désirs, on a de l'élan. Instinctif on débite sa petite tirade resucée de lectures ou de cinoche. On se laisse prendre au piège des mots. Simple œillade coquine sur le boulevard, hop! nous v'là tout neuf! On fonce, on plastronne, on se rebombe... le torse, l'âme. Droit au cœur! On pétarde feu d'artifice! Tout se met à bander en même temps, biroute, gloriole, vanité des vanités! C'est le bonheur terrestre, le fruit défendu. La belle, pour sa part, ne s'est jamais sentie aussi unique. On va se trucidaresse pour ses jolis yeux à regarder passer les trains. Toutes les chansonnettes des radios se réalisent... Amour... toujours... Oh! chéri baisse l'abat-jour.

Avec Nicole, si on l'avait baissé, remonté, rebaissé, à l'infini. Tout déglingué à force, l'abat-jour. Je le rafistolais le matin, je me rappelle. Le désordre dans sa chambre... indescriptible! On ravageait tout. Pas suffisant... elle en revoulait... s'en promettait pour l'avenir... Toujours le *encore! encore!* maintenant à travers ses babilles. L'Elbron-juge, s'il devait être du coup fixé sur nos mœurs! Ça devait pas le disposer des mieux à mon triste égard. Il était renommé puritain au Palais, Lubary m'avait prévenu. « Un pisse-froid, mon cher, un triste, un méticuleux protestant. Nous sommes mal tombés. » Sûr alors, quand il lisait : « Je mets toujours des dessous noirs parce que je sais que tu les aimes. Je fais comme si tu étais libre, mon grand chat. Il me semble que tu vas venir à l'improviste comme autrefois, que tu me déshabilleras rageusement avec tes gestes de gamin fou, que tes lèvres me feront frissonner voluptueusement ce soir même. Rêve insensé! Folie! Torture bien inutile, je sais, mais je préfère vivre avec mes rêves. La nuit, nul ne peut empêcher nos ombres de s'enlacer... », etc... Oui, quand il se farcissait de pareilles tartines, trois quatre pages d'une écriture serrée, l'Elbron, il devait se dire que j'étais très bien au séchoir, que plus j'y resterais plus j'avais de chances de me sauver l'âme! Il devait se croire ici-bas l'instrument du Seigneur pour ma rédemption.

Si j'y allais moderato dans mes réponses! Préférable à tout point de vue d'adopter un style moins chaleureux. J'en profitais aussi pour me fendre de quelques parenthèses de repentirs opportunistes, de belles promesses d'être à l'avenir un modèle de probité. Lorsqu'on sait que sa correspondance sera lue par des yeux judiciaires, on se déguise en larron contrit. On pourrait remplir des volumes pour la *Bonne Presse* avec certaines lettres de détenus. Pour trouver tant de scrupules, componction, confiance en la morale, le travail, la loi, la patrie, faudrait remonter loin dans l'histoire littéraire, chercher longtemps dans les bibliothèques roses de province. Même les petites pâquerettes du Sacré-Cœur de nos jours ne s'expriment pas aussi conformiste.

« Ma chère Nicole, je répondais, par exemple... en lisant ta lettre du 18, les larmes me sont venues, je dois t'avouer. Larmes de regret de te faire tant de peine, d'être la cause de ta tristesse présente. Oh! si c'était à refaire comme je suivrais tes sages conseils, comme j'éviterais les camarades douteux! Ah! oui, je le sens bien. j'aurais dû t'écouter, travailler avec toi dans ta petite industrie comme tu me le proposais.

« Maître Lubary est venu me voir avant-hier. Il rentre de vacances bien méritées, le cher homme. Il m'a remonté un peu le moral, avec toujours de ces bonnes paroles dont il a le secret. Mon dossier lui occasionnant de nouveaux frais de dactylographie, je pense qu'il serait bon que tu lui téléphones à ce sujet. Je m'excuse encore de te demander cela, ma chère Nicole, je ne mérite pas, je sais, que tu te dévoues ainsi à ma misérable personne. Mes erreurs passées me font honte, à présent, mais, depuis un an, je réfléchis nuit et jour, et cette réflexion est loin d'être stérile. Petit à petit, je me sens *devenir un autre homme*. J'ai pris quelques résolutions qui me seront salutaires. Je sais que tu es prête à m'aider de toutes tes forces pour me relever, me racheter, et cette pensée me donne beaucoup de courage.

« Si M. le juge d'instruction te refuse toujours le permis de visite, je suis obligé de reconnaître qu'il ne peut guère faire autrement. Il me traite avec une rigueur légitime. J'arrive, à présent, à me mettre parfois à sa place. Comment ne me soupçonnerait-il pas des pires méfaits? Ne me suis-je pas mis dans une situation telle qu'il est en droit de penser que j'ai pu me laisser entraîner à beaucoup d'autres égarements. Toutefois, je garde confiance en la Justice. Lorsque les preuves de mon innocence seront établies sur tous les points obcurs de mon dossier, il ne me restera plus qu'à payer ma dette sans vaines récriminations. Puisse celle-ci n'être pas trop lourde, trop longue à subir! Je me sens dès à présent en mesure d'affronter les difficultés de l'existence libre comme le commun des mortels. Je le veux, Nicole, pour te rendre heureuse. Tu le mérites, les sacrifices que tu t'imposes te donnent le droit d'exiger beaucoup de moi dans l'avenir.

« Chaque jour, je pense à la douceur de nos soirées d'antan. Il t'arrivait, te souviens-tu, de venir à pas de loup derrière moi, tandis que je lisais dans le fauteuil, pour me surprendre d'un tendre baiser. J'ai mal en évoquant ces furtifs instants merveilleux, j'ai mal, et je rage d'avoir gâché tout cela.

« J'ose encore t'embrasser puisque tu m'as tout pardonné... Que c'est dur d'être séparé de toi par tant de murs, tant de barreaux!...

« Ton « ALPHONSE. »

Un peu fort, croyez-vous, cousu au gros fil... pourtant les magistrats aiment assez ce style épistolaire. L'hommage de notre hypocrisie grossière à leur vertu officielle les amadoue tout de même un peu. Au fond, ce que je voulais surtout faire comprendre à ma dulcinée... qu'elle mette son ardeur en veilleuse dans ses bafouilles, que ça la foutait mal ses histoires hystéro-connasses de soutien-gorge ajouré, que ça me faisait passer pour un drôle de lubrique, un érotomane, un acharné du tafanard... que c'était tout de même superflu.

Malgré son grand amour intarissable, je me gourrais bien que ma folle Nicole se payait de temps en temps des primes de consolation. Tant que ça ne serait que des passades, y avait pas le rif à la cambuse, je pouvais compter sur ses mandats. Je redoutais surtout les bougnoules, qu'il lui en retombe un sur la soie, un étudiant de l'Oubangui dans le besoin, monté comme un bourricot. Enfin ça, c'était à la grâce du diable! Même avec des lettres délirantes de passion, une fois emplacardé, l'homme n'est plus qu'une image, un souvenir, un mythe... Privé de son arme absolue en cas d'attaque sérieuse, il est marron tous les coups.

*

Le Rouquemoute était maintenant prêt à tout. Tellement pressé de craquer son amende aux autres voyous qu'il me tarabustait sans cesse, me décollait plus du train. Ça pouvait même devenir dangereux... Si les corsics l'allumaient au coin d'une rue... la voiture qui ralentit... une rafale à la dérobée... je risquais dans le coup quelques bastos-éclaboussures. Il campait dans ma piaule même, sur un matelas pneumatique. A la réflexion, il s'était dit que l'hôtel pouvait être dangereux. « Planque-moi quelques jours... jusqu'à notre affaire. » Ça lui faisait en outre des éconocroques, le gros sapajou. En dehors de ses frais pour sa panse, il était plutôt au millimètre, au mégotage de tempérament. Jamais le premier geste pour décher au bistrot, restaurant, ailleurs... J'avais surtout hâte qu'il décarre, il m'envahissait, je voyais plus que lui. Matin au soir, il tambouillait, se mijotait des plats, des œufs, des omelettes. Tout était imprégné chez moi d'odeurs de friture. Il aimait le poisson, les pommes soufflées, les crêpes. Il faisait les courses, il balayait. On était comme en ménage. Cette vie-là lui convenait assez. Il m'a même un jour proposé que j'aille chercher la comptée de Léone. Une idée comme ça, en passant. Si je l'ai envoyé rebondir sec! La fin du mois approchait, je l'ai bien prévenu, s'il se dérobait encore une fois... hop! sa valise et son matelas sur le palier...

Son projet Roblot, pour en avoir le cœur net, j'ai été sur le terrain. De l'extérieur, pour peu qu'on soit assez discret, on peut toujours tout inspecter, mais pour pénétrer dans une place, frimer la disposition intérieure des lieux, il vous faut un alibi. On entre pas dans une maison de pompes funèbres, l'air de rien, zyeuter la camelote, demander un petit renseignement. Ma combine de représentant en matériel de bureau me permettait habituellement de fructueuses explorations. Là, je me suis fait tout de suite virer. Ils n'avaient besoin de rien. Juste, j'ai entrevu le burelingue à droite et le coffre dans le coin au fond. Un comac modèle qu'on ne risquait pas d'emballer au jus de brandillon. Le vasistas dans la cour, les portes, les serrures, la loge des concepiges assez éloignée de la boutique... tout était exact. Pour le reste, le contenu surtout du coffio, fallait bien que je lui fasse confiance au Rouquin. S'il se mouillait, c'est qu'il était tout de même sûr du pacson. Il avait enfin déstocké tout son matériel, le chalumeau, les bouteilles de carburant, ses lunettes de motard, ses gants. Ça c'était pas niable, je pouvais constater, tout était prêt pour l'offensive dans le box automobile que je louais pour entreposer ma came à Issy-les-Moulineaux, depuis la mort de Canaque.

Tout d'abord, il n'était pas question de faire participer Clancul à ce turbin; c'est le Rouquemoute lui-même qui m'a dit que ça vaudrait mieux d'être à trois.

« On sait jamais. Un lascar pour nous envoyer le duce en cas de pépin ça serait pas de trop. Qu'il puisse aussi nous arracher dans la tire... »

Edmond était l'homme idéal. Il conduit bien, ça on peut pas lui retirer. Ce qui faisait tiquer le Gros, c'est que ça lui diminuait son fade ce tiers personnage.

« Cinq cents sacs au forfait, je trouve que ça serait suffisant. »

Sans doute, mais dans des affaires de ce genre, si le butin est gros, ça présente toujours quelques risques de laisser un complice insatisfait. Finalement, j'ai tranché le débat en lui laissant sa part future intacte, puisque le tuyau venait de lui et qu'il se taperait le débridage. Juste il payerait le bouquet à son soi-disant frangin. Clancul et moi nous nous contenterions de faire fifty sur la seconde moitié.

Bref, tout était au point... pas un bouton de guêtre ne manquait, on se comptait déjà les fafiots, et Edmond, une fois qu'on lui a eu bien tout expliqué, a conclu en disant : « C'est de la tarte », une de ses expressions favorites.

Retirez l'article défini, *tarte* reste et change de signification. Pour ma gueule toute seule... cadènes, coups de crosse, glaviots, tabac, la nuit de Bagdad soignée képis! Brusquement, la roue de la chance qui tourne comme une folle dans le mauvais sens. J'en arrive à croire que ce sont les décors mortuaires qui nous ont porté la cerise. Pressentiment de mauvais augure en pénétrant dans cette boutique. Le jet de ma torche électrique ne rencontrait que des objets sinistres, croix, draperies noires frangées d'argent, cordes à gland effilé, chandeliers, cercueils miniatures... des faire-part, des photos de convois de corbillards, cortèges funèbres pour aguicher le chaland, dans des cadres sur les murs. On a beau dire, c'est plus radieux d'aller débrider un entrepôt de lingerie féminine ou un magasin d'alimentation. En dehors du coffre, il n'y avait là vraiment rien à chouraver. Je me voyais pas me ramenant chez Youpe avec un lot de tentures mortuaires. Il aurait cru, en bon viceloque, que j'avais des projets meurtriers et que je poussais le raffinement jusqu'à lui faire acheter à l'avance les accessoires de ses propres obsèques.

Bon. Voilà. Je suis sur le tas... je tâtonne droite à gauche. Tout est bien comme le Rouquemoute m'a expliqué. Deux bureaux... le coffre... il est là, solide au poste, plein de promesses. Un cercueil aussi sur des tréteaux recouvert du poêle juste dans la même pièce. Brusquement, il apparaît devant ma calbombe. Oh! je manque d'air! ce malaise! Pourtant, je travaille pas d'aujourd'hui... vous avez vu, m'avez vu avec mon ancienne équipe. Si j'ai rôdé maintes et maintes fois dans des endroits impossibles! Toutes sortes de boutiques... Danger au-dessus, audessous... des chiens, des bignoles, des voisins armés... A la longue, j'ai acquis un sang-froid du diable. Là, ce cercueil vide me fout le trac. Et puis ça sent drôle je trouve. Des idées... pourquoi une maison Roblot sentirait-elle le macchab? Impression idiote, mais allez vous en défaire!

Le Rouquin, pas question qu'il passe par l'étroit vasistas. Avec son bide, ses miches en dilatation graisseuse, il a rien du Dédé-l'Anguille. Il attend devant la boutique avec tout son fourniment dans la tire, une 403 que Clancul a piquée cet après-midi. Précautionneusement, je lui ouvre la porte de la rue. Barre de fer, deux verrous. Je mets le bec-de-cane. Hop! il glisse l'outillage, lui ensuite sous le rideau de fer ondulé. Le voici... ganté... poussif... enfin ailleurs que dans les projets. A pied d'œuvre, cette fois, je vais le voir. Je le vois.

« Ça boume?

– Oui, oui... absolument pas un chat. Personne nous a vus. »

On entend la voiture démarrer doucement. Edmond la range un peu plus loin, juste au coin de la rue des Iguanes, à une cinquantaine de mètres, la seule placarde libre dans le secteur. Il ne peut pas rester en stationnement double file, ça serait le motif à attirer la flicaille. Les encombrements automobiles nous causent, à nous aussi, voyez, des tracas supplémentaires. Enfin on avait prévu le coup. Une fois le boulot fini, je sortais le premier, mains dans les poches et on embarquait Rouquemoute au passage. Le minimum de risques... que les lardus en 4 CV pie débouchent juste à ce moment-là! Ça arrive, c'est tout de même rare.

La lourde refermée sur nous, seul le bruit du chalumeau pouvait nous attirer des ennuis. Edmond avait du champ pour surveiller les alentours. Une petite place déserte, deux rues qui se croisent... En se postant au bon endroit, il peut voir le danger venir d'assez loin... ronde de pèlerines ou de vigiles. Dans ce cas-là, il entre peinard dans l'immeuble comme un locataire attardé et il fonce dans la cour, au vasistas, nous faire le duce. Suffit alors d'arrêter l'engin le temps que ces messieurs se soient éloignés. Avec Canaque et Marcel on les avait vus souvent d'assez près, les pépères vigiles. On se payait même parfois le luxe d'empocher leur biffeton de contrôle.

Nous voilons la fenêtre de la cour avec une grande draperie noire... vérifions toutes les fissures.

Les gens du vis-à-vis ne peuvent rien soupçonner de suspect. Peu probable d'ailleurs qu'ils se réveillent, comme ça au milieu de la nuit, pour contempler les arrières de la maison Roblot. Enfin mieux vaut tout prévoir. Le Rouquemoute, avant d'attaquer le gros de l'ouvrage, se met à fouiller les tiroirs, faire sauter à la pince ceux qui lui résistent... tout chambouler dans les bureaux.

« On sait jamais, il me chuchote, des fois y mettent pas tout le pognon dans le coffio! »

Quel rat cupide! Au mieux, il peut juste dégauchir un peu de mitraille... la monnaie de roulement des pourliches.

« Et les machines à écrire? C'est des chouettes modèles... Ton fourgue... »

A quoi joue-t-il ce con? Les machines à écrire? Vraiment le balluchonnage de basse catégorie! On est pas venu ici pour ça. Il se marre de me voir renauder. Détendu cézig! il me surprend et plutôt dans le bon sens. Je m'attendais à la pire chiasse de sa part et il est là tout à fait comme chez lui... comme chez moi... A croire que la menace des corsics au cul l'a complètement métamorphosé.

« Occupons-nous du coffre, le reste c'est de la couille.

– S'il est vide, mec, faudrait tout de même pas être venu pour que fifre! »

Je lui braque ma lampe dans la gueule.

« Tu te fous de moi, non! Tu vas pas me dire maintenant... Dis, tu te touches pas un peu? »

J'en tremble. Il se bidonne de plus belle. Bien le moment, l'endroit...

« T'énerve pas, machin, t'énerve pas! On va te l'ouvrir ta tirelire! Tout de même neuf chances sur dix de trouver le paquet... Sinon, tu penses bien... »

Il élève la voix. Il se croit au cirque. Parole il est

inconscient! Plus le même homme. Je vous dis, on peut rien prévoir de personne. Courageux un jour, trouillard toute une existence. Vice versa. Classifier, toujours du bidon... Le cercueil devant nous ne l'émeut pas, mon gros Rouquin. Il déplace un peu les tréteaux. Il passe derrière fureter dans un autre petit burelingue.

« Qu'est-ce que tu branles, merde! Y a rien là-dedans! »

Pour moi, sans doute, mais pas pour lui. Du tiroir il sort quelque chose... Incroyable... une plaque de nougat!... une deuxième... des Bêtises de Cambrai ensuite. Il pose ses trouvailles sur le cercueil. Il triomphe.

« Je le savais bien, cette vieille connasse, elle grignote tout le temps... la secrétaire... »

Il me tend une plaque. Il ose. Je me sens devenir dingue.

« Enfin, nom de Dieu! tu vas pas encore te mettre à bouffer! »

Je l'argougne au colbac par-dessus le cercueil. Je le tire vers moi, le poêle vient avec, tout le drap noir, le cercueil vacille... les tréteaux! Il se remet à rire. Sa bedaine en secousses. Un candélabre tombe... patatrac! Boucan très inopportun qui le calme sur-le-champ. Il se dégage.

« Tu vas réveiller tout le monde! Te fâche pas! T'as pas les flubes? On a rien à craindre, je te dis! On a tout notre temps. »

Valait mieux que j'écrase, il est le maître à bord. Je le laisse décortiquer ses friandises. Envie pourtant de l'étrangler, de lui faire dégueuler son nougat, tout ce qu'il a dégluti ce jour... Il enfouille toutes les gâteries de la secrétaire. Le contenu entier du tiroir. Il vide en plus une bouteille de Coca-Cola qui traîne sur une table. Loin de m'imaginer de semblables réserves dans un tel endroit.

Par la suite, sur le rapport de police, si j'aurai bonne mine! S'ils vont se fendre, les poulets, les plaignants croque-morts, Elbron, Lubary... tous. Niant l'existence d'un troisième larron, ça ne pourra être que moi le gourmand casseur. « T'as tout becté, tout morfalé, mon cochon! Mlle Badoc n'a rien retrouvé. C'était pour son vieux papa. Ça la fout mal pour un perceur. » Pas dire le contraire aux lardus goguenards, je vais tout déguster... humiliations, coups de pompes, injures! Ration ras bord... mon jardin des Oliviers, ma couronne d'épines...

Je vous passe la dînette, la honte de le voir croquer à belles dents... Après bien des hésitations, inspections superflues dans les moindres recoins, les classeurs, dossiers, paperasses, il a fini par se décider. Quand je l'ai vu s'approcher du coffre, tâter un peu la combinaison, le cadran, ça m'a retiré un poids sur la patate... un mastard...

« Eclaire-moi juste de ce côté-ci. Bouge plus. Là, ça colle... »

Moteur. La flamme du chalumeau si je la trouve sympathique! Elle me réchauffe instantanément le moral. Autour, les oripeaux de la mort ne comptent plus. Le coffio qui commence à s'ouvrir, le métal en fusion, les étincelles, le crépitement du chalumeau, plus que ça qui m'absorbe. Il y va franco à présent, le Rouquemoute. Je dois reconnaître qu'il sait tenir son outil. Sa pogne ouvrière a rien perdu d'être restée si longtemps au repos maquereautage. A l'œuvre, mordant le blindage de son bec oxhydrique, il devient sérieux, serre les dents, sue, prend du relief. Je commence un peu à l'admirer. Sentiment neuf à son égard, que je le saisisse vite, il ne durera pas lerche.

Je pense plus au danger. On fait cependant un bruit continu assez insolite. Le Rouquin ne s'arrête plus que pour modifier de temps en temps l'intensité de la flamme au robinet de réglage. Il transpire grosses gouttes. Plus un mot. On bande... toutes nos facultés tendues vers le but. La plaie s'agrandit lentement, sûrement. L'affaire, cette fois, me semble bien dans le sac. Misère Dieu! je biche, me bégale trop vite. Edmond va s'en mêler à sa façon d'abruti et, d'un seul coup, v'lan! la catastrophe.

Tout d'abord, des voix... vaguement... quelque chose d'assez lointain. Je tends l'esgourde... Et baoum! baoum! deux coups violents dans le rideau de fer. Rouquemoute stoppe net. Il se dresse. On se regarde. « Halte! Halte! » ça gueule dehors. Une cavalcade... « Halte-là! » Ça ne peut être que des flics qu'interpellent Edmond de la sorte. Il a cogné dans la devanture. Ce genre de signal n'est pas prévu mais il est clair, on est repéré bel et bien. Tout de suite, je pense au coup de téléphone à la police d'un voisin intrigué par notre musique. Je vois pas d'autre explication. « Halte! Halte!... » ça continue. Des coups de sifflet ensuite. On écoute sans moufter, la respiration retenue, figés sur place. Les secondes se bousculent, les idées... les nerfs se crispent. La vie, dans ces moments-là, prend comme une nouvelle dimension, une intensité extraordinaire.

« Faut sortir! pas à chier!... »

Le Rouquin d'un seul coup a perdu sa superbe. Il tremble, m'accroche par la manche. La blo-blote. Il lâche ses légumes.

« On est fait... Je te... je te... »

Surtout pas que je me laisse gagner par sa trouille. S'il y a une chance de s'arracher faut la happer immédiatement. Je fonce vers la porte de la rue. Je colle l'oreille. Plus rien... un vague piétinement il me semble. Une fenêtre s'ouvre tout à coup. Au-dessus de nous, on dirait.

« Tirons-nous! Tirons-nous, Alphonse... »

En pleine panique, il esquisse un geste vers la barre de sûreté. Je le bloque net. Il est folingue. S'ils sont dehors en force, on va se faire serrer aussi sec. Je gamberge réaction. Par les arrières, y a pas d'issue praticable.

« Et les toits... On peut pas se barrer par les toits? »

Il me regarde yeux hors la tête. Incapable de foutre une idée devant l'autre.

« Je sais pas... je sais pas! Je te l'avais bien dit... On est faits! »

La voix larmoyante. Il se met à tourner. Il se cogne dans les meubles...

« Pour une fois que je me mouille... oh! tu vois, j'aurais jamais dû remettre ça...

– Ta gueule! »

Dehors, le calme est revenu. C'en est presque plus inquiétant. A se demander s'ils ne sont pas là, tout autour, avec leurs mitraillettes à nous assiéger. Je réfléchis. Non... ça me paraît invraisemblable, on aurait entendu le car, les voitures. Il se peut qu'Edmond ait été simplement interpellé par deux hirondelles en vadrouille. Il les a au train... Il nous les éloigne. C'est le moment de sortir ou jamais... Le tout pour le tout, plus le choix... Dans quelques minutes, il sera peut-être trop tard. Ils reviendront avec du renfort.

Juste prémonition. Effectivement, deux cyclistes qu'avaient trouvé à Edmond des allures un peu équivoques. Probable qu'il les avait pas vus venir, qu'il pensait à autre chose, ce con. Pas tarder à me faire éclaircir le mystère. Plus que deux minutes à peine de liberté. L'autre barre complètement en sucette. La débandade intégrale. Il ne sait plus que répéter... gâteux : « Faut se cacher! Faut sortir! » En un éclair, j'entrevois qu'il va s'affaler sitôt les cadènes aux pognes. Je suis pas très fier, moi non plus, mais je garde un minimum de contrôle.

« Viens... Allez viens! Magnons-nous! »

J'arrache la tenture de la fenêtre... J'ouvre. Hop! nous voici dans la cour. De ce côté... pas encore de schproum. Pas une lumière aux fenêtres, la loge des concierges toujours tranquille. Dans le couloir, le Rouquemoute s'arrête. Il mouette de plus en plus, flageole des guibolles. Il me retient, tremblant...

« Sors le premier... »

Il me murmure comme un aveu. Jamais je l'ai trouvé si infect, si glaireux, dégueulasse, bouffi...

« Fonce à la bagnole. Je reste là, tu m'arracheras en passant. »

Trouvé ça tout seul... la force de me pousser en avant. De le voir si péteux me donne comme un coup de fouet par contraste. Je m'avance. J'entrebâille. Elle grince, cette lourde, affreux! Et dehors on dirait le plein jour... Le trottoir éclairé par le lampadaire juste en face pour tout arranger. Quelques secondes je borgnote circulaire les environs. Rien. Je fais un pas... deux... trois. Ça y est, je suis sur le champ de bataille, le champ de tir. Ils sont là les flics... deux silhouettes noires sur la gauche, au coin de la rue des Iguanes, avec leurs vélos. Brusquement, je plonge dans un film accéléré.

« Halte! Halte! Police! »

Le sifflet strident. Je fonce en trombe sur la droite. Ils me prennent en chasse. Achtung bicyclette!

« Halte-là! Halte-là!... »

Que j'atteigne l'autre rue, la transversale... j'y trouverai peut-être un immeuble, une planque quelconque, mon seul espoir. Malgré mes éponges amputées, je retrouve un souffle d'adolescent. Peine perdue, les bourriques en dix coups de pédales sont sur moi. L'un me dépasse, l'autre freine, toujours gueulant leurs « Halte! Halte!... » Je continue tout de même, je tourne au moment où la première balle siffle au-dessus de ma tête. Ils défouraillent les pédés, la sommation arrive ensuite. « Haut les mains! » Cette fois, je suis fait. Je tente pourtant encore une esquive. Zim! Une deuxième bastos ras de l'oreille qui va s'écraser sur le mur. Une troisième... Je m'arrête, la respiration coupée. Je lève les pognes... haletant... je demande l'armistice dans le déshonneur et l'indignité. Pouce! Ils me tiennent en respect, un de chaque côté.

« Bouge pas toi, sinon on te descend! »

Les croire sur parole. Un geste, ils me trouent. Je viens de frôler la mort. Ils sont essoufflés eux aussi. A deux mètres de moi, ils se grattent d'avancer... Pas des foudres de guerre... prudents plouques qui tiennent à leur peau... Des fenêtres s'ouvrent tout autour... les lumières. Tout va se dérouler maintenant pour moi comme dans un état second. Difficile de vous expliquer, de vous dire ce que je ressens. Ça carambole dans ma tête... le Rouquemoute, Edmond... l'outillage en plan chez Roblot. Pas la première fois que je quimpe, mais de cette façon, sur le tas, sans bavure, flagrant délit, sans aucune possibilité de nier quoi que ce soit, ça va pas être du mille-feuilles pour me défendre! Les flicards sont maintenant en train de me fouiller, me palper toutes les coutures... le plus gros, tandis que l'autre me menace toujours de son calibre.

« Il est pas armé! Tu vas filer vite, Armand, au poste chercher les collègues... »

Il me passe les bracelets... clic! clac!

« Je le garde ici, ça vaut mieux. Faut pas qu'y en ait d'autres qui puissent encore se débiner. Avance, salopard, grouille-toi... »

Je fais durer le plaisir... que le Rouquemoute ait le temps de profiter de l'embellie. S'il a retrouvé un poil de courage, il a dû se trisser pendant que je les avais au derche... Je me demande? La place à nouveau. La boutique funèbre. Déjà, ça sort sur le pas des portes... les gens en peignoir, pyjama, savates, les bonnes femmes échevelées...

« C'est là-dedans que t'étais? Réponds nom de Dieu! Hein? Roblot que tu cambriolais, espèce d'ordure! Oh! T'en fais pas, tu seras bien forcé d'avouer. On va te rendre bavard, te fais pas de bile... »

On m'entoure... les curieux, curieuses qui rappliquent. Me v'là vedette pleins feux de la rampe. Seulement, minute! si je suis conspué! Ils sont pas là pour les autographes, mes admirateurs. Ça se met à pleuvoir les insultes. Ce qu'on m'agonit, outrage, abreuve. Les rombières surtout que j'ai sorties du page. Elles profitent que je suis menotté, impuissant sous la menace d'un flingue. Ce que j'entends! Qu'on devrait me pendre! Que je mérite pas de vivre! « Pendant que nous autres on se tue au boulot! Feignant! Voleur! » Plaf! Je repère une talmouse d'une gravosse. Mon ange gardien s'interpose. Pas de ça Lisette! Il veut pas qu'on me touche. Il me protège... que je reste entier pour tout à l'heure, le punching-ball à ses potes.

« C'est vous le concierge? Vous n'avez rien entendu? »

Un petit secco birbe le cloporte. Il a enfilé son false en vitesse... braguette encore tout ouverte... les châsses à peine. Il rêve debout. Il ne sait pas. « Que se passe-t-il? Non, c'est M. Ponson qu'est venu me réveiller. » Il me zyeute ébahi... non, il ne me connaît pas. Sa mémène radine à son tour avec une veste. « Tu vas prendre froid, Maurice, tu sais que t'es fragile des bronches... »

Ainsi de suite... jusqu'à l'arrivée du car. Dix douze minutes... plus au juste! J'ai retrouvé ma respiration. Le matuche a rengainé son artillerie. Il questionne... s'ils en ont pas vu un autre? Un qui doit se cacher dans les environs. Il a disparu par là. Celui qui leur a mis la puce à l'oreille. Un grand... Je la boucle hermétique. Je serre les dents, me prépare les répliques pour tout ce qui va suivre.... les prochaines séquences haute-voltige. Si je connais la musique! Concerto pour malfrat et orchestre lardus. Ça s'organise peu à peu la partition dans ma cafetière. Clancul a tiré ses grègues, déjà ça d'acquis. Reste l'autre pignouf, le tout-en-lard! Pourvu qu'il se fasse pas serrer dans le fond de la cave, merde au cul, paralysé de trouille! Ce qui me préoccupe, premier chef... m'obsède. De cœur je voudrais le voir avec moi partager l'adversité; de raison, je souhaite surtout qu'il soit déjà loin... calsif souillé, mais hors d'atteinte...

Et voici le car... un plein panier de bourriques à mitraillettes. Tout le quartier maintenant sens dessus dessous pour moi tout seul. Ça s'éparpille, ça braille des ordres. Pas le temps d'en voir plus. On m'agrafe, m'arquepince, yop, en voiture! Sitôt là-dedans la corrida! Il en reste assez pour me soigner. Hâtifs, les tantouses, de se détendre les nerfs. Bing! bang!... Pleine euphorie crosses et tatanes. Ils ont du retard de tendresse! Cinq six... il me semble... des ballestes rougeauds... Je les compte pas. Ni leurs caresses... Floc! au bide. V'lan! la gueule... Paf! Baoum! baoum! je rebondis sur le plancher en tôle. Ils me piétinent, m'aplatissent, les enfoirés! Je paie pour les troncs qui les descendent, pour tous leurs complexes, leurs emmerdements. Trop pour un seul homme. Je me recroqueville. On me soulève par les tifs... Un aller et retour d'une paluche énorme force publique. Coups de targettes dans les côtes. Et de ces gentillesses verbales pour accompagner le sport... la sérénade fortissimo rataflic! Je vous transcris pas, vous m'accuseriez d'outrance... que j'exagère pour le simple plaisir. De nos jours, n'est-ce pas, les agents passent des examens. Tous les ans un prix de courtoisie leur stimule l'amabilité, la politesse bien de chez nous. Possible. Tout est vrai et je suis mal en point pour discuter... qu'à pas casser Roblot Compagnie... que c'est moi le mal élevé! Ça sera vraiment la fin du monde quand on sautera les truands pour leur offrir des roses coppélias. Pas demain la veille, je vous garantis. Ce que je morfle! Plus où j'en suis... moitié K.O... je sens qu'on me redresse, qu'on m'assoit. Le brigadier... il a bien du mal à calmer l'ardeur pugilistique de ses poussins.

« Attendez, nom de Dieu! Attendez, vous avez toute la nuit devant vous... »

Paroles hautement réconfortantes! Si je savoure cette exquise promesse! Juste valeur... Faut dire aussi que ça la fout mal le passage à tabac spectacle pour les badauds qui s'attroupent... qui commentent... qui sont jalminces, dans un sens, de pas pouvoir eux aussi participer...

« Tes papiers?... Il a pas de papiers... Vous l'avez fouillé? Ton nom alors? Oui... ton adresse?... Qu'est-ce que tu foutais là, saloperie? Ton nom? Vas-tu répondre, enfant de putain?

– Cadet... Cadet Léon... » Je bafouille n'importe quoi, le premier truc qui me vient... Que je gagne du temps... Si le Rouquemoute a mis les adjas... qu'il est...

« Et l'autre? Ton complice... celui qui te faisait le guet, qui s'est sauvé? Son nom?... Qu'est-ce tu bafouilles?... Albert! Albert comment? »

Ça me confirme qu'il est sûr hors la mêlée.

« Tu nous prends pas pour des cons! Albert son

nom de famille!... On va vérifier, si tu nous as menti, tu vas t'en repentir, moi je te le dis!... »

Dans la rue ça s'agite salement. On lève le rideau de fer, j'entends...

« Vous connaissez cet individu? »

Un bonhomme boursouflé, ventru, cramoisi, chauve, qui vient me détailler. On l'a fait monter exprès dans le carrosse. Perplexe le gonze! J'ai déjà la tronche rectifiée, je saigne du pif, de la bouche... les yeux au beurre... couvert d'ecchymoses. Non, il ne peut rien dire. Il lui semble... C'est le gérant, on a été l'extirper de son lit. Il habite l'immeuble, au cinquième.

Une rumeur nouvelle... coffre-fort... chalumeau... je distingue. On appelle le brigadier... m' sieur le gérant... On me redérouille encore un peu. Tout s'entremêle... Ils reviennent tous...

« Et ça? Hein?... Ça... C'est à toi... Tu peux pas le nier!... Effraction d'un coffre, ça va te coûter cher, mon petit pote! Dix ans de travaux!... Vous avez fait une bonne prise les gars!... Un sacré coco!... Il doit pas en être à son coup d'essai. Dommage que vous ayez laissé s'envoler l'autre piaf! Mais il va nous dire où qu'il est... T'entends, crapule, on te cause français. »

Tout le matériel du Rouquemoute, là, devant moi. Je le regarde. Nul besoin de jouer l'hébétude. Tellement de gnons, j'ai déjà pris, que tout est nébuleux, que je suis bien incapable de répondre distinctement... Je bredouille, bouffe mes mots... mes lèvres en compote... Un goût de raisiné dans la bouche. On me gifle encore.

« Y en avait pas un troisième avec toi?... Tu vas pas nous faire avaler que t'étais seul là-dedans? Dis, réponds espèce de pédé!... T'occupe pas, on va le trouver ton petit copain! Fouillez la cave vous autres... faites bien attention, il est peut-être armé... »

Je peux pas faire un mouvement sans que ça me déclenche une vive douleur. L'acier des cadènes me rentre dans la chair. Pourvu!... pourvu!... je gamberge par bribes... le Rouquemoute!... ma hantise de le voir apparaître, ce gros porc, pour venir me tenir compagnie. Je redoute tout d'une pareille lope... Enfin la patrouille des limiers remonte de la cave. Bredouille... Ils ont passé l'immeuble au peigne fin... visité les moindres trous, les poubelles, les chambres de bonnes. Ce soupir que je me pousse intérieur! Ça discute encore. Je vois plus rien. Clac! les portières... Encore un coup sur le citron. Genre matraque... Hop! je barre aux pommes, aux étoiles... à dache!

J'ai repris connaissance au poste... A l'eau froide on m'aspergeait. Sous les rires, la franche bidonnade de toute la volaille. Deux bonnes douzaines dans une vaste salle de garde. La cage à vue pleine de ratons patibulaires. On me fait déloquer. Je vacille sur mes cannes... plus debout. Ça rentre, ça sort... encore une patrouille qui ramène un nouvel Arabe, le gibier de l'époque. Une activité fébrile pour la défense des valeurs spirituelles de l'Occident. Je suis témoin. Rapports circonstanciés... Violon pas que parfois! matin au soir bondé de Sarrasins... Chaque officier de police un peu Charles Martel. Sur la grande table, les litres de rouge, ceinturons, menottes, gourdins, mitraillettes. Si j'avais la force... ce bond sur la plus proche... J'imagine un peu la bouillie de perdreaux que je m'offrirais... Le tir circulaire en rafales...

« Tes pompes!... retire tes pompes... »

M'exécuter... bien du mal!... Je suis tout déglingué. Je tremble... frissons de toute ma carcasse... j'ai chaud en même temps... Et aussi une de ces envies d'aller au refile!... Enfumée cette turne... Ça pue tout... vinasse, clop éteint, cuir, sueur, panards... *Brise de bourreman* de chez Poulardin! L'opprobre ça se respire... Je reconnais le parfum... celui du temps unimerde de la cerise.

VII

> « *La guerre fait les voleurs, et la paix les pend.* »
>
> MACHIAVEL.

CONSTATATION y a belle levrette... époque Médicis, Borgia... Depuis, rien de très neuf dans ce domaine... affreux, lansquenets, janissaires, soldats de l'An II... III, soudards nu-pieds, dragons superbes, hussards bleus blancs rouges, mercenaires, reîtres, maquisards, miliciens, centurions S.S., paras du Tonkin, commandos katangais... Toute la raclure, la lie des guerres aboutit au schtilibem... Héros fatigués, alcooliques, pervers, rescapés de boucheries... Haut des gibets si ça se balance les fières crapules au vent de l'Histoire! Je profite honteusement de la douceur relative des mœurs demi-siècle avec Saindoux et le dépeceur à la malle, cellule 512. On ne pend plus, guillotine rare. Civilisation! Pas me plaindre, j'aurais pu me pointer en des temps plus rudes. Nos Rungis, Santé, Baumettes sont pleins de valeureux guerriers. Les anciens des toutes dernières coloniales ou européennes. Ce défilé au greffe! Toutes leurs empreintes en collection. Machiavel connaissait l'engeance. Les mêmes peu de chose près. A cheval ou en parachute, armés d'hallebardes ou de sulfateuses, kif mentalité. C'est une race à part, entretenue, entraînée, engraissée le temps voulu. Quand on n'a plus besoin d'elle, que toute cette racaille se met à son compte, ça devient du régal pour la machine à répression qui fonctionne elle aussi toujours. La sorcière Thémis qu'a besoin de vivre, de nourrir ses sbires, ses chats fourrés, argousins, guignols bavacheux à l'hermine. Rien ne se perd dans nos sociétés. De très haut on peut constater que les rouages sont solides, graissés perfection. La mécanique de nos jours est plus compliquée, on la démonte moins facile, elle n'en est que plus efficace.

Le moment que je vous cause, dans toutes les taules de France et de Navarre, tous les malfrats ex-héros, décorés, volontaires, résistants, cinq six campagnes, n'avaient qu'un mot à la bouche : Amnistie! Pas faire un pas hors cellule sans rencontrer un gazier qui vous accroche sur l'amnistie, remise de peine, ristourne-châtiment. Charles-le-Sauveur avait empalmé le pouvoir. Hop! un coup de patte... *Je vous ai compris!...* La IVe aux détritus. On avait suivi l'événement par les ragots, avocats, parloirs, gaffes en veine de confidences. Toutes les péripéties du feuilleton. Vague énorme d'espoir derrière nos barreaux. Un rien en univers reclus vous porte au délire, à croire le miracle, mais là, de l'avis général, c'était pas du pour! Bel et bien du neuf. Nouvelle République. On allait penser à nous. Charles était là... képi, bras en V, micro, brioche... le libérateur certifié. Qu'on lui laisse le temps de déballer ses malles, installer Yvonne à l'Elysée, tous ses fidèles au Bourbon... il allait nous ouvrir les portes en grand, lever tous les écrous, effacer toutes les additions. Venu presque uniquement pour, à entendre les uns et les autres. Il l'avait, affirmait-on, promis, clamé, répété à tous les carrefours. La grâce royale dès son couronnement pour tous les serviteurs de la Patrie tombés dans l'ornière. Depuis plus d'une pige c'était le refrain, la mélopée, la rengaine. Oreilles rebattues matin au soir. Quiconque soulevait la moindre objection risquait de se faire écharper. Simple question de date opportune... Officiel pour le 11 novembre juste avant les législatives. Le 11 novembre était passé. Pas le moindre braconnier hors du trou... Petit flottement dans l'enthousiasme... quelques jours. Radio-prison porte-à-porte reprend vite le dessus... que Charles le Grand est débordé avec son Algérie, son F.L.N., ses comités de Salut Public! Pas eu le temps matériel de s'occuper de nozigs... Normal après tout, mais qu'on se fasse pas de bile, il n'a reculé que pour mieux absoudre. En janvier dès qu'il sera intronisé Président, le coup d'éponge garanti. Ça chuchotait même les détails... peines au-dessous de cinq ans rayées du case... au-dessus, une remise de moitié. Amnistie genre bleu-horizon de 1920, disaient les grands-pères chevaux de retour. Même les matons persuadés. « Pour sûr, y aura quelque chose. »

Janvier arrive... gui l'an neuf... les langues vont bon train fausses nouvelles. Le 7 ou 8, Charles fut sacré chef légitime. Tout le monde se souvient. Les jours passèrent. On attendait... Toujours le décret pour le lendemain et toujours rien le lendemain! Ainsi jusqu'en février. Charles jactait par-ci par-là... tournées de province... Vive la République! mais toujours pas un mot pour nous. Ça sentait la déconfiture...

En prison l'Espérance comme à l'Eglise est une vertu capitale. Une nouvelle date s'affichait déjà aux illuses... 2 mars, jour de la mise en application du code rénové. Traînée de poudre... la cabane s'enflamme. Fallait y penser. Le nouveau code, nouveau dada! 2 mars, *in the poquette*... Charles l'Invincible avait une tâche sur les épaules inimaginable, de ces problèmes à résoudre qu'il était bien excusable de nous avoir passés au second plan... Ce turbin qu'il avait sur la planche pour remettre tout en ordre! Desgrières de Fombloc, l'escroc au baisemain, à la promenade nous expliquait. Toute cette agitation ne me touchait guère, j'étais *prévenu*, les remises de peine n'intéressent que les condamnés. Enfin j'écoutais... Cercle attentif autour du Fombloc. Il regonfle les plus sceptiques. Il parle, faut entendre, un champion du verbe. Pas n'importe qui... noble vieille souche, double bachot, quadruple faillite frauduleuse. Le 2 mars passé, il continue. S'il n'y a rien eu d'autre qu'une feuille de renouvellement de mandat de dépôt – mille quatre cent trente-deux francs supplémentaires aux frais de justice – c'est que notre Charles veut nous faire une surprise encore plus divine pour le 14 juillet...

Ça vous dit pas lerche... 14 juillet, honnestes et libres gens... Enfin... flonflons! fanfares! pétards! bengale! lampions! gambille places publiques... tringler Margot entre deux litres dans les bosquets du bois de Vincennes! Pour les plus instruits, le beau Camille à l'assaut de la tyrannie! Pour les esthètes, René Clair meilleur tonneau! Le 14 juillet vous l'attendez pas tout baveux, piaffants, excités. Vous en parlez pas six mois à l'avance. Duraille de vous faire un embryon d'idée de ce que ça peut être dans les prisons. Surtout cette année de l'arrivée du Grand au pouvoir. C'était comme un fond sonore dans toute la cabane... Amnistie! Amnistie! Chacun ses désirs au moulin... Moi, je suis amnistiable de plein droit!... ma croix de guerre... mes deux citations! Il ne peut pas oublier les gars à de Lattre! ceux d'Italie... J'ai fait Cao Bang, je suis dans le coup... Et le bataillon de Corée! le bataillon de Corée, dis, ça compte autant, mes trois piges on va me les enlever!... Des fenêtres si ça bavachait... à la soupe autour des chariots! Même aux M.N.A. la coursive en face... On va tous sortir! Aucun doute possible...

Les cours de promenade deux trois jours avant, plus qu'un sujet de conversation. Toujours un péroreur entouré. Un escroc le plus souvent qui connaît les secrets des dieux. Ce petit binoclard, par exemple, journaliste parlementaire soi-disant. Il a entendu Michelet la semaine précédente, la veille même de cette déplorable mésaventure qui l'amène ici (un marin provocateur dans une pissotière des Champs-Elysées), Michelet lui a dit que... Michelet le garde des Sceaux... Tu à toi, cézig, à le croire, avec Michelet, Debré, Mendès... Ce qu'il bonit est à peine plausible, mais il raconterait que la Vierge Marie lui est apparue, nul ne douterait du moment qu'elle lui aurait parlé de l'amnistie...

« C'est un mythomane, un sale petit con! Pas plus journaliste que moi archevêque. Je l'ai déjà vu cinq ou six fois en 55-56... Il tombe toujours pour la pointe... toujours dans les tasses. Il doit bouffer les croûtons. »

Saindoux qui grommelle, bougonne dans son coin. Je dois dire, il était bien le seul à être lucide. Ses chères idées aidant, il prophétisait le contraire de tout le monde. Il le connaissait, lui, le roy Charles. Ah! il l'avait vu à l'œuvre! Pour le grand pardon fallait repasser... se faire cuire une omelette de cent mille œufs sur le Vésuve! Payé pour! Il ricanait mol. Ça lui faisait mal aux doudounes de voir tant de pauvres mecs se palucher de pareilles chimères. Il n'osait pas en parler tout haut à n'importe qui. Pour nos veillées cellulaires, ses ronchonnages, railleries, sarcasmes... ses indignations. Il renfourchait son gail 45 sitôt... sa fresque historique! Charles aurait pu à ce moment-là devenir le Réconciliateur, le Débonnaire, le Charitable! Tout à l'inverse, il avait enchristé tout le monde. Des innocents par milliers. Tous ceux, celles qui pensaient de traviole. Comment qu'il les avait soignés les poètes, les glorieux de Verdun, les survivants du Chemin des Dames... peloton sur peloton... chaque petit jour. « Au revoir mes frères. » Jusqu'à un cul-de-jatte dans sa caisse... « Vive la France! » au moment suprême. Charles-Croix-de-Lorraine s'il s'en tamponnait le micro!

« Amnistie? il ne sait pas ce que ça veut dire... ce mot-là, n'est pas français pour lui. Ils vont un peu se rendre compte, tous ces affranchis à la manque. Quelle invraisemblable naïveté! Note bien, Alphonse, que je souhaite me tromper. Va pas croire que je cherche à démoraliser les amis. Mais, enfin, basons-nous sur ce qui fut. Cet homme a horreur de tout ce qu'est pas lui. Comprends-tu, *lui*? C'est la clef du personnage. »

La clef... la clef, il répétait, que je me foute ça dans le ciboulot. Sûr, mais ça me semblait pas particulièrement exceptionnel. Son Maréchal c'était du quès et l'autre aussi d'outre-rideau. Césars de carnaval ou d'acier trempé... tous eux! eux! Avec képi, moustaches ou sans. J'y gobais pas beaucoup moi non plus à ce mirage amnistique. Beau m'écarquiller je voyais nib à l'horizon. D'un chef suprême surtout en uniforme, on ne peut guère s'attendre qu'à des castagnettes. Seulement j'allais pas à contre-courant, j'écrasais. A quoi bon semer la barrabille parmi les convaincus. Ils s'apercevront toujours assez tôt qu'ils le sont, cons et vaincus. Ne jamais les contrarier pendant qu'ils sont soûls. Un strict principe. Et puis les illuses adoucissent le sort des taulards, elles ont ça de bon... définitive.

Vint enfin ce 14 juillet! Nos matons, toute la nuit, avaient gambillé... ceux qu'étaient pas de service... *Paris-Canaille*... on entendait même de nos cellules. Un charre! ces paysans mal dégrossis! Supplice nouveau le bastringue musette qui vous empêche de dormir, qui vous fout le spleen... Réminiscences... souvenirs calibrés biroute... Un corsage tendu loirepem, une taille mince, un regard prometteur... des lèvres toutes mordues de baisers. Dix douze piges arrière... une bouchée de temps! C'était une blonde, nerveuse du pétard... endiablée à la valse, languissante au tango, humide à la rumba. Elle vous remonte flache-fesses, la salope! Elle vous tenaille à en mordre le traversin.

A onze heures, avec la gamelle, on a eu droit à notre sardine à l'huile, ce 14 juillet-là, nos deux gâteaux secs, suppléments traditionnels des jours de fête. Le comptable, d'œilleton en œilleton, venait colporter les nouvelles fraîches. C'était du sûr, absolument, le 15 ou le 16, le décret à l'Officiel. Il l'avait lu dans le canard du brigadier. Au Greffe on préparait nos bulletins. Même les prévenus seraient libérés par anticipation... Il affirmait.

Le 18 on y croyait encore... que ça serait pour le 19! Le 20 ça s'est mis à gronder sourdement dans les couloirs. Le 21, alors, désastre!... des gueules sinistres n'en plus finir dans tous les coins. Il devenait tout à fait clair, probant, formel, que Charles nous caguait dans les doigts. Il décevait définitif ses plus farouches supporters... anciens F.T.P., F.F.L., ceux de Dien-Bien-Phu, d'Algérie, mon légionnaire tout tatoué et mon para et mes nervis R.P.F. des nuits marseillaises... Tous les voyous soldats, les bandits d'honneur et d'horreur, les outlaw ex-sergents... les grandes compagnies, la vieille garde maquisarde. Changement de musique. Retournez le disque. Ah! merde! qu'il s'avise pas de venir ici pour inspecter, Charles l'Ingrat, il se ferait recevoir grandes largeurs, injurier pire que moi par les flics à l'emballage... glavioter, conspuer, conchier. En quinze secondes il serait, des fenêtres, couvert d'immondices, merdes vengeresses, qu'on distinguerait plus son kébour, son embonpoint, son blaire, ses grands bras. Si ça devait lui bourdonner dans les esgourdes toutes ces insultes, ces vociférations haineuses. Quelle avalanche! Là, vraiment si je vous rapportais par le menu, je serais bonnard pour la 17e, user ce qui me reste de fond de culotte sur le banc infâme. Outrage au chef prestigieux de l'Etat... mes couilles! Vous êtes sans doute *avides de vérités brutes* comme Mauriac, devant sa télévise, seulement pour moi, suffit comme ça. Nettement je préfère d'autres émotions, chagrins d'amour, angoisses *Café de Flore*... métaphysiques, spéculations de l'intellect. Je veux plus souffrir que par l'esprit. Le roy Charles si je le respecte. J'y cirerais bien moi ses pompes, ses bateaux 47 fillette, tous les matins comme situass d'avenir. Je lui écrirais en plus des poèmes, cinq six grandes odes thuriféraires... Je m'y vois déjà. Saindoux encore pour me calmer l'ardeur putassière. Que je me faisais un doux cinoche. Charles a suffisamment de cireurs, aèdes talentueux à ses bottes. Plus qu'il n'en faut et il s'en fout. Au-dessus de tout ça! Intouchable même par les louanges. Il ne croit qu'à sa mission de sauver la Patrie. On lui porterait la mignonne Brigitte sur canapé, il ne cillerait même pas. Ça il en est persuadé, Saindoux-sale-Tronche, et c'est son tour de triompher aux promenades, à la fenêtre, partout...

« Je vous avais prévenus, bande de naves! Vous ne vouliez pas me croire, hein!... Voyez, c'est pire que je le pensais. Le premier président de la République qui n'accorde aucune grâce pour son arrivée au pouvoir. Le premier. Rappelez-vous les autres... »

Le couteau dans la plaie, il touillait, retournait, jouissait, le poussif hideux. Alentour ça renaudait sec. On évoquait le bon Vincent borgne qui vous vidait toutes les centrales, les maisons d'arrêt pour l'anniversaire de la Bastille conquise, vers les années 48-49... Certains sont là pour témoigner. Moi-même... une ristourne de six mois. Vincent l'homme politique de mon cœur. La Béquille aussi, et Jojo de Montreuil, et David le Bègue, Bébert le Forain, Gégène le Branque, Angelo le Rital, Dédé le Gitan, P'tit Louis de Suresnes, Jeannot l'Elégant, Raymond Parachute, Michel les lunettes... Tous vincentistes, même les pédoques, les mendigots, les « abus de confiance ». Desgrières de Fombloc, le plus acharné charliste, est forcé d'admettre. Amende honorable. Oui, il s'est trompé, son Charles n'est pas débonnaire... Ça serait plutôt Charles-peau-de-vache, Charles-peau-de-zébi, Charles-quedalle...

Je restais à l'écart, spectateur forcé de cet opéra anti-Charles. Je souligne. Qu'on n'aille pas mettre à mon compte toute cette véhémence. Moi qui fus un de ses preux à mitraillette, ça me chagrinait le tréfonds-souvenirs de le voir ainsi couvert de fiente notre Charles à tous, l'Invaincu, le Tenace, l'Incorruptible... Charles d'Arc, je peux pas mieux le nommer. Ça n'arrêtait plus, des étrons énormes fabrication flagdas, pois cassés, lentilles de nos galtouses... Ptaf! ptaf! sur sa statue imaginaire! Pas, je vous prie de croire, des petits colombins de mes deux crottes, des cacas de pigeon comme les généraux de la rue de Rivoli... Saindoux premier rang, âme du concert, ténor vedette. S'il s'y donnait postillonnage, vociférations, horreurs, dégueulures! Ses désirs sauce réalité! Il se voyait piétinant le glorieux képi, arrachant les médailles devant le front des troupes... La Légion d'honneur, le cordon s'il vous plaît!... Rageusement! Charles-presque-le-Chauve livré ensuite, pieds mains liés, aux chaînes de vélo de nos blousons du quartier J3.

. . . .

Tout ça pure perte, verbiage inconséquent. Quinze jours plus tard, ça recommençait le Fresnes-cancan... « Il attend la fin de la guerre d'Algérie. A ce moment-là, il fera quelque chose. Il sera forcé. »

Saindoux, alors, n'a plus voulu descendre à la promenade. C'en était trop. Il s'est mis à faire des phrases sur sa solitude et sur l'incommensurable connerie humaine.

*

Ce 14 juillet, c'était juste avant l'arrivée d'Edouard à la malle. Je vous avais omis l'événement par distraction. Je pensais moi à bien autre chose. Mon instruction qui lambinait chez le juge Elbron. La pléthore de dossiers en attente avec le mien... les vacances, les commissions rogatoires qui ne rentraient pas... tout s'en mêlait, les événements, la réforme du code... L'automne approchait sans rien m'apporter de nouveau. On s'accoutume à tout. On s'enferme dans les habitudes, la médiocrité crasseuse. Je grignotais jour après jour, nuit après nuit, ma seconde pige. Le quart cellulaire supprimé c'était du poids net. Vous bonir ça pour le menu : *Journal d'un Emplacardé,* serait vite fastidieux. Des galtouses et des galtouses. Le vendredi, le poisson, une infection de plus... Le dimanche, la viande... quelques peaux, quelques nerfs, un os. On ronge. On est rat. Je perdais mon bénard à maigrir. Onze, douze kilos?... aucune bascule pour savoir! J'ai demandé le toubib, lui expliquer mon cas. Mes quatre ans en sanatorium, pneumos... hémoptysies au début, tout mon pedigree tutu. Que j'avais le tracsir de la rechute. Il m'a écouté gentiment. Un barbu maigrichon beaucoup plus affable que son prédécesseur, le judoka, qui venait pour Otto.

« Je vais vous envoyer passer une radiographie à l'Hôpital central. Le médecin-chef vous convoquera ensuite s'il y a lieu. »

... Le médecin-chef à l'infirmerie, je le connaissais bien. Au début, j'étais resté en observation dans ses services plus de quatre mois. Ce qui le passionne lui, ce docteur Pontard, c'est surtout les verrues. Pas une lui échappe. Il a découvert un traitement radical à l'encre. « Vous avez une verrue mon petit!... Depuis longtemps?... Il faut soigner ça... Ma sœur, donnez-moi la bouteille d'encre je vous prie. » Des frangines à l'infirmerie pour les soins. De bien douces et dévouées bonnes femmes... qui vont jusqu'à faire des quêtes de mégots dans les cafés autour de la prison pour soulager l'humanité qui crache. Il tamponne, le docteur, lui-même. « Recommencez plusieurs fois par jour... Laissez-lui le flacon, ma sœur. » Il note sur son carnet pour ses statistiques. Voilà, il sourit, stéthoscope, bonnet blanc, lunettes. Il vous serre la main. Auscultation par-ci par-là. Un petit renseignement. « Meurtre, dites-vous... C'est grave, ça mon bonhomme!... la cour d'assises. Quelle idée aussi de tuer ses semblables!... » Il passe au suivant. On est vingt par salle... Salles! enfin des cages. Une grille de solides barreaux jusqu'au plafond pour nous empêcher d'atteindre les fenêtres, faire des signes aux nourrices détenues qui sont en face dans un bâtiment propret. Les gaffes viennent dans ce couloir de ronde nous compter, recompter plusieurs fois par jour. Toute la nuit les veilleuses restent allumées. Sinistre l'adjectif idoine... Dans l'ensemble et dans les détails. Murs cloqués, ruisselants, toujours la même tapisserie de dessins obscènes, graffiti vengeurs... Dix lits en fer de chaque côté, boiteux, défoncés... des tables au mitan, bancales, graisseuses... placards au-dessus des pageots, tables de nuit, bancs... Tout ça de guingois, rafistolé, délabré... Une sorte de refuge Armée du Salut. De ces tronches de crevards exhorbitées pas croyable!... crétins, mendigots, stropiats, torves, gluants, croûteux, scrofuleux, boquillonneurs, chafouins, louches, hirsutes... A qui sera plus repoussant énergumène que l'autre! Tout à fait le déchet, la lie du rebut. Hosto + prison + asile de nuit... La cour des miracles. Je ne pensais pas qu'il y ait l'étage au-dessous ici en France... quelque chose de plus lugubre. Pourtant le pénitencier-sana à Glacourt, dans un sens, serait pire... quant au cheptel. Je devais y aboutir par la suite. Je vous raconterai peut-être... un autre livre si vous êtes sages, un tome II...

Le docteur Pontard passe deux fois par semaine. Il pénètre dans les cages... souriant, vif, viocard guilleret... Pour son âge drôlement alerte... dans les soixante-dix on prétend. Il rajuste ses lunettes. Depuis qu'il officie dans le castel, pensez un peu s'il est blindé! Avant les antibiotiques ça crevait là-dedans comme au choléra. Arrivaient ici rien que des cas désespérés... râleux, hoquetants dernier carat, les cachectiques résidus de toutes les centrales. Le docteur Pontard passait comme aujourd'hui parmi toutes ces agonies... Aussi souriant, un peu moins bigle, toujours la bonne sœur à son train.

Je pourrais sur cette infirmerie rester des pages et des pages. Tout un volume et copieux juteux à souhait. De ces bagarres, règlements de comptes dans les glaviots, les ordures, les odeurs d'éther et d'urine!... Toutes ces salades, entourloupes maudites entre baveux, malotrus rapaces, tueurs à quatre sous, voleurs de poules! La haine croupissante moite à face glauque qui vous colle à la peau... L'impression d'ensemble. Plus de quatre mois, je suis resté là, salle « Hippocrate », témoin et acteur... Presque un soulagement de partir ensuite en division! Un seul avantage... la nourriture à sa faim. Une tambouille genre Necker, Bicêtre... légumes, frometon, fruits, boulettes de viande crue, rations de beurre et de sucre quotidiennes. L'hiver, certains vagabonds tubards chroniques insultent les agents, brisent une vitrine, chouravent à une devanture rien que pour venir là s'engraisser jusqu'au printemps. Eux le plus gros de la clientèle. Au moment que je vous parle, il y avait en outre le contingent nord-africain de l'indépendance, et ça n'arrangeait pas les choses. Ça chantait, rythmait aux gamelles, palabrait, complotait sans cesse. Les vrais politiques se tenaient, eux, à peu près peinards, mais les autres, tous les « droit commun » qui se prétendaient du F.L.N., s'ils étaient hargneux, prompts à la lame, susceptibles, complexés, excités, provocateurs! De temps en temps, tout valsait dans la cambuse. A coups de planches, bancs, tables de nuit, pistolets pleins de pisse. Les matons se ramenaient par douzaines pour séparer les combattants. Chaque semaine trois quatre rixes sanglantes. Pour des riens, hop! ça prenait feu. N'importe quel prétexte. Un clop, la triche aux cartes, un regard traviole, une parole mal interprétée. Patatrac! ça recommençait. Rester neutre dans cette poudrière... j'aurais voulu vous y voir.

Sûr, il y avait des heures creuses, des cures peinardes quand toute la vermine était repue, qu'on digérait sur nos grabats... Et puis aussi des petits plaisirs. De ceux qu'on appelle, je ne sais pourquoi, antiphysiques. Rendez-vous nocturnes aux chiottes après les rondes. Toujours une ou deux tantouses de service chaque salle. La moyenne honnête. Ça maintient le moral. Vous vous leviez pisser... les gogues étaient dans le coin, séparées tout de même de la salle par une porte branlante... Vous poussiez, ça résistait... Inutile de se faire un dessin. Encore Mimi du square des Arts et Métiers en pleine succion de verge... Quand on la dérange, ça la met de mauvaise humeur, et l'autre aussi, l'actif, l'homme... à ressaut de son *coïtus interruptus*. Je vous cite Mimi, une blondinette à tifs zazou, une des plus célèbres, des plus girondes, mais dans l'ensemble c'était pas jojo, pas des prix de Diane de la pédale. Je me demandais dehors ce qu'elles pouvaient affurer, la plupart, avec leur cul. Fallait vraiment un appétit sexuel monstre – c'est le mot – pour se farcir des hotus pareils... si cradingues, si louches, si difformes. Je les revois encore, un cauchemar... On imagine mal avant de venir là. Vous aviez, tenez, La Goulue (le sobriquet, vous devinez la cause). Tellement devenue moche, La Goulue, délabrée, puante que ceux qui se la faisaient avaient presque honte. Elle tombait d'ailleurs pour la manche. Des stages de quinze jours trois semaines. Elle ne restait pas longtemps dehors. Sortie le mercredi, le dimanche elle était de nouveau là, *mendicité* sur son bulletin. Et hardi je te pompe! Elle venait se proposer de lit en lit... sa démarche pieds en dedans de s'être fait tellement casser la rondelle... Trois gauloises le tarif ordinaire. « File-moi trois pipes je t'en ferai une. » Juste ce qu'elle disait, avait la force, à mi-voix rauque... la tête penchée, l'air ahuri. Les fins de décades les amateurs marchandaient. A l'infirmerie on en pouvait cantiner que quatre paquets de cigarettes tous les dix jours. Cantinaient ceux qu'avaient de quoi à leur compte. Cinq par chambrée grand maximum. Ça vous explique la modicité apparente des prix de La Goulue. De toute façon, elle était vicelarde du truc. Dans les périodes de grande disette elle marchait à croume, pour rien, pour le plaisir. Tout à fait au bout de la déchéance. Un objet de mépris, de rigolades atroces. Même les autres cloches bêchaient à son égard, la traitaient pire qu'une chienne galeuse.

Par pitié, moi, la première fois, j'y ai filé gratis une gauloise. « Barre-toi maintenant, fous-moi la paix. » Incapable d'entraver. La nuit elle est revenue me secouer... à quatre pattes... Obligé de repousser l'assaut avec ma godasse... Elle comprenait pas cette cigarette charitable. « T'es bien cave! » J'étais révulsé, horrifié comme à l'idée d'une bête hideuse qui viendrait me lécher la face. Mon voisin, Jojo de la Courneuve, un petit zonard *coups et blessures* s'il se fendait! Lui n'était pas si délicat. Il bandait d'un rien. Goulue pas Goulue, tout était bonnard. Il se faisait éponger à la menace. Lame en pogne il conduisait les lopes aux gogues. Le travail fini il les remerciait d'un coup de pompe. Pas du tout le mec à michetonner.

« A l'infirmerie!... Mais vous êtes très bien à l'infirmerie... Il paraît que vous mangez comme au restaurant. »

Les paroles exactes de maître Lubary. Pas contester, dire le contraire. Les poulets aussi, de la XXe, quand ils venaient me chercher pour les interviouves. « T'as encore de la veine, avec ta tubardise, t'es à l'infirmerie. » L'endroit, il est vrai, était recherché autant que l'hôpital central. Un lieu de délices, une auberge campagnarde, un petit paradis, à entendre les conversations. « Quatre mois à l'infirmerie! Comment que t'as fait? »

Pour y aller ou pour y rester certains se maquillent. Une science atroce le maquillage-maladie en cabane. De ces trucs à ne pas révéler... que ça pourrait faire du tort aux potes. Parfois d'ailleurs ça tourne très mal... plus du maquillage, du sabordage pur et simple. Ceux qui s'appliquent une serviette mouillée d'eau froide sur la poitrine tous les soirs pour attraper une pleurésie... Ceux qui s'infectent les plaies, s'enfoncent dans l'urètre un bâtonnet enduit de merde... ceux qui se tailladent, avalent des épingles, des crayons, des allumettes... ceux qui gobent des glaviots de bacillaires... ceux qui... ceux qui. Pas un poème, une façon de vous rythmer les choses... L'empire de la nécessité, ni plus ni moins. Celui, un Tunisien relégué, que j'ai vu se perforer le poumon avec un fil de fer rouillé... un bout de six sept centimètres, tout doucement entre les côtes... poussé au point qu'il disparaisse. J'invente rien. On a dû l'opérer ensuite. Ce qu'il cherchait pour rester un peu à l'hosto, bouffer à sa faim, avoir un lit, rien foutre. Dingues tous ces gonzes-là c'est vite dit. Ils vivent des années dans un tel cloaque, une telle promiscuité, un tel enfer qu'ils en arrivent à ce genre de demi-suicide abominable...

Je tenais pas à y retourner dans cette géhenne, cette nef des pestiférés... En cellule je n'en avais que deux à subir. Y avait tout de même du répit. On se figure pas jusqu'à quel point des êtres peuvent devenir viceloques, tendus uniquement vers le mal. Les entourloupes qu'on doit s'attendre! Ragots cloportes, pièges de toutes sortes! Et pour des motifs si futiles, si sordides! On est sur le qui-vive jour et nuit. Balançages veux-tu voilà. Se méfier de ses paroles les plus anodines... J'ai su, bien longtemps après, que pendant ces quatre mois, le Lopardi m'a fait espionner presque constamment. Un petit casseur tout ce qu'il y a de sympa... joyeux drille et tout. Il m'a embrassé, larmes aux yeux, quand je suis parti. Il voulait seulement que je le mette en rapport avec mes associés, mon fourgue pour travailler lorsqu'il serait dehors.

Je pourrais vous énumérer à l'infini tous ces bas

malfrats, leurs méfaits, leurs gestes, vous les faire jacter de mémoire. Une galerie de portraits, oh! tout ce qu'il y a de pittoresque! Chacun avait son histoire, sa vie lamentable... des péripéties, anecdotes à vous faire frémir. Tôt ou tard il venait se déballer, vous bonir tout ça en vrac sur le bord du page. Des mythomanes époustouflants, vantards d'horreur, farauds satyres, assassins avortons..., etc.

A la 512, après la graphie, aucune nouvelle. Donc pas lieu de me mouronner, je tenais le coup question éponges puisque le docteur Pontard ne me faisait pas appeler... les cicatrices ne s'ouvraient pas. J'étais certes bien las, bien épuisé, écœuré devant la tortore. Normal sans doute après quinze seize mois de détention. J'avais la ligne haricot vert, taille de guêpe, frime émaciée. J'allais me compter les côtes aux douches... Tout de même l'espoir de me sortir de là à peu près entier. Un hic cependant, la myopie de ce bon médecin-chef. Avec l'âge bien excusable. Je ne savais pas à ce moment-là... j'avais confiance, il avait lui aussi la Légion d'honneur.

Août, septembre... Saindoux toujours là. Toujours lui, je m'excuse. Je l'ai contemplé, respiré, écouté pendant plus de dix mois, vous pouvez bien le lire deux cents pages. Vous ne l'avez, vous, que de seconde main, par des artifices, des tours de récits rigolos... du moins j'essaie, je fais mon possible... Il s'avachit de plus en plus, se traîne visqueux jusqu'au chariot tendre sa gaufre. Il gémit de ses rhumatismes... Ouille! Ouille! Ouille! le nouveau leitmotiv. Il s'écrase ensuite comme une bouse sur sa paillasse. Son numéro est usé, élimé. Il rabâche. Tout ce qu'il peut l'ouvrir, je le rembarre sans ménagements. Ça le rend triste. Il se trifouille entre les doigts de pieds, en extirpe un peu de crasse qu'il roule ensuite en petite boulette entre son pouce et son index. Il regarde ça attentivement, écolier stupide, enfant attardé! Tout à l'heure ça le prendra subit... Les ortolans sur canapé, si je connais la recette, si j'en ai déjà morfalé? Son sketch culinaire, nostalgie de tambouille... Edouard à la malle ce qu'il aimait en liberté... le boudin frit. Des goûts simples... jus de fruits, légumes frais au beurre, alimentation saine, vitaminée. Il attaque Saindoux sur le cholestérol, l'artériosclérose. Lecteur assidu de *Votre Santé*. La médecine si ça le connaît! Il dit que ceci, il sait, il a lu que ça...

« Vous mangiez trop c'est évident. Ici ça doit vous faire du bien. »

Ce qu'il a proféré, le con! Saindoux apprécie très mal. L'insolence! Il saute de son coin. Il va lui rappeler le respect dû... son meurtre qu'il devrait avoir honte! Il glapit, popotame à voix de roquet.

Oh! il me les brise! Je suis en lecture encore sérieuse, Valéry, cette fois, *Monsieur Teste*, très précisément. Je vais les mettre d'accord, je peux plus supporter ces cris, tout ce déconnage. Saindoux, à son habitude, manœuvre pour que ma colère retombe sur l'autre. Seulement, ce matin-là, c'est lui qui me débecte le plus.

« Toi, la bouffissure, tu ferais mieux de dormir. Tu nous fais chier. J'en ai marre de tes comédies. »

D'une parole une autre, ça s'envenime vite. Il vient me baver que je la ramène trop, que les caïds comme moi il leur pisse au train. Pas le temps d'en dire plus, ptof! une gauche ramassée, je le cueille à froid au plein du bide, le redresse aussi sec d'une droite au menton. La goutte a fait déborder le vase. Je cogne, redouble dans ce tas de graisse infecte. Ptof! Flac! l'accule dans les chiottes. Il s'affale sur la lunette, pas encore revenu de sa surprise. Il n'offre aucune résistance, le gros porc. Il anhèle, accuse les coups en gémissant. Je vais l'achever, ça fait trop longtemps que je me contiens. Ce coup de sang! Je vois rouge. Il s'agrippe au robinet! Une trombe de flotte! Je poursuis mon œuvre sans répit, à la savate. Pleine poire! J'arrache l'étagère où nous rangeons nos assiettes, nos cuillères, sel, bricheton. Je lui balance tout sur le cassis.

« Arrêtez! Arrêtez... »

Edouard qui s'en mêle. Qu'est-ce qui lui prend à cet enfifré mondain? Il cogne dans la lourde... ameuter tout le monde!... nous ramener les gaffes! Oh! je change de victime. Je l'argougne à la chemise. Je vais lui faire comprendre moi les bonnes manières au gnouf. Que ça se fait pas ça d'appeler les matons quand y a de la bagarre... que c'est ni plus ni moins du mouchardage. Il esquive mon premier coup, s'arrache la limace. Le tabouret il s'empare. Il est plus rapide que je pensais... il glisse. Son tabouret je vais lui faire bouffer, petite ordure! lui briser sur sa gueule de tante. Il s'y accroche. Je tire. Il lâche brusquement... je m'étale en beauté. « Au secours! Au secours! » Il s'est relevé... a rebondi vers la porte. En tombant je me suis cogné le crâne sur le tuyau de chaufferie. Abasourdi. Je tente de me reprendre. « Au secours! Au secours! » Il tambourine le sale pédé! Je vacille sur mes cannes. Je vais le faire taire, moi, je vais le faire taire! Je cherche autour de moi un objet... le tabouret encore. Il le repère ce coup-ci dans le dos. Baoum! la porte s'ébranle. Je suis dingue, je vais les tuer tous les deux. Une impulsion phénoménale. Rien ne m'arrêtera plus, je suis déchaîné. Je n'entends même pas venir les gaffes. J'attrape l'Edouard... au kiki... j'y martèle la tête contre le mur... Et brusquement la lourde s'ouvre. Trois quatre sur l'alpague. Je me débats, on m'arrache de la cellule. Je touche plus terre. On me tient par les bras, les tifs. Ça gueule tout autour... Sur la coursive je me calme peu à peu. On m'entraîne vers la 4e Division... le quartier disciplinaire. Presque une délivrance, je vais être enfin seul...

*

Une idée m'obsède au mitard. L'architecte, le monsieur très bien qui a fait les plans... les trognes graves qui se sont penchées sur le problème, ces intelligences à concevoir. Je pique le dix... le six plutôt, six pas du mur à la rangée de barreaux qui séparent le fauve de la porte... Ingénieux, le gonze, il a tout prévu... tortionnaire très digne sur épure, diplômé Quat'Zarts, parfait gentleman, si distingué, si plein d'esprit en société. Son œuvre magistrale la prison modèle belle époque. Boulot cousu pogne... Le ciment bien froid, le bat-flanc bien dur, le robinet qui coule à heures fixes, l'étroite fenêtre ras du plafond, la lampe dans sa niche protégée d'un petit grillage au-dessus de la porte. Perfection home châtiment. On travaillait consciencieux avant la guerre, la première, la 14-18. Du solide pour tenir à l'usage aussi bien en architecture qu'en trousseau de mariée.

Voici la prison de la prison, le second degré comme en humour. Silence. Il pèse, il vous refroidit jusqu'à la moelle. Il ne sera troublé que par des bruits de clefs, de verrous, de portes qui grincent sur leurs gonds, qui s'ouvrent un instant pour se refermer brutal. A la longue on reconnaît les gaffes à leur façon de claquer les lourdes plus ou moins rageuse. On marche, on tourne, on s'oursifie. On écoute. On gamberge à vide.

A poil l'arrivée. Toutes vos fringues devant vous. On reste nu contre le mur devant le pupitre du surveillant qui inscrit tout sur son grand livre... une veste, une paire de chaussures, un mouchoir!... Au vol on attrape les hardes réglementaires. C'est trop court, trop long, usé, poisseux, humide, troué... ça sent le rance, l'urine, la crasse... On réalisera tout à l'heure. L'homme en uniforme bleu est pressé, faut faire fissa, enfiler sans discussion l'habit qu'on vous donne. L'auxiliaire déploie votre paquetage qui arrive de la division. Nomenclature... une brosse à dents, un crayon bic, une serviette toilette, un paquet de lettres... « Mettez de côté. » Vos richesses éparses sur une couverture. On jette l'inutile... enfin ce que le gaffe juge inutile. L'instinct de propriété vous tenaille tout de même. On regarde ses photos, ses bricoles de rien, un calendrier, une fleur sèche, un carnet, le peu qui vous rattachait encore... à quoi au juste?... On ne sait plus... Une signature bas de la colonne. Voilà. Tout est en ordre. L'escalier... on suit la casquette. On avance sur la passerelle. Septième cellule. « Mais donnez-vous la peine d'entrer cher ami. » Double fermeture. Entre la porte et la grille de protection un mètre à peu près. L'ampoule électrique qui brûle jour et nuit est disposée de façon à éclairer l'affiche du règlement intérieur du Quartier disciplinaire. La seule lecture permise, recommandée même. Se mettre tout ça bien dans le chou, sinon!... Sinon, votre séjour en arrière-cul-de-basse-fosse peut se prolonger. Voilà ce qu'il dit, le règlement intérieur. Il est imprimé grosses lettres. On a même pensé aux bigleux à qui on retire les lunettes.

Quinze jours, rien à redire, c'est régule. Au prétoire j'ai pris tout sur moi. Frappé le premier, j'ai reconnu, moi le responsable plein entier. Edouard a pleurniché. Saindoux, beaucoup trop au parfum des us et coutumes entre taulards, ne m'a pas chargé. Tous les deux le sursis. Je les avais bien arrangés, coqueliques, sparadrap, bande velpeau... Pas pu m'empêcher de me fendre d'un sourire satisfait en les apercevant dans le couloir avant de passer devant le directeur. Non, je ne regrette rien (air connu).

Je marche de la grille au mur, du mur à la grille. Je me sens léger le premier jour, débarrassé comme d'un poids. Je tourne d'un pas vif, je me soûle à tourner. Je bouffe des kilomètres à la longue. Demain, je vais me mettre aux jeux habituels des mitardés... Mesurer la cellule avec ses pieds... calculer la surface, évaluer le volume... inspecter les murs, les moindres graffiti. Les petits traits verticaux... sept coupés d'une barre horizontale pour compter les semaines... notre calendrier. Le temps sera long, je sais, j'en suis pas à ma première expérience. En septembre encore ça va, mais l'hiver je vous prie de croire que c'est pas le Majestic. La nuit surtout avec une mince couverture sur la paillasse humide. Toutes les frusques, même les savates sur la coursive le soir à la fermeture. On nous laisse juste notre chemise et c'est la fête aux osselets, aux miches à glagla, aux balloches racornies... Et les dents, alors! je les oubliais! Si elles claquent, nos quenottes, un charleston éperdu! On arrive même plus à vagabonder de l'esprit. On est un bout de barbaque au frigidaire. Pour un coin de feu, un peu de chaleur, on fourguerait la lune... la sienne. A un féroce teuton encore, un vilain bougnoule. Pour une place une heure devant la bûche crépitante dans l'âtre de nos ancêtres... On aurait des excuses.

L'été, autre supplice... la soif. Aucun récipient, on vous laisse, pour se garder un peu de flotte. Juste le droit de boire quand le robinet coule à l'heure de la toilette. Pour se distraire la chasse aux punaises... mieux que rien! Le grand problème, ici, tuer le temps pendant ces interminables journées, dormir pendant ces interminables nuits. On se sonde la mémoire à la recherche de noms, dates, lieux, visages. On récapitule. Mnémotechnie, je vous dis que ça... de ces exercices qui vous musclent la cervelle.

Lorsqu'on est fourbu de marcher, on peut se poser le cul sur le bat-flanc. Juste le cul. Interdit pendant le jour de s'allonger. Si le matuche vous surprend à l'œilleton, rapport circonstancié du délit. D'ailleurs, paillasse et couverture vous sont retirées dès le matin. On les sort de l'autre côté des barreaux en reprenant ses nippes. Tout ça minuté doigt à l'œil, codifié menu... pas la moindre fantaisie.

Le maximum de ce régime, c'est le quatre-vingt-dix. Le tarif pour les évadés repris, les tentatives, les coups de saccagne... Quatre-vingt-dix jours! Six fois la quinzaine de vacances payées... le temps pour Hitler de se farcir deux fois la doulce France jusqu'aux Pyrénées... le temps d'une saison... d'un amour désabusé de nos romancières aux yeux de tristesse. Trois mois à s'inscrire sur le mur avec un éclat de verre ou un minuscule morceau de ferraille qu'on planque précieusement entre deux lames du bat-flanc. Treize petites bottes de sept traits. Et là encore s'agit pas de se faire prendre à scribouiller sur les parois. Détérioration de matériel administratif que ça se traduit en jargon maton. Un supplément de stage en perspective et une amende prélevée sur votre maigre pécule.

Quatre-vingt-dix! le chiffre laisse rêveur et pourtant ils ne sont plus ce qu'ils étaient autrefois les quatre-vingt-dix... Depuis la réforme pénitenciaire on becte l'ordinaire tous les deux jours et on touche quotidiennement une soupe et la boule de bricheton. En 48 encore, le régime alimentaire du mite c'était la gamelle tous les quatre jours. Ceux qui se farcissaient un quatre-vingt-dix étaient bons ensuite pour l'infirmerie... quelquefois pour la caisse!... Dans les centrales pendant l'Occupation, le mitard était l'antichambre du cimetière. Seules s'en tiraient les natures vraiment robustes. J'ai connu, comme ça, pendant mes périples en galère, certains vieux durs, ceux-là alors des vrais de vrais, bouclés depuis vingt piges qui avaient tiré le tiers de leur peine au mitard. Des six sept ans au total. Sept ans! Ils avouent tout de même que c'est pas du gâteau. Ça se lit dans leurs yeux de loup maigre, ça s'entend lorsqu'ils jactent. Ils savent, eux, le prix d'un mégot, d'un morceau de sucre, d'un croûton de pain. Des savants de l'existence. Ils ont vécu presque en sarcophage, en caveau. Ils reviennent de loin... du pays des ombres entre la vie et la mort. On n'ose pas leur dire « je viens de tirer quinze jours », on a comme une pudeur d'avoir eu tant de relative veine.

Enfin faut se les ronger quand même ses deux semaines de super-placard. La gaufre arrive, on la trouve soudain succulente... flagdas, patates mal épluchées qui baignent dans une sauce claire... un arrière-goût de moisi. N'importe, elle descend rapide... cuillère en bois... floup! un animal, on est, positif. Se magner de boire, aussi, avant qu'on nous reprenne la vaisselle. Si le maton est un bon zig, un gras du bide pas trop hargneux, il discutera le coup cinq minutes, vous donnera les dernières nouvelles... le train qu'a déraillé, le tremblement de terre en Turquie, la reine d'Iran qu'a mis bas... Il vous quittera sur un petit bonsoir aimable. Assez rare, les surveillants du Quartier sont triés peau-de-vache. De ces trombines de bovidés avenantes et ouvertes comme on en voit nulle part ailleurs, qu'on se demande où ils les trouvent? dans quelles montagnes? De quel trou glaiseux ils sortent?

Chaque matin la demi-heure de promenade obligatoire. Seul bien sûr dans la fosse aux ours. En y allant et en revenant on aperçoit un peu les autres. Dix mètres d'écart pendant le déplacement entre les punis. Pas question de bavasser, se faire des signes, s'interpeller. Le cerbère de service badine pas. De la passerelle il a l'œil et sa conscience professionnelle pour vous redresser. Il rate personne.

Celui qui marche devant moi, mon voisin de la cellule de droite, ça serait plutôt une voisine. A sa façon de tortiller des noix nulle gourance possible. La vraie nana à la retape. Au moment où il pénètre dans sa cour, que le gaffe ouvre la porte, il en profite pour se retourner, me faire un petit salut gentillet de la main, accompagné d'un mouvement de tête, d'un coup de châsses tout à fait évocateur. Beau mec, cézig, un brun bouclé type oriental. Dans les vingt-cinq berges. Il a dû se faire surprendre par la ronde de nuit en pleine régalade du fion. Ce genre de pratique vaut trente jours de chtard pour le pointeur comme pour le pointé.

Derrière, j'aperçois Pierrot le Belge qui sèche ici depuis plus de deux mois. Tentative de cavale... il s'est fait crever alors qu'il atteignait presque le faîte du second mur, avec une corde et un crochet. Le mobile lui a tiré une bastos dans le bras et en tombant il s'est cassé la guibolle. On l'a soigné à l'hôpital et ensuite le quatre-vingt-dix de rigueur. Il remettra ça aucun doute. Avec déjà un perpète et un vingt ans sur la soie, il n'a guère d'autre espoir de s'arracher. Il me fait lui aussi un salut de la main et un petit clin d'œil. Il a le moral. Plutôt une nature joviale, ce Pierrot le Belge, un spécialiste des lessiveuses paysannes. Avec sa bande ils écumaient les campagnes comme au temps de Vidocq. Un chauffeur de panards très classique, simplement motorisé au lieu d'être à cheval.

De ma fosse, je peux voir la chapelle, le mur d'enceinte, et au-delà un immeuble de construction récente. Il est peut-être huit neuf heures. Une fenêtre s'ouvre... une femme en chemise de nuit, ses grands tifs en débandade sur les épaules. Elle secoue des couvertures, des draps... Elle me paraît belle. Je devine un peu sa poitrine. Je la dévore du regard... Oh! la salope... ce que je lui ferais pas! J'en bande, j'en ai des bouffées. Elle se gourre sûrement pas des désirs qu'elle provoque chaque matin. Le Pierrot à côté doit être comme moi, la gueule entre les barreaux à frimer, gamberger un viol en levrette à la surprenante. De près elle est peut-être blèche, une tarderie loucheuse montée sur des quilles à varices. Trop loin pour voir les petits défauts. C'est une femelle ça nous suffit... Si elle savait... elle se foutrait peut-être à poil! Ça nous avancerait pas lerchem. Je m'arrache de ma contemplation. Marre de me torturer... on s'en cognerait la tête contre les barreaux! Tantale je sais ce que ça veut dire, je savais avant même d'avoir lu la Mythologie. L'autre à gauche, le brun bouclé de la cale 2, souffre moins que nous autres. Les privations sexuelles étant les plus dures à supporter, le châtiment est moins sévère pour les tantouses. Certaines sont en taule comme des poissons dans l'eau. Dans l'eau d'un aquarium sans doute, mais tout de même dans leur élément. Zulma, c'est son sobriquet, son blaze dans le demi-monde de la jaquette. Je vais le savoir dès aujourd'hui par le morse... toc! toc! toc! au mur. A peine relourdé en cellule, il (ou elle je sais plus quel genre employer) va se mettre à me faire un gringue effréné par le toc! toc! au mur. On ferait bien de tous apprendre le vrai morse avant d'aller au chtib; on en est réduit au plus rudimentaire alphabet... Un coup pour A, deux pour B, trois pour C, etc., jusqu'à vingt-six. Les dialogues, alors, d'un pénible!... d'une lenteur! Avant d'entraver « Zulma », quelle séance d'oreille collée! Les toc! toc! interminables du Z, du U. Toujours une occupation... toc! toc! toc! toc! à en venir abruti... toc! toc! toc! Et se la donner en même temps que le maton borgnote pas votre manège. Toc! toc! je réponds le moins possible. Elle monologue Zulma-la-Brune. En chaleur, la garce! Des obscénités qu'elle toctoque... « Tu dois avoir une belle... toc! toc! B... » Suffit, je connais la suite, je me remets en marche. Elle poursuit son toctocage-caquetage de petite folle... Elle doit s'exciter toute seule, s'en frotter le cul sur le bas-flanc... Je réécoute encore un peu, je compte. Elle ne change pas de disque. Une obsédée. « Je te... toc! toc! toc!... dix-neuf... S... » Les trente jours de mitard ne l'ont pas guérie. Elle remettrait ça si sec! Preuve encore que les sanctions les plus rigoureuses n'ont aucun effet salutaire. On se demande d'ailleurs ce qui pourrait débarrasser une mignonne comme ça de sa coquetterie. Jusqu'à des soixante-dix piges, elles font les tasses, inlassables, inassouvies, toujours prêtes à baisser le bénard. En tout cas je lui plais à Zulma, je suis son genre. Un vache tickson!... « Je t'aime », elle me déclare toc! toc!... Si je me trouvais en cellule avec césarine, j'aurais du mal à résister à ses câlineries. D'autant que c'est vraiment l'ersatz de gonzesse qui pourrait vous donner le plus d'illuses. Du peu que je l'ai vue, elle a une frimousse tout à fait féminine. Malgré son droguet loqueteux encore de l'allure, une grâce féline dans la démarche... son déhanchement que beaucoup de belles de nuit lui envieraient. Par la suite, j'apprendrai qu'elle fait des ravages en première division, provoque des bagarres sanglantes, des chagrins d'amour, des drames romantiques. Elle est tombée pour le meurtre d'une concurrente à coups de surin. C'est une féroce, une tigresse royale de la pédale.

Pierrot le Belge, lui, toctoque rarement. Il a une combine avec l'auxilaire de la soupe pour le tabac. De temps en temps deux trois pipes et des allumettes dans la boule de pain. Il m'affranchit, demain j'en croquerai. Toc! toc! toc! au mur de droite... C'est un pote de la division qui me fait cette fleur, l'auxi bien sûr se mouille pas gratis. Je me demande qui?... ça risque pas d'être Saindoux. Peut-être le petit David le Bègue ou Jeannot l'Elégant? A moins que ce soit Raymond le parachutiste ou le Gros Dédé?

Pour fumer, préférable d'attendre la neuil et de bien tendre la coquille pour pas se faire piquer. Ce qu'il faut de ruse, d'attention, d'astuce, pour s'offrir un peu de plaisir! Une pipe ici c'est de l'or en barre. Comme on est un peu affamé, elle vous procure une vraie jouissance, vous monte à la tête, vous réchauffe le cœur. On apprend au chtard l'art de savourer les plus petites parcelles de volupté.

*

En dehors du toc toc morse, je révisais mes leçons pour chez le juge, l'examen final premier cycle. Sur l'affaire Roblot tout était vraiment contre moi. Coincé toute la ligne. Tout ça la faute à Clancul. Ce qui lui a pris de cogner dans le rideau de fer au lieu de rentrer dans l'immeuble? Ces vaches à roulettes ne nous étaient pas tombées du ciel. Je revoyais les lieux pour la énième fois. Il ne pouvait pas ne pas les avoir frimées de loin. Distraction? Tout à fait impardonnable. A la guerre ça vaudrait douze balles. Quel branque en plus de nous avoir fait repérer! Sans ses coups dans la devanture, il aurait suffi qu'on attende, on pouvait même finir le travail. Disparu rue des Iguanes l'Edmond. Un fion bordé de nouilles! Il avait eu le temps de se glisser dans quelque couloir, de se terrer dans une cave jusqu'à la fin de l'orage. Même pas eu l'idée de repartir avec la 403, qui me restait depuis sur le rapport. *Véhicule automobile à proximité des lieux pour faciliter sa fuite.*

Ces quarante-huit heures à la poule! Ceux qu'y sont passés m'entraveront. La nuit au violon et la suite. Les questions, les questions, le martelage questions. Qui? quoi? où? comment? Après la dérouille des képis si on est frais pour l'interviouve! Les vedettes du cinéma, de la librairie, de la chansonnette se lamentent d'être sans cesse accablées d'interrogatoires saugrenus. Tous ces journalistes indiscrets qui se planquent avec leur bloc-notes jusque dans la baignoire de Brigitte... sous le lit de Françouase! qui traquent l'académicien de pissotière en bénitier!... L'emmerdement que ça représente. Parfaitement d'accord. A même. Reporters lardus pour ma pomme, à se relayer, rabâcher toujours les mêmes demandes. Qui? quoi? où? comment? Et ceux-là alors sans le moindre ménagement. A me traiter, vous avez lu, au-dessous du plus vil batracien. Ma photo comme celle d'une starlette à la une des quotidiens, mais moi juste la tête... mon derrière sans intérêt! *Alphonse le bandit.* Sitôt ma concierge, cette brave femme, au commissariat, à déposer, raconter... gnagnagna... Sa stupeur!... je lui paraissais un homme tellement convenable. Ah! elle s'explique mes va-et-vient, mes étranges horaires, mes pourboires princiers... Si elle avait su!... Ne mange pas de ce pain-là... même les miettes. Et puis la voiture... le mystérieux complice... Sans doute Edmond qui l'avait tirée cette D.S. après s'être arraché de sa planque rue des Iguanes.

Enfin tout ça s'accumulait, ça faisait des charges suffisantes pour me retrouver aux Assises. Lubary avait beau dire, me rassurer, me pommader la perspective, les mois de prévention s'entassaient et, ça, c'était très mauvais signe. Les affaires de correctionnelle traînent rarement à l'instruction au delà d'un an.

« Vous n'étiez pas armé. Ici, à Paris, c'est très important. Vous ne présentiez pas de danger pour la vie de vos victimes. Tout est là. La Chambre des mises ne peut pas vous considérer comme un criminel. L'association de malfaiteurs ne tient pas, voyons! Il faudrait prouver qu'il y avait un troisième compère pendant ce cambriolage. Celui qui est venu chez vous le lendemain, que vous aviez auparavant hébergé plusieurs jours, c'est un ami tout à fait en dehors de vos histoires. Vous ne voulez pas le compromettre, tout à fait naturel. C'est ce que je vais dire au tribunal. Qu'il soit venu chercher ses affaires ne constitue pas une preuve de complicité. Evidemment, il aurait été préférable que la police pût l'entendre... »

Sourire entendu de Lubary... que je le prenne tout de même pas pour un imbécile de donner dans de pareilles sornettes. Il se devait pourtant d'entrer dans le jeu que je lui suggérais. Mes risques et périls.

« Vous avoueriez quelques-uns des cambriolages dont on vous soupçonne fortement, ça me falicite-rait la tâche. Je pourrais plaider le repentir sincère. Mais enfin, n'est-ce pas, rien ne vous y oblige. Si vous êtes vraiment innocent malgré toutes les apparences, je comprends très bien qu'il vous soit pénible de vous accuser vous-même. Je vous mets en garde cependant contre les dénégations systématiques. Elles peuvent se retourner contre vous.

« Oui Maître, oui Maître... je vous suis bien reconnaissant... Parfaitement Maître... Je vais réfléchir... »

Tout réfléchi! *N'avouez jamais!* L'adage du louchebem guillotiné au siècle dernier. Ce qu'il a gueulé sur la bascule. *N'avouez jamais!* Son cri, d'écho en écho, dans les taules nous parvient toujours. Les principes parfois ont du bon. Il en faut bien quelques-uns sinon ça tourne vite débandade, catastrophe et liquéfaction. Tenez, ma règle absolue d'être jamais enfouraillé pendant le turbin, aujourd'hui je la bénissais. Moi quand on me parle de revolver je sors ma culture, mon Code pénal, je ramène ma science sur le tapis. Seulement, dites donc, avec un zèbre comme Canaque ça faisait pas lourd mes baratins. Quand il se toquait d'une idée fixe, le détourner besogne ardue! Sûr il avait tout de même un grain, des petits vélos dans la cafetière... La plaine des joncs sans doute, le soleil, les fièvres! Seul rescapé d'un poste de brousse huit jours encerclé par les Viets. Il s'était mis à me raconter à propos du flingue. Je voyais pas le rapport. Lui oui.

« Les bougnoules c'est autre chose que tes flics. Ils me font pas peur ces cons-là, t'entends... On les laisse trop faire ce qu'ils veulent... Alors d'après toi, s'ils se pointent, on dit amen, on lève les bras. Dis, tu m'as pas vu? »

On était chez lui. Marcel se vautrait, me laissait aux prises avec cézig. Le P. 38 comac dans son bénouse... à la ceinture, la crosse qui passait. D'où sortait-il ce calibre? Acheté à Pigalle à un nègre! Il avait peut-être déjà servi pour une rentière! J'ai fait la remarque, tous les ennuis qu'on récolterait en cas de pépin.

« Pépin! pépin!... Pépin ma bite! Je vais te dire, moi, t'es qu'un pessimiste. Toujours tu penses à la cabane. J'irai pas moi en cabane! Avec ça moi j'irai pas. T'entends breloque!... Je suis pas de la race qui se fait gauler. Vingt-trois morts dans le poste à Dong-Plei-Bang... vingt-trois! Tripes à l'air et burnes en gueule! Pas des enfants de chœur... parachutistes coloniaux! Tous des couilles au cul. Le lieutenant Maquet, l'adjudant Savani... Leurs bananes, dis t'aurais vu, jusque sur la braguette, les palmes, les étoiles de bronze! Commando de brousse n° 3 *Archanges de la mort*! Mézig le dernier survivant. T'as jamais eu si soif que moi. En 44 t'as toujours bu, en prison aussi... Tu bois tout le temps comme l'autre fainéant! Regarde-le, ce sac à vin, y se marre y sait même pas pourquoi. Au poste à Plei-Bang, je l'aurais pas vu beau. Il y serait encore, il nous ferait plus chier!... Et les moustiques, la dysenterie, la chaleur... l'humidité! Peut-être cinq cents Viets à nous guetter, invisibles... nous dégommer comme des lapins sitôt hors du poste. »

Il gesticulait, s'excitait. Le débit vif. Les yeux mauvais. Hausses de ton brusques... Marcel connaissait l'anecdote. Il soupirait, se faisait les ongles, regardait le plafond. Moi, c'était le flingue que je voulais revenir. Un fondu pareil avec un calibre, positif qu'il défouraillerait sur les poulagas s'il se sentait marron. Le crime impardonnable. Vous pouvez tuer père, mère, enfants, brûler à petit feu votre épouse, torturer le vieillard, violer la rombière, encore des chances de sauver votre tronche, mais le meurtre d'un agent de la force publique, la bascule au bout, pas un pli. Le poste à Dong-Plei-Bang hors question. Il y était encore, Canaque. Certains comme ça restent à un endroit de leur passé, les amoureux inconsolables, les combattants d'une croisade. Ils s'y sont figés on dirait, leur vie ensuite est devenue une sorte de rêve éveillé... Vous leur causez pluie et beau temps, ils vous répondent Mers-el-Kébir, la cote 113, Durrenentzen... Dieu sait quel bled oublié de tous. Canaque c'était son Dong-Plei-Bang. Dix jours dans la jungle à marcher. Il s'était sorti du poste, un miracle! On l'avait retrouvé, second miracle! sans connaissance au bord d'une piste, des supplétifs laotiens.

« Et d'abord moi je m'en fous de crever. Vous y tenez trop à votre barbaque. Vous êtes des poussifs de la vie. Toi, l'éponge, tu veux que je te dise, tu me fais l'effet d'une sorcière. Tu te tiens pas propre... toujours tu grognes, tu redis, tu calomnies. T'as que des défauts! T'es plein de complexes! Tu débagoules sur tout le monde!... Quand Alphonse il est pas là, tu te gênes pas pour le débiner, hein, tu te grattes pas! Qu'il est de mèche avec Youpe et tout... A Dong-Plei-Bang, un mec comme toi on l'aurait égorgé nous-mêmes. Tu démoraliserais Bigeard! »

Pour si peu Marcel ne changeait pas d'attitude. Il le laissait se fatiguer tout seul. J'arrivais pas en placer une. Ma petite théorie du casseur sans arme en campagne... J'en avais convaincu bien d'autres. Edmond Clancul par exemple, si crâne de piaf celui-là qu'il serait bien parti chouraver des camemberts avec une sulfateuse sous le bras. Seulement l'Edmond il était facile à dissuader. « T'as peut-être raison... » il replanquousait l'artillerie. Canaque, fallait attendre qu'il se refroidisse, qu'il ait fini son Dong-Plei-Bang. Trop tôt j'ai avancé le Code pénal. Du coup, c'était pour moi la cascade, ça se retournait. Ce que j'avais dit là!

« Ton code... Oh! laisse-moi me marrer!... Ton code... mais moi j'en ai un aussi!... Dalloz 54... Y a pas que toi qui le connais le code! Je l'ai là... Tiens... c'est pas *Tintin et Milou* en format comme ça... Eh bien, je vais te dire... j'ai qu'une parole. Le code Dalloz, à partir de ce soir, moi, je le cloue aux chiottes et je me torche avec... J'y cague dans les pages! Toi aussi t'as peur de mourir, tu racles ton assiette, tu calcules ta ligne de vie! Ceux qui réussissent, mon pote, sont pas à une bastos près. Tue ou sois tué voilà ce que je pense. Tu sors de là, c'est tout de suite du millimètre, du mégotage de fonctionnaire. Ce que j'en ai à branler d'y aller du gadin! Ma tête dans le panier ou sur un bambou, dis-moi un peu la différence? À Dong-Plei-Bang ils nous faisaient pas prisonniers les bougnoules. Floc! la tronche... Je peux plus vivre comme ça!... j'ai du sang de Mongol, moi, par mon grand-père! Où je pisse l'herbe pousse plus! Où je bois boivent les loups! Si vous y tenez tant à votre viande, tous les deux, je vous donne un conseil. A Saint-Sulpice, à la porte, y a encore de la place pour la manche. Dans le code c'est pas prévu bien cher. Le minimum du minimum. Qu'à tendre le chapeau. " A votre bon cœur, m'sieurs dames! " Moi c'est pas ma mentalité. Je suis né en août sous le signe du Lion. Mort violente dans mon horoscope! Tu me vois pas, dis, à l'asile... assis dans une petite voiture avec l'autre qui me pousserait, qui me ferait encore des vacheries... »

S'il jactait pas des huit jours, il se rattrapait d'un seul coup. Tout y passait, il charriait tout, rancœurs, regrets, mégalomanie, sa guerre aux tropiques, sa haine des lardus. Toujours le flingue dans la culotte. C'était l'été, en bras de chemise. Ventilateur qui ronronnait. Ça, il manquait de rien dans son bungalow. Les rafraîchissements : fine, whisky, jus de fruits. Marcel débouchait un flacon, sans plus se soucier du boniment. Le flegme du Marcel, son je-m'en-foutisme absolu. Je savais pourtant qu'il partageait mes convictions à propos des armes à feu. Ce soir-là on devait encore se mouiller. Une affaire plutôt glandilleuse. Pas question pour lui comme pour moi d'accepter que l'autre nous accompagne son P. 38 à la ceinture. Rien que sur le parcours on pouvait s'heurter à des flics chercheurs d'Algériens. Folie pure! Il était capable de tirer, l'état de surexcitation que je vous rapporte. Il s'arrêtait plus, une véritable crise. Tout à coup quelqu'un à la porte... on frappait. Ça l'a stoppé net.

« Qu'est-ce qui vient encore me faire chier? J'avais pourtant dit à personne de venir. »

Il se dirigeait vers l'entrée. Si j'ai bondi... le flingue! Il allait pas ouvrir comme ça, on était pas au cinéma.

« Planque ton calibre! Passe-le vite... »

Glissé au premier endroit venu, sous le couvre-lit, le matelas. C'était une gonzesse qui venait le voir. Elle passait par là en voiture. L'idée de lui faire une petite bise. Gentil de sa part, mais elle se pointait le mauvais moment. Pour la petite bise, un euphémisme... plutôt un patin, un long, style Hollywood, qu'elle lui roulait dans le vestibule. Sylvie, son blaze, ils nous a présentés « Alphonse et Marcel mes meilleurs copains ». Pas une zonarde putain quelconque cette môme Sylvie. Gazelle tout à fait convenable. Mieux que ça même. Cette sensualité dans les châsses! Les gourmandises que ça vous promet. Dans les vingt-deux piges, élégante, racée, fille de bonne famille aucun doute. Où l'avait-il pêchée celle-là? Il nous en avait pas parlé... Ce qu'il consommait question nanas! Un ravageur! Elle se servait elle-même un scotch. On la regardait nous comme des cons. L'atmosphère changée d'un seul coup. Baguette magique, la fée dans la turne, nos différends évanouis.

« Que fais-tu ce soir mon minet? »

Elle s'installait dans le fauteuil, croisait les jambes... ce galbe! cette perspective! J'y repensais, là, dans ma cellule-cénotaphe, vêtu loqueteux, affamé de tout. L'image très précise de la Sylvie. Je l'ai vue pourtant qu'une fois, ce fameux jour du flingue. Mémoire tendue je revoyais tout. Canaque paraissait nettement gêné de cette visite inattendue. En tout cas le calme était revenu. Radical. Il pensait plus à son calibre... loin loin de Dong-Plei-Bang! Plus du tout le même homme devant une femme. Son langage grossier il nous le réservait, ses insanités, sa colère, son délire asiate... toutes les dégueulures pour nozigs... Sylvie là, il devenait aimable, souriait que c'était surprenant après la crise qu'on venait de subir. Je me demandais, grattais... s'il nous jouait pas la comédie? Encore maintenant toujours perplexe à ce sujet. Certains gonzes commencent par jouer la folie et un beau matin ils se prennent à leur piège. Enfin le charme de la Sylvie nous métamorphosait Canaque en Grand Meaulnes. Que Marcel qui restait insensible, lui, sur le page, cigarette amère coin de la bouche, son falsard tout maculé de taches de graisse. Elle le jaugeait lousdoc, la mignonne... Un drôle de copain, elle devait penser.

« Mais ce soir je suis pris, je te l'avais dit... Un banquet des anciens de notre bataillon. Alphonse et Marcel étaient avec moi en Indo... »

Elle a fait la moue. Vraiment une excuse pour Bobonne le banquet des anciens combattants. Il aurait pu dégauchir quelque chose de plus original. Elle te le câlinait du regard posément, d'une façon presque impudique. Des yeux bleu pervenche, elle avait. Canaque, vidé de son énergie s'était approché... assis sur l'appui du fauteuil. Elle lui caressait la pogne.

« Tu aurais bien pu t'arranger autrement. N'est-ce pas monsieur... »

Bien embarrassé pour répondre. Juste à ce moment, sans le vouloir, j'ai vu Marcel qui faisait un geste, qu'allongeait la pogne tout doucement sous le couvre-lit. Je me suis déplacé, l'air de rien, planquer le mouvement, me mettre en rideau entre le fauteuil et le pieu. De toute façon il aurait rien vu,

Canaque, il était tout à sa belle, il lui chuchotait des mots tendres...

Je revivais, marchant dans ma cellote du mitard toute la scène. Six pas aller, six pas retour... mains derrière le dos. A se la mordre! Canaque sigisbée, soupirant transi... Lui, bien lui, cézig, l'échappé de Dong-Plei-Bang. D'un autre côté, il se cachait pas de ses dépravations, ses partouzes avec sa pote gouine. Plus rien ne cadrait. A moins que la Sylvie en croque aussi? Savoir, avec les fillettes d'aujourd'hui? Là, cependant, ça semblait plutôt romantique, l'amourette fraîche, les gazouillis de tourtereaux... Il menait peut-être trente-six existences de front? N'importe, je cherche plus à comprendre, ceci m'éloigne, vous éloigne... nous égare...

Marcel ayant chouravé le P. 38, je croyais bien que ça allait faire du schproum après le départ de la souris. Je m'attendais au pire. Il était si braque, le Canaque, si décousu, si déconcertant qu'il s'est rien produit du tout. Je regrette pour la psychologie, mais il n'a même pas demandé où on avait planqué son flingue. Comme s'il n'avait jamais existé, que son théâtre de tout à l'heure on l'avait rêvé.

« Alors on y va », il a dit simplement.

On y a été comme les autres fois. Plus rien, pas allusion. A y perdre latin et argot. Environ deux mois après seulement il m'en a reparlé de son calibre... pour me dire juste qu'il s'en foutait mais que Marcel n'était qu'un sale petit voleur. Un jour qu'il était à ressaut après lui, je sais plus trop pourquoi.

Tuer ou être tué! Il était mort maintenant le pauvre Canaque. A se demander s'il avait pas un peu raison, tout folingue incohérent qu'il était. Courte et belle pour lui... un feu d'artifice. Pour nous interminable et gluante. Toc! toc! toc! pour me distraire. Zulma en chaleur l'autre côté du mur.

« Mon cul tout à toi! » Quelle connerie de lui répondre! Le désœuvrement, bien sûr, père de tous les vices. J'écoutais, comptais les toc! toc! malgré tout.

Au-delà de Zulma, la cellule suivante, c'était un petit suicidé, un crime passionnel qui s'était ouvert les veines et qu'on avait sauvé à temps. Pour lui passer le goût de se saigner, quinze jours de mitard. Grève de la faim : même tarif après les soins à l'hôpital. L'administration n'a que foutre des causes, des circonstances, ceci, cela, hop! au quartier!... Le seul remède pour tous les cas d'indiscipline... Le petit passionnel, sitôt de retour en division, ne se loupera pas cette fois-ci. Du quatrième par-dessus la rambarde, l'atterrissage dans un grand splaf! sur le ciment. Action éteinte pour la justice. Un rapport encore, une paperasse de plus, sujet de bavardages quelques jours... la messe est dite! Combien sont passés ainsi par-dessus la rampe, des désespérés, depuis que cette prison existe? Ça doit bien être inscrit quelque part. Combien sont morts, poignets ouverts, crâne fendu, pendus à l'espagnolette? Des statistiques à ne pas publier... qui nous instruiraient pourtant beaucoup plus que les oui et les non du référendum.

*

Au sortir du mitard avec votre barda dans la couverture, quand vous retrouvez la division, ça vous donne comme un avant-goût de liberté. Impression bien fugitive!... la porte est beaucoup plus loin... tout au bout du couloir central. On l'aperçoit... sept, huit grilles entre. Chaque grille un maton avec son trousseau. J'avais payé assez cher mais j'étais enfin débarrassé du Saindoux et du fiancé à la malle. Changement de cellule obligatoire après la plongée au mite. Je remonte au quatrième étage mais à la 480...

« Y a une place là, avec Riton le Tatoué, tu seras bien », m'a dit le comptable.

Va pour Riton! Lui je le connais que de sa renommée, bonjour bonsoir sur la coursive jusqu'ici. Vedette du mitan, le Riton. Tous les jeunes en admiration. Riton par-ci, Riton par-là... fiers que Riton leur serre la pogne. S'il a la cote, le Tatoué, pas d'avant-hier! Ses non-lieux retentissants. Certes, il a tiré au total des années de ballon, mais toujours il a évité les trav's et même parfois la guillotine. Jamais assez de preuves contre lui, que des suspicions-certitudes, rien de suffisant, de palpable pour le coincer définitif. Plus le loup vieillit plus il déjoue tous les pièges. Il a quel âge Riton, au juste?... quarante-cinq six? Pas maintenant qu'on va le faire marron. Il attend de pied ferme encore une relaxe.

« Salut, mec », il m'accueille franco, détendu, sympathique. Poignée de main de fer. Ces louches qu'il a, de vraies battoires! Qu'est-ce que c'est ce gonze avec lui? Un barbu, un Russe... « Grégor Biakhounov. » Jamais vu auparavant, c'est un frais enchristé de huit jours. Riton m'explique pendant que je m'installe.

« Un champion, mon pote, je te jure!... Hein Grégor? Oh! tu te réveilles l'arsouille? Je dis que t'es un champion, un tsar... »

Le Grégor sourit, approuve du chef. Il doit être un peu sourdingue. Riton élève la voix pour lui parler. Plus rien me surprend dans le Landerneautentiaire, mais tout de même ce patriarche, ici, avec Riton le Tatoué, ça détonne! J'aurai décidément tout vu. Quelle catégorie celui-là, je me demande? Chèques en bois? Vol à la tire? Sucettes aux gamines?... Témoin de Jéhovah, je pencherais plutôt. Sa barbe poivre et sel en éventail qu'influence ma supposition. Tout à fait le genre Tolstoï. Dieu le père dans les catéchismes. Fringues défraîchies mais propres... une certaine dignité, allure... Il donne du pain aux piafs à travers les barreaux. Ils viennent picorer dans sa main. Une volée... cui cui cui... c'est donc aussi un peu saint François d'Assise! Riton m'entreprend immédiat. Il jacte rapide... une voix de mêlé-cass... bouche en coin. La cellule est propre, je remarque, bien rangée. Des provises sur les étagères, je perds pas au change d'avec la 512. Du moins je le crois, je me méfie toujours de l'avenir. Ça s'annonce tout de même pas trop toc. Casse-croûte mastard pour commencer. Si je mords à belles dents après quinze jours de carême. Le pot de rillettes sur la table et une moitié de calendos. Riton est assisté de première. Dehors ses moulins tournent à plein... son bar-restaurant à Belleville, ses trafics divers, sa station d'essence sur la Nationale 7. C'est pas le gangster miteux mythomane. Tout en ordre quand il est en villégiature. Sa fille au collège chez les sœurs. Sa femme auvergnate qui contrôle tout, dépenses, recettes, bénéfices. Les patentes, registre du commerce, compte en banque, tout à son nom. L'homme peut dormir, attendre sa levée d'écrou peinard. On lui reproche quoi, à Riton au juste, ce coup-ci? Détention d'armes. Un malheureux colt 45 sous son comptoir. Avec tous ces biques, F.L.N. ou non, dans le quartier, légitime qu'il ait de quoi se défendre... cas d'attaque. Ce qu'il a soutenu mordicus au commissaire Bellivier, toujours lui, son ennemi de vieille date, qu'a juré d'avoir sa peau. Ce flingue-là, il l'a acheté à un inconnu... un blond, une espèce de Fritz... y a bien de ça deux piges. Qu'il ait pu servir à je ne sais quel règlement de comptes ça il ignorait. D'autant qu'à la date de cette fusillade, il était justement à Naples...

Simple vérification par la police italienne... le non-lieu garanti au bout de l'inculpation de complicité de meurtre. Pour le calibre sous le comptoir, il morflera trois mois maximum. Voilà tout, oh! il se bile pas. Il a l'habitude, les condés lui font pas de cadeaux. Le moindre soupçon, ils se pointent chez lui avec leur mandat de perquise. Le moindre ragot du dernier loquedu donneur, hop! convocation à la P.J... S'il est à l'heure prescrite! Pas se permettre dix minutes de retard! Suffit de s'expliquer dans la vie. « Mais parfaitement m'sieur le commissaire... Vous savez bien que je dis toujours la vérité. »

Lui, il se torche pas du Code pénal. S'il la potasse la procédure! Il s'est sorti de tels pastis que bien des avocats auraient de quoi en prendre de la graine. Il me raconte... j'avais entendu parler. En 47 déjà Riton avait sa légende. Son style à l'américaine. L'opposé d'un Pierrot le Belge toujours en cavale, toute la poule au derche, traqué, bandit de grand chemin! Riton, lui, se défend dans les règles, en bourgeois-truand. Depuis une paye il a compris que le crime paye pourvu qu'on sache y mettre les formes.

« Mes bousilles, tu parles d'une connerie! J'avais vingt berges. A Tataouine c'était la mode. Ça serait à refaire, je resterais comme toi. On peut être un homme sans tatouages. »

En tout cas il y avait été bonne mesure... de quoi justifier son blase. Tapisserie des pieds à la tête. Arabesque de dessins, symboles de toutes sortes. Des papillons sur les genoux, une oasis dans le dos... palmiers, chameaux, clair de lune... une petite merveille figurative! Sur la poitrine *Ni Dieu ni Maître*. Des croix, des serpents sur les bras... le falot... *la pensée à ma mère*. Sur chaque fesse un soldat d'Afrique avec son Lebel, les deux baïonnettes qui se croisent juste au-dessus de la raie : *On ne passe pas,* l'avertissement net. Jusque sur la queue, sa célèbre flûte enchantée dont tout le monde parle. Une portée de musique avec des notes. Pas à contester, il l'a montrée à Grégor devant moi. Bien lui prouver qu'il était lui un mélomane estampillé! Ça sa faiblesse au Riton, les airs d'opéra, le bel canto. J'ai vite entravé le pourquoi du Grégor ici. Un chanteur. Spécial, il l'a fait venir dans la cellote (une combine avec le comptable) pour son divertissement, sa joie profonde, sa délicatesse cachée.

« Tu vas entendre, dis, tout à l'heure l'air de la Calomnie du *Barbier de Séville.* Après la soupe, hein? Grégor, tu vas nous la pousser ta romance. Et puis *La fleur que tu m'avais jetée...* »

Grégor fait toujours oui oui de la tête, toujours le sourire dans sa barbe, la douceur dans le fond des châsses. Par l'air du mec très causant, mais il se rattrape à la goualante. Après la soupe midi et soir, à la fenêtre pour que les autres cellules en profitent. Riton sur sa paillasse calé confortable comme dans un fauteuil... cigarette, les yeux mi-clos, recueilli. Ne pas venir le faire chier! S'il savoure la beauté de la chose!

« Grégor, maintenant pousse-nous un peu *Les jardins de l'Alcazar...* »

Grégor ne se fait pas prier. Il obéit à la voix de son maître. En échange, il est nourri, Riton le gave... pâté, frometon, miel, confitures, plats cuisinés... Soigné faut voir notre ténor... baryton? je sais pas au juste. Il est pas fixé lui non plus. Plutôt éclectique.

Jardins de l'Alcazar, délices des rois mau... au... aures!
J'aime à me promener sous vos vieux sycomores.
Les rêves amoureux dont s'enivre...

Main droite sur le palpitant... gauche en l'air! Barbouse en bataille. Moi j'ai surtout envie de me fendre, la première fois. Si ça tonne dans la carrée, ébranle les murs. Ce coffre, le Grégor! Il lésine pas au trémolo!

... dont s'enivre mon cœur!

Ça m'en promet de belles! Tout le répertoire... *La Favorite, Manon, La Tosca, La Vie de Bohème, Roméo et Juliette,* Grégor connaît tous les grands morceaux par cœur. Et il aime chanter, se faire entendre. Des fenêtres s'il est applaudi, bissé! On le rappelle... qu'il recommence... *Pourquoi me réveiller.* Il s'exécute. Riton veut bien, Riton ne se lasse... Ensuite *Mireille...*

Mon cœur est plein d'un noir souci...

Il roule un peu les r, son accent popof. Incapable de dire s'il chante juste, s'il a l'aigu rond, le médium adéquat... Il pousse, il se gonfle, il éclate...

Ange du paradis, couvrez-la de votre aile...
Dans les airs étendez votre manteau sur e... e... lle
... fais grâce à sa jeunesse!... fais grâce
à sa jeunesse!... épargne sa beauté!...

Jamais, j'en ai tant entendu, moi, d'airs d'opéra. D'un seul coup! première journée à la 480, déjà plein la tête, par-dessus! Où avait-il appris tout ça? Par plaisir, en amateur... mais quel amateur! La grande déception de sa vie, on sent, ne pas être monté professionnel sur les planches. Une guigne insensée, voilà tout. Cependant il n'a rien du raté hargneux, Grégor. Pondéré, serein, parlant très lentement, d'une humeur toujours égale. Pas objecteur de Jéhovah comme je me figurais. *Abus de confiance*, tout gentiment sur sa feuille d'écrou. Il vendait chez les commerçants des crayons à bille soi-disant au profit des aveugles de guerre. Une petite escroquerie simplette qui lui rapportait de quoi payer sa chambre d'hôtel, son restaurant, ses faux frais. Un bricoleur. Il n'en était pas à son coup d'essai. Cinq six sapements pour des motifs à peu près semblables. Il se prétendait enfant naturel de Nicolas II et que les Soviets lui en voulaient. Bref des histoires assez obscures, une vie assez compliquée. Il n'en racontait que de vagues fragments, et encore fallait les lui extirper, lui poser des questions précises. Quelquefois il en poussait une dans sa langue natale... *Les Bateliers*, des airs de *Boris Godounov*, mais ça plaisait moins à Riton. Pas que la voix qui comptait pour lui, il voulait comprendre... la poésie des paroles. « Ça c'est autre chose, dis donc *Lakmé*, tu vas pas me dire, que toutes leurs conneries rock n'roll, be-bop, leurs trucs de dingues sans queue ni tête. » Que non! j'allais pas dire, discutailler... seulement, au bout de quelques jours, je regrettais presque le silence du mitard.

Figaro! Figaro! Figaro!
Figaro ci! Figaro là!

Les yeux hors la tête pendant *Figaro*. Tout son maximum, de toute la poitrine. Riton pour le récompenser lui préparait un sandouiche. Un énorme, la moitié d'une boule avec des harengs, des oignons, ses gourmandises préférées. Il risquait pas de dépérir, notre Russekof. Le concert fini, yop! aux mandibules. Riton commandait spécial pour lui des saurets, de l'ail, de la margarine qu'il bouffait nature... à la petite cuillère.

« Ça, c'est bon pour lui, ça lui graisse les cordes vocales, tu piges, mec? »

Facile à comprendre. Il s'occupait de son chanteur particulier comme certaines dames de leur matou, leur chien-chien... Nicole de son Snob. S'il le bichonnait, pas possible!

« Prends pas froid Grégor. Tiens v'là mon foulard... Fais pas le con à rester tout dépoitraillé dans les courants d'air... Remarque, sa barbouse, ça le protège mais enfin, on ne fait jamais assez attention... »

Mis à part les heures de concert, y avait pas à se plaindre. Vraiment Riton, un parfait pote, correct et généreux. Il lésinait pas sur la feuille de cantine. Il prenait de tout, les restes allaient aux auxiliaires, aux cloches pousse-chariot, aux voisins sans assistance. Jusqu'aux gaffes qui venaient de temps en temps croquer une pomme, une tablette de chocolat, un petit casse-dalle au saucisson. Il les avait tous dans sa fouille, même les plus tocs, les pires affreux bornés. « Bonjour m'sieur Riton... M'sieur Riton alors ça boume?... » A ne plus les reconnaître tellement ils étaient aimables, déférents, familiers. Je peux dire, j'étais là, je profitais aussi de toutes ces gentillesses. Y avait des sacrées combines avec certains... Parachutage à tout va... Ricard, calvados, cigarettes. Mme Riton faisait le nécessaire. Rencard deux fois par semaine avec P'tit Mickey, un drôle de mariole de maton celui-là! Prêt à tout pour entretenir sa passion des courses, ses tiercés... Larbo III dans la première... le prix de la Côte-d'Or... Saint-Cloud, Enghien, Vincennes...

« Mets-moi cinq sacs sur Colbert II dans la troisième. Lucette te remboursera. »

Riton, pas que ce soit un acharné du P.M.U. mais Mickey venait l'influencer. Le *Paris-turf* étalé sur la table, ils préparaient ensemble leurs jeux.

« Celui-là, je te le garantis... Il arrive dans un fauteuil. Un gail pareil t'as jamais vu. »

Enfin, une ambiance, vous voyez, à la bonne franquette. L'après-midi, quand c'était pas un besogneux acharné bricard de service, on faisait délourder un pote par le gaffe de l'étage pour avoir un quatrième à la tout atout sans atout... que ça rend la belote plus attrayante... Grégor était assez fortiche aux brèmes, il voulait nous apprendre le bridge. Dehors, il devait flamber dur, à ce que j'entravais, avec ses compatriotes, tous des princes, généraux de l'ancien régime devenus chauffeurs de taxi. Au poker, il craignait ni Riton, ni aucun voyou des cellules environnantes. Il raflait tous les ballots de pipes. Et c'était pas un cartonnier, les autres s'en seraient vite aperçu s'il avait triché, maquillé quelque chose de louche. Vous auriez dit Dranath Tagore, l'homme à la rose, un pacifiste idéaliste... Si bien imité que les oiseaux eux-mêmes s'y laissaient prendre. Ils ont confiance avec les vieillards, les barbus, vous avez peut-être remarqué dans les squares. Grégor dès le petit jour s'occupait d'eux... cui cui cui... ça se ramenait de partout. On l'aurait photographié, cette espèce de Père Noël derrière les barreaux, tous les piafs autour de sa main tendue, c'était à mettre dans un calendrier, un album pour les patronages... le saint martyr dans sa prison...

Celui qui venait le plus souvent taper les brèmes avec nous... un Rital de la 478... Mario le Sicilien. Ils se connaissaient avec Riton d'avant la guerre, de leurs débuts à Marseille à l'époque des Spirito, Carbone, La Rocca. Ça leur faisait des drôles de souvenirs. Des pas racontables au coin de l'âtre, le soir aux enfants. Pour Mario ça se corsait ensuite avec la Carlingue. Il tirait cinq piges pendant la guerre à Clairvaux pour trafic de stups. Pensez s'il a bondi sur l'occase lorsque M. Henry l'a sollicité!

M. Henry, pour ceux qui ne savent pas, les trop jeunes ou les mémoires courtes, c'était un des chefs de la Gestapo française, Henry Lafont, de la rue Lauriston. Le Mario à l'entendre, dans cette course maudite, il s'est contenté de se sucrer, de faire du marché noir. Torturé, arrêté personne. Bien au contraire, il a sauvé des Juifs par dizaines; fait évader plusieurs communistes; rencardé quand il a pu la Résistance! Pour le remercier, bien entendu, dix ans de trav's en Cour de Justice. Malgré les remises de peine et les amnisties, il s'est tout de même appuyé sept piges. A sa sortie : mandat d'expulsion puisqu'il est étranger. Il revient ici précisément pour infraction à ce mandat. L'Interpool en profite pour mener une petite enquête sur ses activités entre la France et le Moyen-Orient. S'il a pas repris par hasard une placarde dans un réseau de came, les raisons de ce voyage avec un passeport bidon? Des idées saugrenues qu'ils se font les lardus! Mario s'est rangé l'âge venant dans une affaire commerciale tout à fait honnête. Import-export... fruits exotiques. Juste ce passeport balourd qu'est gênant. Mais porca Madone, on oublie qu'il est père! Il s'est permis cette petite incartade pour venir voir sa fille justement dans le même collège que celle de Riton. La preuve, il a été voir la Sœur supérieure. La petite lui donne beaucoup de souci. Deux fois qu'elle a loupé son bac. Plus férue de jazz, la donzelle, que de latin et de grec. Avec Riton, ils en causaient amèrement... cette jeunesse par trop insouciante qui ne comprend pas les sacrifices qu'on fait pour elle.

« Je voudrais, tu me comprends, qu'elle arrive à quelque chose dans la vie. La médecine que je lui conseille. C'est ça moi qui me plairait... Elle aurait pas de mouron à se faire pour ouvrir un cabinet.

– Avocate aussi ça gagne bien. »

Je lance le vanne, entre parenthèses dans leur discussion. Je me permets. Oh! ils y ont pensé depuis longtemps! Mais enfin, ça, c'est un peu plus glandilleux, le casier judiciaire des papas risquerait tout de même de leur faire du tort à ces petites.

Bien voulu le voir, Mario, en train de s'expliquer avec la frangine directrice de l'Institut Sainte-Radegonde. Sa trombine devant un pareil père de famille! Pas pour dire, il sentait le ruffian plein pif le Mario. Son élégance par trop ciarde, sa démarche... ses yeux surtout, enfoncés, une lueur cruelle, quelque chose d'indéfinissable qui pouvait lui foutre les copeaux à la digne Mère supérieure. Pas souvent qu'elle devait s'entretenir avec des parents d'élèves aussi inquiétants. Riton lui n'y allait jamais... ses tatouages il y pensait! Sa femme se chargeait des public-relations. D'aspect il était pourtant bien plus anodin que Mario. N'étaient ses bouzilles sur les pognes, ses points bleus aux châsses, on aurait pu, à la rigueur, le prendre pour une sorte de contremaître, un marchand forain quelconque, un sous-off para en civil. L'homme de poids, athlétique, carré, mâchoires dures, un mètre quatre-vingts, pas un poil de bide... Tandis que le Sicilien, lui, du type nabot, sec, basané, nerveux, lèvres minces, cheveux poivre-sel bien plaqués à la mode 36. Je vous oublie son bada larges bords, sa cravetouse claire sur chemise foncée, ses tatanes blanches. La sœur si elle devait le détailler menu! le photographier pour ses prières.

Riton sous la botte s'était mouillé aussi, mais sens inverse, dans la Résistance. Tout ça c'était du passé, mortibus, entre truands c'est secondaire. Les événements, les circonstances mènent ceux-ci dans un camp, ceux-là dans l'autre... La roue tourne, la vie continue, on oublie.

Ce qui m'intéressait, moi, c'est que Mario connaissait Saindoux de cette époque. « C'est toi qu'as corrigé Caillard ? » il m'avait demandé... Ça le faisait marrer. « Celui-là, tu sais, il revient de loin. Même encore maintenant y en a quelques-uns qu'il vaut mieux pour lui qu'il les rencontre pas. » Ça me laissait entendre qu'il en savait long sur l'autre gros pourri. Fallait que je lui tire les vers du nez, que je m'y prenne habile, que j'aille pas commettre un galoup. J'ai profité de la promenade, qu'on était dans la même cour à l'arpenter côte à côte. Glissé mon Saindoux mine de rien, au hasard de la conversation... qu'il m'avait tapé sur le système, que c'était un faux-derche, qu'il ragotait sur mon compte depuis cette bagarre mémorable.

« Oh! faut te la donner de ce gonze-là. Moi, je te le dis, je l'ai vu à l'œuvre. Tu remarqueras quand il me rencontre, il manque un peu d'air. Pas qu'il y ait quelque chose entre nous. Il me doit rien, je lui dois rien. Seulement, à moi, faudrait pas qu'il vienne me les bonir ses salades. Il s'y frotterait pas, remarque. C'est pas une épée loin de là, mais il a du vice à revendre. »

Un court silence. Ça prenait tournure, fallait pas que je laisse le sujet s'éteindre. J'ai relancé l'appât en disant :

« Il était à Vichy pendant la guerre, il m'a raconté que...

– Bien possible, il était un peu partout. Moi je l'ai surtout vu chez Rudy de Mérode. Un caïd celui-là de la Carlingue. Saindoux, comme tu l'appelles, il était plus souvent à « L'Intervention Referat », rue de Villejust, qu'à Vichy. Il a eu un bureau d'achat en 44. Ça, il était bien placé. Au moment du débarquement il avait fait son beurre, tu peux me croire. Il fourguait de tout, jusqu'à des tableaux qu'il avait raflés chez les Juifs. Tu le voyais toujours avec l'Hauptsturmführer Brünner, son grand pote. A tu et toi avec toutes les huiles. Je l'ai même vu dîner en tête-à-tête avec Wilhelm Radecke, tu sais celui de l'Abwehr. Tout le monde se méfiait de lui, nous les premiers. Il se prenait pas pour une merde. Ah! quand il a fallu passer à la caisse, c'était plus du même. Une vraie lope. Ça lui a servi, dans un sens, car mon impression, veux-tu que je te dise, c'est qu'il a sauvé sa tête donnant-donnant. Je suis pas le seul à le penser. Sur un perpète il n'a fait que cinq piges, moi sur dix, je m'en suis farci sept. Les cadeaux de ce genre c'est pas du gratuit. Au ministère, là-haut, ils savent ce qu'ils font, va... Bien sûr à présent, c'est devenu presque une cloche. Il est grillé de partout... beaucoup trop connu. Ce qui m'étonne le plus, c'est qu'il soit encore vivant. Lui, tu comprends, il est pas rentré à la Gestape comme nous, forcés, pour se sortir du ballon... »

Qu'il n'était pas un inoffensif boy-scout du Maréchal, un petit premier communiant de la francisque, le Saindoux, je m'en gourrais un peu. Ça dépassait toutefois ce que j'avais pu imaginer de plus sombre. Rouquemoute et Clancul en comparaison me semblaient de simples garnements de barrière. Fadé le Gros Affreux! Je pigeais maintenant des tas d'énigmes. Dix mois que je me l'étais farci, que j'avais partagé en frère avec lui ma cantine! Une ordure qui m'aurait foutu à la baignoire, si j'étais tombé dans ses pognes du temps que je jouais au galopin-terroriste... fait flinguer sans l'ombre d'un remords... brûlé les ongles, tout le toutime! Mario, on me dira... du kif. Certain qu'il était pas, lui non plus, à la Carlingue pour arranger les fleurs dans le bureau de M. Oberg. Seulement cézig c'était plus franco, il éprouvait pas le besoin des tirades à l'idéalisme... il se prenait pas pour une victime.

A la fin de la promenade, sortant de la cour voisine, il m'a aperçu Saindoux, en compagnie du

Sicilien. Son coup d'œil torve, haineux, lousdoc... le tilt dans son crâne... l'éclair brusque!... S'il a dû bessif se mettre à la gamberge, déduire, s'interroger... méditer une rapide parade. Il digérait mal ma rouste. Depuis ma plongée au mitard il me tirait la bourre droite à gauche, j'avais appris... bavassait pis qu'un procureur à mon sujet. De me voir avec Mario, il a bien compris que j'allais en apprendre quelques sévères sur sa pomme. Du coup il a renversé la vape. Je l'ai senti venir... je l'ai laissé s'approcher, curieux tout de même de savoir ce qu'il me voulait, ce qu'il pouvait me dire. Tout d'abord il s'est arrangé que m'arrive aux oreilles son désir de réconciliation. Un malentendu, les torts réciproques!... que dans le fond il m'estimait bien... que cette bagarre était presque naturelle, à vivre ainsi les uns sur les autres dans un espace si réduit, un peu fatal qu'il y eût des heurts, même entre meilleurs amis. Ça, il manquait pas d'habileté, le bouffi salingue... diplomate né, tortueux, madré, matois...

Un matin, on s'est trouvé de la même charrette pour le Palais de Justice. A peine dans la cellule d'attente, avant la fouille, il m'a entrepris.

« Alphonse faut que je te parle.

– Je t'écoute...

– Voilà, j'ai bien réfléchi, je te dois des excuses et je te les fais. J'ai eu des paroles malheureuses. On aurait dû s'expliquer plus calmement, mais enfin je te comprends, tu es impulsif, t'étais énervé. Oublions tout cela. Au prétoire, rappelle-toi, j'ai été correct. C'est l'autre petite saloperie qui t'a chargé. On a partagé bien des misères ensemble, ça serait idiot de se fâcher pour si peu... »

Il me tendait la pogne. Hésitation quelques secondes... plutôt envie d'y glavioter. Ma curiosité pourtant plus forte que mon dégoût. Et puis, dans le cloaque où nous vivions, était-ce bien de mise cette délicatesse d'un autre âge? L'idée qu'il avait exacte derrière la tête, je me demandais? Pour qu'il vienne s'aplatir ainsi quelle raison profonde? On se l'est serrée pas tellement affectueuse. Des arrière-pensées de part et d'autre. Lui, plus vicelard, les dissimulait beaucoup mieux que moi. De toute façon je restais sur mes gardes, s'il se berlurait de me conduire dans un petit piège de sa fabrication, mieux valu qu'il aille auparavant se faire refaire la tronche.

Pour donner le change, il m'a tapé tout de suite d'une cigarette, que je sois intime persuadé qu'il n'était mû que par le plus sordide petit intérêt. Un peu simple! j'ai donné dans le panneau avec un léger sourire... faire croire que!... Là-dessus les gaffes nous ont emmenés à la fouille. Colonne par un, couloirs, appel, paperasses au Greffe, contre-appel. Ça dure tout ça au moins deux plombes jusqu'à ce qu'on nous confie, après un dernier contrôle, aux pandores de la voiture cellulaire. Je vous passe, je vous résume, mais ce parcours je l'ai fait si souvent que je pourrais, tenez vous en écrire un véritable nouveau roman à rendre jalmince le Zob-Grillet tellement que ça serait méticuleux détaillé objectal casse-couilles labyrinthe...

Bref le trajet dans le petit placard... A travers les volets d'aération on regarde les trottoirs, les jambes des mignonnes... on voit pas grand-chose. A la Souricière il s'est arrangé pour être derrière moi dans la file, mon cher ami, le Saindoux de mon cœur... Qu'on nous lourde dans le même cagibi *Trente-six carreaux* avec quelques autres fripouilles. Là, on a tout le loisir de causer. On arrive vers les neuf heures et nos juges, eux, dans l'après-midi. On faille pas attendre, on attend... on attend... on attend bel et bien interminablement.

Saindoux je savais qu'il voulait tout d'abord contrer Mario. Celui-ci avait pu me bonir il ne savait quelle histoire sur son compte (ou plutôt il savait très bien, le charognard, mais il se devait de jouer un peu au con). De commentaires politiques en ragots-Rungis, il a fini par y arriver. Oh! avec moult circonspections, tourniquages autour, chichis gueule en biais, mystère bouche en coin. Pas le morcif cassé brutal. Ce Sicilien avec qui je parle à la promenade, Mario, oui c'est ça. Il l'a bien connu autrefois...

« Il a dû te dire...

– Oui, que vous étiez ensemble à la Carlingue. »

Avec un super-retors, la meilleure tactique encore... la franchise, foncer carrément. Il s'y attendait pas, ça y a coupé la chique...

« Co... comment! Moi, avec lui à la Gestapo! Ça alors, mais où il a été trouver ça! C'est un peu fort! J'espère Alphonse que tu ne l'as pas cru. Il est fou ce mec-là, de dire des choses pareilles! Lui, oui, il y était, et il en a sur la conscience. Oh! mais je vais pas laisser ça là! C'est tout simplement de la calomnie. On va s'expliquer, et devant toi...

– Rien à foutre, moi, de ce que t'as pu maquiller... Ça m'intéresse pas. »

Je savais bien d'ailleurs qu'il n'y tenait pas du tout à se disculper devant Mario. Il mimait l'indignation pour la forme. Tranquille qu'il allait trouver un biais pour éviter cette confrontation qu'il réclamait cor et à cri en s'agitant, un peu trop, vu son volume et l'étroitesse de notre salon d'attente. Les autres autour étaient obligés de se tasser... les vababonds, guenilleux roulottiers... un septuagénaire satyre... ce que je sais!... un jeunot voleur de voitures. La fétidité des lieux vous imprègne... on s'accoutume. Une bouffée de chiottes de temps en temps un peu plus écœurante. Ça faisait comme un fond odorant qui collait à la perfection avec le sujet de notre dialogue. Dans l'ombre, serrés, moites, ahuris. Je vous ai dépeint les *Trente-six carreaux* à la fin du chapitre III... je vais pas recommencer, vous empuantir à nouveau la page...

En tout cas, Saindoux continuait à déplacer de l'air. Dans ce minimum d'espace vital, un record... Bras, brioche, il arrivait à faire deux pas... revenir me jacter sous le pif. Outré qu'un sale petit arcan ait pu le ternir de la sorte.

« Oui, n'est-ce pas, mais alors, moi, tu vois comme je suis, j'en sais long sur Mario, je ne me serais pas permis de te raconter la moindre chose. C'est la jalousie qui le pousse, encore quinze ans après, parce que j'avais un bureau d'achat. Ça oui, je le reconnais. Je faisais du commerce, rien que du commerce, quel mal y a-t-il? Et justement la Gestape venait foutre le nez dans nos affaires. Elle m'a assez emmerdé la Gestape. C'est comme ça que j'ai connu Mario. Il était redouté, lui... Toujours son Mauser... Une vie humaine ne compte pas pour ce type-là... »

Le vrai du faux derrière? Saindoux essayait de retourner la situasse. Il se défendait trop. Le fait même qu'il éprouve le besoin de ramener ça sur le tapis voulait tout dire. Pas très au parfum des histoires de la Carlingue pendant l'Occupe, je savais tout de même que ces fameux *bureaux d'achat* en dépendaient, qu'on ne plaçait pas à leur direction des petits collabos anodins. Fallait, je crois, avoir la carte, être plus ou moins du S.D. Mon obèse requin avait bel et bien frétillé dans ces eaux-là. Faiblesse de sa part que de vouloir se justifier. A moins qu'il prépare je ne sais quelles représailles à longue échéance. De cézig je m'attendais à n'importe quoi. Qu'il ait été dans les coulisses de la Gestape ne risquait pas de le faire remonter dans mon estime. Descendre? Guère possible non plus. Pas d'étage au-dessous... de sous-sol plus profond...

« Mario c'est ni plus ni moins qu'un tueur. Un tueur maladif. Il est expulsé, il te l'a dit. Pourquoi crois-tu qu'il soit revenu? Hein... Pas besoin à moi de me faire un dessin. Sa fille, tu parles comme il s'en fout! Un prétexte, un alibi... Les poulets le savent bien... »

Et patata... la dégrène sur Mario! Il s'y entendait autant que ma concierge. Prisons, hostos, casernes, couvents, Assemblée nationale, usines, maisons d'édition, bordels, tout du quès pour les ragoteries. Clochemerle partout. Tu médis l'an passé, certes! Et hier alors! avant-hier, demain... dans un an, un jour!... gnagnagna... leitmotiv en communauté. Pas que les bonnes femmes et les tapettes... les mâles tout kif. Truands ou caves, durs ou mous. A la Carlingue encore bien pire, je comprenais. L'espionnite entre eux. Chacun en savait sur les autres de quoi les envoyer au poteau, aussi bien devant les fusils boches que ceux des libérateurs maquisards. Saindoux s'il y allait sur le Sicilien! Ah, il osait le salir, lui, le si pur fasciste! Mais le sang sur ses propres pognes il en parlait pas! Dégoulinant, le Mario... femmes, enfants, grand-mères... ce palmarès! Et ça continue. A gages. Pour n'importe quel rang, n'importe quel parti! Du moment qu'il massacre il est dans le bonheur. A la gâchette qu'il jouit suprême, à la saccagne, baignoire, pogne étrangleuse... tout lui est bon!

Je croyais qu'à moitié... au quart... pas du tout certains endroits. Et puis ce genre de confidences vaut mieux pas trop les entendre. Je regrettais déjà ce rabibochage hypocrite, ma curiosité de bignole. Saindoux pouvait m'entraîner dans une drôle d'embrouille avec Mario. Ça, son idée d'arrière-crâne peut-être. J'ai mis le holà, que toutes ces salades me regardaient pas.

« Et puis, toi, va pas t'aviser de me foutre dans ce bain. Je t'ai rien dit, tâche de t'en souvenir.

– Mais enfin, Alphonse, ce mec-là n'a pas le droit de dire que j'étais avec lui à la Carlingue, puisque c'est pas vrai! Je tiens absolument à ce qu'on...

– T'écraseras tout de même! On a pas parlé, ni de Mario, ni de rien. Je suis pas juge, moi, je m'en branle de vos conneries avec les Fritz.

– Oui, mais enfin comme tu étais du bord opposé, je voudrais pas que t'ailles croire...

– Mais je crois rien, Joseph, je crois que ce que je vois. Tout ça c'est fini pour moi... Fini, fous-toi bien ça dans le citron... »

*

Le juge m'attendait, ça vraiment c'était beaucoup plus important, ça me concernait et puis tout seul. Il y a comme ça des petits problèmes qui n'appellent pas la *concernation* universelle, mais cependant sont bien épineux. Près de six mois qu'il me laissait dans mon jus, Elbron, méditer sur les inconvénients de mon attitude hermétique. Il m'a reçu gaillard, ironique, pipe au bec. Les vacances lui avaient profité... Lubary aussi, son voyage ultramontain... sur les gondoles vénitiennes il avait bronzé. Bonne humeur dans l'air nettement. Baromètre au beau. Le restera-t-il... la question?

« Alors Boudard la soupe est bonne? »

Pour m'accueillir, pendant qu'on retire les cadènes, la spirituelle question!

« Excellente, monsieur le Juge, excellente... parfaite. J'apprécie beaucoup... »

Il me fait signe de m'asseoir. Il zyeute un papier sur sa table.

« Un rapport de votre directeur. Vous vous êtes battu. Quinze jours de cachot... Hum! hum!... Ne trouvez-vous pas tout cela lamentable? Vous gâchez votre vie mon garçon. Maître Lubary m'affirme que vous êtes intelligent. Je ne demande qu'à le croire. Cependant, jusqu'ici, je constate pour ma part que vous vous conduisez comme un imbécile, une de ces brutes incapables de s'adapter à la vie sociale. Cette bagarre avec vos co-détenus n'est pas de mon ressort. Seulement, voyez-vous, elle s'ajoute au reste pour renforcer l'opinion désagréable que... »

Il est debout derrière son bureau, ses dossiers. Il me bigle droit à travers ses grosses lunettes. Dehors c'est presque encore l'été. Par la fenêtre ouverte les bruits de la rue nous parviennent. Il doit Elbron se prendre un peu pour le juge Porphyre de *Crime et Châtiment.* Un juge Porphyre qui ne trouve pas de Raskolnikov à sa mesure. J'écoute sans piper le préambule. Je subis. Il me fait plutôt penser à un pion, un de ces intructeurs qui me sermonnaient à la communale. Impression de déjà entendu, que tout se répète inlassablement, que j'ai toujours douze ans, que je suis l'éternel mauvais élève. Le bon sujet, mon contraste frappant, il est là à gauche devant sa machine, le petit greffier, sa verrue, ses épaules Contrexéville, son teint bilieux. Il écoute sagement Monsieur le Juge qui parle si bien! Appel à mon bon sens... ma raison. Ai-je profité de ce temps de réflexion?

« Nous allons voir... nous allons voir. »

Il s'assoit, Elbron, feuillette... rallume sa bouffarde. La biscuiterie. Nuit du 17 au 18 juin. Nous y revoilà et tout recommence. Je redeviens brute et imbécile. Je veux pas comprendre. « Mais c'est insensé!... » Monotonie de ces instructions. Lubary s'y ennuie visible. Son élément, lui, c'est l'envolée jactance. Ici, n'est-ce pas, il se recroqueville. Quelques notes, rares interventions. Je me demande si Marcel a été convoqué... une nouvelle confrontation? Ça me ferait plaisir de le voir Marcel. Il a dû maigrir lui aussi...

« En somme, vous êtes négativiste! Vous ne changez pas votre fusil d'épaule! Oh! mais je vais en finir avec vous! Tout ceci a assez duré! Vous n'allez pas vous moquer de la Justice éternellement, j'aime autant vous avertir. Je vous rappellerai la semaine prochaine. Votre dossier est assez copieux, mais puisque vous persévérez N'est-ce pas... non, non, non, c'est facile! Beaucoup trop facile, non, non, non!... Nous verrons qui rira le dernier!... Veuillez, je vous prie, venir signer vos dénégations sur le procès-verbal. »

Voilà... chose faite... remenottes. Lubary reste dans le bureau du juge, il passera me voir dimanche matin. « Comptez sur moi. » Un clin d'œil. Tout va très bien... oui, oui, ne pas me fier à ce que me dit le guignol. Je m'en retourne avec mon garde. On reprend le couloir, l'escalier qui descend vers les sous-sols... le dédale souterrain. Hautes voûtes... maigre éclairage de lampes nues qui pendent au bout de leur fil. L'humidité vous saisit. Les godasses du cipal résonnent sur le ciment. Un jeune à moustaches conquérantes. On n'en voyait plus des comme ça qu'au ciné... avec des charmeuses bandantes altières...

*

Comme convenu, Lubary s'est radiné le dimanche suivant, le matin. Radieux, mon débarbot, avec une très bonne nouvelle... *Sublata causa, tollitur effectus*... sa manie de toujours tout vous annoncer en latin. Il me traduit ensuite : *la cause est supprimée, l'effet disparaît*. Voilà, non-lieu pour l'affaire Canaquebiscuiterie. Son œuvre, il a arraché la décision du juge après mon départ. Non sans mal, il restait encore bien des points obscurs! Je le remercie chaleureusement. « Cher Maître, vous êtes ma providence... » Enfin les non, non, non, voyez ne sont pas toujours le mauvais système. Riton, Mario... beaucoup d'autres, ça leur réussit le non, non, non. En prendre, en laisser de ce que disent les juges. En prendre très peu, en laisser beaucoup... mon avis.

Ce non-lieu semblait écarter le danger des Assises. Pas absolument certain. L'application stricte du code toujours à redouter.

Après ça j'y suis retourné tout mon soûl à l'instruction. En saccades, une semaine deux fois, puis plus du tout pendant quinze jours, et à nouveau deux fois de suite, etc... Encore beaucoup de non, non, non, à signer.

Pour la Toussaint tout était fini, le chapitre instruction terminé. M. Elbron entrait à son tour dans le tiroir à souvenirs. Une dernière griffe au bas de la page, et vogue le dossier vers la Chambre des Mises!...

Aux Rungis la vie continuait. Grégor chantait *Rigoletto, La Traviata, Madame Butterfly... sur la mer calmée...* Riton s'en lassait jamais. Ni Mario de venir taper les brèmes. La soupe arrivait à heure fixe. La promenade, puis le P'tit Mickey avec toujours son *Paris-turf*... Les douches aussi toutes les quinzaines... Je vous ai pas encore parlé des douches. Je vais me rattraper, soyez sans crainte. Bien obligé de vous y conduire aux douches... encore à cause de Saindoux. Attendez un peu, c'était pas fini Saindoux... Je vous l'avais laissé aux *Trente-six carreaux*. Il était revenu bien sûr. Il risquait pas, comme René-la-Came, de s'évader en route en sciant le plancher de la voiture cellulaire. Il serait resté coincé... par le bide.

VIII

« *Que lentement passent les heures*
Comme passe un enterrement
Tu pleureras l'heure où tu pleures
Qui passera trop vitement
Comme passent toutes les heures. »

Guillaume APOLLINAIRE,
Alcools.

PIÈTRE consolation de se dire... bien piètre! à Biscaille l'asile des gâteux, je regretterai sans doute la 208... 480, la 512... toutes les cellules de mes prisons et leurs punaises, les effluves gogues, les gaffes et peut-être même le mitard. Pas savoir d'avance... ça serait déjà bien joli si j'arrive jusque. Des truands aux camélias on n'en voit pas lerche devenir vieillards. Maintenant, notez, les camélias sont passés de mode chez les phtisiques. Les bécas persistent mais ne galopent plus. P.A.S., strepto, rimifon... l'époque se prête plus aux camélias. La dame on te vous la découpe. Lobectomie... slaf! le morceau de mou dans le bassinet! Le grand patron chirurgien interdit formel les camélias au pied des lits. « Voulez-vous bien, chère madame, me retirer ces camélias!... Et puis tenez-vous droite, respirez normalement. Ne restez pas à vous morfondre! Vous allez prendre à partir d'aujourd'hui des vitamines C... en ampoules dans votre perfusion. » Voilà tout... camélias, mon nœud! Onze piges tubard sans un seul camélia. Incapable de vous distinguer un camélia d'un chrysanthème. Rarement, j'ai vécu dans les fleurs, il est vrai... Un peu chez Nicole, quelques roses, œillets, jacinthes... je remarquais à peine...

L'instruction close, je mouillais tout de même, le substitut régleur pouvait très bien demander un supplément d'information, l'enquête *curriculum vitae* en vue de ma comparution aux Assises. S'il se décidait pour la Correctionnelle j'allais le savoir assez rapide... un délai d'un mois. Au-delà, c'était mauvais signe. Le Rouquemoute, Youpe et Clancul pouvaient se la faire grasse et joyeuse toute tranquillité. Sûrs, les pourris, que maintenant au bout de seize dix-sept mois, j'allais pas me mettre au casse-croûte. J'y pensais à eux, j'y pensais encore, j'y pensais toujours. Pas le Grégor à chanter *Paillasse*, la barbe en furie, qui m'en empêchait. Ni même les belotes. Parfois, comme ça, j'étais plus au jeu du tout. « Mais merde! ça va plus Alphonse, tu barres en brioche! Je viens de te faire un appel à cœur! » Riton m'incendiait. Où étais-je? Pas difficile... mon esprit en vagabondage vengeance. Promenade d'anticipation. Ma sortie... ma première visite rue Rappolon. Je m'y voyais déjà. A moins que j'aille directement chez lui, le menacer d'un petit scandale au milieu des siens. Youpe que j'évoque. Je vous ai dit, d'une part sa boutique d'antiquité-brocante dans le VIe, d'autre part son domicile dans le IVe avec sa caserne d'Ali-Baba en sous-sol. Organisé supérieur. Une véritable araignée. L'infect s'il m'avait bien largué! Oh! de sa part je n'étais pas surpris! En sortant de sanatorium quelques années auparavant j'avais eu un échantillon de sa grandeur d'âme, de sa générosité lance-pierres. Sans un que j'étais. Tout à fait fleur. Pensé à cézig, qu'il pourrait peut-être m'avancer quarante cinquante sacs, que je puisse respirer, monter un petit coup père peinard. Pour la première fois, sans raison bien évidente, il m'avait fait venir dans sa piaule. Au sein de son appartement, parmi sa nombreuse tribu. Chassé d'abord deux trois morveux de la salle à manger, afin qu'on puisse jacter tranquille... Un peu bric-à-brac là-dedans... modern style... tapis rapés, bibelots en pagaille, tarabiscotage-suspension... des bronzes... des croûtes partout sur les murs... Enfin tout de même rien de comparable avec sa boutique, comme crasse, je veux dire, poussière, capharnaüm...

« Ainsi vous étiez malade... Ah! mon pauvre petit, c'est bien triste! Jamais j'aurais cru. Vous avez l'air... oui... vous n'avez pas l'air... Non, on ne dirait pas. Je croyais, voyez-vous que... je pensais que...

– ... J'étais en prison.

– C'est-à-dire, je me disais, il a dû lui arriver quelque chose... un petit accident. Je n'imaginais pas... A cent lieues... »

Il s'empêtrait dans des explications, me tendait une chaise maladroitement. Il a des gestes toujours nerveux, Youpe... L'espèce d'inquiétude perpétuelle qu'émane de toute sa personne. Il tremble, il a le feu au derche, il est pressé... puis ne l'est plus sans qu'on sache pourquoi. Vous l'avez vu dans sa réserve, ici il se comporte à peu près semblable. Il s'assoit, se gratte sous la barbe à travers le gilet, la chemise... Ses lunettes glissent, il les rajuste. Il cherche on ne sait quoi... se fouille... se fouille plus.

« Ah! si vous saviez! La vie est terrible en ce moment! Terrible pour tout le monde... Mais j'y pense vous avez peut-être soif! Je vais vous offrir l'apéritif. Oui, oui, l'apéritif. Du Pernod! Vous aimez le Pernod, j'en suis sûr... Un bon petit Pernod. »

Il se lève, ouvre le buffet. Il farfouille. Deux verres, la bouteille...

« Ne bougez pas... je vais chercher de l'eau fraîche. »

Oh! il se ravise devant la porte ouverte. Il appelle : « Maman! maman! » Il a gambergé, il veut pas me laisser tout seul... « Maman porte-nous de l'eau. » Maman c'est sa femme, je l'entrebigle quand elle porte la cruche. Il la repousse vite. « Merci, merci! laisse-nous s'il te plaît! » Curieuse la maman. Elle se retourne pour jauger un peu le visiteur. C'est une femme encore assez jeune. Peut-être trente, trente-cinq ans de moins que lui qui pèse à peu près dans les soixante-dix carats. Sa troisième légitime. Les deux précédentes sont mortes. Tout barbiflard, crado, bigleux, il est encore chaud de la pince le vieux salingue. Rue Rappolon en lousdoc, il tripote un peu les gamines dans les profondeurs de sa boutique... ses petites employées. Elles ne restent pas longtemps dans une place pareille. Souvent il en change. Elles le volent, il prétend.

« Oh! mais j'y pense! L'alcool ne vous est-il pas interdit? Dans votre cas, je crois que ce n'est pas très recommandé. Que je suis bête! Oh! je ne vais pas vous en mettre beaucoup. Juste pour trinquer. Juste une larme... »

Je le laisse dire, faire... je l'observe. Tout est prétexte pour lésiner. Lui non plus ne s'en verse pas lerchaille. Hop! vite il remonte le goulot. C'est une bouteille déjà ancienne, on n'en voit plus avec ces étiquettes... cette couleur. Un très vieux perniflard qui ne doit pas souvent voir le jour. Dans un sens, il m'honore. Voilà... à ma bonne santé! Nous trinquons. Entre-temps, il a remplacardé le litre, des fois que j'ai l'idée de remettre ça... Assis sur le bord de la chaise, comme s'il n'était pas chez lui, qu'il n'ose pas. Il se demande au fond ce que je lui veux.

Visite d'amitié? Oh! il est très heureux de me recevoir. Il sourit... une sorte de sourire...

« Alors ainsi vous êtes guéri? La science est décidément une belle chose. Autrefois, mon pauvre petit vous seriez mort. Dans ma jeunesse, la tuberculose ne pardonnait pas... »

Il boit une gorgée... me scrute. Plutôt sombre cette salle à manger... fenêtre sur cour... le papier peint du mur violacé, jaune par endroits... les rideaux d'un gris douteux. Pas tout ça mais faut que je l'attaque. Le cœur du sujet. Je le sens déjà drôlement en quart, nerveux, tout prêt à se défiler première occase. Oh! il a reniflé la vape! A l'avance, il prend un biais pour me répondre. Une période de mévente terrible. Jamais vu ça. Des semaines sans voir le moindre client.

« Je n'ai d'ailleurs plus de vendeuse. Elles me revenaient trop cher avec toute cette sécurité sociale! Et puis ces jeunes filles n'ont aucun goût pour le travail. Elles ne pensent qu'à devenir stars de cinéma. Elles n'ont aucune moralité. Nous vivons une époque, je vais vous dire, de véritable décadence. Maintenant, je ferme la boutique quand je ne suis pas là. Ma femme m'aide un peu. Tout est très dur, mon cher petit, nous ne mangeons de la viande qu'une fois par semaine... A la boucherie cashère chez Samuel, ils sont encore plus voleurs que chez les vôtres. Oui, oui, n'allez pas croire qu'entre Israélites nous sommes solidaires. Encore une belle baliverne... une légende parfaitement grotesque. »

Noyer le poisson à l'avance, sa stratégie. Le terrain bien glissant, bien arrosé pour m'accueillir. Allez donc ensuite vous ramener! Les bras au ciel! D'un bond il se lève! Que je suis en plein délire. Cinquante mille francs mais où ira-t-il les chercher? Prolétaire il serait certain de toucher sa paye, il demanderait une avance, il ferait ça pour moi. Mais là, il ne sait absolument pas s'il aura de quoi manger demain. En plus de cela, il a des dettes. Il me l'avoue entre quatre zyeux. Et puis son tiers provisionnel! Il oubliait...

« Mon pauvre enfant, je suis navré... Vous seriez venu en octobre, j'avais encore une petite réserve... J'aurais pu... Je vous aurais aidé de grand cœur... »

J'insiste en lui faisant miroiter un lot de camelote sensationnel dans un avenir assez proche. Je me doutais de son numéro... que pour délier les cordons de sa bourse il a des crampes dans les doigts. Je donne des précisions. Une affaire magnifique mais qu'il me faut le temps de préparer.

« Préparer quoi? Ah! non, je ne veux plus entendre parler de ces trafics-là... Je tiens à dormir tranquille. Pauvre peut-être, mais l'âme en paix. Depuis deux ans savez-vous que j'ai retrouvé le sommeil? »

L'effronterie de ce vieux grigou me coupe le sifflet! Carrément il insinue que c'est moi qui le poussais à la fourguerie, que je suis en somme son mauvais ange, que je reviens pour le tenter, l'induire au négoce hors la loi.

« Oui, croyez-moi si vous voulez, depuis deux ans... plus de deux ans, je n'ai plus rien acheté à personne sans avoir toutes les garanties. Ma femme, je vais vous avouer, s'était aperçue de quelque chose. Elle m'a fait des scènes, elle voulait partir avec les enfants. Elle m'a menacé. Tout à l'heure, n'est-ce pas, elle vous a vu. Elle va encore me questionner, oh! j'en suis certain! Elle se doute. Elle a l'œil... oui, oui, l'œil... elle est très intelligente... très perspicace... »

Une nouveauté. Il a trouvé ça. Il trouve toujours. Je sais très bien à quoi m'en tenir, encore une ruse pour baisser ses prix. Il pousse jusqu'à jouer les scrupuleux. Sa conscience qu'il extirpe des profondeurs de sa crasse. « Je ne veux pas être complice d'une malhonnêteté pareille! » De fil en aiguille, en postillons, en regards affolés, il finit par la remettre en veilleuse sa jolie conscience. « Pour vous rendre service. » Le tour est joué... sa trop grande bonté, sa faiblesse qui l'entraîne aux plus infâmes compromissions!

« Ecoutez, je ne veux pas vous laisser partir ainsi. Je vais vous prêter dix mille francs. Vous me porterez ce que vous voulez... une montre, une bricole dont vous n'avez plus besoin. Je ne peux pas faire mieux. Mais ne revenez plus ici. Non! non! ma femme me surveille de trop près. Dix mille francs, tenez, voici dix mille francs... »

Il se fouille. C'est une vraie tirelire. De la monnaie menue toutes ses poches. Ça sonne, diguiligne... ding! quand il se déplace... Les biffetons, eux, je me rappelle, sont dans un vieux morlingue usé, tout rongé, saucissonné d'un élastique. Furtif, il va près de la fenêtre pour mieux compter. Il se retourne pour que je puisse pas zyeuter la liasse, que ça pourrait me donner de très vilaines pensées. De dos il est tout luisant... comme une couche de paraffine sur sa veste. Au col surtout, avec aussi des pellicules... tout saupoudré. Certain qu'avec sa garde-robe à mijoter en lessiveuse on obtiendrait une soupe épaisse de quoi nourrir plusieurs cochons. Il revient, me glisse les fafiots, l'air mystérieux... tragique. Dix billets de mille, il a compté... inutile que je vérifie, il ne se trompe jamais. De près ce qu'il repousse l'animal! Le rance, le graillon, le faisandé! Vraiment, il se néglige par trop. Maman, sa femme, je me demande un peu comment qu'elle supporte de se faire pénétrer par cézig. Si elle défaille pas tous coups. Et encore là, j'ai que la surface. Sa barbouse pleine de petites boules, grumeaux, résidus de toutes sortes... son plastron renforcé, raide-crading, genre smoking... sa braguette douteuse... maculée verdâtre, écœurante. Je me recule vers la lourde, je le trouve trop affectueux.

« Dans les circontances présentes, je vous affirme que je fais un réel sacrifice. Dix mille francs! mais moi, avec dix mille francs je peux vivre un mois! C'est la retraite des vieux travailleurs, dix mille francs! Vous n'avez pas bien notion de la valeur exacte de l'argent. Je sais. Je vous connais Alphonse. Panier percé... les bars, les automobiles, les petites femmes... oui, oui, je me doute. Vous êtes toujours à court d'argent. Ça vous vaudra bien des déboires! Je sais aussi que tout ce que je peux vous dire... n'est-ce pas, je suis un vieil imbécile!... Oh! ne dites pas non, je vous en demande pas tant. Voyez, je vous fais tout de même confiance. Téléphonez-moi, je compte sur vous. Peut-être trouverez-vous quelques vieilleries qui pourront m'intéresser... Nous verrons, mais surtout n'allez pas commettre encore des choses qu'il ne faut pas. »

Curieux tout de même ce besoin de sauver des lambeaux d'apparences. Il sait très bien à quoi s'en tenir. Sur moi, sur lui-même. Mais faut qu'il joue la comédie. Il achèterait n'importe quoi... un tapis rouge sang d'une rentière fraîchement estourbie, le berceau d'un enfant étranglé, le pantalon d'un pédéraste égorgé en pissotière... Les scrupules risquent pas de l'étreindre, seulement faut qu'il commence toujours par faire l'indigné, l'homme intègre qu'on pousse au crime. C'est rituel, ça le rassure sans doute. Dans son for intérieur, il doit se trouver de la sorte une justification quelconque... des excuses...

Dix sacs, vu tout ce qu'on avait maquignonné ensemble naguère, c'était dérisoire... une aumône. Au départ, j'avais prévu de le taper de cinquante mille balles parce que je le savais horriblement pingre. Ça me semblait un minimum. J'aurais pu faire un peu de schproum, voir s'il me lâcherait encore quelques fafiots pour me faire taire. Ça me démangeait le moment de partir qu'il pressait le mouvement, me poussait doucement vers le vestibule.

« Aimez-vous les pralines, Alphonse? Les crottes en chocolat? »

Il me demande soudain, alors qu'il a déjà ouvert la porte. Qu'est-ce qui lui prend? Pralines... je me demande? Il n'attend pas ma réponse, il refonce dans son buffet. Il extirpe des boîtes, des bouteilles... il farfouille... Vraiment pas quoi dire! Ça y est, il me ramène une pleine pogne de crottes...

« Tenez, mettez ça dans votre poche... Mais si, mais si!... Non. Attendez, je vais vous les envelopper. »

Je cherche à comprendre? Il est dingue! Une feuille de journal... *L'Aurore.* Il déchire, pose ses pralines... va repuiser une nouvelle poignée. Tout content, tout frétilleux de sa trouvaille. Ah, mais il en a laissé tomber une. Elle a roulé sous le buffet. Il s'affole, déplace une chaise... A quatre pattes, il cherche, glisse son bras... ramène quelques moutons... la crotte vadrouilleuse parmi. Il se redresse péniblement, essoufflé, craquant des jointures. Il remonte un peu son falsard, se refixe les lunettes sur le blaire. Hop! preste, il s'engouffre la praline en gueule...

« Mon cher petit, voyez je ne suis pas un méchant bougre. Ces chocolats contiennent beaucoup de vitamines. Vous avez besoin de vitamines. Oui, oui, pour ce que vous avez, c'est indispensable! Ne me remerciez pas. C'est pour votre petit Noël. »

Bien eu envie de lui foutre à la gueule ses crottes, tout le pacson!... Ça me démangeait. A peine dans la rue je les ai balancées au ruisseau. Certain qu'il croyait m'avoir fait de royales étrennes. Il avait

Youpe des largesses à sa mesure. J'y repense encore à ces pralines enveloppées dans la feuille d'*Aurore*. Elles étaient un peu blanchâtres, je me souviens. Sans doute qu'elles traînaient dans le buffet depuis trois quatre piges. Elles me sont restées sur l'estomac sans que je les bouffe... Moralement.

*

L'automne une fois bien installé... brouillard, lavasse, ciel gris, les arbres dépouillés dans le lointain autour de la prison... on a le sentiment de s'enfoncer, d'être dans le gluant des choses et qu'on n'en sortira jamais. L'eau se met à suinter des murs. Le matin on l'éponge dans les rigoles, elles débordent jusqu'à humecter les paillasses. Ça change des punaises comme distraction. En principe, vers le 15 novembre le chauffage devrait être en route... deux tuyaux qui traversent de part en part les cellules sous la fenêtre. Seulement toujours il y a une panne, un retard, des réparations! Cette année-là au quatrième de la III, on a attendu janvier avant que les tuyaux soient tièdes. Je me suis mis fatal à tousser, crachoter le matin dans les chiottes. Avec tout ce que Riton commandait à la cantine, plus les suppléments parachutage, y avait de quoi tout de même tenir le coup question calories. Pourtant je bectais de moins en moins. « T'as pas le moral, Riton me disait, goûte voir un peu ce pâté de campagne. » Ça ne passait pas. Le moral! le moral! je l'avais le moral... je l'ai toujours malgré les années de cabane et de maladie. Je pourrais me faire tatouer sur le front, comme ce vieux bagnard à Cayenne, *Tout me fait rire,* si j'étais pas si soucieux du qu'en dira-t-on. Mes éponges je les commande pas. Elles se rongeaient à nouveau, j'avais l'impression, mais à quoi bon demander le médecin. La radio de septembre était bonne, enfin soi-disant. Une visite non motivée pouvait encore me conduire au chtard. J'en avais class, moi du mitard... des toc toc conversation avec Zulma la tigresse. Fini ses trente jours. Un dimanche je l'avais aperçue dans le couloir allant à la messe comme une bonne chrétienne. Toujours amoureuse, elle m'avait fait des petits gestes coquins, des bises... tiré une languetouse cochonne... Heureux qu'elle soit pas dans la division, elle m'aurait collé, relancé. Elle m'avait prévenu au toc toc... « Je te sucerai de force », j'y tenais pas... bien trop fatigué.

En fermant les yeux... je vois là-bas... une humble [retraite...
Une maisonnette toute blanche... au fond des bois.

Il continuait, les fenêtres fermées maintenant, rien que pour notre cellule Grégor. *Le rêve de Des Grieux,* Riton c'était son morceau préféré. Il le vivait, ça le pénétrait... il fermait lui aussi les châsses. Dehors les gens n'imaginent pas un ennemi public comme Riton le Tatoué, roi du non-lieu, viceloque à vous décourager le Code pénal, tout attendri, paupières closes, en train d'écouter religieusement des airs de *Manon.* Massenet non plus en composant, il pouvait pas anticiper son succès jusque dans les culs-de-basse-fosse. En tout cas, à moi, ça me foutait mal au crâne, *Le Rêve de Des Grieux...* En fait de chanson, opéra, musique fond sonore, j'apprécie surtout ce qu'on entend le moins... les trucs doux doux doux. Ni le rock sauvage, ni Paillasse. Les ténors ultra-légers. C'est la mort des tympans, le rock ou Paillasse toute la sainte journée! Où qu'on soit à vivre en commun... chambrée ou cellule, si c'est pas une chose c'est une autre. Ça chante, ça gueule, ça déconne, ça se bat ou ça espionne. La vie communautaire, je peux dire, j'ai été servi! Dégusté des gonzes de toutes espèces, toutes leurs marottes, leurs tics, leurs manies abracadabrantes! Grégor fallait se le subir. Par certains côtés je le trouvais pas très normal... de comportement. Il vivait dans sa sphère à lui avec ses opéras, ses piafs à la fenêtre. Il se ratissait cinq ou six fois par jour la barbe avec un gros peigne à dents écartées... calmement, consciencieusement, cérémonieusement presque. Il nous souriait comme à des enfants... de grands enfants turbulents, Riton, mézig et Mario. Poliment il écoutait nos divagations. Il acquiesçait du piège... un grand coup... oui, oui. Une patience de grand-père gâteau. En plus il se coltinait le ménage chaque matin avec la petite balayette. Nos gogues étaient les plus propres de l'étage. Riton avait fait rentrer du *Nab* par un gaffe. C'est dire s'il était soucieux d'hygiène et de confort.

Saindoux on le voyait moins à la promenade, il descendait presque plus. Il tenait pas à me rencontrer avec Mario. J'aimais autant ça. Seulement, en lousdoc, il dégoisait c'était évident. Sa faiblesse à ce vicelard, pas pouvoir s'empêcher de médire, calomnier comme une gonzesse. Toujours ça finit par vous parvenir aux oreilles. L'écho répercuté de cinq six cellules. Le Sicilien en prenait copieux pour son grade! Tortionnaire le mot en circulation. Ça se marie très bien avec policier. A l'intérieur d'une prison... assez gênant un bada pareil! Lorsqu'on prononçait le nom de Saindoux, y avait comme une petite lueur assassine qui lui passait dans les prunelles au Mario... quelque chose de très rapide, d'imperceptible pour qui n'était pas extrêmement attentif.

Un beau soir, Riton nous a quittés. Il attendait sa provisoire depuis quelques jours. L'enquête en Italie avait tourné à son avantage. Tous ses alibis vérifiés exacts. Pour la détention illégale du flingue il avait largement dépassé le temps de sa peine. « Henri Catelan, préparez vos affaires! ... Libération. » Il a eu vite fait, il nous laissait tout. Congratulations d'usage. On s'est promis de s'écrire, de se voir. A son bar, une fois hors du trou, je pouvais toujours me présenter, je serai reçu comme un ami de la famille.

« Allez mec, je te dis " merde ", et à toi aussi, Popof... N'oublie pas, je t'embauche à ta sortie. Je veux faire de toi une vedette... »

Les projets d'avenir, promesses entre taulards en général ça ne pisse pas loin. La vie reprend le libéré, l'absorbe complètement. Les potes s'estompent, disparaissent... Les seuls qui se retrouvent par la suite ont des raisons que la morale réprouve et que la police ne tolère pas.

Dès le lendemain, un successeur. Ici, les places, on dirait, sont retenues d'avance. Salle comble pour toujours le même programme. Pas du tout ce nouveau condisciple du même gabarit que le Tatoué. Oh! de très loin... Un honnête homme, celui-ci... un vrai. *Entrave à la liberté du travail* comme inculpation. Gréviste du Gaz de France un peu trop fougueux qu'a combattu pour la bonne Cause. Il a la deffe, l'uniforme. Ça fait drôle, on dirait un gaffe. Avec Grégor Russe blanc réac, je me demande comment ça va tourner? Cézig du Gaz s'il est coco et pas pour rire! Dix minutes à peine qu'il est là, il nous place déjà son Thorez. « Comme l'a dit Maurice au dernier Congrès... vous avez dû lire... » Eh, non, ici on ne reçoit pas les journaux et surtout pas *L'Humanité*... « Une honte! » qu'il dit le gazier, il proclame, et le v'là parti. Grégor fronce les sourcils, écoute un instant, puis me laisse seul aux prises, s'en va, dédaigneux, ouvrir la fenêtre, donner la becquée à ses piafs. Je me goberge tout le plat de propagande. Ils auraient bien pu le placarder avec Saindoux, ce gréviste marxolâtre, y aurait eu du rif à brève échéance... de quoi se marrer. Il a l'air assez irascible, nerveux, sec petit bonhomme, intolérant que c'est pas peu dire. Ici il tombait un peu à plat. Je suis imperméable, je vous ai dit, à tout idéal élevé, vraiment impossible à convertir à quoi que ce soit. Quant à Grégor, prétendu fils naturel du tsar Nicolas, pensez s'il toisait, méprisait ce prolétaire gréviste du gaz! A peine deux mots dans la journée et puis plus de goualante bel canto. Probable qu'il devait le juger indigne. De ce côté-là plutôt un bien! Pas moi qu'allais le supplier... depuis deux mois si j'étais repu... tout mon soûl... J'en rotais, moi, des *Traviata... Vie de Bohème... Figaro ci*! Presque à mon tour je pourrais vous les pousser. Casimir Bougne (son blaze me revient brusquement) bien sûr c'était pas le silence tout à fait, mais comme fond sonore c'était moins fracassant. Il s'excitait contre les valets de l'impérialisme bourgeois. Il prêchait pour rien. Il était pas malheureux.

*

Le départ de Riton ça signifiait surtout la fin des vaches grasses. A nouveau que j'assume tout seul le cantinage de la cellule. Je négligeais Nicole de plus en plus, répondais de moins en moins long à ses bafouilles... Elle m'expédiait tout de même encore quelques mandats. Sans eux, tintin de cantine! j'aurais plus becté du tout. La galtouse rien que de la voir me donnait envie d'aller au refile. Je prenais juste un peu de soupe le soir pour me réchauffer. Petit à petit sans bien m'en rendre compte je glissais... barrais en vrac à la dérive. Même la lecture ne m'accrochait plus. Une indigestion... je calais au bout de quelques pages. Sans doute la maladie qui me rongeait, la sournoise, qu'était cause de cette espèce de torpeur. Pour tenir bon la barre enfermé des mois et des mois, tout un art! La santé vous est nécessaire. Réagir, vite dit, faut compter avec tout, le froid, la sous-alimentation, les petits potes casse-couilles, l'humidité, les nuits sans sommeil! Je m'enfonçais dans une brouillasse épaisse, un no man's land corps et esprit entre le cauchemar et la réalité. Pourtant je n'étais pas encore au bout de mon rouleau! Mes lendemains ne risquaient pas de chanter comme ceux du gazier Casimir. Lubary était venu m'apprendre une nouvelle drôlement inquiétante... que Marcel à la XIIIe venait de se faire saper de cinq piges. Le maximum prévu en Correctionnelle, agrémenté de dix ans de trique.

« Ne vous basez pas là-dessus, je vous en prie... Flaireau, entre nous, fut très mal défendu. Un avocat stagiaire invraisemblable! Je n'ai pas assisté aux débats, mais j'ai pu apprécier ce maître Douillac à sa juste valeur, la semaine précédente... une voix de petite fille, et d'un emmerdant! Il n'en finissait plus pour une affaire sans intérêt. Le procureur l'a ridiculisé en quelques mots. C'en était humiliant pour l'Ordre. De telles nullités sont malheureusement très nombreuses au Barreau depuis quelques années!... Ayez confiance, je me suis renseigné, le danger de la Cour d'assises est définitivement écarté. Nous passerons avant la fin de l'année... juste avant les fêtes. C'est une excellente période, les magistrats sont en majorité catholiques. L'approche de Noël les rend un peu plus indulgents. Avez-vous reçu tous vos papiers militaires? Le double de vos citations? N'oubliez pas de me les envoyer dès que vous les aurez. Le tribunal en tiendra compte. De toute façon, par la suite, nous poserons un recours en grâce. S'il est rejeté, il nous reste encore les remises de peine, la libération conditionnelle! et qui sait... le Général se décidera peut-être à faire une large amnistie. »

Remise de peine, amnistie, conditionnelle!... ça sentait le roussi. Lorsqu'ils commencent à vous agiter ces hochets, les baveux, c'est qu'ils prévoient un score sévère. Cinq piges ça paraît pas lerche en regardant derrière soi, on se demande comment ils ont pu passer si vite... Devant c'est plus du même... les années au trou comptent double ou triple. Faut vraiment se les filtrer goutte à goutte. A croire qu'il n'y a qu'au plus profond de la mouscaille qu'on puisse apprécier le temps. Lubary, malgré toute sa faconde, n'arrivait pas à me rassurer. Gros à parier que les guignols bordés d'hermine n'allaient pas me faire de cadeau. Dans les alentours, j'en voyais revenir du Palais avec des grises mines, des petits collègues casseurs, voleurs de tous poils. Ça sonnait plutôt sec depuis cette nouvelle République. Pas qu'une impression, on pouvait comparer avec sa mémère beaucoup moins pure, peut-être, mais tout de même moins dure. Notre gréviste avait des explications à sa sauce sur tous ces sujets. Il jactait dans le vide, Grégor l'ignorait, et moi j'arrive très bien à entendre sans écouter... ça fait comme une bouillie de mots... oui, oui, de temps à autre... l'esprit ailleurs.

Riton parti, les gaffes nous chouchoutaient beaucoup moins. Mario lui-même n'arrivait plus à se faire délourder pour venir taper la belote. Avec l'homme du Gaz ça lui disait d'ailleurs pas grand-chose. De mentalité ils étaient aux antipodes. « C'est un fromage ce gonze », il me disait à la promenade, se plaignait que même au ballon faille supporter de pareils naves. On parlait plus jamais de Saindoux. Je sentais qu'il valait mieux pas, que c'était devenu le sujet brûlant. Quand on le croisait par hasard, on se balançait quelques banalités, petites politesses... Mario l'attaquait l'air goguenard : « Tu vas bien gros? On te voit plus... Je te croyais malade. » Saindoux s'esquivait, lui habituellement si bavard, répondait à peine... regard en dessous, gêné, mi-miel mi-fiel, pressé de retrouver dans sa cellule, le petit fiancé dépeceur et Salomon Cohn qu'il avait fait muter à la 512 après mon départ. Je peux pas dire exactement que je sentais venir la cagade. Rétrospectif on a l'impression d'avoir tout respiré d'avance. Pourtant, je me rendais bien compte qu'il y avait de la suspension tragique dans l'air, que Mario n'allait pas écraser comme une bonne truffe au sujet des bruits que l'autre colportait droite à gauche.

Après le gréviste du Gaz, on a touché un insipide pyromane de banlieue. Grégor s'est remis à chanter. Avec moins d'entrain cependant qu'à l'époque de Riton, moins souvent, mais c'était déjà trop. En russe pour changer. Le pyromane pleurait, il se trouvait victime, que la société était mal faite, que sa belle-mère méritait bien d'avoir le rif dans son pavillon à Gagny. Ce qu'il avait déclaré aux flics ce doux inconscient. « Ils m'ont compris. T'as bien eu raison, il m'ont dit. » Des inspecteurs corrects et tout... Il s'étonnait qu'on le laisse au gnouf!

*

Bon, que je vous parle encore de cette vache de Rouquemoute... une petite saynète pour vous parachever son portrait... que je vous le finisse, me le défoule total. A la veille d'aller répondre de mes forfaits devant la justice des hommes, s'il m'obsédait l'ignoble mastodonte maquereau! Ah! merde... je trouverai jamais assez de mots dégueulasses pour accompagner sa silhouette. Ça me remontait tout un tas de trucs, une foule de détails... mais je trouvais rien pour le racheter. Sur aucun plan. Tenez, question culture et poésie, à son contact je risquais pas de devenir un tout raffiné menu, smart et frivole artiste. Comme spectacle ce qu'il préférait le Gros Lard c'était l'opérette à trente-six décors. Il emmenait Léone au Châtelet voir les *Violettes Impériales, L'Auberge du Cheval Blanc,* Mariano et Guétary. Deux trois fois par an comme les charcutiers. Léone elle se foutait sur son trente et un... son renard argenté qui brillait plus lerche à la longue... son pébroque, tous ses bijoux... La veille elle se faisait faire sa permanente décoloration. Heureuse comme une jeune mariée, la Léone, d'être ainsi au bras de son Jules semblable à une honnête femme. Lui, de jugulaire, il mettait son costard marine croisé, une cravate à pois, et puis son bada gris perle. Mal à l'aise! De nature, sans être cradingue, il se plaisait plutôt en tenue prolétarienne... salopette, blouson de cuir, chandail col roulé. Chaque année comme il grossissait, ses fringues d'apparat il avait du mal à les enfiler... Le bénard surtout pour rentrer ses miches, y caser son bide. Il laissait sa ceinture ouverte, plus les deux boutons du haut de la braguette.

Je l'ai rencontré une nuit comme ça... sortant du théâtre ils avaient été se taper une soupe à l'oignon aux Halles. Il était pas content, je sentais, que je le surprenne en pleine sortie d'amoureux. Tout de suite, il a changé d'humeur. Carrément, et Léone lui a fait la remarque.

« T'étais si gentil tout à l'heure, dis mon Dédé... Qu'est-ce qui te prend?

– Toi, fais pas chier... Ça va comme ça, hein! Tu commences vraiment à me raper les burnes... »

Si elle s'est rebiffée!... Sur ses ergots immédiat. En

pleine rue Bertin-Poirée. Une heure du mat. Je vous parle d'y a déjà longtemps. Je venais de raccompagner une mignonne mineure (après le kino et les pelotages au coin des portes) jusqu'à chez ses vieux. Rouquemoute était sorti de Fontevrault quelques six mois auparavant, alors ça nous ramène en 51-52... oui... j'étais pas encore malade. Je revois tout ça... Avril ou mai. Je rentrais à pince. Paris nocturne j'aime l'arpenter. Quand il a plu que les trottoirs luisent, il sent meilleur. On rencontre plus que les cloches, les poivres... des rues entières sans voir un chien. Je me farcissais de sacrées trottes pour le plaisir, la poésie. Rouquemoute devait croire que je rentrais d'un turbin quelconque. Lui, la marche flânerie, il apprécie pas tellement.

« On cherche un taxi. Si ça t'intéresse... jusqu'à Montparnasse. On pourra prendre un verre chez Armand. »

Il me parlait sans plus se soucier de sa bergère qui renaudait toujours à la traîne. Elle venait de se coincer un talon sur une grille d'égout.

« Tu peux pas m'attendre! Ça te ferait mal, dis, la galanterie... Tu vois pas que ma godasse est toute déglinguée. »

Elle nous rattrapait boquillonnante.

« Je suis pas cordonnier... »

Sa réponse sèche et brutale...

« Pas cordonnier! Pas cordonnier! Oh! Ça je sais bien, tu risques pas d'y être, cordonnier! Pas le boulot qui te fera mal aux seins. Pas plus cordonnier que n'importe quoi!... Vraiment Dédé, tu me déprimes. T'as pas un sou d'éducation! T'aimes personne! T'es égoïste! Pis t'es hypocrite aussi. Après tout ce que j'ai fait pour toi. T'oublies peut-être où c'est que t'étais l'année dernière... »

Certainement pas à Marienbad!... Léone elle avait fait son devoir, elle se privait pas de le lui rappeler.

Pendant cinq piges comment qu'elle l'avait assisté copieux, son cher vorace. Mandagats, colibards... parloir chaque mois... Le voyage à Fontevrault pour une demi-heure de causette. Des gonzesses aussi régulières on n'en remarque plus des bottes. C'est de la qualité d'avant-guerre. Usage garanti toute saison. A sa décarrade du bigne, il avait même un petit pécule... de quoi se resaper, becter, se distraire...

« Hein, tu t'es pas gratté si ça me faisait quelque chose au cœur que t'ailles te farcir Simone la Lilloise... Trois jours à peine que t'étais dehors, tu pensais plus qu'à me faire souffrir! Va pas dire le contraire... Simone elle-même, elle me l'a lancé à la gueule, ce fameux soir! »

Ça prenait vilaine tournure. L'esclandre pleine rue. Y avait personne pour nous entendre... apparemment, mais on sait jamais! Le Rouquin, il supportait la cascade de reproches sans rien dire. Il souriait même à l'évocation de la Simone. Seulement ça n'allait pas durer, il se devait de la corriger, sa nana incorrecte, ne serait-ce que pour me démontrer qu'il était lui un homme à la redresse. Son prestige était en jeu.

« Ecrase, Léone. N'importe comment tout à l'heure on s'expliquera seul à seule. M'oblige pas à te servir ton avoine ici...

– Avoine! Avoine! T'as que ce mot-là! Tout ce que tu connais... avoine! Ose, dis voir un peu me toucher. Ose, si t'as quelque chose dans le bide. »

Elle le défiait, pébroque en batterie. Certain qu'avec la soupe à l'oignon elle avait bu aussi de la *pelure.* Trois quatre verres lui en fallait pas plus pour l'allumer. Elle tenait mal la boutanche. On était presque arrivés quai de la Mégisserie. Rouquemoute gardait encore son sang-froid. Il s'est mis à la chambrer.

« Non, merde! Oh! regarde ça... non mais regarde-là! T'es soûle, ma parole... Tu te vois pas. Tu devrais avoir honte de te donner comme ça en spectacle devant les amis. Alphonse qu'est-ce qu'il va encore penser de toi.

– Alphonse, mais dis donc, s'il est pas heureux, cézig, il a qu'à aller se faire éponger. La rue Saint-Denis elle est pas loin. Et d'abord, c'est de sa faute à lui. T'es devenu tout chose depuis qu'on l'a rencontré. Il nous a gâché notre soirée... Dès que t'es devant tes potes, faut que tu roules c'est plus fort que toi... Au Châtelet, dis, t'étais autrement aimable. T'écoutais, t'étais tout rêveur, tu me prenais la main...

– La main, la main! Tu te touches ma mignonne. Ça va plus! Tu te crois encore au village... »

Ça le coup de la pogne serrée pendant Mariano, vrai ou pas, il en avait honte. A l'époque Léone n'était déjà plus de la première jeunesse. Je vous l'ai dépeinte au début, son type « fleur du trottoir », ses allures ultra-putassières, son maquillage outré séduction prisunic. Six sept ans de moins... sans doute encore mettable, en 51-52, mais en vitesse, sous une porte cochère, un soir de gros appétit!... Endimanchée, avec son renard, son tailleur demi-saison, de silhouette on pouvait la prendre pour une fermière à la noce. Pas l'entendre surtout... Cette embouchure hôtel meublé, vocabulaire ras du bitume, l'accent rogomme, les éraillures de disque usé!

« Oh! là! là!... Monsieur fait le bêcheur... que je suis de la campagne! Mais mon gros sac, je te dis pas le contraire... j'en rougis pas de mes pauvres parents. C'est plutôt le contraire. J'aurais bien mieux fait d'y rester au Grand-Lucé dans ma Sarthe. Pendant la guerre je me serais défendue autrement qu'à la Bastille. Je l'aurais eue, moi aussi, ma lessiveuse pleine de biffetons! Et ça serait pas toi qui serais venu pour me la soulever. Pour t'attaquer aux paysans t'es bien trop trouillard. Y te recevraient à coups de fusil. Dans ton cul une grêlée de plombs!

– Tout à fait d'accord Léone. Seulement arrête ta comédie. Il est tard, tu nous fatigues... »

Certain... et j'avais moi surtout envie de les larguer avec leurs salades recuites. Rouquemoute j'aurais l'occase de le revoir, on foutait rien ni l'un ni l'autre. Il m'intéressait question chalumeau. En cabane, je vous ai dit, on avait fait des projets... en 49, avant qu'il parte à Fontevrault. A ma sortie, une de mes premières visites pour Léone... quelques commissions, lui réchauffer un peu le moral, le Rouquin m'avait délégué de toute confiance. Elle pleurait, la grande, en m'entendant lui bonir les malheurs de son Débé. J'ai comme le don de la corde sensible... Léone ou Margot du kif à la larme. On pouvait y aller bonne mesure. J'avais mis le paquet. A la fin, elle voulait même me prêter du fric, elle ouvrait son sac en reniflant : « Si t'es sans un, faut pas te gêner. » Dans le fond, une très brave môme. Peut-être pas assez vraiment bête pour être méchante. Le Rouquemoute s'il en abusait... Le coup du Châtelet main dans la main, il savait, le sournois, ce qu'il faisait. De temps en temps la chansonnette... Pas très souvent, juste ce qu'il fallait pour lui maintenir le romanesque. Y avait le page aussi bien sûr, l'emprise charnelle, il m'avait un peu rencardé... qu'elle détestait pas les coups, que ça la faisait reluire... qu'elle aimait aussi qu'il prenne l'escalier de service.

Bref, elle a rengrâci un peu. On est arrivé sur le quai. Traversé. On disait plus rien. La Seine, on l'a regardée un court instant. La Tour Pointue, avant-garde du Palais de Justice sur l'autre rive, nous rendait mélancoliques... Le Dépôt, l'anthropométrie derrière ces murailles! Léone a compris nos secrètes pensées. Prétexte pour remettre ça, se rebrancher séance...

« Dis donc Dédé, t'es pas miro! T'as vu en face l'établissement. Ça devrait te rappeler, mon gros chéri, à la raison. T'as ta photo dans leurs archives, et pas en premier communiant! Le colibard que je suis venue te porter un soir d'hiver, j'espère que tu l'as pas oublié. Les pamplemousses qu'y avait dedans, ils en ont pas voulu les sales vaches! Je les ai remportés et ils se sont pourris. Ça t'as jamais su, mais par le cœur tu les as eus tes pamplemousses. C'est que ça qui compte, Dédé, le cœur. T'hausses les épaules... Oh! je suis pas si paf que tu penses. Pour une petite bouteille de rosé ce serait malheureux. Et puis même, c'est encore avec mon pognon que t'as réglé la note. Sans moi tu brillerais pas beaucoup. Tu serais comme ceux-là à remuer les ordures toutes les nuits! »

Elle nous montrait le trottoir en face, deux cloches qui sondaient une poubelle. A croire qu'elle la cherchait franchement sa tourlousine! Le Rouquemoute du coup n'a pas pu se retenir. La mandale retournée sévère... ptaf! du revers de la pogne et avec élan.

« Ferme ça salope! Je vais te défoncer moi tu vas voir. »

Quelques secondes... elle a repris sa respiration... et puis brusquement... l'attaque... griffe, pébroque!... il s'y attendait pas. La volée rapide. J'ai rattrapé son bada. Contre une caisse de bouquiniste il recevait l'offensive. Et la gueulante d'accompagnement. « Fumier! Assassin! S'pèce de dégueulasse! Enfoiré! » Il a repris le dessus assez rapidos. Arraché le pépin, le renard. Un coup de tatane sur le genou. L'hurlement! De quoi nous radiner toute la flicaille cycliste en chasse. Si j'ai pris du champ immédiat! Dix douze mètres d'écart. Neutralité absolue! Moi, m'sieur l'agent je les connais pas! La réponse que je gambergeais, mon reniement, ma lâche esquive... papiers en règle... mon honnête frime de bon apôtre. Rouquemoute, à présent, il la soignait sur sa lamedé. La tisane maison. « Arrête! Arrête! » elle suppliait. Saisie par les tifs et... ftaf! ftaf! pleine poire... Ça me faisait mal comme il cognait. Mais quand un hareng corrige sa nénette, surtout pas se mêler... le b a ba du savoir-vivre parmi chez les arcans. Je frimais surtout les alentours. A part les chiftirs, il ne passait que des voitures qui ne ralentissaient pas pour si peu.

« Laisse-la... Fais pas le con! »

Il a dû m'entendre... Une dernière poussée... valdingue sur le bitume! Il l'a regardée quelques secondes. Elle se relevait pas, gémissait... Deux trois coups de savate... l'acquit de conscience avant de venir me rejoindre.

« Elle rentrera bien toute seule, elle connaît le chemin. Les femmes, tu vois, faut pas les laisser nous manquer. »

Il se rajustait, le col, la veste, la coiffure. En me détronchant juste avant d'arriver au pont, j'ai vu que les deux fouille-poubelles avaient traversé et qu'ils s'occupaient de Léone, la soulevaient, soutenaient, époussetaient.

« Vise un peu Gros! Ils vont peut-être lui tirer son sac!

– Laisse quimper. Y a rien dans son sac, et s'ils lui chouravent son renard ça sera pas une perte. Ils risquent pas d'aller le refourguer chez Brunswick... »

Dans le bahut, il a sorti de sa poche un rouleau de pastilles de menthe. Il se frottait la tête. Son chapeau avait amorti le violent coup de pépin. « La salope! » il grognait tout en suçotant... La pluie s'est mise à tomber, je me souviens. On est sorti du taxi sous les hallebardes. Le bar Chez Armand c'est dans le secteur de la Gaîté. Y avait plus que le loufiat Maurice, un ancien boxeur, et le vieux Tatave le Breton fin défoncé au coin du rade. Rouquemoute a bu deux grands verres de lait-grenadine pour se remettre de ses émotions. Je le revois toujours s'essuyant la moustagache... tous ces détails, comme si j'y étais. J'entends le vieux Tatave qui l'interpelle...

« Rouquin tu te détruis la santé à boire des trucs aussi dégueulasses, moi je te le dis... t'iras pas loin... C'est un homme de Cayenne qui te cause. J'arrive même pas à comprendre comment que Maurice y peut te servir ça sans aller au refile. Tout ça c'est encore l'influence des Ricains. Y a peut-être encore une France, mais dedans alors y a plus de Français! Toutes nos frangines... maintenant des biques qui les maquent. C'est un signe, moi je vous le dis, écoutez-moi bien, autrement plus grave que la défaite de juin 40... »

Il levait le doigt, s'approchait son verre à la pogne, flageolant, le regard voilé, la gueule pâteuse. Pas prêt nous lâcher si on restait là. Vaticinant dès que poivre le Tatave Breton. Comme il était rarement à jeun, il arrêtait pas. Personne n'osait le contrarier. C'était un revenant de la Belle Epoque, vingt-cinq piges il avait tiré en Guyane pour fausse mornifle. Ça mérite tout de même des égards.

Je vous laisse là au bord du comptoir. Rouquemoute avec... l'instantané! Pourquoi je me remémore précis cette scène? Savoir! Ça se présente ainsi, ce morceau vif de passé dans tout le fatras des souvenirs. Certains moments vous restent gravés sans que ça s'explique. Même les couleurs, les petites odeurs, les circonstances insignifiantes. Je pensais à Léone, qu'il y a des existences bien mouscailleuses. Des vies de cris, de vinasse, de coups, d'ombre, de misères. En quittant Rouquemoute je suis rentré pédibus vers mon XIIIe... par le Lion de Belfort, la Glacière. J'ai bossé par là autrefois... quelque part entre la Santé, l'hôpital Cochin et l'asile des dingues de Sainte-Anne...

*

Noël approchait. C'était le second en cabane de cette tranche-là. Le cinquième sur l'ardoise globale. Pas le dernier, j'avais reçu ma feuille pour passer à la XVIe au début janvier. Son contenu me laissait prévoir que j'allais encore m'en carillonner quelques-uns derrière les barreaux. Feuille, je suis modeste, y en avait trois... une prose copieuse, et dépourvue d'ambiguïté. De ces fioritures qu'ils ont le secret nos scribouillards de justice! Je défie nos plus morbides plumitifs kafkaeux, romanciers maudits sauce Camus de me foutre le bourdon autant que ces trois pages moulées Code pénal. Une lecture qui veut dire ce qu'elle veut. Pas du tout de l'élucubration, style incantatoire imité gendarme. Je suggère, puisqu'on tient à renouveler sans cesse l'art du roman, qu'on fasse appel aux gens de robe, greffiers, huissiers audienciers, pour nous enfoncer dans des abîmes encore plus mornes... *dont la copie précède, à ce que du contenu le sus-nommé n'en ignore, lui déclarant qu'en conformité de l'article 379...* et cætera... et cætera... Rien au hasard. Pas la moindre virgule à lurelure. D'un certain point de vue, oh! très extérieur, ça pourrait faire rire les compliqués du boyautage. Humour, n'est-ce pas, troisième degré! On ne sait plus du tout, à force de subtilité, ce qu'est comique? tragique? ou simplement con?... Il a fait pipi sous lui... humour!

humour! Ah! quelle drôlerie, caca en biais dans sa culotte... hi! hi! humour féroce quintessencié! A croire en définitive, que ce fameux humour n'est qu'une certaine forme d'infantilisme, une façon de voir les choses en gâteux précoce. Je parle de ces ouvrages prétendus supérieurement cocasses : dessins, textes, le tout présenté avec quels soins, prétention, luxe, préfaces!... Ma feuille bleue aussi à tirage restreint sur papier Palais! Oh! j'avais de quoi me distraire, en savourer les coquineries, clins d'œils au public, humour des formules! Un joli cadeau de Noël.

Dans nos cellules c'était glagla. Décembre à tout va... air conditionné de la saison. Des complications de dernière heure empêchaient toujours le chauffage. Comme en 48 on entassait les paillasses dans un coin et on tournait, battait de la semelle, pour lutter contre l'engourdissement. En rond couvertures sur les épaules on devait, vus de l'œilleton, ressembler à des dingues, des sortes de moines d'une secte étrange, adorateurs de l'Ange Cyclamen, disciples de Jésus de Montfavet... Surtout l'autre barbousard russekof qui chantait toujours... Dans le folklore il donnait plutôt pendant nos marches réchauffantes. Le pyromane, lui, son avantage c'est qu'il n'était pas trop bavard. Un peu larmoyeur sur le soir lorsqu'il pensait à ses lardons « ... Jean-Claude, Patricia et Martine... Elle est si mignonne, si intelligente la petite dernière! Elle imite tout : les chats, les chiens, les poules, les cochons et même le général de Gaulle qu'elle voit à la télévision. Sûrement qu'elle fera quelque chose dans la vie... je voudrais qu'elle fasse des études... » C'était un homme modeste et sobre, cézig pyromane, bâti Saint-Galmier, chauve Silvikrine, binoclé Lissac, slipé Kangourou, souriant Colgate, véhiculé 4 CV, sapé Sigrand, lavé Cadum, refrigéré Kelvinator, baratiné Léon Zitrone, abonné au gaz, assuré tous risques, sans préjugés qui coûtent si cher contre la margarine Astra... Un excellent Européen, un Français de souche. L'idée démoniaque d'aller vider un bidon d'essence chez belle-maman, dans la cave et d'y mettre le feu, lui était venue d'humiliations répétées... Dix ans de règne-mère sur son royaume avait fait de ce papa modèle un incendiaire. Le plus grave pour lui c'est qu'il était sans remords et incapable de mentir. Aux Assises il allait se récolter sept ou huit piges comme une fleur, il paraissait pas s'en douter. Il marchait, marchait derrière Grégor, en silence, perdu dans je ne sais quelles réflexions médiocres, rêveries moyennes, ruminations étriquées...

Quand arrive Noël on a beau ne croire à rien du tout, une tristesse affreuse envahit le fond de la galère. On divague un peu dans l'enfance... Toujours les souvenirs, on s'accroche... On voudrait je ne sais quel miracle, que le ciel s'illumine tout à coup, qu'il n'y ait plus de grilles, plus de murs, plus de gaffes, plus de juges, plus de Code pénal... On se prend la gamberge dans l'impossible, dans les chimères, les évasions instantanées. Ceux qui ont des gosses, et ils sont nombreux, même parmi les truands les plus patentés, voudraient pour un jour tout effacer, redevenir de bons caves, jouer aussi les Pères Noël. La chapelle est pleine à la messe. Le curé passe un disque ou deux de circonstance sur l'électrophone. Il profite de l'occase pour placer ses plus soignées tirades, nous vriller gentiment au cœur. C'était plus l'abbé Entraives cette année-là. Un jeunot l'avait remplacé depuis quelques mois, un prêche-sec, genre choc, simili-marxiste. Il a bien insisté que son enfant Dieu, né sur la paille, s'était choisi des parents dans le sous-prolétariat colonisé par les Romains impérialistes. A notre sortie les problèmes angoissants de l'époque nous attendaient. Dans la lutte aux côtés de nos frères de classe nous retrouverions le chemin du Seigneur. Se sentir *concerné*, s'éveiller la conscience sociale. Notre grand péché d'après cet ecclésiastique nioulouque, c'était notre apolitisme : syndiqués et militants nous n'aurions pas trébuché. Le Malin de nos jours se déguise en individualiste bourgeois pour nous induire en tentation. Ainsi de suite, la bonne parole revue et corrigée...

Mario ça l'agaçait plutôt ces boniments, ces sermons teintés meeting. Pourtant, lui, il était croyant. Quand il descendait en Sicile, il ne manquait jamais d'aller rendre visite au curé de son village, de lui glisser une petite enveloppe pour les pauvres de la paroisse. Tous ses flingues, il en trempait la crosse dans le bénitier avant de s'en servir. C'était bien la preuve, ça, qu'il était pas un mécréant, qu'il respectait les choses sacrées. Il m'expliquait encore pendant la promenade. A la fouille, on lui avait retenu sa médaille en or de la Madone qu'il avait fait bénir spécial à Fatima lors d'un voyage au Portugal. « Sur les yeux de ma mère, si je te mens... par un évêque qu'elle est bénie. » Tout ça pour en venir à ce petit cureton nouveau style qui lui bottait guère. « Tu me comprends, je suis descendu parce que c'était Noël. Je suis déçu... Il est pas prêt de me revoir cet hérétique. » Un traditionaliste, Mario, toute la ligne. Pas par un hasard qu'il faisait éduquer sa fille chez les religieuses. C'était un catholique style Renaissance. Chez les Borgia, comme spadassin on aurait su l'apprécier à sa juste valeur.

Cette journée de Noël ne différait pas beaucoup d'un dimanche quelconque : deux sardines, la part de crème de gruyère et l'orange supplémentaire au déjeuner, la promenade l'après-midi au lieu du matin, et puis c'est marre! Les cellules riches avaient ripaillé avec les colis autorisés en raison des fêtes. Nicole ne m'avait pas oublié, mais l'approche de mon procès me rétrécissait l'appétit au strict minimum. Le président de la XVIe en fin de semaine était réputé peau de vache. Certains qui l'avaient pratiqué me mettaient l'eau à la bouche. Clodomir qu'il se blasait ce gai luron. « Tu passes avec Clodomir, quel sale temps mon pote! Tu pourras toujours faire appel, parce que lui alors y va pas te faire de fleur. » Ce que j'entendais dans la cour, par-ci, par-là... de quoi me troubler le sommeil et la digestion... Vraiment il n'y avait que Lubary pour être optimiste. La XVIe fin de semaine, il s'en chargeait allegretto. L'épouvantail Clodomir l'amusait plutôt qu'autre chose. Il se sentait toréador-vedette à la veille d'une belle corrida. Seulement, moi, je voyais pas les rôles comme lui. Corrida, certes, mais le taureau, la mise à mort de mon côté. Le proc placerait les banderilles et Clodomir l'estocade finale. Ça me paraissait plus conforme, si on voulait faire des comparaisons.

Tout ce qu'on allait me reprocher sur le banc d'infamie s'était éloigné. A la longue, malgré les ruminations, les interrogatoires d'Elbron et des flics, je finissais par oublier. Plus précisément par me détacher. Un accusé après dix-huit mois, deux piges de prévention ne se sent plus tout à fait le même homme que celui qu'on va présenter aux juges, aux jurés. Ses délits, ses crimes minutés, disséqués dans le prétoire lui paraissent étrangers à lui-même. Surtout qu'on ne retrouve jamais le fil, la vérité, l'exactitude. La justice humaine doit se contenter d'à peu près, et elle s'en contente, s'en pourlèche. Témoins, psychiatres, avocats, substituts tout ça patauge dans les apparences. Chacun vient pour sa tirade. Toujours du très mauvais théâtre. Aucune réforme n'y pourra rien, aucun texte. Entre l'individu et les lois il y a toujours incompatibilité d'humeur. L'homme qui les enfreint de toute façon est une espèce d'aliéné. Mais j'anticipe... attendez la démonstration... XVIe chambre pour la semaine suivante. Je me goure peut-être, on va peut-être me démontrer que je déconne pleine rame, que je suis primaire, sectaire, borné, plein de ressentiments personnels. Je veux bien admettre, oh! j'admets tout. Pas contrariant vous avez vu je sais tout entendre... caves, voyous, cocos et fascites. J'écoute, j'écoute... *Minuit chrétien l'heure solennelle...* pardessus le marché! Grégor pour le réveillon nous l'a poussé à la fenêtre malgré la basse température. Ces applaudissements à la fin!... *bis!...* une autre!... Le pyromane tout sangloteux... attendri jusqu'à la moelle. Noël au placard faut se le farcir comme le reste. Pour les sans colis, les sans assistance, c'est le comble de la misère... le froid, la maigre galtouse, quelques mégots récoltés à la promenade. Ceux qui sont en cellule surtout. Les auxiliaires, eux, s'arrangent toujours pour festoyer... Les chats qui traînent dans les sous-sols se retrouvent civet deux coups les gros sans que les gaffes arrivent à comprendre où et avec quoi ils ont été cuits. Plein de mystères comme ça une prison... L'ingéniosité de tous ces petits malfrats balayeurs, pousse-chariots, coiffeurs, électriciens pour blouser tous les contrôles, tous les règlements... ahurissante! On dirait que leur intelligence ne se met vraiment à fonctionner que lorsqu'ils sont au chtib... Elle y va alors bouchées doubles...

Oui, un Noël à la dèche parmi tant d'autres. La cerise toujours, bien mûre, poisseuse! Tournons la page... Vous vous demandez peut-être ce que devient Saindoux... s'il serait pas des fois libéré, déjà à l'affût de nouvelles victimes... Que non! Toujours à sa 512, et des victimes c'est ici même qu'il en a trouvées. A l'étage ça commençait à gronder dur, renauder partout à son propos. Pour Noël il avait tapé les uns et les autres en exhibant une bafouille soi-disant de son associé qui lui annonçait un formidable colis et un mandat de vingt mille balles. Tel que je connaissais mon popotame escroc, j'avais de sérieux doutes sur l'authenticité de cette lettre. Parfaitement capable de se l'être écrite à lui-même et d'avoir imité d'une façon l'autre le cachet de la censure. A moi, il était pas venu la montrer... bien gardé! Il avait fait marron quelques minables... Là un paquet de gauloises, ici un fromage, plus loin une plaque de chocolat, du sucre, un sifflard... Bref, une série d'arnaques assez basses. Dès qu'il foutait le pif hors sa cellule, ça rappliquait de toutes parts les créanciers, sur la coursive, au moment de la soupe. « Alors et ton colis... tu l'as pas encore reçu?... Ton mandat? Y a pas de grève des postes en ce moment! » Il se dépatouillait encore, mais de plus en plus embarrassé... Que son ami avait la grippe... une question de deux ou trois jours, il allait rembourser tout le monde. Ce refrain-là s'il me l'avait servi! Il variait pas lerche sur son thème. Cette fois pourtant parmi les râleurs y avait un ou deux méchants qu'allaient pas écraser le coup. Ça reniflait le gaz, la roustasse sévère pour sa pomme.

Là-dessus, ça s'est trouvé les douches. On y descend tous les quinze jours par paquets de vingt trente. D'abord, selon la coutume maison, on attend entassés dans les cellules désaffectées du rez-de-chaussée que la cargaison précédente soit sortie. Saindoux ce jour-là... dans le même lot que mézig avec Mario, Grégor, Cohn, le pyromane et quelques-uns des récalcitrants qui se sont fait englander.

Ça discute âpre près de la fenêtre, il est encerclé le Saindoux. « T'entends, grosse panse, si samedi tu m'as pas rendu mes deux paquets de pipes, moi je te crève!...: » ... « Dis donc tu nous prends pour des cons! T'as vu jouer ça où? Ça fait plus d'un mois que tu dois me la rendre cette boîte de Nescafé! » Le ton s'élève. Mario qui bavarde dans le coin opposé avec un pays à lui, je l'observe l'air de rien. Je vois qu'il en perd pas une. Il borgnote de temps en temps dans la direction du groupe tumultueux. Ça l'intéresse vif, je me rends compte. Je respire la vape. Laquelle? J'imagine vaguement qu'il participera au lynchage si les choses en viennent à se gâter. Je mise de traviole... l'index dans l'œil. Mario ne conçoit pas la vengeance comme un plat chaud communautaire. Clebs à la curée, c'est pas dans ses manières. Il écoute encore un instant de plus en plus l'esgourde tendue, et puis brusque, il intervient. Ça je m'y attendais pas... de cette façon...

« Merde! On s'entend plus ici! Qu'est-ce que vous lui voulez à Joseph? Vous êtes à six sur un seul homme! Vous n'allez pas l'étrangler pour trois paquets de pipes et un camembert! »

Il s'est avancé, fendu la foule. Il défie de toute sa petite taille sèche les gros bras qui cernent l'Affreux.

« C'est pas pour les pipes, répond l'un d'eux, Milo de Courbevoie, un casseur... C'est pour la manière, mec, le principe. Cézig il entube tout le monde. Il nous a vus beaux...

– Et puis, dis donc, ajoute un second, un escogriffe aux yeux en capote de fiacre. T'as drôlement du temps de reste à prendre ses patins. Il t'a pas tellement à la bonne on dirait. Je veux rien dire, moi ça me regarde pas, mais tout de même Mario, tu sais nous on t'estime. Lui c'est pas pareil...

– Rien à foutre de son estime! le coupe Mario. C'est pas la question, foutez-lui la paix! S'il peut pas vous rendre vos cigarettes et votre bectance, sans doute que c'est un cas de force majeure. Je le connais, c'est pas d'aujourd'hui, le Gros. Je sais bien qu'il marche pas dans des embrouilles aussi loquedues. Tenez, je peux pas mieux vous dire, s'il l'a pas reçu son colibard, samedi, son mandat, ce que je sais moi!... Je vous rends tout. Vous n'allez pas supposer que je suis de connivence avec lui... »

Mario, le pote à Riton le Tatoué et toutes les grosses têtes du mitan, il a sa cote indiscutable. Carlingue par carlingue, on le respecte. Sa parole on risque pas de la mettre en doute. Toutes les conversations droite à gauche se sont arrêtées. Que le Sicilien se mêle ainsi de défendre l'autre grosse charogne, ouvertement, devant tout le monde, ne laisse pas d'être étonnant. Surtout après tout ce qu'il a clabaudé, toutes ses allusions perfides pendant les promenades, tout son venin... Aux premières loges de la surprise, je suis placé. Je cherche à comprendre... quel mystère encore là-dessous? Je frime les protagonistes de cette scène dans l'espoir de récolter une indication quelconque dans leurs yeux, leur attitude, qui me permette d'éclairer un peu ma gouverne. Mario est très à son aise, bon enfant, conciliateur. Milo et les autres un peu éberlués! Saindoux reprend du poil... il sourit... jaunâtre, il me semble. Il a eu la chiasse aucun doute. Voilà, il serre la paluche de son sauveur inattendu. Il jacte bouche en coin. J'entends pas ce qu'il dit, les parlottes ont repris... le brouhaha. Vraiment il a une tronche typique... Toute la canaillerie de la terre, il exprime, lâcheté, fourberie, concupiscence... De quoi tenter les cinéastes, les barbouilleurs néoréalistes. L'incident est clos. Chacun est revenu sur ses positions.

« Comme j'y ai dit, moi, au juge ce con-là... Je suis venu pour mes papiers de divorce. C'est pas possible de divorcer sans venir à Paris... »

Un tricard qui me colle la soie depuis un moment... sa randonnée hors des limites permises qui lui vaut trois marcotins secs. Il m'explique. Je partage son point de vue, son indignation. Je partage toujours, je sais vivre.

Cinq minutes plus tard le gaffe nous ouvre. Il tape de sa clef sur le bois de la lourde. « Allons... pressons! » Ce qu'on fait, on se déloque rapide dans le couloir, dans les courants d'air. Toutes nos frusques en boule à nos pieds. On attend encore un peu, à loilpuche, que la fournée précédente soit hors. La salle de douches est en contrebas... trois quatre marches. Au signal on entre dans le bain de vapeur. On tâtonne pour trouver son chemin. Cinq six par cabine. L'auxiliaire envoie la flotte. Trop froide, trop chaude, rarement à point! Du mal à voir clair là-dedans. On est dans un nuage épais, bleu... ça permet parfois des petites enfilades, suçoteries furtives, gourmandises imprévues, lorsqu'il y a des tantouses dans le secteur. Ces petites folles, toutes les occases leur sont bonnes de jouer à cache ta bite dans la cabane à mon nœud! Le matuche rare qu'il s'aventure jusqu'au fond de l'antre. Il reste près de la porte avec l'auxi, il veut pas se mouiller, le cas de le dire. « Pressons! Pressons! »... de temps à autre un petit coup de gueule... nous rappeler son existence. On se frotte le dos les uns les autres. Ça braille, ça se marre, chahute... Euphorie de se sentir à poil, de se laver enfin après des jours et des jours de toilette restreinte au-dessus des chiottes de nos cellules. Les corps en joie sinon les âmes. Ce coup-ci alors une véritable réussite la séance de douches! Une sacrée petite fête avec un numéro final peu ordinaire... Que je vous détaille ça, vous amuse... Je suis dans la cabine fond à gauche. Cabine... beaucoup dire! Juste la séparation en ciment. Pas de porte, pas de rideau... Salingue l'ensemble... le sol boueux, les glaviots... Quelques grilles de bois délabrées, hérissées de vieux clous, qu'il faut drôlement se la donner pour ses panards. Bref, une étuve gluante et pestilentielle. En face je distingue vaguement Saindoux au milieu de quelques lascars... A son volume, à sa silhouette, je le devine plutôt... Les salades de tout à l'heure me sont sorties de la tête. Je me savonne. Je suis avec Milo de Courbevoie, le pyromane... deux autres. Une fois savonné, on passe chacun son tour sous le jet. Je m'arrange toujours d'être le dernier... profiter au maximum de la flotte, me prélasser jusqu'à ce que le gaffe fasse les dernières sommations. Voilà, les copains se sont rincés... sortis les uns après les autres. Il me semble qu'en face Saindoux aussi est encore là. La vapeur est de plus en plus dense, étouffante. L'eau maintenant est presque brûlante... Soudain j'entends des floc! floc!... comme une lutte, et puis nettement une sorte de râle lourd. Ceci très vite... à peine le temps de faire volte-face, de chercher à voir ce qui se passe. Je m'écarquille... j'avise quelqu'un qui se faufile, qui se glisse dans le nuage... Pas un ange pour sûr! j'ai pas des visions! Bien entendu les floc! floc! et un râle, une espèce de gémissement étouffé. A réaction je gamberge... Saindoux? Je le vois plus. Je m'avance... Où est-il l'ignoble?... Merde! Une forme à terre!... un énorme tas! J'ose plus bouger. Je finis par percer la vapeur à force de zyeuter, zyeuter. Oh! le sale temps!... Du rouge qui coule... C'est bien Saindoux, et le rouge c'est du raisiné. J'entrave tout d'un seul coup! Si je me propulse vers la sortie! Malsain au possible de rester en contemplation. J'arrive aux marches juste quand le maton donne l'ordre de couper la flotte. « Tout le monde dehors! Pressons! Pressons! » Pas besoin de me le dire... le feu au derche littéralement. Les derniers sortent de la salle... Grégor, Edouard à la malle, deux ou trois autres, Mario parmi... Il se dirige tout de suite vers moi...

« Ça fait du bien, il dit... Elle était bonne. »

J'évite son regard. Je fais oui oui. Plus qu'une idée absolument fixe... m'éloigner, remonter. Je me resape sans m'essuyer... slip, maillot de corps... Je claque des dents, je perds les pédales, m'emmêle les jambes dans mon false, les bras dans mon chandail. Pas le temps d'enfiler mes chaussettes... hop! pieds-nus dans mes godasses! L'escalier... l'escalier!... je vois plus que l'escalier... J'y suis déjà... les premières marches... lorsque le groupe suivant se prépare à nous succéder dans les douches. « Pressons! Pressons! » Je monte quatre à quatre. Le trac irrésistible. Mes pensées s'entrecroisent, s'embrouillent, se confondent... Ce pastis en perspective! J'arrive au quatrième essoufflé, hagard. Faut que je retrouve mes esprits. Mon palpitant s'arrête plus. J'éprouve à peu près la même sensation d'angoisse que chez Roblot. Pourtant, là, j'y suis pour rien. Bon Dieu! J'arrive pas à croire que Saindoux!... Oh! y a cependant aucun doute... je le reverrai plus jamais l'adipeux plein de soupe. Il est bien étendu pour le compte, il risque pas de se relever. Je frime de la rambarde la porte de la salle de douches. Nos suivants rentrent à leur tour. De cette porte tout va se déclencher dans un instant... le drame! Je me recule, je cherche une contenance. Je vais devenir, si je continue à me comporter de la sorte, le suspect nº 1. Devant les cellules ceux qui sont remontés attendent. Le maton de l'étage est à l'autre bout de la coursive, côté « Nord ». On m'interpelle, un pote. Ce qu'il me dit?... je pige de traviole. J'acquiesce tout hasard. Si je serre les miches! Ah! voici Mario qui rapplique. Tout de même il a fait fissa pour s'essuyer, se reloquer... je remarque.

« Alors, Alphonse, t'as pas l'air dans ton assiette... Qu'est-ce qui ne va pas ? »

Le fumier, lui, il est parfaitement calme. Il me fixe l'espace de quelques secondes. Il me dit beaucoup de choses avec ses yeux. On se comprend sans phrases, sans croquis. Je m'entends répondre.

« Mais si ça va... Sans doute la douche qui m'a fatigué.

– Les douches, c'est pas recommandé pour tout le monde. »

Pas le temps d'en dire davantage, du rez-de-chaussée ça se met en branle... Gueulements, grouillement de types nus qui sortent des douches... qui s'éparpillent à droite à gauche. Le surveillant qui beugle : « Halte au quatrième ! Halte au quatrième ! Ne laissez personne entrer dans les cellules ! Brigadier ! Brigadier ! »

On se penche tous. On s'interroge. « Ce qui se passe ? » D'en bas on nous fait des gestes, les nudistes nous répondent : « Y a un type tué... Un coup de lame... le Gros, oui, Saindoux ! » On aperçoit le bricard qui arrive en courant. « Descendez tous !... le quatrième... ceux qui viennent de remonter de la douche ! Plus vite que ça !... » Il hurle... s'égosille... s'agite en tous sens...

On reste figés con. On se regarde. Ça alors ! On obéit machinalement... avec nos serviettes la direction de l'escalier. On entre dans l'énigme policière. Un cadavre, vingt-neuf coupables possibles. Après la Série Noire, Agatha Christie... Conan Doyle. Manquait plus que ça.

*

Je crois au fond qu'il vaut mieux être coupable qu'innocent assiégé de présomptions. On se défend mieux coupable, pour peu qu'on soit professionnel.

J'étais pourtant habitué aux interviouves lardus. Vous m'avez lu, vu sur la sellette, pressé de questions, chapitre premier, et puis encore, par-ci, par-là, au cours de mon récit. Le vice de ces messieurs, leurs ficelles, les coups bas, les entourloupes qu'ils vous préparent! Soupçonné de vol dans un clapier ou d'assassinat ils procèdent à peu près kif. « C'est toi, on t'a vu. On a des témoins. Tu ferais mieux de dire la vérité. » Pour le meurtre de Saindoux vous imaginez ce que j'ai pu entendre! Pas niable que je me sois bagarré avec lui au mois de septembre, et aussi que je me trouvais la cabine de gauche au fond de la salle de douches. Alors? Le commissaire Darros, de la Criminelle, ça lui paraissait tout limpide que j'aie profité de l'embellie... de l'épaisse vapeur d'eau pour aller le saigner notre abominable homme des Rungis. « T'as fait la guerre dans les paras, il me semble. On t'y a appris à cravater un adversaire, à le poignarder silencieusement. Je dois dire que c'est du travail bien fait. On sent vraiment la main de l'artiste. » Ses propres paroles... Mon appartenance aux commandos de choc en 44-45... pour étayer ses accusations. Ce commissaire Darros un petit marrant... l'ironique à froid... regard impénétrable derrière ses double foyers. Il nous a tous entendus, les uns après les autres, pendant deux jours. On nous avait cloqués spécial au rez-de-chaussée de la première division. Chacun sa cellule pour éviter qu'on se communique. Bien entendu, on se parlait tous à la fenêtre. Pour bien faire il aurait fallu nous foutre au mitard... Celui-ci déjà plein! Le directeur n'avait trouvé que cette solution boiteuse pour soi-disant nous isoler.

Eclaircir une semblable affaire au sein d'une prison, autant s'avouer vaincu d'avance. L'arme du crime venait d'un sommier de lit métallique comme toutes les lames qui circulent dans la maison. Un surin affûté pointu pendant des heures sur le rebord d'une cuvette de gogues et emmanché dans un morceau de balayette. Allez retrouver le lit dont il provient! Tous plus ou moins défoncés, amputés, bancals! Dans chaque cellule, on en trouve au moins un ou deux de ces couteaux de fortune, si on fouille bien. Presque des objets de série.

Aucune empreinte fatalement, l'assassin avait pris ses précautions... de toute façon avec la flotte qui avait continué de couler!... Personne avait rien vu, entendu. Le gaffe se rappelait plus lequel était sorti le dernier. Pour lui les carottes de son avancement étaient cuites. Fautif de ne pas être dans le couloir entre les cabines. Dans ces histoires-là, le petit fonctionnaire de service règle une partie de l'addition.

« Il nous aura fait chier jusqu'après sa mort, l'enfifré! »

Bien de son avis à Milo de Courbevoie qui me parlait le soir à la fenêtre après la première journée d'enquête. Saindoux posthume continuait de nous valoir de multiples emmerdements. On risquait pas de le regretter. L'opinion quasi unanime que ce coup de saccagne lui était dû. Milo aussi, le commissaire Darros et ses sbires l'avaient serré de près. Toute la discussion de la cellule d'attente, ils étaient bien rencardé. Les caves, comme le pyromane ou Edouard le Dépeceur, leur avaient rapporté tous les moindres détails.

« Ça tient pas debout leurs salades! J'irais crever un mec pour deux paquets de pipes! Y sont dingues! Que je lui foute mon poing dans la gueule, je dis pas... Mais risquer le gadin pour si peu... y me prennent pour qui? »

Ça s'embrouillait pour les mobiles. Ils paraissaient tous bien futiles. Qu'une escroquerie de saucisson ait pu embrayer dans une cervelle le *processus accéléré de dangerosité homicide,* comme disent les psychologues du C.R.O. c'était tout de même ahurissant. Restait que Saindoux puisse être soupçonné par l'un de nous d'en avoir croqué un petit chouïa, d'avoir rencardé un peu la Tentiaire ou bien la P.J. elle-même. Les poulets s'arrêtaient plutôt à ce genre de suppositions. A se demander s'ils n'avaient quelques raisons sérieuses pour penser ça. Saindoux travaillant pour eux, c'était après tout assez concevable. Seulement la vérité venait de beaucoup plus loin. Quinze seize piges arrière fallait remonter. Les raisons de ce meurtre se situaient par là, aucun doute. De prime abord Mario était le moins compromis. Il savait parfaitement ce qu'il faisait en se portant au secours du Gros opprimé par ses créanciers. Son intervention pendant l'engueulade dans la cellule d'attente, une merveille de vice. A la douche ensuite, il était à trois compartiments de distance. Les témoignages en sa faveur ne manquaient pas. Innocent à part intégrale. Les investigations dans le passé il avait dû les prévoir aussi. Qu'il ait été à la Gestapo avec la victime ne constituait pas un élément défavorable a priori. Au contraire, il en avait fait état lui-même pendant son interrogatoire. Il jurait toutes les saintes Madones que Saindoux était son ami... que s'il avait pu tenir le salaud, l'enfant de putain qui s'était permis de l'attaquer comme ça par-derrière...

« Moi tu penses, le Gros Joseph, je l'aimais bien dans le fond. Il avait tort de trop parler politique, de remâcher tout le temps ces cinq piges pour la Carlingue. Il était pas beau joueur, ça je te l'accorde. »

A notre retour au quatrième, il me commentait les événements. Les poulets étaient repartis bredouilles. L'enquête en carafe. Moi, en tout cas, j'avais encore eu chaud au cul. Deux heures dans le bureau du surveillant-chef à me débattre avec le Darros et ses inspecteurs. Je m'en étais tiré de justesse. Capable du fait aux yeux de ces aimables limiers. Au mieux ils voulaient bien admettre mon innocence, mais alors je connaissais le coupable et le protégeais de mon silence. Le dilemme tragique : dénoncer l'assassin ou être inculpé à sa place. Bien cru un moment que j'étais coincé. « Tu vas pas nous dire qu'on peut saigner un bonhomme comme un cochon à un mètre de toi sans que tu t'en aperçoives. Même dans un bain de vapeur. Tu sais qui c'est... Tu te verrais comme nous on te voit, t'aurais aucun doute. T'as peur, tu transpires. » Sûr, je suais à grosses gouttes, mais ça pouvait encore s'expliquer que j'avais un peu de fièvre, une bronchite depuis quelques jours. Et puis si on se gèle en cellule, dans le burelingue du chef, par contre, on peut rester en bras de chemise... Le calorifère plein rendement! Les chocottes, je les avais certain, et pas assez de force, de sang-froid pour les masquer. Toutes sortes de trouilles j'ai expérimentées... Trouille de guerre, chiasse de malfrat traqué, flubes de malade crachant le raisin, tracsir pris sur le tas, copeaux de justice, foies blancs pré-opératoires, miches à zéro... l'éventail complet. *Essai sur la peur*... ça me poserait un titre pareil dans mes œuvres complètes. Rue Garancière y seraient contents, j'aurais mon buste dans l'entrée après ma mort, avec Barrès, Henry Bordeaux et Daniel-Rops. Au chapitre des affres de l'innocent accusé, de quoi m'étendre toute ma longueur. Vous disséquer la question. Du pris sur le vif, contrôlé par l'auteur lui-même.

Justement, j'explique un peu à Mario tout en arpentant la cour; ce matin d'hiver-là, ce que j'avais ressenti pendant les deux jours d'enquête... qu'il se fasse une légère idée du délicat de ma situation. En sous-entendu je lui souligne ma régularité foncière...

mon respect profond de la fameuse loi du silence. Il me répond chaleureusement, m'assure de toute sa gratitude par métaphores, demi-mots, allégories appropriées. Il a un sourire, le Mario, par moments... un certain sourire, accompagné d'une certaine lueur dans le regard tout à fait intraduisible. On pense à une lame de rasoir, à un fauve, à un flingue... On pense, et ça vous fait un peu froid dans le corps... à l'intérieur. Il parle, il parle, il joue des paluches en parlant. Ce qu'il dit, en somme, c'est de la fumée. Il débite, s'entoure d'un nuage. Tenez... comme aux douches... Sous la plume, la comparaison m'arrive impromptue...

IX

« *Actuellement notre organisation pénitentiaire fait de remarquables efforts. Sans doute beaucoup de ceux qui sont condamnés déçoivent, mais quel réconfort lorsque, n'ayant pas désespéré, on constate qu'on est parvenu à ramener un misérable au bien.* »

Me Maurice GARÇON
de l'Académie française.

(*Les Annales, n^o^* 97.)

« NE vous êtes-vous jamais demandé s'il n'y a pas un rapport étroit, un lien entre votre maladie, votre déchéance physique, et ma foi, ce qu'il faut bien appeler votre déchéance morale, sociale? Certains psychologues, n'est-ce pas, pensent que... »

J'écoute... Je suis las... tête lourde. J'écoute... *Processus...* j'entends. Oui, étudions. Ma fiche... mes notes... le résultat des tests. C'est un homme très digne ce sous-directeur du *Centre d'Orientation et de Rénovation...* tiré quatre épingles, chevelure d'argent, lunettes monture fine... élocution droit au but, au cœur... Il me dissèque... Mon enfance, ma mère, ma conduite déplorable à la communale. Oh! gentiment... pas du tout comme le Procureur de la XVIe.

Il est là, m'affirme-t-il, pour m'aider à voir clair en moi.

« Je vous invite à faire le point... »

Dans son bureau, tête à tête. Il me scrute. Fou ce qu'on me scrute depuis un mois et demi! L'intelligence, le passé, les motivations, les réflexes, l'affectivité, les anomalies, réactions psychiques... que sais-je? L'œil dans cette tombe qui regarde en permanence deux cents Caïn. Le point. Où en suis-je exact? La question! Si ça me passionne. Je me raidis sur la chaise, je cherche l'attitude adéquate... qu'il se fie tout de même à mes apparences ce fonctionnaire réformiste. Il est content de lui, on dirait. Il parle, il parle... j'écoute, j'écoute... J'accepte son diagnostic... à l'avance, sans discussion.

« Dans votre cas on ne peut pas séparer les choses. Inconsciemment vous avez sombré sur tous les plans. Vous saviez comment tout cela se terminerait. C'était inéluctable! »

Il articule i-né-luc-ta-ble... Oui, oui, m'sieur le Directeur, vous avez raison. Sur tous les plans... Glaviots, bécas, malhonnêteté, paresse, mauvais instincts, érotomanie... complexes. Un grand flachebaque il me propose. Vider l'abcès. Il presse, que ça sorte... Il m'ennuie plutôt cézig! Si je m'en tape les bonbons de mon *super moi* immoral et anti-social. Dehors, le temps a l'air de se remettre au beau. J'ose pas trop regarder vers la fenêtre... Il note tout. Son métier de noter. Il se grise de statistiques. Toute une équipe d'arrache-pied aux statistiques. Nous sommes à l'orée d'un renouveau. M'y voici. Là ou ailleurs, oh! peu importe! Encore trois piges à déguster... trente-huit mois très précisément. L'occasion, n'est-ce pas, ou jamais de me refaire ma vertu toute neuve, un berlingue de probité, me débarrasser pour toujours de mes sales manies chouraveuses. Au C.R.O. c'est le laboratoire prévu pour. Toutes les grosses peines à plus de trois ans viennent des six coins de l'hexagone se faire étudier la vacherie, l'élément psycho-pathologique dans leurs délits et leurs crimes. Tests. Psychanalyse. On nous jauge toutes les capacités... on nous décortique. Plus d'assassins, voleurs, harengs, rien que des instables, apathiques, abouliques, timorés explosifs, déviés sexuels. Eléments dangereux ou asociaux, nous sommes maintenant entre les mains de la science. On s'occupe de nous dans un *esprit de compréhension du sujet dans sa totalité existentielle*... Si ça nous change d'avec l'époque de la prévention dont je viens de vous entretenir si longuement. Plus où j'en suis au bout du stage? Ah! oui, le point avec ce sous-maque criminologiste. J'entre dans son jeu. Je suis un cas très intéressant. Mes tests le prouvent. Pessimiste, l'esprit tourné vers une fatalité interne. Ma rancune contre la société! Ma pseudo-morale de groupe qui m'impose le respect de la loi du gang! La période troublée de la guerre qui réactiva ma criminalité latente! Oh! il sait tout, l'homme digne aux tempes argentées! Ce dossier qu'il a devant les yeux! Il consulte, feuillette, sourit, m'interroge, souligne un mot par-ci, par-là de son crayon rouge. Il trace une sorte de graphique sur un papier quadrillé. Il me regarde, me regarde plus. « Je vous écoute. » Je m'explique, je sais à peu près ce qu'il veut que je lui dise... j'abonde. Le vague, c'est tout le contraire de chez Elbron qui lui ne voulait que des dates, des faits. Ici j'ai droit à l'imprécision. Bien envie tout de même de l'envoyer tartir avec ses conneries *Reader's Digest*, mon guignol nouveau modèle. Rien à foutre de sa rénovation! J'ai craché du sang la semaine dernière. Glacourt ma destination, le sanatorium-pénitentiaire... A quoi bon alors ces bavasseries style médico-social! *Désengagement*... il prononce. Voilà, je me suis désengagé. Mon mythe personnel, tiens voilà mon zob!... Ce que je pense, mais n'ose dire tout haut. Lâcheté profonde. Merde! je voudrais vous voir à ma place. C'est à ne plus savoir où on est, ce qu'on est, ce qu'on branle.

De mon récit j'ai perdu total le fil. Le meurtre de l'autre gros sac, je vous ai laissé. Mario, Grégor, le pyromane... loin déjà! Quatre mois... le bond en avant dans un autre monde. Le meilleur... oh! n'exagérons rien. Toujours des barreaux et des gaffes. La tradition, la cabane à papa, cohabite avec la grande réforme moderne. Le néon avec les lampes à huile. Curieux mélange, une période intermédiaire... J'y suis en plein, je peux constater, faire un parallèle... toute une théorie, une étude comparative. L'ancien système lorsqu'il ne vous anéantissait pas purement simplement fabriquait de véritables fauves humains. Les faibles et les médiocres étaient éliminés par la rigueur du régime. Ne survivaient, du bagne de Guyane et des Centrales d'avant-guerre, que les êtres exceptionnellement forts à la fois sur le plan physique et moral. Ça donnait une espèce d'élite à l'envers. Le Centre d'Orientation, lui, vise à nous rendre inoffensifs en nous réadaptant aux bons usages de la vie sociale. La chiourme braquait l'homme, le mettait en état de défense permanent. On *résistait*. Les réformateurs, eux, nous proposent une sorte de *collaboration*. Un marché assez subtil, le miel au bout du bâton. Faut être drôlement en quart, averti, attentif extrême pour entraver l'exacte coupure. Le sous-dic, là, me cause si franc, si aimable, si humain, que c'est difficile de lui grogner-répondre d'aller se faire aimer par une éprouvette. La liberté conditionnelle si je suis bien sage, si je me laisse bien statistiquer... Etre dingue, de se saborder froidement l'occase de sortir avant la date prévue sur les tablettes pénitentiaires.

Injuste aussi, que pour la noirceur de mon tableau, je vous barbouille tout à la merde. La noirceur, je sais, est de mise en littérature de nos jours. A qui qui dégueulera père et mère en charogne putride, se pressera le plus fort sur son anthrax de l'intellect, chiera la diarrhée la plus cataractueuse... Bien souvent, toute cette sanie sort pourtant de pageots douillets, études Normale Sup, café des Magots... Une mode comme une autre, un romantisme néo-néo!... Tout ça ne repose, horreurs, révolte, délire, que sur des lectures... sur que dalle en définitive. Afin d'être dans la note je devrais proclamer que le C.R.O. est un lieu d'abomination, inutile, absurde et puant... que tous ces fonctionnaires réformistes ne sont que d'infects rats d'égout, sordides, sournois, fielleux cacoflics. Quitte à passer pour un esprit craintif, en retard d'esthétique, je préfère vous nuancer les choses.

Certes la couleur locale, le pittoresque laissent des plumes dans cette affaire. Vautrin passant par notre Centre d'Orientation ne serait plus qu'un pointeur assez quelconque, un personnage gentillet, propret... presque un client, un électeur. Le progrès ne va pas sans contrepartie. On a beau se la donner à mort de toutes leurs combines, la machine à rénover vous ramollit à votre insu. Elle est déjà presque au point, graissée moindre rouage, luisante, énorme, silencieuse... elle vous déglutit chaque année mille cinq cents à mille six cents bons-hommes.

Pas qu'elle me paraisse idéale, c'est un petit monstre à bien réfléchir, mais enfin si on compare avec les travaux forcés de jadis on est bien obligé de s'estimer heureux.

Sortant des maisons d'arrêt après dix-huit mois, deux ans de prévention, on apprécie au C.R.O., le calme, l'ordre... Pas un pli là-dedans, un bruit, le moindre chuchotis. Un havre de tranquillité après le bordel Rungis. Ce qui vous frappe en arrivant, que tout est propre, briqué, repeint neuf. On est à peine à deux cents mètres du bâtiment principal... Même groupement pénitentiaire, même enceinte, seulement ici ça prend brusquement une autre tournure.

Dans le bureau du sous-directeur, c'est la fin avril que je vous cause... J'ai bouclé le stage... quarante-cinq jours, ça nous reporte donc à la mi-mars le début. En janvier je me suis fait saper de cinq piges fermes à la XVIe. Comme un brave, une peine d'homme qui m'a valu le respect des cloches à la promenade. Une sorte de prestige, aussi curieux que ça puisse paraître. Lubary ne m'a pas conseillé de faire appel. A un poil, au cours des débats, que le Tribunal se déclare incompétent et me renvoie devant les Assises. Quelques émotions encore dont je vous entretiendrai plus loin.

Toujours, je suis arrivé là, plutôt mal en point. Peau et os, faiblard sur mes cannes. Rien qu'à trimbaler mon paquetage j'en pouvais plus, en nage, essoufflé, titubant... Partout dans le circuit de la Tentiaire on commence par vous fouiller. A poil, plié en deux, tousser que ça fait sortir du fion ce qu'on aurait pu y planquer. Je vous ramène donc à ce jour, dans le couloir au rez-de-chaussée. Temps présent. Vous y êtes avec moi. Bien. Tout est prêt, nos couvertures, notre uniforme. La tenue de singe en tissu de droguet, rugueux, épais, d'un gris muraille. Pas d'essayage, on enfile le premier froc, première veste venue. Pas de risque qu'on aille faire la pige aux dandys des Champs-Elysées... Garde à vous! alignés dix douze nouveaux candidats le long du mur. Un brigadier nous passe en revue, un colosse tout en buste, trogne rouge, cou de taureau... Speech d'usage. Nous sommes ici par la volonté de nos juges et nous n'en sortirons que par la force de notre travail, de notre bonne conduite. Sur chaque paquetage à nos pieds, un petit calepin jaune bien en évidence : Le Règlement du Centre en six pages. Il nous convie, m'sieur le brigadier, à le lire ce soir-même, bien nous le fourrer dans le cigare. Ceux qui ne seraient pas décidés à s'y conformer intégral prendront dans six semaines le chemin de Clairvaux ou Fontevrault, hauts lieux pénitentiaires où souffle encore le vent du vieux système. Il nous avertit tout net.

« ... tout à gagner à vous tenir tranquilles. Ici on vous demande d'obéir et de vous taire... »

La règle du silence absolu. Matricule à la boutonnière. Salut militaire aux gaffes. Chef qu'il faut les appeler. Trois pas. Fixe. Le petit doigt sur la couture du pantalon. Ça nous rajeunit, on pourrait se croire encore à la grive. Oh! juste pour ça, la discipline, les marques extérieures du respect dû... Au choix, pardon! je rempile séance, je fonce en Kabylie quadriller avec Massu, respirer l'air pur des djebels! Au C.R.O. s'ils sont parcimonieux question oxygène! Fenêtres condamnées toutes saisons... le vasistas ouvert à demi, juste de quoi survivre. Impossible de dire si cette mesure entre dans le cadre du progrès ou, au contraire, si c'est un reste de la belle époque?

Cellule 197... la mienne. Double tour... crac! crac!... Les murs nets, pas le moindre « mort aux vaches », graffiti cochon, cloque d'humidité... Vite fait la nomenclature du mobilier. Un placard mural en bois blanc, le lit relevé avec un matelas qui me paraît assez sympathique, la table articulée, les chiottes dans le coin, et c'est marre. Reste le plancher. Inattendu ce plancher!... Luisant, ciré! Il m'a fait voir le maton, tout de suite en m'ouvrant, m'a prévenu que c'est à moi de le conserver dans cet état. Chaque matin le frotter hardiment... Tout le matériel à cet usage dans le placard... brosses, chiffons, boîtes d'encaustique, et puis des patins en feutre comme chez les bonnes ménagères...

Pour me redonner le goût du travail, dès le lendemain on viendra me porter un lot imposant d'étiquettes à enfiler. Pendant les quarante-cinq jours que je m'en farcisse sans débander des aurores jusqu'à la nuit, si je ne veux pas compromettre mes chances de liberté conditionnelle. Selon nos potes, pendant le stage, nos tests, nos aptitudes professionnelles, bonne conduite et normes d'étiquettes, on nous envoie dans une prison appropriée. Ils ont le choix, tous les modèles entre le bagne 1900 et la Centrale de réforme genre Melun.

Ce premier soir, je rabaisse mon pieu. Je m'assois. Besoin de réfléchir, de m'habituer à ma nouvelle cage... me reposer aussi... Ce déménagement m'a fatigué. Un rien, je suis à plat. Je tousse de plus en plus, je glaviote épais, je mouille ma limace pendant la nuit. Des signes qui ne trompent pas... Ici, je me dis, on va peut-être enfin s'occuper de mes mous. Parmi tous leurs examens, il y a le médical. Celui-là je me raccroche. L'espoir de m'expliquer avec un toubib et qu'il soye pas trop salaud, trop con... Trois piges de taule ça se fait piano, encore faut-il être en état de jouir de sa liberté au bout du parcours. Le sanatorium succédant à la cabane... une drôle de rallonge! Si ça passe la vie, la jeunesse, derrière les barreaux et sur les chaises de cure! A une de ces vitesses lorsqu'on regarde arrière, qu'on commence à blanchouiller de la chevelure, à se contempler la vieille grimace devant le miroir de la toilette.

Sur le bord du page je gamberge saumâtre. Ça doit, ça aussi, faire partie de leur Rénovation... du programme. Chaque prisonnier, le premier soir sur le bord de son lit, position penseur de Rodin. Le gaffe au mouchard vient peut-être zyeuter, constater, chronométrer, faire son rapport sur le comportement de l'animal. Tous nos faits et gestes... que rien ne leur échappe. Le moindre pet consigné pour les statistiques, le moindre bâillement devant l'ouvrage... l'horaire exact de nos gros et petits besoins.

Propre, je me demande si ce n'est pas encore plus sinistre que cradingue-lépreuse, une cellule. Avec ces fenêtres fermées aux vitres dépolies on se sent tout à fait dans une caisse. Rien pour s'accrocher le regard. On est seul, bien seul avec soi-même. Contemplation qui ne vous rassure pas tellement faut bien avouer. Au début tout de même j'apprécie. Des mois et des mois à supporter tous ces dingues, malfrats minus, pédés, jacasseurs, affreux de gueule et d'âme, on en a la tronche en bouilloire. A se demander, par moments, si elle ne va pas déborder, exploser. Ce qui arrive d'ailleurs. Le jour de cette bagarre avec Saindoux, ça ni plus ni moins. L'enragement subit... ne plus voir personne! L'envie de cogner, de cogner... de tout casser... se fracasser le crâne contre les murs.

A la longue l'encellulement solitaire provoque lui aussi des troubles. On parle tout haut à un interlocuteur imaginaire, on devient maussade, hagard, attentif et inquiet comme une bête sauvage. Enfin je préfère malgré tout la solitude et le silence. Relatif ici... y a une petite compensation, une fleur, grâce insigne de nos rénovateurs. De six à huit, radio Luxembourg diffusée par un haut-parleur au-dessus de la lourde. J'avais totalement oublié de vous le mentionner l'haut-parleur. Une musique de charme qui envahit brusque ma cellule. Sursaut! Je sors de ma rêverie. Je réalise, me rappelle... La plupart de mes codétenus apprécient l'avantage. « Y a la radio deux heures tous les soirs et puis le dimanche toute la journée, tu verras. » Je vois... j'entends... une voix suave, féminine, berceuse... *Quand le bateau arrivera à Tahiti... ii... ii.* D'autor ça me transporte sur les flots... Etrange ce contraste entre la goualante et les lieux où elle aboutit... On s'enfonce dans le chromo coucher de soleil carton pâte... palmiers, sable d'or, ciel d'azur... tout y passe, la lune argentée, le corail, les fleurs, paréos, vahinés tortillant du bide sur la plage. Tellement je m'en suis gobergé les esgourdes en sana, dans les hostos, que je suis devenu absolument allergique aux ondes courtes ou longues. Le meilleur poste, je trouve, celui qui ne marche pas. Sans lampe, sans pile, juste la carcasse. Même ici, coupé total d'avec le monde extérieur, les deux plombes de bla-bla publicitaire et de chansonnettes me sont pénibles. La guimauve se dilue mollement dans mon petit espace vital... rythme rumba... samba... chacha... puis plus chacha... Rock maintenant, tout de suite après... l'hystérie, les onomatopées furieuses qui succèdent à la roucoulade. Toute la nouvelle meute en transe! Si je m'en passerais qu'ils viennent jusqu'ici m'aboyer, me briser les tympans, m'ahurir. Même au gnouf ils vous traquent, vous acculent. Nul n'échappe à son époque. *Cette émission vous est offerte par les soutiens-gorge Rassurant...*

Au milieu de cette cacophonie arrive la soupe. Au C.R.O. pas question d'en profiter pour sortir sur la coursive faire connaissance avec les voisins. On vous la passe par un guichet. L'auxiliaire entrevu furtif... ses bras, ses mains qui vous tendent la galtouse... le gaffe derrière lui, qu'il s'avise pas au bavardage. Mes lentilles je les déguste cette fois en musique. Souvenir précis de mon premier soir. Mémorable en quelque sorte, puisque de ce jour, je dois retrouver le droit chemin.

Après le rock, sans transition un peu de culture. Un morceau de Beethoven assené subit pour nous amorcer un entretien sur l'artiste... Deux hommes et une femme qui se posent des questions, se demandent ce qu'il ferait, l'orageux sourdingue, s'il revenait parmi nous, si par un miracle du destin il vivait de nos jours. « Que serait-il notre Beethoven? » La dame n'hésite pas, elle l'imagine nègre, composant une Héroïque au tam-tam pour Dada Moktar, à l'occasion de l'interdépendance du Banguichara. Un des hommes conteste, proteste... il le voit, lui, moins crépu, Beethoven moderne, plus dodécaphoniste, sériel, marteau sans manche... Sans aucun doute : Nouvelle Vague... enfin nouveau typhon! Le troisième personnage intervient, à son tour, synthétise, pontifie. Une voix pâteuse. Ça dure comme ça un petit moment. « Cher ami, je vous ferai remarquer que... » Puis enfin ils se mettent d'accord que de toute façon Beethoven vingtième siècle ne ferait pas les choses à demi... des petits glouglous insignifiants. « N'est-ce pas il y a le tempérament!... Il serait le même... le tempérament, chère madame... » Et puis, et puis... ah, la surprise! que prendrait-il notre Beethoven pour son petit déjeuner? Que proclamerait-il devant son bol fumant? *Y a bon Banania!* Les trois musicologues en chœur, d'une même voix allegro fortissimo... Je les entends encore... *Y a bon Banania!*

La suite vous connaissez sans doute... les slogans Omo, Dop, Pâte la Lune, l'affligeante Famille Duraton. Ce que tout ça venait foutre pour le redressement moral des assassins, voleurs, sadiques? Bien envie de le lui demander au sous-directeur pendant l'entretien final. Ce qu'il pensait de la blancheur Persil, des slips Kangourou, s'il buvait lui aussi du Banania...

« Pour nous, voyez-vous, le mal commence lorsqu'un individu s'absente le lundi matin de son travail... »

Parfaitement de son avis. Il a refermé le dossier. Il m'expose. Certes je suis malade, on va me soigner à Glacourt, mais ensuite il me faudra, une fois guéri, prendre la vie au sérieux. Mes tests professionnels ne sont pas très concluants. Il tique. S'il devait m'envoyer en Centrale tout de suite, il serait fort embarrassé pour me choisir une destination. J'ai des connaissances par trop éclectiques...

« Assez superficielles toutefois... Curieux n'est-ce pas. Vous avez très bien su reconnaître un tas d'outils dans l'album qu'on vous a fait consulter... Même des instruments aratoires. »

Ça le fait sourire. Il me voit pas avec les croquants criminels à Casabianca en Corse, la prison rurale en plein air où on les expédie après le stage. Assez nombreux les paysans dans notre univers de grosses peines... 50 p. 100 au pifomètre parmi les travaux forcés, les réclusionnaires. Rien qu'à mon étage, autour de moi... je voyais que des péquenots qui s'extirpaient des cellules à l'heure des promenades. A la démarche, l'allure, la frime, pas à se gourer. Moustaches à la Staline, à la Adolf... grisâtres, roussies aux vieux mégots leurs charmeuses. Sourcils en épis de maïs. Gueules bien de chez nous, du terroir. Silhouettes massives, voûtées, jambes lourdes, bras ballants. On sortait le matin, mains derrière le dos, cinq mètres d'écart les uns des autres. Surveillance tout le long du parcours avant d'arriver à sa fosse individuelle. Ils auraient bien voulu causer tous ces plouques, se raconter un peu leurs misères. Pas mèche ici... juste je les ai entendus au moment des tests... De ces accents bouseux qu'il faudrait être un folkloriste distingué pour reconnaître là-dedans ses Poitevins, Bretons, Picards, Beaucerons, Auvergnats, Normands! On les rénove, eux aussi, tous les satyres villageois, violeurs de chef-lieu de canton, pères dépuceleurs de leur fille, meurtriers du gendre, hacheurs de la bru sur la margelle du puits, flingueurs du valet surpris dans le foin avec la patronne. Ils y passent comme nous au grand laboratoire... qu'ils crachent leur vérité profonde, le pourquoi du comment... le processus. Ce qui me paraît un peu superflu, c'est les étiquettes pour les encourager au travail. Avec leurs gros doigts, leurs paluches galleuses ils s'y martyrisent sur cet ouvrage de grand-mère... Le petit fil à passer dans le trou, le pliage, le nœud, les paquets de cinquante. Les pires ramiers maquereaux ou braqueurs leur dament le pion facile. Ici ils se sentent carrément perdus, les bouseurs... Tests, psychanalyse, parquet ciré... la planète Mars! Heureux qu'ils détiennent en quelque sorte un secret de la sagesse... Subir sans chercher à comprendre. En taule comme à Verdun. Et puis dans leurs yeux il y a tout de même toujours un relent de ruse, la petite pointe de cupidité paysanne qui les rattache au réel. La flamme vitale. Les années passeront, ils savent patienter, dehors intact ils retrouveront avec leur charrue ce trésor dont parle La Fontaine.

Que j'aie pu, presque aussi bien qu'eux, nommer les outils agricoles pendant l'examen de nos aptitudes professionnelles, ça me vient de ma première enfance chez des cultivateurs dans le Loiret. Il se gratte le criminologiste sous-directeur, en tire je ne sais quelles conclusions. Je le laisse dire... Ça fait bien une heure qu'il me consacre. Très aimable à lui. Chaque détenu il reçoit ainsi après ses quarante-cinq jours. D'homme à homme le contact. Très important ça, le contact...

« Connaissant le dossier, je suis parfois surpris lorsque je vois entrer le personnage qui... »

Parenthèse. Il m'offre même une gitane bout

filtre... du feu... que je me sente à l'aise. Enfin, il était curieux de voir ma trombine, de m'entendre. En étudiant mon cas il savait trop ni quoi ni qu'est-ce...

« Nous avons eu l'impression que vous vous dérobiez, que vous trichiez un peu. C'est une attitude assez courante. Peut-être un réflexe inconscient. Mais dans un sens c'est assez grave. »

Certes je me la suis donnée un peu de toutes leurs combines. Au test d'intelligence je me suis freiné, qu'ils me classifient plutôt minus ça me semblait le meilleur. Dans une salle de classe on était une trentaine, répartis par pupitres de deux. Drôle d'école d'enfants attardés. Dans le lot des tronches franchement sinistres. Faces de brute, de débiles mentaux... quelques célébrités du crime aussi que j'avais vues dans les journaux quelques années auparavant. L'assassin des amoureux du bois de Clamart, un curé sadique pédéraste, un toubib empoisonneur. Le dessus du panier, la crème fouettée au Code pénal.

Avec le moniteur psychotechnicien sur l'estrade, en blouse blanche devant le tableau noir, l'illuse d'être revenu au certif était parfaite.

« Vous écrivez vos nom, prénoms, âge et matricule en haut de la page... Vous ouvrez l'album qui est devant vous... »

Des figures géométriques accompagnées de questions. La plus grande? la plus petite? Celles qui sont semblables? Répondre sur une fiche. Au fur et à mesure de l'album ça devenait de plus en plus ardu. Le véritable casse-tête chinois à la fin. Pour que l'ambiance scolaire soit complète au bout d'un moment mon voisin, un manouche, s'est mis à copier sur moi. Le psychotechnicien risquait pas de s'en apercevoir. A son bureau, désinvolte, pipe au bec, il se dégustait le dernier numéro de *L'Express.*

Nullement le trac que tout à coup sa classe de scélérats lui fasse un mauvais parti. On imagine pas élèves plus paisibles. Pas un murmure. Même au Grand Séminaire, je suppose, ils doivent être plus enclins que nous à chahuter. Il est vrai que nos fenêtres sont munies de forts barreaux. En levant la tête les regards se heurtent... qu'on aille pas se berlurer excessif, se cinocher qu'on va sortir à quatre plombes en récréation.

Trois matinées ces exercices rajeunisseurs. Tests de toutes sortes... d'aptitudes, de connaissances, de mémoire, de compréhension, de personnalité... Les questionnaires saugrenus... tableaux, couleurs, images, similitudes, puzzles, lettres, mots! J'aime, j'aime pas... des héros à s'identifier. Toutes nos tendances secrètes à nu, nos névroses, introversions, hypocondrie, paranoïa, schizophrénie. S'ils se bégalent les psychologues! Facteur M, facteur B, pourcentages, échelles, analyses, cotations... Toute une armée à se pencher sur le petit voyou, le gros cultivateur infanticide, le prêtre dévoyé, le zigouilleur de Bobonne. Que rien ne doit leur échapper. La triche-rie est-elle possible? Certain tout de même qu'ils détectent les moindres velléités dans ce domaine. Je me suis simplement efforcé de rester toujours au niveau le plus bas. Ils s'en sont aperçus et ils en tirent leurs conclusions. Le coiffeur m'avait prévenu. Sur la coursive, dans un renfoncement près du monte-charge, tous les deux jours on nous rasait.

« Ici, mon pote faut jouer les hypocrites. Si t'as le malheur de rouler, ils te balluchonnent à Clairvaux vite fait. Surtout fais pas le con quand t'iras aux tests. Si tu te démerdes bien tu peux aller à Melun bosser à l'imprimerie. Là-bas c'est pas mal. Y a la radio, le sport, les causeries. T'es déjà trop vieux pour qu'ils t'envoient dans un centre d'apprentissage. Moi, tu vois, j'ai dégauchi c'te planque, rapport que je suis du métier. J'espère bien m'arracher avant la fin de l'année. Sur sept piges j'en ai déjà tiré quatre. Je suis dans les délais. »

La seule occase de jacter pendant le stage, avec l'auxiliaire coiffeur, lorsque le maton ne nous surveillait pas. Ce merlan il avait une tronche de gigolpince rastaquouère que ça m'étonnait qu'il ait pu battre les repentis sans donner l'éveil. Pourtant bien ce qu'il prétendait.

« Je vais à l'office des protestants, je lis la Bible, je baisse les châsses... J'endure, mec, j'écrase. Pas un seul jour de mitard depuis trois ans. Le pasteur y s'occupe de me trouver un emploi pour ma conditionnelle. C'est ça le plus duraille, qu'un patron veuille bien te prendre sous sa responsabilité. Y te faut aussi un domicile, et après t'as un tuteur judiciaire. Un cave quelconque qui vient te baratiner de temps en temps. On s'en fout, ça vaut mieux que d'être dans le ballon. Moi c'est ce que je dis... ça sert à rien de ramener sa gueule, jouer les gros bras. Y sont les plus forts. A nous d'être les plus vicieux... Bon... je te laisse pas les pattes, ça fait mauvais genre. Ici, faut faire gaffe à tout. Tiens, ce qu'ils aiment bien c'est la coupe en brosse. Je t'en ferai une samedi, je suis devenu un champion de la brosse. Dire qu'autrefois je ne travaillais que chez les dames!... »

De bon conseil cézig... Il avait compris la véritable rénovation. Un peu imprudent je trouvais d'étaler ses brèmes devant un inconnu. A moins qu'il ne soit un peu en cheville avec la direction pour nous faire causer ce protestant de choc. Bien possible... ils font rif de tout bois au C.R.O.! Les tests ça suffit pas toujours pour connaître nos quatre vérités. Les bonnes vieilles méthodes, certains fonctionnaires y restent attachés. Et puis un mouton, réfléchissez un peu, c'est un homme sauvé pour la société... une réussite de réadaptation. C'est tout bénéf.

*

Bien le point de vue du procureur de la XVIe Chambre.

« Maître, votre client n'a pas un profond désir de se réhabiliter. S'il regrettait vraiment sa conduite passée, ses complices seraient là, avec lui, dans le box... »

Le doigt tendu... la manche, le buste. Très conventionnel, je vous accorde... l'effet facile. Oh! nous sommes loin des beautés informelles, de l'ambiguïté-distanciation, mais c'était pourtant ça... Son allure... raide justicier, guignol clicheton... un nez pointu, pincé... des lèvres minces... J'esgourde encore sa péroraison, sa voix hautaine! Il me lançait de drôles de confetti pour mon carnaval judiciaire! Quelqu'un tout à fait de bon ton. Fin, léger, suffisant, mondain... ironique dans la repartie. Je le regardais bien... pas en perdre une! Je pourrais vous dire que je l'haïssais, ça semblerait assez normal. Non, il m'étonnait un peu de prendre tant à cœur son numéro... Du mal à croire qu'il était sincère, qu'il pouvait s'acharner comme ça... ainsi dire à froid. Aucun doute possible cependant il jouait. Tout le monde jouait dans cette salle d'audience, Lubary, sa petite assistante si mignonne, l'avocat de la partie civile... le greffier, les assesseurs, même Clodomir le Président qui faisait semblant de roupiller...

Vous entrez là par hasard, une chambre quelconque en fonction, c'est sombre, ça chuchote, sent la poussière... La moitié des choses vous échappe. L'accusé bafouille. Rare qu'il soit à l'aise. Tout est contre lui... Surtout qu'il s'avise pas de briller s'il en a les capacités. Humble repentant de loin préférable. Le plus médiocre possible. Laisser toute la vedette aux autres. Aux débarbots, aux juges, et surtout au proc. Pas un mot, une tournure d'esprit qui puisse lui porter ombrage, laisser supposer qu'il est pas d'une intelligence nettement supérieure... La place sur le banc d'infamie... y avoir goûté pour bien saisir! Je connais pas mal de positions inconfortables, mais là vraiment on se sent coincé de toutes les façons. Digne on vous trouve arrogant, contrit on vous décrète lâche. La moindre petite bouffée d'orgueil vous vaut parfois des années de rallonge. Drôlement se tenir à carreau... *écraser,* jamais expression argotique aussi adéquate.

Ce 4 janvier à la XVIe ça me fait une belle date souvenir, une belle jambe... Droit pour moi tout seul à presque toute la séance. Deux biques juste expédiés auparavant... deux racketters F.L.N... deux ans secs vite prononcés. Le Président Clodomir, il vous murmure la sentence, le pif sur ses paperasses, en bouffant les mots, qu'il faut se pencher, tendre bien l'oreille pour entendre... « Attendu que... attendu que... Par ces motifs... gnagnagna... » La salle était pleine. En hiver les économiquement faibles viennent se chauffer au palais de justice. Un public de rentiers, demi-cloches, quelques mémères qui s'offrent ce cinéma gratis... celles qu'ont pas encore de télévise... Lubary à son habitude était en retard...

« Il est agaçant... Je me demande où il peut bien être? »

Nathalie de Vauvargue, sa petite stagiaire, me faisait patienter. Une noble cette délicieuse créature. Ce coup dans le blason que j'y filerais, si je me trouvais ailleurs, libre et nu, et elle aussi! Ses lèvres, sa chevelure blonde, ses yeux!... son parfum de quoi vous rendre dingue. On devrait pas permettre d'émoustiller, embaumer de la sorte l'animal promis à l'arène. Deux piges de chômage dans ma culotte à gauche. Elle vient mutine inconsciente me torturer par-dessus le box. Pas le moment pourtant des bagatelles touche-pipi, Clodomir il grogne à son siège. Tout le monde s'inquiète de l'absence de mon défenseur. « Nous allons commencer sans lui... C'est inadmissible... Accusé, levez-vous... »

Un peu sourdingue, pour tout arranger M. le Président. Il me fallait répéter. Une façon hargneuse de m'interroger, me présenter les faits.

« En somme, vous ne reconnaissez qu'un cambriolage... Celui pendant lequel une patrouille de police vous a surpris. Et bien entendu, le, ou les individus qui étaient avec vous... »

La suite se perd en marmottages. Il s'arrête pour un aparté avec l'assesseur de droite. L'autre, pendant ce temps, me dévisage, un gros blanchâtre, l'air blasé. Toujours Lubary n'arrive pas. Probable qu'il bavasse dans quelque couloir, qu'il a croisé encore une fois une charmante consœur. Je scrute la salle... Un pote au fond parmi la foule... Jojo l'horloger, un fidèle celui-là, on a galvaudé ensemble dans toutes les rues du XIIIe pendant notre enfance. Lui, a bien tourné... honnête, travailleur, père de famille. Ça l'empêche pas de me conserver son amitié. Comment a-t-il su que je passais aujourd'hui? Il me fait un petit signe... que je me sente moins seul. Nicole n'est pas venue heureusement. Bien recommandé à Lubary de pas la prévenir. Je veux plus la voir celle-là... Ma claque de ses bafouilles à la con! La rupture définitive. J'en ai eu marre brusquement, je lui ai même pas écrit pour la remercier de son colibard... lui souhaiter la bonne et heureuse. Qu'elle aille se faire caramboler sur la rive gauche par les artistes pour se consoler! Mon ingratitude, voyez, pleine et entière... si je suis le sale mec sans reconnaissance!

« Je tiens à vous avertir que cette attitude ne joue pas en votre faveur... »

Il poursuit Clodomir, l'exposé des faits. Déjà menaçant. Attitude? Je suis pourtant on ne peut plus respectueux à l'égard du tribunal. Je baisse la tête juste ce qu'il faut, m'aplatis comme il se doit. Ni trop raide, ni trop avachi. Je m'efforce par la posture à exprimer un repentir proportionné, relatif. Rien de pire, il me semble, je me suis dit, qu'un cheval de retour trop larmoyeux. Mes condamnations précédentes ont beau être effacées de mon case par l'amnistie du père Auriol, il sait très bien à quoi s'en tenir, m'sieur le Président. La loi lui interdit d'en parler, mais en lousdoc avec ses assesseurs il se prive certainement pas. Et puis mes non-lieux, le rapport de police... Justement, le rapport de police, le voici sous ses yeux...

« ... indique que vous viviez d'expédients... Et assez bien puisque vous aviez acheté une automobile, un appartement, des appareils électro-ménagers... »

Ça se perd à nouveau. Il marmonne, ronronne sa lecture...

« Avec quel argent avez-vous payé tout cela? Ne réfléchissez pas trop... les débats nous éclaireront à ce sujet... »

Ricanement... coup de châsse de mauvais augure vers le procureur qui s'agite, piaffe dans son box... Ça débute mal. Je m'empêtre... mes explications oiseuses! La petite stagiaire Nathalie ne m'est d'aucun secours, cette gourde. L'atmosphère devient oppressante. Toute la matinée, aux *Trente-six carreaux*, je me suis répété mes réponses, que j'allais dire ça, ça, et ça... En scène je me souviens plus de mon texte. Les trous de mémoire et pas de souffleur! Je me sens lamentable. Je tousse, j'ai chaud et le retard de Lubary n'arrange rien. Ah! il arrive tout de même... au moment du premier témoin. Le gérant Roblot ventru chauve, M. Ponson. Je le reconnais celui-là, je l'ai assez vu à la XXe territoriale!

« Levez la main droite, dites je le jure... »

L'entrée de Lubary dans le prétoire... remue-ménage, excuses, froufrous de sa robe! Ça trouble le témoin, une bonne chose. Tout de suite l'ambiance change, Lubary en piste. Là qu'il faut le voir toute sa splendeur. Manches, bavette, dossier... S'il est ample, superbe! Rien que de le voir apparaître c'est la confusion générale chez mes ennemis. Il va posséder tout son monde deux coups les gros!... le Clodomir tout sénile, le substitut si distingué, l'avocat fielleux de la partie civile. Forcé de reconnaître son talent. Pas n'importe quel miteux du barreau! Il attaque d'autor... à peine à sa place, se lève, pose la question embarrassante au gérant Roblot, le coince bafouillis, le martèle, poursuit que si ça continue ça sera lui le coupable... Ça déconstipe la situation, détend le tribunal, amuse la salle, me ragaillardit, j'en avais besoin. Que le bêcheur, je remarque, qui reste de glace, qui m'observe, qu'a pas l'air d'apprécier du tout. Je lui trouve un regard, comment dire?... tranchant... une sorte de modèle réduit de guillotine chaque prunelle. Tout à l'heure s'il va prendre sa revanche! Au virage c'est moi qu'il attend... pas Lubary, pas la stagiaire... moi tout seul pour son Code pénal! Toutes les prouesses verbales de mon maître, il n'en a cure, s'en bat l'épitoge, s'en tamponne comme de son premier cours de droit. C'est l'incompétence qu'il mijote-gamberge. S'il va la brandir ou non? La gravité des faits relevant d'une juridiction plus élevée... Le hic!

Je vous condense. Mes entretiens avec les lardus et Elbron vous ont mis au coup. Devant la XVIe tout ça se répète... les témoins qui me retapissent... qui m'ont vu la veille... qui croient que, etc... Fur à mesure ça s'enfonce. Mon ciel s'obscurcit. Ça croule de partout. Lubary a beau se démener les manches, canarder verbal mes adversaires, l'accusation marque des points. Je sens que ça se replie sur des positions préparées à l'avance, qu'on raccourcit le front, que ça va bientôt devenir la courette, la déroute... l'exode...

« Il nous a toujours menti. Délibérément il nous a envoyés sur de fausses pistes pour rechercher ses complices. Dès le début de l'enquête il a manœuvré pour leur faire gagner du temps, leur permettre sans doute de faire disparaître de son domicile des objets compromettants... »

Il est venu, fidèle à sa promesse, Lopardi. Il est là, il a juré de dire toute la vérité. S'il me matraque la tantouse! Il trouve les formules qui font mouche... Malfaiteur organisé, chevronné, intelligent... Fil à retordre... Dans un sens des fleurs, mais empoisonnées. Il détache ses mots. Nous... il dit, comme le maréchal Pétain. Il se tient droit, sanglé dans son imperméable, la mâchoire saillante, ses paluches d'étrangleur bien appuyées sur la barre. Aux questions de Lubary, il ne se démonte... répond tac au tac.

« Chaque malfaiteur professionnel a une espèce de technique bien à lui. Tous les cambriolages en question sont signés. Nous n'avançons pas ceci à la légère, maître... »

Pourtant bien ce que lui rétorque mon preux défenseur... qu'il est léger, que les preuves sont minces... que la police n'est pas là pour nous donner ses impressions.

« Nous voulons des preuves formelles, monsieur le commissaire, et vous ne nous apportez qu'un tissu de présomptions... des soupçons... des coïncidences malheureuses... »

Je me demande encore aujourd'hui s'il a bien fait Lubary de l'attaquer si sec. Il encaisse sans broncher, se permet un sourire, et y va d'une petite tirade incisive qui me noue les tripes. Son âme et conscience, il prononce, j'entends bien...

« ... nous avons eu la conviction, mes collègues et moi, de nous être encore une fois heurtés à la fameuse loi du milieu... »

Si le mot porte sur le tribunal! Milieu, tout est dit... mes carottes sont en train de cuire...

« Une dernière question, monsieur le commissaire... permettez! Estimez-vous que mon client est un individu dangereux? Il n'était pas armé, il ne s'est livré à aucune violence... »

Lopardi peut pas contester mais il laisse entendre que j'aurais pu le devenir, dangereux, que fort heureusement il m'a, lui et ses sbires, coupé les ailes.

« ... un certain enchaînement fatal... »

S'il biche le proc! S'il est attentif! S'aiguise joyeux le réquisitoire... Dérobade, je le zyeute, il prend des notes et des notes... de temps à autre acquiesce du chef. Oh! il est tout à fait d'accord avec le lardu. Quel âge peut-il bien avoir? Plus jeune que moi... dans les trente-deux, trente-trois berges! Un brillant sujet vu le siège qu'il occupe déjà. Cette carrière qui s'ouvre devant lui! Les têtes qu'il va s'offrir dans quelques années aux Assises. Dès qu'il se lève, son tour de jacter, j'entrave qu'il est à son affaire, qu'il adore cet homme son métier. Il manque un peu de coffre, de puissance pour égaler mon Lubary, mais il ne manque pas de verve. Il est vif au boniment, âcre, hargneux adéquat. Les phrases, il a appris, lui, à les construire au lycée. Architecte super-classique! Imparfait du subjonctif... les subordonnées à leur place. Syntaxe parfaite à prix honnête. Et ça l'empêche pas, la forme, d'oublier le sujet. Le mauvais, en l'occurrence mézig, vil voyou, indécrottable parasite, irrécupérable asocial... Le maximum prévu par la loi... il a été bref, concis, deux coups de cuillère il m'a réglé.

« Et je pense que le tribunal ne sera pas d'une extrême sévérité en ajoutant à ces cinq années de prison, dix ans d'interdiction de séjour. »

Je respire. Après la déposition de Lopardi, j'ai bien cru qu'il allait soulever l'incompétence du tribunal. Le commencement de son réquisitoire... « Vous n'avez pas devant vous une association de malfaiteurs, mais tout nous laisse supposer qu'elle existe. » Là, nettement ça sentait le roussi, j'ai serré les noix hermétique entre mes deux gardes. Puis, non, il a tourné autour du pot sans y aller de sa crotte.

Les juges, ils somnolent on croirait... Clodomir les yeux mi-clos, la tête appuyée sur ses mains croisées hauteur du menton, les assesseurs un peu poussifs, fatigués, vaseux... La plaidoirie au début semble un peu les réveiller. La voix de stentor de Lubary secoue la poussière, la routine, le ronron procédure. Courte durée, très vite ils se recroquevillent, se rendorment à demi, redeviennent sourdingues et amorphes. Sortes de Bouddha, idoles bourgeoises, tristes, repues, indifférentes...

Maintenant que tout ça est déjà loin, je suis plus équitable pour reconnaître que Lubary n'avait pas tellement beau schpile pour me défendre. Il m'a évité les dix piges de trique, tout de même un beau résultat. Les circonstances atténuantes fallait qu'il les extirpe de loin, elles étaient pas bien évidentes. La maladie qui m'handicape, me ferme tous les travaux manuels! Mon enfance, la rue, les mauvais exemples, ma jeunesse perdue sous la botte! Fondu enchaîné sur la page maquisarde. « Il n'hésita pas à aller rejoindre ceux qui défendaient l'honneur de la

France... » Plaidoirie sur champs de bataille avec blessure, palme, étoile de vermeil! Le morceau d'épopée guerrière. Le souffle héroïque... Il neigeait... Un cimetière alsacien cerné par les féroces teutons. L'anecdote, il l'enjolive que j'ai bien du mal à me reconnaître dans son tableau dernière cartouche! Tout auréolé de gloire il m'esquisse... l'F.M. vengeur... « corps à corps sanglant... réussit à dégager son groupe encerclé malgré une blessure au cours de l'action... put reprendre sur l'ennemi assurant ainsi l'accomplissement de sa mission... » A l'ordre de l'Armée. Il lit dans un grand silence. Ça va ce thème un moment, les trois quatre années d'après-guerre. Au bout de quinze piges, archi usé! Les guignols entendent ça presque tous les jours. Ils pensent certain, que c'est l'abus sale de profiter ainsi d'un beau passé militaire pour se conduire à perpète hors-la-loi... venir, sous ce prétexte, caguer dans le plateau même de la Justice... « Et il faudrait en plus que nous, ses représentants et défenseurs, torchassions, léchassions, pourquoi pas, cette merde! » Ce qu'ils se disent ou à peu près. Je voyais bien, ça ne l'émouvait pas lerchem, Clodomir le Président... Au contraire, à des riens, des petites grimaces, froncements de sourcils, je le sentais plutôt irrité. Hâte aussi sans doute que tout ça finisse, me cloquer mes cinq piges, et rentrer chez lui retrouver sa mémène, manger sa soussoupe, se glisser la carcasse sous son édredon...

« Mon client, messieurs, regrette amèrement ses fautes. Il me l'a dit et il était sincère. Certains accents ne trompent pas... Les nouvelles méthodes pénitenciaires l'aideront, je suis certain, à reprendre dans la société une place qu'il n'aurait jamais dû quitter... Votre indulgence, soyez-en sûr, ne sera pas interprétée comme une faiblesse... »

*

Voilà... Lubary s'estompe... la XVIe... un dernier salut de la pogne à Jojo le pote fidèle, dans le fond de la salle. La revoyure c'est pas demain la veille. Remenottes et recellule et regaltouse et recrachement de sang, un matin vers la fin de mon stage au C.R.O., pendant que je cirais mon plancher. Coupé court aux joies de la rénovation. Dommage! a dit le sous-directeur. Ça sera pour plus tard cher monsieur! Plus tard ou jamais... n'importe! Malgré toutes les psychanalyses, les tests, les conversations tête à tête, je me sens pas encore remis à neuf. Le goût du travail par les étiquettes *Corosa, tissu Boussac garanti*... pourquoi pas? Tout est possible!... Des hallucinations d'étiquettes! Elles s'amoncelaient dans le coin de la cellule entre la table et la fenêtre... 12 000, 20 000, 25 000 étiquettes! Le dos en feu le soir, les paupières lourdes... des tics d'étiquettes. Tout en enfilant c'était la farandole des gueules qui venaient me tenir compagnie... Rouquemoute, Canaque, Mario, Saindoux... Un paquet de cinquante, hop! ficelé... Oui, Saindoux... sa viande en décomposition à présent dans le petit cimetière de la prison. A moins que quelqu'un l'ait réclamé? Mais qui pouvait le regretter, Saindoux? Sa mère était morte depuis longtemps, il m'avait dit... Les heures s'écoulent aux étiquettes. D'une horloge lointaine en prêtant l'oreille on entend... trois heures... la demie... quatre heures! 1 500 étiquettes! Otto jamais aurait tenu une pareille cadence. Lui, il lisait l'Ancien Testament pendant l'enfilage des étiquettes. Son vieux bouquin appuyé contre le mur, il apprenait des psaumes par cœur. Ici guère possible la lecture pendant le travail. Pour être bien noté il faut atteindre au moins ses 2 000 par jour... La radio tous les soirs revient vous asticoter... *Super dentifrice Chagatte à la chlorophylle... Tampax haleine fraîche!...* Petit à petit, décervellé, certes on oublie ses projets délictueux d'avenir... Corps et âme aux étiquettes. Avec mon squelettique salaire, peut-être vais-je commander, machinalement, à la cantine, un shampoing Crado-ricin, de la brillantine Radja... une bavonnette Malpolive! Tout combiné, bien prévu... Rénovation et Publicité nos deux mamelles à téter... La nuit des songes pleins d'étiquettes. Clancul, lui, y s'en tape pas des étiquettes, ni Youpe dans son antre, ni Nicole dans son bel appartement... Je voudrais les voir, tous, aux étiquettes... Lubary, Clodomir, le substitut, le grand Général sauveur, et les romanciers de l'objet!...

Parfois, c'est des paysages qui m'arrivent dans la rêverie, des montagnes du côté de Barcelonnette. Un torrent qui cascade sur les rocailles... Vacances d'un autre monde! C'est une fille brune aussi avec des yeux d'un bleu... gris... vert... j'arrive plus à définir la teinte exacte. Une petite môme capricieuse comme une chevrette. Elle reste un moment comme ça dans mon paysage-souvenir. Je voudrais qu'elle reste là, avec moi, me tenir un peu compagnie... Mais la voilà qui s'échappe. Elle court nue dans le soleil matinal vers le torrent. La rattraper faudrait de l'espace et que je sois pas si fourbu! Je suis rivé à mes étiquettes maudites. Je tousse, j'ai sans doute un peu de fièvre!... Soudain c'est Lopardi qui se superpose aux montagnes... « Nous avons la conviction que cet individu vivait de cambriolages depuis plus de trois ans... » M'sieur le commissaire gentil à vous d'être venu! Oh, fallait pas vous déranger! Cinq coups il me semble... cinq heures. Il pleut dehors... un printemps pourri. Tant mieux qu'il pleuve! Tant mieux, merde! que ça ne s'arrête plus, que ça inonde tout, je souhaite un Déluge. Aux promenades je reste sous le préau immobile à regarder tomber les hallebardes. Mon voisin de la 198, on lui ouvre la porte... « Assistante sociale », le gaffe annonce. Un drôle de gonze à face de rat... long pif violacé... bacchantes miteuses... trois poils agressifs! Au fond une tronche assez banale si je savais pas, une tête de transport en commun. Mais voilà, il a tué son gosse, son petit garçon de quatre ans avec un fer à repasser brûlant. Il l'a torturé des mois. Le coiffeur voyou repenti m'a raconté. « Ils auraient bien dû y couper le cou à c'te ordure! » Ce qu'il conclut, et que ça le démange du rasoir pendant qu'il lui fait la barbe. Depuis, lorsque je le croise dans les escaliers, le 198, qu'il me gratifie d'un vague sourire au passage, je me sens mal à l'aise. J'aimerais autant ne pas savoir. Il est maigre, voûté, il atteint paraît-il des normes de 3 500 étiquettes par jour. Il se rénove, il est plein de courage.

A droite, le 196, c'est un vagabond qui s'est offert un viol suivi ou précédé d'une strangulation. La cellule d'après l'escalier, c'est l'égorgeur d'un pédéraste. Un peu plus loin y a un papa trop affectueux avec sa fillette... Sur la gauche plus loin encore, un tueur campagnard de rentières. En face, en dessous, au-dessus, tout autour, partout c'est que des abominables, des maudits, des oiseaux de proie... du sang, des horreurs! Ils me foutent par moments le vertige mes codétenus. Tout à fait, ici, le fond. Je le touche, j'ai ce sentiment très net... La demie sonne... J'entends qu'on marche. Quelqu'un passe devant ma cellule... s'arrête... C'est le face de rat qui revient de l'assistante sociale. Je tends l'oreille... il piétine devant la porte, hésite, il me semble... s'avance... clic! l'œilleton... Il vient l'ignoble me zyeuter. Il profite que le gaffe n'est pas à son poste sur la passerelle, pour longuement m'observer. Je reste figé, fixant au mouchard cet œil qui me regarde. Que me veut-il cet affreux? Je vais lui dire deux mots, ma grossière façon de penser. Je me lève, me dirige vers la lourde... mais, clic! preste, il a refermé l'œilleton, s'écarte... s'éloigne. Je l'écoute, ne bouge... Il revient sur ses pas. Il est là derrière ma porte comme pour m'obséder. Son môme, je pense, je peux pas m'empêcher. L'autre abominable trogne s'il a dû jouir de ces cris d'enfant à la torture! Il était soûl, certain, imbibé d'alcool depuis des générations... Soûl, fou, monstrueux!... Il s'en passe des choses dans la jungle humaine. Plus ça va plus je vois, plus je m'enfonce... Le maton arrive... il ouvre la 198. Referme aussitôt brutalement. Double tour il boucle, sa clef j'ai comme l'impression qu'elle me pénètre dans la viande, au creux du bide, rougie à blanc comme le fer du bourreau d'enfant. Ça me crispe cette sale idée. Je m'aperçois que je transpire grosses gouttes. Je manque d'air. On dirait que c'est toute la misère, toute la vacherie du monde qui m'étouffe, m'oppresse, me déchire. Je tiens plus sur mes cannes, je vacille. Au vrai c'est sans doute la maladie qui me travaille... la fièvre. Je m'appuie sur la petite tablette du guichet. Oh! toutes ces trombines de cauchemar! ce dégueulis d'humanité! ces rebuts depuis deux piges! ces pervers, débiles, tarés... ces abjects trop tôt pervertis... Charognerie, putain d'existence! C'est que des désastres, des souffrances, des atrocités, de la mouscaille! On se demande pourquoi nom de Dieu? Le procureur, lui, le sait peut-être. Réponse à tout vous avez vu. Il se dresse dans sa robe noire à la moindre question. « Vous accomplirez, monsieur le Président, une œuvre de salubrité publique... » Des mois qu'il a prononcé ces paroles... son réquisitoire tranchant net. Il est chez lui à présent, sans robe, sans épitoge... en famille peut-être avec sa petite fille sur les genoux. Pas la gueule, le genre à torturer, assassiner, fouetter, meurtrir... Qu'on laisse venir à lui les petits enfants!

*

Ça se termine bien mal, je me rends compte, mon histoire. Elle finit pas c'est contraire à tous les usages. Elle n'arrive pas à se finir. Dans quelques jours on va m'emmener à Glacourt le pénitencier sanatorium. On nous enchaînera deux par deux, pieds et mains, ça se pratique toujours comme au bon vieux temps. (L'évasion aussi malgré la réforme.) Attendant cette invitation au voyage, je moisis dans ma cellule dite de *transfert* en Ire Division. Plus d'étiquettes au programme. Ma ration finie, ma part intégrale... Je peux marcher, tourner, me mettre à la fenêtre, regarder les nuages. La dernière semaine au C.R.O. je suis resté au lit. Le trac de crever quand j'ai vu du sang dans mes crachats, de suivre Otto et Saindoux au cimetière de la prison, de plus jamais sortir. Ça s'est tassé... piquouses de post hypophyse... ampoules d'arrhémapectine. La sœur est venue... le toubib... radios.. « A Glacourt on vous soignera bien. Ils ont un bloc opératoire là-bas. » Un docteur celui-ci très sérieux... pas comme l'autre le guilleret chercheur de verrues. Plus de six mois en somme que j'ai rechuté, seulement il était trop bigle, trop gâteux, Pontard, pour s'en apercevoir sur la graphie de septembre. Il a fallu ce commencement d'hémoptysie...

Les cellules de *transfert* sont les plus lépreuses des Rungis. Puanteur, crasse, humidité. Combien de temps que je suis là... trois semaines?... je compte plus. On me pique à la strepto tous les deux jours à l'infirmerie et je bouffe des cachets de rimifon. A part ça, pas le moindre petit supplément de bectance. Malade on m'a isolé, on s'occupe plus de moi, me voici sur la paille. Probable qu'ils estiment en haut lieu que je suis assez rénové comme ça... Je me demande parfois s'il avait pas raison Canaque avec son flingue... On monte sur un sérieux coup... si ça tourne mal, on se prévoit une ampoule de cyanure planquée dans la semelle d'une godasse...

... J'ai maintenant une petite compagne... Une souris qui s'approche tout près de ma paillasse pour grignoter le morceau de pain que je lui prépare. Elle est encore bien craintive... moindre geste, hop! elle se rebarre au fond de son trou derrière les chiottes. Si je reste encore longtemps à attendre le prochain convoi pour Glacourt, je désespère pas de l'apprivoiser. Gigi je l'appelle. Une souris vraiment mignonne, gracieuse, furtive, une bestiole de charme. Petit à petit, elle s'approche de plus en plus près de ma main. Elle commence à me connaître, je vais pouvoir lui apprendre son nom. Déjà elle comprend que je lui veux pas de mal, que c'est pas moi qu'irais lui tendre un piège... la boucler comme je suis... dans une cage...

DU MÊME AUTEUR

Aux Éditions de la Table Ronde

L'Hôpital.
La Cerise. (Prix Sainte-Beuve 1963.)
Cinoche.
Bleubite.
Les Combattants du petit bonheur. (Prix Renaudot 1977.)
Le Corbillard de Jules.
Le Banquet des léopards.
La Métamorphose des Cloportes.
Le Café du pauvre.
Les Sales Mômes. (Théâtre.)

Aux Éditions Flammarion

Les Enfants de chœur.

La Jeune Parque

L'Argot sans peine ou la méthode à Mimile.
(En collaboration avec Luc Étienne.)

Aux Éditions Robert Laffont

La Fermeture.

Collection « Le Livre de Poche »

L'Argot sans peine ou la méthode à Mimile.
(En collaboration avec Luc Étienne.)
Le Café du Pauvre.
L'Hôpital.
Cinoche.
La Métamorphose des Cloportes.
La Fermeture.

Collection « Folio »

Bleubite.
Les Combattants du petit bonheur.
Le Corbillard de Jules.
Le Banquet des Léopards.

IMPRIMÉ EN FRANCE PAR BRODARD ET TAUPIN
Usine de La Flèche (Sarthe).
LIBRAIRIE GÉNÉRALE FRANÇAISE - 6, rue Pierre-Sarrazin - 75006 Paris.
ISBN : 2 - 253 - 04403 - 2

30/6415/1